Ninas Leben hat ihr gerade mal wieder einen eingeschenkt. Schlimm genug, dass alles gerade eher suboptimal läuft. Ihre Tochter hat sich in einen Youtuber aus Kanada verknallt, und sie hat das Gefühl, dass auch ihre zweite Ehe möglicherweise ein Versehen ist. Außerdem nimmt sie es den Leuten immer noch übel, dass sie niemand vor diesem »innovativen« Müsli-Business gewarnt hat. Zu allem Überfluss meldet sich dann auch noch der smarte Lukas zurück. Der Mann, der sie vor Ewigkeiten schnöde hat sitzenlassen. Wie es ihr gehe, fragt der erfolgreiche Architekt. Was soll Nina da schon sagen – die Wahrheit? Nicht mit mir, beschließt sie und beginnt, munter draufloszuschwindeln. Damit manövriert sie sich zielsicher von einem Schlamassel in den nächsten. Besonders, als Lukas auf einmal vor ihrer Tür steht …

Isabella Rau liebt es, die mehr oder weniger liebenswerten Schrullen ihrer Mitmenschen zu beobachten und kreativ zu verarbeiten. Wenn sie ihre Romanfiguren nicht gerade in neue schräge Situationen stürzt, arbeitet sie als Werbetexterin. Sie hat einen Sohn und lebt in Wien.

Weitere Informationen finden Sie auf www.fischerverlage.de

Isabella Rau

MÄNNER und andere Ballaststoffe

Roman

FISCHER Taschenbuch

MIX
Papier aus verantwortungsvollen Quellen
FSC® C083411

Originalausgabe

Erschienen bei FISCHER Taschenbuch
Frankfurt am Main, Mai 2018

Satz: Druckerei C.H.Beck, Nördlingen
Druck und Bindung: CPI books GmbH, Leck
Printed in Germany
ISBN 978-3-596-70155-1

I Toter Frosch

1

Ich musste eingenickt sein, denn als ich die Augen öffnete, hatte ich Ralfs Zehen im Gesicht. Er lag auf dem Bauch, die Arme seltsam verknotet, schien aber noch zu atmen. Was mit seinem »Lingam« – wie es im Fachjargon so schön hieß – los war, entzog sich meiner Kenntnis. In der Anleitung für den »Stillen Frosch« stand, dass die Erektion kommen und gehen würde. Ich vermutete, sie hatte schon vor Stunden den Raum verlassen. Toter Frosch, zur Obduktion freigegeben.

Das Räucherstäbchen, das ich in den Ficus gesteckt hatte, hinterließ eine pudrige Spur auf dem Fensterbrett. Ralfs Renndress lag als Häufchen Elend auf dem Bettvorleger. Es stank nach einer Mischung aus Sandelholz und Fußschweiß. So fern war ich dem Nirwana noch nie gewesen.

Im Halbdunkel versuchte ich, die Uhrzeit zu entziffern. Der Sekundenzeiger kam nicht von der Stelle. Ich rieb mir die Augen. Dass Tantra ein Loch ins Raum-Zeit-Kontinuum reißen würde, darauf war ich nicht vorbereitet. Dabei hatten wir uns streng an den Beipackzettel gehalten. Dreißig Minuten »Stiller Frosch« hatte Heidi Brock gefordert – das sei das absolute Minimum. Unterstes Niveau. Quasi Anfängerquatsch. Ich hatte nicht gewagt, ihr zu widersprechen, und fragte auch nicht, was bei einer Zeitunterschreitung geschehen würde: Ob die Chakren spontan verdorrten, ob das Curry sauer wurde oder vielarmige Göttinnen unsere Lebensfäden zerschnitten. Ich parierte. Dass meine zweite Ehe schon nach einem Jahr Reparaturmaßnahmen dieser Größenordnung erforderte, war entsetzlich genug.

Meine Verbindung mit Ralf war wie der Bungalow im Portfolio eines windigen Immobilienmaklers: Die Fassade perfekt in Schuss, doch auf der hässlichen, der Straße abgewandten Seite, kroch die Feuchtigkeit die Mauern hoch, egal, wie viel Kunstharz man hineinspritzte. Ich würde nicht so weit gehen zu behaupten, dass die »Kriegerin der Liebe«, wie sich Heidi Brock auf ihrer Website selbst bezeichnete, unsere letzte Rettung war, doch war sie gewissermaßen unsere Restauratorin, die uns Weisheiten und Tantra-Tricks injizierte. Sie sagte Dinge wie: »Wenn zwei Körper zusammenkommen, sind sie getrennt. Wenn zwei Seelen zusammenkommen, sind sie eins«, und ich fragte mich, wo bei Ralf die Seele wohnte, mit der es sich zu vereinen galt. Ich vermutete, sie war bereits umgezogen, und zwar in den Alu-Rahmen eines seiner Mountainbikes, aber um Frau Dr. Brock nicht vor den Kopf zu stoßen, murmelte ich »aha« und »na so was« oder »gut zu wissen«.

Konkret lief das so ab: Heidi Brock erschien uns nicht leibhaftig, sondern tauchte lediglich auf dem Bildschirm auf. Bei den wöchentlichen Sitzungen saß Ralf neben mir auf dem Sofa, während ich den Laptop auf den Knien balancierte und wir in einer Art profaner Andacht den Worten der Beziehungsberaterin lauschten.

Mit ihrem teigigen Gesicht, die geplatzten Äderchen nur notdürftig überspachtelt und das aschblonde Haar zu einem Turm hochgezwirbelt, sah sie auf den ersten Blick nicht aus wie eine Frau, die Begriffe wie »Yoni« und »Lingam« gewohnheitsmäßig in den Mund nahm, doch genau so war es. Sie sagte Sätze wie: »Mit Hilfe der Kobra-Atmung lenken wir die feinstoffliche Energie ins Gehirn, damit in der dritten Hirnkammer der Funke überspringen kann.«

»Wir?«, hatte Ralf beim ersten Mal geflüstert. »Wird sie dabei sein?«

»Sie meint uns beide. Nur dich und mich.« Ich erklärte ihm, dass Heidi Brock das »Krankenschwester-Wir« benutzte, sattsam bekannt aus der Phrase »Nun, wie geht es uns heute?«.

»Sicher?«, fragte Ralf.

»Sicher.«

Ralf wollte Dr. Brock nämlich keineswegs persönlich begegnen, dem Coaching hatte er nur unter der Bedingung zugestimmt, dass es nie zu einem Treffen in der Echtwelt kommen würde. Mir bereitete die dritte Hirnkammer mehr Sorgen.

»Noch Fragen?«, warf Frau Dr. Brock ein. Sie hatte mitbekommen, dass wir flüsterten.

»Keine einzige«, sagte ich. Das verstand ich unter »Weisheiten ins poröse Mauerwerk injizieren«. Zumindest sprachen Ralf und ich wieder miteinander.

Nachdem wir den toten Frosch begraben hatten, traf ich mich mit Birgit. Weil es mit einem Job als Kriegsberichterstatterin nicht geklappt hatte, arbeitete Birgit im Großhandel ihrer Eltern mit. *Sanitär Weberhofer*. Sie vertrieb im großen Stil Armaturen, Duschköpfe und Komforttoiletten. Dass ihre Eltern sie an der kurzen finanziellen Leine hielten, schien sie nicht weiter zu stören. Sie war Single mit radikalfeministischer Vergangenheit und lehnte die Familie, zumindest eine eigene, als Überträgerin traditioneller bürgerlicher Rollenmodelle grundsätzlich ab. Das einzige Familien-Accessoire, das sie akzeptierte, war die IKEA-Family-Card. Wenn ich ihr von Ralf oder meiner Tochter Fly erzählte, dann immer im Bewusstsein, dass sie zwar das Konzept begriff, aber nicht nachvollziehen konnte, weshalb man sich so etwas freiwillig antat.

»Wenn du dich beschwerst, warum hast du es dir dann angeschafft?«, pflegte Birgit zu fragen, wobei sie »es« so verächtlich ausspuckte, als handelte es sich dabei um einen sabbernden Pitbull. Lange Zeit war ich davon überzeugt gewesen, dass es sich bei ihrer Abwehr um eine Art verkleidete Enttäuschung handelte, bis ich miterlebte, wie sie reagierte, als Vicky uns ihr frisch geschlüpftes Baby präsentierte.

»Ach du Scheiße«, sagte Birgit, nachdem sie sich kurz über den Kinderwagen gebeugt hatte.

»Was denn?« Vicky sprang auf.

»Es macht doch nichts, oder? Das wird bestimmt wieder.«

»Was wird wieder? Wovon sprichst du?«

»Der Wasserkopf. Man liebt es trotzdem. Ist doch so, oder? Du bist eben schon alt. Als Mutter, meine ich. Da kann das schon passieren.«

Vicky schnappte nach Luft, und Birgit ergötzte sich an unserer Fassungslosigkeit. Sie hatte ihren Spaß daran, an den Kulissen des Familienglücks zu rütteln.

Was Birgit an Feingefühl vermissen ließ, das wog sie mit Zuverlässigkeit auf. Wenn man sie brauchte, war sie da. Unbestritten. Ob man sich danach besser fühlte, stand auf einem anderen Blatt. Zumindest lachten wir viel. Wie dem auch sei: Als ich Birgit an diesem Tag anrief und ein Anti-Frust-Programm bestellte, war sie zur Stelle.

Es war ein lichtloser Aprilnachmittag, Gewitterwolken hingen unentschlossen über der Stadt. Wir spielten das Fastkauf-Spiel, und das ging so: Wir gingen in den *Modekönig*, probierten zwei, drei Klamotten an und trugen sie zur Kasse. Wir warteten, bis die Kassiererinnen, allesamt offenbar ausrangierte Schönheitsköniginnen, die Diebstahlsicherungen entfernt hatten und riefen dann mit dramatischem Augenaufschlag: »Oh, falsche Größe!« oder »Du meine Güte, ich sehe gerade, dass die Farbe sich mit meinem Hautton schlägt!« Wir ließen Pullover, Hosen, Blazer und Cardigans mit dem Ausdruck des Bedauerns an der Kasse zurück und schritten erhobenen Hauptes in Richtung automatische Tür, die erschrocken zurückwich.

Das war einerseits die Rache an allen arroganten Verkäuferinnern, die wir in unserem Leben hatten erdulden müssen, andererseits konnten wir uns im Moment ohnehin nichts leisten.

»Und diese Tantra-Tante ist ihr Geld wert?«

Nach dem Fastkauf-Spiel saßen wir in unserer Lieblingsbar *Zu den Drei Milchmädchen* und nippten an schlumpfblauen Cocktails.

Ich antwortete wahrheitsgemäß: »Keine Ahnung.«

»Was macht ihr da? Alle nackt, Gruppensex?«

»Das ist spirituell, Birgit.«

»Gruppensex ist auch spirituell. Los, sag schon.«

»Stiller Frosch«, sagte ich. Wie sollte ich ihr das erklären? »Man bewegt sich nicht.«

»Gar nicht? Ihr liegt einfach nur da? Wie zwei tiefgekühlte Shrimps?«

Ich überlegte. Kein übles Bild.

»Ja, kommt hin.«

»Und dafür müsst ihr zahlen?«

»Man kommt wieder in Kontakt mit seinen Gefühlen«, sagte ich.

Du meine Güte. Noch vor einem Jahr hätte ich mich für so einen Satz geohrfeigt.

»Und was sagen sie, die kontaktierten Gefühle?«

Es hatte zu regnen begonnen. Das Wasser klatschte gegen die Scheibe und formte einen breiten Strom, der sich weiter verzweigte und in kleinen, symmetrischen Bahnen die Scheibe hinunterfloss. Sogar der Regen wusste, was er zu tun hatte.

In dem Moment, in dem ich den Satz *Vielleicht verlasse ich Ralf, vielleicht aber auch nicht, woher soll ich das wissen, Herrgottnocheinmal* aussprechen wollte, klappte Birgit ein Prospekt auf.

»Das hier«, sagte sie, »ist der absolute Hammer.«

Sie deutete auf einen Aufsatz, der über einer WC-Schale schwebte. »Damit kann man jedes handelsübliche Klo nachrüsten. Mit so einer Dusche, du weißt schon.«

»Ach«, sagte ich.

»Du duschst dich ja auch in der Früh und reibst dich nicht bloß mit Papier ab, oder?«

»Ja – also nein«, sagte ich und wurde den Eindruck nicht los, dass das möglicherweise die Antwort auf so viele Fragen in meinem Leben war.

2

Als ich nach dem Cocktail mit Birgit nach Hause kam und mir die zu engen Schuhe von den Füßen schälte, blinkte das Handy.

BOMBE!

Martin. Ich nahm den Anruf an, denn wenn ich es nicht tat, würde es nur schlimmer werden.

»Felicitas hat nicht reportet«, sagte er ohne Einleitung, so als seien wir seine Mitarbeiter, die ihm Bericht zu erstatten hatten.

»Wie bitte?«

»Es war ausgemacht, dass sie mir jeden Freitag reportet, wie die Nachhilfe läuft.«

Er zahlte, also durfte er seiner Meinung nach detailgenaue Nacherzählungen erwarten, gerne in Form einer Excel-Liste.

»Gut, denke ich. Es läuft gut.«

»Das ist kein Kriterium.«

»Gut ist kein Kriterium?«

»Deine Meinung ist kein Kriterium. Ich muss wissen, wie der Nachhilfelehrer ihre Fortschritte beurteilt.«

Er musste wissen. Ich seufzte innerlich. Lautes Seufzen durfte ich mir nicht erlauben, das wurde als Renitenz gedeutet. Überhaupt praktizierten mein Exmann und ich das genaue Gegenteil der Gewaltfreien Kommunikation. Wir kommunizierten ausschließlich mittels aggressiver Du-Botschaften: *Du bist schuld. Was du machst, ist krank. Du behandelst mich mies. Du redest Schwachsinn. Kümmere dich gefälligst um deine Tochter.*

Als Manager in einem mittelgroßen, mittelerfolgreichen IT-Unternehmen war er fixiert auf die Vorstellung, dass alles im Leben durchorganisiert und getimt werden musste. Mit seinen Vorschriften, Regeln und Ritualen hatte er mich schier in den Wahnsinn getrieben. Ich hatte ihn im Verdacht, dass er selbst seine Klositzungen im Kalender vermerkte. Seine Lieblingswörter waren »terminisieren« und »asap«. Er sagte nicht, er müsse telefonieren – er hatte prinzipiell nur »Calls«. Und jeder, wirklich ausnahmslos jeder seiner Calls versetzte mich in akute Alarmbereitschaft.

Nach dem Gespräch mit Martin fühlte ich mich ausgeweidet. Er schaffte es immer, dass ich mir unzulänglich vorkam. Eine Rabenmutter, die mit ihren schwarzen Schwingen die Zukunft ihrer Brut verdüsterte.

Als Fly zur Tür hereinkam, zwang ich mich in einen Mami-will-für-alle-das-Beste-Modus.

»Bitte ruf Papa an«, sagte ich eine Spur zu fröhlich.

»Keine Zeit«, sagte Fly.

Sie öffnete den Kühlschrank, glotzte hinein und schloss ihn wieder. Offenbar gefiel ihr nicht, was sie gesehen hatte.

»Bitte vergiss es nicht. Ich verlass mich auf dich.«

»Ja-ha.«

Ich beobachtete meine Tochter und fragte mich, wann das

passiert war: Dass sie ihren Mädchenkörper abgeworfen und in diesen Elfenkörper geschlüpft war. Sentimentalitätsaufwallen. Ihre Augen waren wie bei Cleopatra von dicken schwarzen Balken umrandet, so als wollte sie extra darauf hinweisen, wo genau sie in ihrem Gesicht saßen. Ihre Freundinnen sahen aus wie sie: ein Rudel langbeiniger, langmähniger, rehäugiger Elfen, die gut drei Stunden am Tag im Tanzstudio komplizierte Choreographien einstudierten, obwohl keine von ihnen Tänzerin werden wollte. Sie hatten vor, internationales Recht zu studieren oder Pharmazie oder BWL. Mein Gott, sie waren so unfassbar zielstrebig und selbstbewusst. Ich hatte damals aus Verlegenheit Kunstgeschichte studiert – nicht, weil ich mich für Kunst interessierte, sondern weil ich ein künstlerisch wertvolles Leben führen wollte. Was auch immer das bedeutete.

»Dein Vater will wissen, wie es dir mit Mathe geht.«

Fly griff nach einem Apfel in der Obstschüssel. »Muss man die waschen?«

»Fly«, sagte ich.

»Wie soll's mir damit schon gehen? Scheiße.«

Sie biss geräuschvoll in den Apfel. »Winkelfunktionen, Vektoren und so ein Mist. Kannst du mir bitte sagen, wozu man das lernen muss?«

»Das trainiert das Hirn.«

»Dann erzähl du mir doch etwas über die Scheitelform einer quadratischen Funktion, Frau Superhirn.« Sie zeigte mit dem Apfel auf mich.

Ich hatte keinen blassen Schimmer, wovon sie sprach. Meine Schulzeit war im Pleistozän gewesen. Scheitelform: Das klang nach Friseur.

»Fly, du wirst auch später nicht immer nur Dinge machen können, die dir Spaß machen. Betrachte es als Herausforderung.«

Ich lachte etwas zu bemüht. In Wahrheit wollte ich sagen: Dein Vater zahlt dir diese verdammten Nachhilfestunden, also arbeite gefälligst mit, sonst macht er mir die Hölle heiß.

»Was ist heute Abend?«, fragte Fly.

»Was soll sein?«

Sie kaute geräuschvoll und blickte dabei an die Decke, vermutlich legte sie sich gerade eine Story zurecht. »Ich wollte mit Bea lernen.«

»Was hält dich davon ab?«

»Wir können uns besser konzentrieren, wenn wir alleine sind.«

Klar, war ja ein kosmisches Gesetz: Je weiter die Eltern entfernt waren, umso leichter flutschte der Stoff ins Hirn.

»Wir sind einen Sprung außer Haus«, log ich, damit sie nicht auf die Idee kam, das ganze Rudel zusammenzutrommeln.

»Nice«, sagte sie. »Und bitte, Mum, ruf mich nicht dauernd an. Das ist so ätzend.«

Warte nur, dachte ich. Wirst schon noch sehen. Sobald du ein Kind auf die Welt bringst, gebärst du zugleich einen Dauerzustand, der sich Sorge nennt.

»Wann seid ihr zurück?«, wollte sie jetzt noch wissen.

»Warum?« Da war doch was im Busch.

»Nur so«, sagte Fly.

Es würde vermutlich lange dauern, zu lange. Wir waren bei Ralfs Chef eingeladen. Ich stellte mich auf einen Abend mit

Low-Carb-Kanapees und narkotisierenden Gesprächen ein, aber da musste man durch, wenn man Nina Bydlinski hieß und seine zweite Ehe nicht auch noch versemmeln wollte. Fly wandte sich zum Gehen. Ich hielt sie am Arm fest.

»Versprich mir, dass du Papa –«

Sie unterbrach mich. »Klar, mach ich. Damit er mir wieder erklärt, wie suboptimal alles läuft.«

»Komm schon, Fly. Er will dir helfen.«

Ich versuchte, die beiden kurzzuschließen, so oft es ging. Als Partner war ich Martin erfolgreich losgeworden, als Vater von Fly aber würde er für immer Teil unseres Lebens bleiben, noch dazu ein straff organisierter.

Und dann umarmte ich sie, ganz spontan. Drückte diesen schmalen Körper an mich, und sie riss sich nicht einmal los. Wir standen da und schwankten ein wenig wie Birken im Wind. Also gut: wie eine Birke und eine Eiche. Nach einer Weile murmelte Fly: »Ist schon gut, ist schon gut«, so wie man einen Hund beruhigt, der an einem hochspringt, und als sie sich schließlich löste, drehte ich mich schnell um, damit sie nicht sah, dass ich was im Auge hatte.

3

Die Übelkeit schlich sich nicht langsam an, sie war mit einem Schlag da. Wie ein Erdrutsch. Oder eine Virusinfektion. Und zwar in jenem Moment, als der Typ neben mir »delikate Schildkrötensuppe« sagte.

Das durfte nicht wahr sein. Ich hatte soeben, ohne es zu wissen, Schildkrötensuppe aus dem entzückenden pinkfarbenen Porzellanschälchen geschlürft. Das Wort löste eine Kaskade an Erinnerungen aus. Ich hatte einmal eine Schildkröte besessen, gefühlte fünfhundert Jahre war das her. So ein Tier konnte man doch nicht verkochen.

Ich stellte das Schälchen unsanft auf den Stehtisch zurück, tupfte mir mit der Serviette die Lippen ab und stürzte wenig elegant aus dem Salon. Mund ausspülen, sofort.

Schildkrötensuppe. Was waren das bitte für Leute? Und was kam als Nächstes? Wellensittich in Aspik? Hamster Stroganoff?

Ich stand auf dem Gang und wusste nicht, wohin. Ich wünschte mir Birgit herbei, die als Sanitärfachfrau in der Lage war, die Badezimmertür zwischen fünfzig möglichen Türen blind zu identifizieren. Eine *Wetten-dass*-Kandidatin, wie sie im Wunsch-Drehbuch stand.

Da, rechts, eine Tür. Nur angelehnt. Aus der Finsternis schälte sich ein Bett, darauf lag ein Berg Mäntel und Jacken. So war das eben: Wer seinen Flur nicht mit einer schnöden Garderobe verunzieren wollte, der musste mit Mantelbergen leben.

Dem Haus fehlte es im Übrigen nicht nur an funktionellen Elementen – auch Staubfänger suchte man vergebens. Dieser Eindruck verstärkte sich, je länger ich durch das Haus irrte. Leere Wände. Kein Stuck, kein Dekor, kein Kram. Nur Sichtbeton und polierter Industriefußboden. Du meine Güte, wo hatten die nur ihr Zeug? Die nächste Tür. Versperrt. Zwei Stufen, die in einen weiteren Gang mündeten. Nächste Tür, nächster Versuch. Und tatsächlich, da war es: ein Bad, so groß wie unser Wohnzimmer. Sichtbeton, Spiegel, eine Wanne für drei. Das Porzellan glänzte und funkelte. Auch hier alles nackt und pur. Kein einziges Döschen, Schälchen oder Flakon, nur ein paar blütenweiße Handtücher, gefaltet mit militärischer Präzision. Vom hygienischen Standpunkt aus gesehen ließe sich hier problemlos eine Herzklappe transplantieren.

Ich stürzte zum Waschbecken und hielt den Mund unter den Wasserhahn, so lange, bis sich kein Suppenatom mehr in meiner Mundhöhle befinden konnte. Kurz überlegte ich, mir den Finger in den Hals zu stecken, aber ich würde die Sauerei ja auch wegmachen müssen, eine Mammutaufgabe, mit der ich vermutlich den Rest des Abends beschäftigt sein würde. Also ließ ich es bleiben und setzte mich auf das gestriegelte Kuhfell vor der Megawanne. Wie war ich nur hierhergeraten?

»Wir bleiben nur ein Stündchen«, hatte Ralf angekündigt – eine Formulierung, die mir bereits Angst hätte einjagen müssen. Wann immer er die Verkleinerungsform benutzte, kam das genaue Gegenteil dabei raus. Wenn er sagte: »Ich trinke noch ein Gläschen«, war er garantiert bis drei Uhr früh mit der Theke verbacken. Sagte er: »Ich fahre ein Minütchen mit dem Rad um den Block«, absolvierte er mit einer an Sicherheit grenzenden Wahrscheinlichkeit eine Strecke, die einer Tour-de-France-Tagesetappe alle Ehre machen würde.

Natürlich hatte ich mich von Ralf breitschlagen lassen, und natürlich hatte ich ihm geglaubt, als er mir auf meine Frage nach dem Dresscode versicherte: casual, nicht elegant. Das beruhigte ungemein. Denn nicht elegant – das konnte ich.

Ich entschied mich also für eine farbenfrohe Pailletten-Tunika und für Leggings in Jeansoptik. Mit dem Ergebnis, dass ich zwischen den Chanel-Jäckchen-, den Louboutin-Pumps- und Gaultier-Hosenanzug-Trägerinnen, die in der Chef-Villa umherstaksten, aussah wie eine schlecht gealterte Hippiebraut, die die Abzweigung zur LSD-Party verpasst hatte. Eine glatte Sieben auf der nach oben offenen Demütigungsskala.

Ich hatte nicht mit zu dieser Party gewollt. Definitiv nicht. Ich wollte zu Hause bleiben, drei Folgen von *Hinter Gittern – der Frauenknast* schauen und mir einen halben Liter Tiramisu-Eis einverleiben. In Loungewear gewandet, dem harmlosen Zwilling des Trainingsanzugs. Im Gegensatz zu letzterem konnte man mit Loungewear nämlich unmöglich trainieren. Sie war dazu da, um auf weichen Untergründen herumzulungern und im streng abgezirkelten Bereich der eigenen vier Wände langsame, kaloriensparende Bewegungen im Bermudadreieck zwischen Kühlschrank, Sofa und Bett zu vollziehen.

Meine Loungewear war in gepflegtem Altrosa gehalten und

aus einem ebenso weichen wie elastischen Material gefertigt, das unter keinen Umständen einschnitt. Egal, was man aß. Fly nannte meine Loungewear liebevoll »Hausfetzen«. *Na, führst du wieder deinen Hausfetzen spazieren?* Dabei war sie die Letzte, die Grund hatte zu ätzen: In ihrem Rudel war es modern geworden, flauschige Riesen-Strampelanzüge zu tragen und mit einer Nuckelflasche herumzulaufen, sogar in der Schule. Ich hatte befürchtet, die digitalen Eingeborenen würden nur noch autistisch auf ihre Bildschirme starren und per App miteinander kommunizieren, aber so war es nicht, im Gegenteil. Sie waren alle so unheimlich körperlich, pulten einander geradezu die Läuse aus dem Pelz. Wenn sie von ihren Freunden sprach, nannte Fly sie ihre »Second Family«. Im Klassenzimmer stand ein Sofa, auf dem sich die Horde in jeder freien Minute zusammenquetschte. Ich wartete nur darauf, dass der Duden das Plüschquamperfekt – »Es war so chillig gewesen« – als neue Zeitform absegnete.

Als Ralf früher am Abend nach Hause gekommen war, hatte ich vorausblickend meine Loungewear bereits mit der Pailletten-Tunika getauscht. Seit dem toten Frosch war er leicht erregbar, allerdings nicht in einem konstruktiven Sinne. Er taxierte mich, während ich mich vor dem Spiegel drehte. Die Pailletten reflektierten das Licht. Es funkelte und gleißte in unserem Vorzimmer, dass es die reinste Freude war.

»Gefällt es dir?«

Räuspern.

»Vorteilhaft, oder?«

Vorsichtiges Nicken.

»Sag schon!«

»Doch, natürlich.«

»Wieso doch?« Ich wüsste nicht, dass ich das Gegenteil behauptet hätte.

»Wir bleiben ohnehin nur ein Weilchen.«

4

Zaghaftes Klopfen an der Badezimmertür.

»Hallo?« Eine gedämpfte Frauenstimme. »Brauchen Sie Hilfe?«

Aber immer. Zwanzigtausend in kleinen Scheinen, ein neues Auto, eine Tochter, die sich an Abmachungen hält. Und wenn wir schon dabei waren: Einen Schlank-im-Schlaf-Zauber würde ich auch nicht zurückweisen.

Als ich aufstand, knackte es verdächtig im Kniegelenk. Mit der Fußspitze rückte ich das Kuhfell zurecht und warf noch einen Kontrollblick in den Spiegel, bevor ich die Tür öffnete.

Davor stand Elli Rosenthal, Chef-Gattin, Gastgeberin und Hausausstatterin in Personalunion. Ich weiß nicht, wie ich darauf kam, aber in diesem Moment erinnerte sie mich an ein Gnu, das ich erst kürzlich in Flys Biologiebuch gesehen hatte: das längliche Gesicht, der große, muskulöse Köper mit den langen Beinen, die kunstvoll zerrupfte Frisur. Ihr Look – sie trug ein dottergelbes Kleid – betonte die minimalistische Ausstattung des Hauses. An ihr war nichts Überflüssiges, kein Schmuck, keine Schminke, sie war eine alterslose Schönheit mit spitzem Kinn, das auf Entschlossenheit und Zielstrebigkeit hindeutete.

»Ich hatte mir schon Sorgen gemacht«, sagte das Gnu.

Zwischen ihren Augen die Andeutung einer Falte. Bestimmt gehörte sie zu jenen Frauen, die keine Angriffsfläche boten und sich hinter ihrer unerschütterlichen Freundlichkeit verbarrikadierten.

»Ach«, sagte ich mit einer wegwerfenden Handbewegung, was so viel bedeutete wie: Das bin doch nur ich, Nina Bydlinski, Ehefrau des Servicecenter-Mitarbeiters Ralf Bydlinski, ein kleines Rädchen neben einem noch kleineren. Nicht der Rede wert.

»Ich musste ein wenig nachdenken«, sagte ich. »Das ist alles.«

Sie betrachtete mich fassungslos, wie etwas, mit dem der Hund zu lang gespielt hatte.

»Denken«, sagte sie und schüttelt den Kopf, »ist nicht gut. Gar nicht gut.« Kurzerhand packte sie mich am Ellenbogen und dirigierte mich schnurstracks durch die aberwitzig langen Gänge zurück in den bewohnten Teil des Hauses. Ich fühlte mich wie ein Pistenplaniergerät neben einem Porsche Boxster. Wir passierten den Salon und betraten eine Küche hollywoodesker Ausmaße. Zwischen Kühlschrank und Backrohr standen drei Frauen, jede mit einem Glas in der Hand.

»Du kannst jetzt, Irmi«, rief Elli Rosenthal.

Mit einiger Verzögerung begriff ich, dass sie auf das Bad anspielte. Die Gastgeberin hatte sich keine Sorgen um mich gemacht – sie hatte nur dafür gesorgt, dass das Bad frei wurde.

Irmi ging, und die anderen stellten sich vor. Sie hießen Emma und Claudia. Ich hoffte, ich würde mir die Namen merken. Ich bekam ein Glas in die Hand gedrückt, das Gnu schenkte mir großzügig Whisky ein.

»Trinken Sie!«, forderte sie mich auf. Und zu Claudia gewandt: »Wo waren wir stehengeblieben?«

Claudia, eine adrette Mittfünfzigerin mit blondem Wuschelkopf und beeindruckendem Dekolleté, erzählte von ihren Studenten – offenbar unterrichtete sie an einer Uni –, die auch noch im dritten Semester von ihren Eltern in der Familienkutsche bis vor den Haupteingang chauffiert wurden.

»Helikopter-Eltern«, sagte sie. »Lächerlich. Davon redet keiner mehr.«

»Sondern?«, fragte Emma. »Flugzeug? Fallschirm? Segelflieger?«

»Drohnen«, sagte Claudia. »Beobachten andauernd, und du bemerkst sie nicht. Total wendig. Und sie machen keinen Krach.«

Emma lachte. »Ich hab schon immer gewusst, warum ich keine Kinder wollte. Ich wäre die schlimmste Drohne von allen.«

»Wieso? Spionierst du dem armen Tamino nach?«

Das sei ihr Hund, raunte mir das Gnu zu, und er werde von ihr zu Tode gehätschelt.

Meiner Einschätzung nach handelte es sich bei Emma um den Typus Frau, der sich mit vierzig plus ein Haustier zulegt, um den ins Leere agierenden Nesttrieb zu kanalisieren, aber ich war nicht in Emmas Mokassins gegangen, nicht einen Tag, also hielt ich den Mund. Jetzt fummelte sie in ihrer Tasche und förderte einen Kugelschreiber hervor, den sie sich in den Mundwinkel steckte. »Die Sucht, die Sucht«, murmelte sie. Er handelte sich wohl um eine E-Zigarette. »Rauchen Sie?«, fragte sie mich.

Ich schüttelte den Kopf. Keinerlei bekannte Laster, bis auf die paar Todsünden Faulheit, Völlerei, Geiz und Gier.

»Na so was, unsere Nofretete!«, rief das Gnu plötzlich aus.

Großes Hallo. Eine Frau in gülden glitzernder Abendrobe schritt durch die Küche, als promeniere sie über den roten Teppich. Ihre Handtasche ließ sie in der Armbeuge baumeln. Birgit nannte Frauen, die diese affektierte Marotte kultivierten, »Blutspenderinnen«, weil der Henkel zuverlässig das Blut in der Armvene staute.

Nofretete, die mit bürgerlichem Namen Astrid hieß und der auf den ersten Blick so gar nichts Ägyptisches anhaftete, küsste alle Anwesenden mehrmals auf die Wange. Mir reichte sie ein kaltes, schlappes Händchen.

»Das ist die Frau eines großartigen Kollegen meines Mannes«, stellte mich das Gnu vor. Nanu. Kurz überkam mich Blinddarm-Feeling: lästiges Anhängsel, das alleine nichts wert war und ohne Verlust entfernt werden konnte.

»Freut mich«, murmelte ich.

Nofretete ließ sich zu einem halbherzigen Lächeln herab und wandte sich dann ihren Freundinnen zu, um von ihrem Urlaub an der Algarve-Küste zu berichten. Angeblich hatten Scharen junger portugiesischer Verehrer zu ihren Füßen um Erhörung gefleht.

»Und was sagt Daniel dazu?«, fragte Claudia.

Wir standen im Halbkreis um Nofretete, die rasch ihren Whisky leerte, bevor sie weitersprach.

»Es ist aus, aus, aus«, sagte sie mit Grabesstimme und hielt eine unberingte Hand in die Luft.

Entsetzen bei den Umstehenden.

Nofretetes Gesichtsausdruck blieb dabei seltsam starr, und ich fragte mich, ob ihr Spitzname etwas mit ihrem mumienhaften Gesichtsausdruck zu tun hatte.

»Hast du Schluss gemacht?«, fragte Emma.

»Das Leben«, flüsterte Nofretete und hob mit einer theatralischen Geste den Handrücken an die Stirn. »Das Schicksal hat uns getrennt.«

»Nichts ist für ewig«, sagte Claudia. Anscheinend war die Floskel-Viertelstunde eingeläutet.

»Die kann froh sein, dass sie den los ist«, flüsterte mir das Gnu zu. »Ein unmöglicher Typ.«

»Und bei Ihnen?«, fragte Emma unvermutet und sah mich an.

Ich? Huch. Kein einziger mickriger portugiesischer Verehrer. Einmal hatte mir der rumänische Hausmeister von Flys Schule nachgepfiffen, aber das könnte auch ein Versehen gewesen sein.

»Zweimal verheiratet, ein Kind«, sagte ich, weil mir nichts anderes einfiel. Bei dreieinhalb Milliarden Männern auf der Erde und dreihundert Eisprüngen im Leben ohnehin keine sonderlich heroische Bilanz.

»Nur zweimal geschieden?« Nofretete war bass erstaunt.

»Einmal«, korrigierte ich.

Meine Biographie musste diesen Frauen in etwa so spannend erscheinen wie die Betriebsanleitung für ein Meditationskissen.

»Und dazwischen bestimmt eine lange Singlezeit mit vielen Partys«, sagte Emma und zog an ihrem Kugelschreiber.

»Äh, fast«, sagte ich leise – und nach einer Pause: »Fünf Wochen.«

Nun hatte ich die Aufmerksamkeit aller.

»Aber warum denn nur?«, fragte Claudia. »Fünf Wochen? Alleine leben ist großartig! Sollten alle mal gemacht haben.«

Das glaubte ich ihr aufs Wort. Und hatte es mir nach der Scheidung von Martin auch fest vorgenommen: Ich würde mit Fly eine Girls-WG gründen – damals war sie immerhin bereits vierzehn – und wir würden die neu gewonnene Freiheit so richtig genießen. Das Leben wäre leicht und unvorhersehbar, im Kühlschrank befänden sich Milchprodukte hart am Rande des Verfallsdatums. Wir würden ein wildes, riskantes Leben führen.

»Doch dann kam Wolf«, sagte Nofretete mit Grabesstimme.

»Rolf«, sagte Claudia.

»Ralf«, sagte ich.

»Egal.« Das Gnu durchschnitt die Luft mit der Handkante. »Die Liebe kennt keinen Kalender.«

»Bei mir schon«, wandte Nofretete ein. »Ich trage mir jedes Date ein. Sonst kommt es zu Verwechslungen.«

Als ich Nofretete fragte, ob sie Kinder habe, stieß sie einen Schrei aus. »Göttin bewahre!« Sie sah sich panisch um. »Du meine Güte, in diesen modernen Häusern gibt es kein Holz mehr, auf das man klopfen kann. Elli, schnell, ein Schneidbrett!«

»Soll ich die Männer reinholen?«, fragte Emma. »Da hätten wir eine große Auswahl an Brettern vorm Kopf.«

Gelächter.

»Ich kann mich eben nur um mich kümmern«, sagte Nofretete. »Man sollte seine Grenzen kennen.«

Ich dachte daran, wie froh ich war, wenigstens dieses eine

Kind zu haben, und dass persönliche Grenzen keine unbeweglichen Mauern waren.

»Manchmal fühlt sich auch ein Kind an wie drei«, sagte ich, um die Spannung zu erhöhen. »Ich sage nur: Pubertät.«

»Ich habe drei, meine Liebe«, sagte das Gnu. »Und zwei Nannys. Und trotzdem gehe ich auf dem Zahnfleisch. Auf dem Zahnfleisch!«, wiederholte sie zeternd und hob die Hände, machte dabei aber gar nicht den Eindruck, vom Schicksal in welcher Weise auch immer gebeutelt zu sein. In dieser Villa, hier, wo die Stadt nobel ausfranste, mit einem Mann in leitender Funktion, mit zwei Nannys und einer Köchin. Wahrscheinlich engagierte sie sich charitymäßig und schenkte im Advent zwei Stunden lang Weihnachtspunsch aus, um ihr ramponiertes Gewissen zu salben.

Der Whisky tat gut. Und er desinfizierte die Mundhöhle. Was für ein Segen! Eine Küchenfee bereitete neben uns kompliziert belegte Brötchen zu, der Kühlschrank brummte von Zeit zu Zeit sein Liedchen vom ewigen Eis, und das Gnu bot mir das Du an. Emma, Claudia, Nofretete und die vom Bad zurückgekehrte Irmi folgten ihrem Beispiel.

»Warum hast du Schildkrötensuppe gemacht?«, fragte ich das Gnu, nachdem der Alkohol meine Zunge gelockert hatte. »Ist das nicht – äh, verboten?«

Sie sah mich an, als spräche ich Suaheli.

»Was für eine – fuck!« Sie sagte es tatsächlich. *Fuck*. Ihr spitzes Kinn zitterte. Claudia prustete in ihre Patschhändchen, und Irmi blieb der Mund offen stehen.

»Das war Consommé vom Rind. Wie kommst du auf Schildkröte?«

Ich versuchte, den Herrn, der neben mir in sein Schälchen geblasen hatte, vor meinem inneren Auge zu rekonstruieren. Stirnglatze, randlose Brille, Spitzbauch, mit blauen Äderchen durchzogene Wangen.

»Der Fritz«, platzte Claudia heraus. Irmis Mann, Fritz Kaltengruber. »Das sieht ihm ähnlich.«

Irmi versuchte vergeblich, sich mit einer Serviette Luft zuzufächeln, und ich bemühte mich, mir die beiden als Paar vorzustellen. Irmi, dieses zarte, feengleiche Wesen, an dem alles zerbrechlich war, neben diesem Klotz von Mann, der schlürfte und einen Hang zum Witzeln hatte. Das ging nicht zusammen in meiner Vorstellung, aber was hieß das schon. Vielleicht ging es den anderen ähnlich, wenn sie sich Ralf und mich als Paar vorstellten: Auf der einen Seite dieser sportlich-drahtige Kerl mit der von Wind und Wetter gegerbten Reinhold-Messner-Visage, auf der anderen Seite diese sichtbar unsportliche Frau, die schon erschöpft war, wenn sie einen Berg nur auf einer Postkarte betrachtete.

»Noch?« Das Gnu hob die Whiskyflasche.

Bereitwillig hielt ich ihr mein Bleikristallglas entgegen. Man sollte die Feste feiern undsoweiter.

Dummerweise hatte ich Drohnen-Mutter die Angewohnheit, regelmäßig mein Handy zu checken, wenn Fly alleine zu Hause war – und prompt! Sie hatte zweimal angerufen. Das verhieß nichts Gutes. Herzwummern.

Ich trat drei Schritte zur Seite und rief sie zurück. Es tutete. Keiner ging dran. Ich versuchte es ein weiteres Mal. Wieder nichts. Eine Angewohnheit, die mich in den Wahnsinn trieb: dass sie selbst erwarteten, dass man sofort ranging, die Rückrufe aber geflissentlich überhörten. Vielleicht war etwas passiert. Natürlich, es war etwas Schreckliches passiert. In der Königsdisziplin »Worst-Case-Szenarien-Ausmalen« machte mir keiner so schnell etwas vor. Ich sah wahlweise bereits unsere Wohnung in Flammen aufgehen oder Fly mit Kabelbindern an den Heizkörper gefesselt, während eine Einbrecherbande die Schränke durchwühlte. Martin würde das Sorgerecht, auf das er schon die längste Zeit spitzte, an sich reißen, ich würde meinen Job verlieren und einen Prozess wegen –

»Alles in Ordnung?«, fragte Claudia. Sie hatte beobachtet, wie mir die Gesichtszüge entglitten waren. »Ist was passiert?«

»Alles bestens«, sagte ich. Im Lügen war ich eine Niete. »Ich fürchte, ich bin immer im Flugmodus. Keine Ahnung, wie man das abstellt. So eine Erziehungsdrohne wird ohne Fernbedienung geliefert.«

Glockenhelles Lachen. »Egal«, sagte Claudia. »Schön, dass du da bist.«

Sie lächelte mir zu, offen und freundlich, und ich hatte das Bedürfnis, loszuheulen. Der Alkohol machte mich weinerlich und sentimental. Oder war es das Gespräch mit diesen Frauen?

Die nächste Viertelstunde war neuen Erkenntnissen gewidmet: Das Gnu war mitnichten Charity-Königin – sie war Viszeralchirurgin am Allgemeinen Krankenhaus. Ich gab mir keine Blöße und fragte nicht, was das bedeutete. Ich nickte nur stumm. Das Haus war ihres. Alles hier gehörte ihr, inklusive meiner Hochachtung. Diese Frau rettete Leben. Ich rettete nicht mal eine Spinne aus dem Staubsaugerbeutel.

»Mir war es wichtig, dass dieses Haus auch ohne Familie funktioniert«, sagte das Gnu und fixierte versonnen einen Punkt über dem Kühlschrank. »Versteht ihr? Es sollte für sich sein. Ein Statement, ein Monolith. Man kann es bewohnen, so wie wir es im Moment tun, aber im Grunde genügt es sich selbst. Es braucht uns nicht, es ist stark und selbstbewusst.«

Was für ein Gedanke. Wir nickten stumm. Wenn ich an unsere Wohnung dachte, dann waren Stärke und Selbstbewusstsein die letzten Eigenschaften, die ich mit ihr in Verbindung brachte. Die Wohnung war ein Kompromiss, weil doch das ganze Leben ein Kompromiss war. Eine Patchworkfamilie: Kompromiss. Plötzlich hast du zwei Männer, die um die Aufmerksamkeit deiner Tochter buhlen: Kompromiss. Und eigentlich wolltest du ein eigenes Zimmer, für was auch immer, aber drei Zimmer sind einfach immer eines zu wenig: Kompromiss. Alles war immer staubig, auch der Alltag insgesamt, bedeckt von einer klebrigen Schicht aus Ritualen, Enttäuschungen und Mühen: Kompromiss. Es war ein dünnhäutiges und zittriges Gleichgewicht, das ich täglich aufrechtzuerhalten versuchte.

Als sie mich fragten, was ich so den ganzen Tag tat, um mir die Langeweile zu vertreiben, sagte ich: »Handel. Also Handel und Marketing.«

Claudia horchte auf. »Branche?«

»Lebensmittel«, sagte ich. »Biologisch abbaubare.«

Meine Synapsen feuerten erst, nachdem ich diese Worte ausgestoßen hatte. Was für ein Unsinn. Welches Nahrungsmittel war nicht biologisch abbaubar?

»Du meinst bio?«, fragte Emma.

»Klar. Bio«, seufzte ich.

»Großhandel?«, fragte Nofretete.

»Eher Kleinhandel.« Kleinsthandel, um ehrlich zu sein. Ich

würde mich hüten, ihnen zu erzählen, dass ich Müsli-Abonnements verkaufte. An der Haustür. Im Prinzip war ich nichts anderes als eine moderne Hausiererin. Nur heute Abend nicht. Heute war ich Ralf Bydlinskis strahlende Gattin. Ich nahm einen kräftigen Schluck. Der Küchenboden schwankte, aber hey, das hier war eine Party, und wie oft feierte man schon, wenn man die neununddreißig überschritten hatte?

Um mich herum waberten die Worte und das perlende Lachen der Frauen, mal näher, mal weiter weg, alles versank in einem zähflüssigen Zeitbrei, und ich fühlte mich unendlich wohl.

Bis ich einen unvorsichtigen Blick in meine Tasche warf. Das Handy blinkte aufgeregt. Wurde auch Zeit. Aber es war nicht Fly.

BOMBE!

Was zum Kuckuck wollte der schon wieder? Es war halb elf.

BOMBE! BOMBE! BOMBE!

»Ja?«

Aus dem Telefon drang das auf- und abschwellende Dröhnen vorbeifahrender Laster. Martin schrie gegen den Lärm an, trotzdem verstand ich nur Bruchstücke seines Monologs. Zwei Worte, die ich identifizierte, genügten, um meinen Blutdruck in die Höhe schnellen zu lassen. Fly. Und Polizei.

»WAS? WAS IST PASSIERT?«

Die Frauen verstummten und starrten mich an. Das Gnu legte mir zur Beruhigung eine Hand auf den Unterarm.

»… Fly … Beatrice … Party … falsche Tankstelle …«, hörte ich Martin sagen. Was um Himmels willen sollte das bedeuten?

»Ich kann dich nicht hören«, heulte ich. »Falsche Tankstelle?«

Das Gnu bedeutete mir, ihr das Handy zu reichen. Ich zitterte am ganzen Leib, von mir konnte sich Espenlaub noch etwas abschauen.

Das Gnu sprach ins Telefon und presste den Knöchel des Mittelfingers gegen die andere Ohrmuschel, um besser zu hören.

»Ich verstehe«, sagte sie und nickte. Dann noch einmal. »Verstehe. Ach so. Hmm. Mhm. Okay. Alles klar.« Dabei lächelte sie mir zu.

Vor Nervosität hatte ich damit begonnen, die Pailletten aus der Tunika zu reißen, der Boden war bereits übersät mit glänzendem Konfetti. *Goldmarie was here.*

Und dann hatte das Gnu fertig gesprochen und reichte mir das Handy. Ich erwartete so etwas wie *Du musst jetzt sehr tapfer sein*, stattdessen sagte sie: »Ich glaube, wir sollten anstoßen. Deine Tochter ist erwachsen geworden. So ein Abenteuer gehört einfach dazu, mach dir keine Sorgen. Sie wird bei ihrem Vater übernachten.«

»Abenteuer? Was für ein Abenteuer? Jetzt sag schon.«

»Ein lächerlicher Streich. Nicht der Rede wert. Alle leben noch, niemandem ist etwas passiert, schwanger ist sie auch nicht – zufrieden? Der Rest ist Schweigen, wie es so schön bei Othello heißt.«

»Bei König Lear«, sagte Emma.

»Bei Hamlet«, sagte Nofretete trocken. »Cheers.« Sie hob das Glas.

Gerade noch hatte ich alles wissen wollen, jedes Fitzelchen wollte ich aus dem Gnu herauspressen, nach diesen Worten aber holte ich erst einmal tief Luft. Vielleicht musste ich mich an den Gedanken gewöhnen, dass die jungen Mädchen von heute doch nicht so vernünftig waren, wie ich gedacht hatte. Vielleicht waren sie genauso dumm wie wir damals.

Wir stießen an.

»Auf das Leben und die Liebe«, sagte Emma. »Beides unerforschlich.«

»Auf das, was wir schon haben, und auf das, was noch kommt«, sagte Emma.

»Auf all die Männer, denen wir noch zeigen werden, wo's langgeht«, sagte Nofretete.

»Auf den Mut unserer Kinder und die Hoffnung, dass wir irgendwann wieder ein wenig so werden wie sie.«

»*Nice*«, murmelte ich, als die Bleikristallgläser aneinanderstießen und ein sattes »Plong« von sich gaben. »Wirklich *nice*.«

5

D*as, was du zu Beginn am meisten liebst an deinem Partner, das wirst du später am heftigsten hassen.* Hatte ich irgendwo gelesen und gedacht: Unfug. Frauenzeitschriftenweisheit. Jetzt dachte ich: Bingo.

Nach Martin, dem zwänglerischen Karrieristen, hatte ich versucht, mich auf einen anderen Typ Mann einzunorden. Einen, dem es gelingen würde, meine zugegebenermaßen hochemotionale psychische Grundausstattung mit Gleichmut auszupolstern.

Dass die Freiheit, die Ralf mir ließ, nur ein anderes Wort war für »ist mir egal«, das dämmerte mir erst, nachdem ich meine rosarote Brille zum Optiker getragen hatte. Was mich sorgte, ließ ihn kalt. Wenn ich Hilfe benötigte, war er garantiert nicht da. Die Einschläge in meinem Leben gingen ihn am Allerwertesten vorbei. Glücklicherweise hatten wir Dr. Brock. Das Atout in der Hinterhand. Sie würde die Puzzleteile unserer Ehe wieder zu einem herrlichen Bild zusammenfügen. So zumindest die Theorie.

Noch aber war es nicht so weit, denn als ich Ralf am Morgen nach der Party bitten wollte, gemeinsam mit mir zu Martin zu fahren, um Fly abzuholen, schüttelte er bedauernd den Kopf.

»Wie – du hast zu tun.« Ich konnte es nicht fassen. Es war Sonntag!

»Team-Building.«

»Nicht dein Ernst.«

Ich setzte mich auf die Bettkante. Das musste ich sacken lassen.

In Ralfs Abteilung ließ man verlässlich um vier Uhr nachmittags den Bleistift fallen. Und da fand sich unter der Woche kein einziger Termin für gruppendynamische Sottisen?

»Das ist total wichtig, verstehst du das nicht?«, sagte er.

Nein, verstand ich nicht. Hier ging es immerhin um seine Familie, während er mit seinen Kollegen schon seit zwanzig Jahren in einem Zimmer hockte. Mehr Team war doch gar nicht möglich.

»Du hast schon mitbekommen, was da gestern los war? Die Sache mit Bea und der Tankstelle? Hör mal, die braucht uns jetzt beide. Sie muss wissen, dass wir hinter ihr stehen.«

Ich hatte spätabends noch ein zweites Mal mit Martin telefoniert und ihm eine grobe Chronologie der Ereignisse abgetrotzt. Wie es aussah, hatten Fly und Bea an der Tankstelle eine Flasche Hochprozentiges mitgehen lassen. Da erst verstand ich, was er gemeint hatte: »Flasche an der Tankstelle«, nicht »falsche Tankstelle«. Noch hatte ich nicht mit Fly gesprochen, das wollte ich doch lieber von Angesicht zu Angesicht erledigen.

»Tankstelle?« Ralf hielt während des Hemdzuknöpfens inne. »Dann bring doch bitte Scheibenreiniger mit.«

Also fuhr ich allein zu Martin. Ein eigenartiges Gefühl, an

meiner alten Haustüre zu läuten und einen Türkranz aus Ästen und Kunstblumen vorzufinden, den ich im Leben nicht aufgehängt hätte.

Martin öffnete im zerknitterten Morgenmantel. Neuerdings trug er Bauch. »Deine Tochter befindet sich oben.«

Meine Tochter. Klar, ich hatte sie ganz alleine hergestellt, seine Spermien waren bloß zufällige Statisten gewesen auf der Befruchtungsbühne.

Das Haus hatte sich verändert, seit ich das letzte Mal hier gewesen war. Die Treppe trug einen blutroten Läufer, an den Wänden breiteten sich gerahmte Sonnenuntergangs-Fotos aus wie ein Ausschlag. Und überall dieser Dekorationsplunder: bauchige Vasen, selbstfabrizierte Raku-Keramikschälchen, pseudoorientalische Figurinen auf dem Vorzimmerschrank. Die gestaltende Hand einer Frau war nicht zu übersehen. Und dieser Hand ließ Martin offenbar alles durchgehen. Die Liebe musste groß sein.

Vielleicht hatte er sich ja geändert, dachte ich, als ich die Stufen in den ersten Stock hinaufkeuchte. Möglicherweise hatte er ebenfalls eine Frau Dr. Brock, die ihn sanft darauf hinwies, dass es wenig sinnvoll war, die Haushaltsführung mit seinen Managementregeln zu unterfüttern, wie er es bei mir praktiziert hatte.

Es war eine schleichende Entmündigung gewesen: Neben einem »Windelplan«, an den ich mich zu halten hatte – er nutzte ein Computerprogramm, um den günstigsten Windelwechselzeitpunkt gemessen an der Flüssigkeitsaufnahme herauszufiltern –, musste ich meine Einkaufsliste eine Woche vorher per Unterschrift freigeben lassen. Aber mein Gott, das waren Kinkerlitzchen, wenn ich das große Bild unserer Ehe visualisierte! Redete ich mir zumindest ein. Bevor wir zum Traualtar schritten, schmiss ich mein Kunstgeschichte-Studium. Ich war beseelt von der Vorstellung, dass Martins Zielstrebigkeit und sein Ehrgeiz auf mich abfärben würden wie in einem chemischen Verfahren. Endlich fände ich meinen Platz im Leben. Martin hatte mir zu verstehen gegeben, dass ich für Größeres bestimmt war. Ja, genau: für Größeres.

Ich klopfte an Flys Tür, an der bezeichnenderweise ein Stoppschild klebte, und war darauf vorbereitet, ein geknicktes Fräulein Tochter vorzufinden. Fly lag auf dem Bett und bearbeitete ihr Handy. Sie hob den Blick.

»Oh, hi Mum.«

»Felicitas«, sagte ich, was so viel bedeutete wie: Alarmstufe Rot. Ich sprach sie sonst nie mit ihrem ganzen Namen an. Sie sollte bloß nicht glauben, dass alles in Ordnung war. Nichts war in Ordnung.

»Ich will genau wissen, was gestern passiert ist.«

Sie hatte bereits wieder den Kopf gesenkt. Ihr Daumen raste mit affenartiger Geschwindigkeit über das Display.

»Petra ist schwanger, hast du das gewusst, Mum? Schwanger. Die kriegt ein Baby. Das ist so *sick*.«

»Wer?«

»Petra. Papas Freundin.«

Oh. Ich musste mich setzen. Wusste nicht, was ich sagen sollte.

»Ich bekomme eine Halbschwester. Oder einen Halbbruder, weiß man noch nicht.«

Fly beherrschte die Strategie »Toppe deine eigene Dummheit mit der Dummheit eines anderen« perfekt. Dass diese Petra nichts anderes im Kopf hatte, als umgehend zu kalben, das musste ich erst verdauen. Daher rührte Martins Bauch. Vermutlich war er co-schwanger.

Tausend Gedankensplitter, Milliarden Befürchtungen: Martin würde mit sofortiger Wirkung die ohnehin nicht üppigen Alimente reduzieren (»Du weißt, wir haben jetzt ein BABY, da müssen wir finanztechnisch vorsorgen –«). Er würde nun gar keine Zeit mehr für Fly erübrigen können (»Du weißt, wir haben jetzt ein BABY, das braucht alle Zeitfenster, die ich –«). Das neue Happy-Pärchen würde Fly als kostenlose Babysitterin missbrauchen und den Schreihals zum offiziellen Thronfolger der Familie Schottenberg ernennen.

»Seit wann weißt du das?«

Sie legte das Handy beiseite und glotzte auf ihre Handinnenfläche.

»Seit gestern.«

Ich legte ihr die Hand auf die Schulter.

»Ist ok, Mum«, sagte sie. »Wirklich. Und wegen gestern: Das war ich nicht. Das war die Idee von Bea.«

»Aha«, sagte ich. Was sollte mich jetzt noch erschüttern.

»Sie wollte unbedingt diesen Wodka.«

Das *Ich dachte, ihr wolltet lernen* sparte ich mir an dieser Stelle.

»Und dann?«

»Sie hat ihn unter ihre Jacke gesteckt.«

»Ohne zu zahlen.«

»Was glaubst du denn? Dass sie die Polizei rufen, wenn man zahlt?«

»Und warum habt ihr nicht gezahlt?«

Flys Augenaufschlag sagte: Dass du aber auch NICHTS kapierst.

»Weil wir siebzehn sind?«

»Ach, und ihr dachtet also: Wenn wir ihn nicht zahlen dürfen, dann klauen wir ihn eben.«

»Nein, das war komplizierter.«

»Inwiefern? Klär mich auf.«

»Bea kriegt mächtig Ärger. Sie tut mir leid.«

»Etwas spät für Reue, meinst du nicht?«

»Du hast so was natürlich nie gemacht, Mum.«

Ich überlegte. Ich hätte viel zu viel Schiss gehabt damals. Und heute wusste jedes Wickelkind, dass Tankstellen über mehr Kameras verfügen als die Babelsberger Filmstudios. Was war nur in sie gefahren? Forscher haben herausgefunden, dass das Hirn in der Pubertät komplett umgebaut wird, doch dass wesentliche Teile für immer verrutschen oder überhaupt verloren gehen, davon war nie die Rede.

»Was habt ihr überhaupt mit dem Wodka vorgehabt?«

Sie sah mich an, als könnte sie nicht fassen, dass ich so eine dämliche Frage stelle.

»Mum, BITTE.«

»Und was passiert jetzt?«

Sie zuckte mit den Schultern. »Wir bekommen einen Brief. Von der Polizei. Da steht alles noch mal drin.« Na bravo. In nächster Zeit durfte Fly den Postkasten ausleeren.

Martin stand breitbeinig am Ende der Treppe, eine Zigarette im Mundwinkel. Ein feister Endvierziger, dem Gänseleberpastete und Schwarzwälder Kirschtorte einen dauerhaften Airbag auf die Rippen genäht hatten.

»Solltest du nicht damit aufhören?«, fragte ich und wedelte den Rauch fort.

Er tat so, als hätte ich nichts gesagt oder er nichts gehört. Darin war er immer schon ein Meister gewesen.

»Tschüss, Papi«, sagte Fly, bevor sie die Fliege machte. »Ich setz mich schon mal ins Auto.«

Sie wusste, was jetzt kam.

Ich auch.

»Du solltest deine Vorbildfunktion hinterfragen«, sagte Martin, sobald die Haustür ins Schloss gefallen war. »Ich habe den Eindruck, deine neue Familienkonstellation wirkt sich kontraproduktiv auf Flys Output aus.«

Meeep.

Das hätte er nicht sagen dürfen, egal, wie kompliziert es mit Ralf war.

»Deinen Output wirst du ja bald wickeln können«, sagte ich. »Übrigens, Gratulation zur Befruchtung. Oder hat der Onkel Doktor mit der Pipette nachgeholfen?«

Wenn ich die Fotos an den Wänden richtig interpretierte, war auch Petra der Menopause näher als der Pubertät. Wenigstens hatte er sich keine Jüngere ausgesucht.

»Petra wird eine exzellente Mutter sein«, sagte Martin. Subtext: Besser als du. »Sie bereitet sich auf ihre große Aufgabe gewissenhaft vor.«

Kein Kurs der Welt bereitet einen auf ein Baby vor. Das war lachhaft. Aber diese Pointe sparte ich mir auf, da würde sie schon selbst draufkommen. Und wenn das Kind seinen ersten

Wodka im Supermarkt klauen würde, würde man Martin die erste Inkontinenzwindel umbinden.

»Schön für euch, aber vergiss Fly dabei nicht ganz«, sagte ich. »Sie braucht dich.«

»Was denkst du, wer sie gestern Nacht asap von der Wache abgeholt hat? Weil DU nicht erreichbar warst, trotz unzähliger Calls. Wahrscheinlich hast du dich mit deinem Ehemann in einer Bar vergnügt, während ich DEINE Tochter bei der Polizei ausgelöst habe.«

»Ausgelöst? Musstest du Kaution zahlen?«

Das hätte mir gefallen.

»Und diese Beatrice ist kein Umgang für sie.«

»Willst du ihr ihre Freundinnen verbieten?«

Wir verfielen umgehend in unsere alte, immer noch gutgeölte Streit-Dynamik. Kritisierte er Fly, so stellte ich mich automatisch an die Seite meiner Tochter, egal, was sie angestellt hatte. Blut war immer noch dicker als Wodka.

Im Auto war Fly auffallend wortkarg. Sie tippte nicht einmal auf dem Handy herum, was mir verdächtig vorkam.

»Streicht er mir jetzt das Taschengeld?«

Ihre größte Sorge. Ich zuckte mit den Schultern.

»Darüber haben wir nicht gesprochen.«

»Worüber dann?«

Es hatte wieder zu regnen begonnen. Die Scheibenwischer quietschten. Wer sich noch keine Frühjahrsdepression eingefangen hatte, der hatte gute Chancen, in diesen Tagen nicht leer auszugehen.

»Über nichts Besonderes. Für dich wird sich nichts ändern, wenn das Baby einmal da ist.«

»Aber es ändert sich doch jeden Tag etwas!«

Das war nicht von der Hand zu weisen. Ich sah zu ihr hinüber. Die glatten Haare hingen ihr ins Gesicht wie ein Vorhang, den sie allzu gern zuzöge. Ende der Vorstellung.

Ich hatte keine Ahnung, ob ich noch wütend war auf sie. Der Alkohol vom Vorabend war noch nicht zur Gänze verdampft, meine Hirnkammern fühlten sich an wie in Watte gepackt. Ich sehnte mich nach meinem Bett und nach bewusstlosem Schlaf.

Als wir nach Hause kamen, stand Ralf unter der Dusche. Ich ging ins Bad und warf einen Blick auf seinen Alabasterkörper hinter der Glaswand. Es war, als betrachtete ich Michelangelos David. Ein ästhetischer Anblick, gut und schön, aber er löste nichts in mir aus. Ich war kalt geworden, kalt, kalt, kalt.

Ich setzte mich auf den geschlossenen Klodeckel und wartete. Ich musste ihm von Fly erzählen, von dem neuen Baby, das irgendwie Teil der Familie werden würde und auch wieder nicht, von Martins Arroganz und Rücksichtslosigkeit, von den Veränderungen in meinem alten Haus.

Ralf duschte mit einer Ausführlichkeit, die mich zunächst erstaunte und dann ärgerte. So viel konnte doch kein Mensch schwitzen, dass es diesen enormen Warmwasserverbrauch rechtfertigte. Und sofort verachtete ich mich für diesen kleingeistigen und geizigen Gedanken. Dafür, dass ich Ralf das bisschen Wasser missgönnte. Verachtete mich dafür, dass ich das Gnu glühend beneidete und Emma und Claudia ebenfalls, die alle ihr Leben auf die Reihe bekamen, während ich nicht mehr vorzuweisen hatte als die Tatsache, dreiundvierzigeinhalb Jahre lang die Luft auf diesem Planeten veratmet zu haben. Verachtete mich dafür, Fly das Recht auf ein Aufwachsen in einer normalen Familie mutwillig genommen zu haben. Der Rucksack der Schuld lastete tonnenschwer auf meinen Schultern. Wir wandelten auf dünnem Eis. Nur langsam taute Fly Ralf gegenüber auf. Es hatte beinahe ein Jahr gedauert, bis sie ohne mein Zutun überhaupt mit ihm sprach. Sie näherten sich in Zeitlupe an. Ich konnte – nein, ich durfte sie da nicht schon wieder rausreißen.

»Handtuch«, sagte Ralf und streckte den Arm aus.

Ich reichte ihm ein Handtuch.

»Zu klein!« Er warf es auf den Boden. »Ein größeres!«

Schwester! Tupfer, Pinzette, Schere!

Er trat aus der Dusche, das Handtuch um die Hüften geschlungen und fuhr sich mit der Linken durchs nasse Haar. Wie in einer Werbung für Schuppenshampoo. Oder Eiweißpulver. Oder Vitamintabletten. Das war mein Mann: Ralf Bydlinski, Servicecenter-Mitarbeiter in der Wirtschaftskammer, Rennradfahrer, Freund der Berge. Eitel wie ein Pfau. Er wischte das Kondenswasser vom Spiegel und betrachtete sich wohlwollend.

»Wahnsinn«, sagte er. »Ich war auf dem Sockelberg. Neuer Rekord. Eins einundvierzig. Vierhundert Höhenmeter.«

»Ich dachte, du musstest zum Teambuilding«, sagte ich.

Er zögerte nur eine Sekunde. »Natürlich. Das *war* das Teambuilding. Die anderen waren mit.«

»Die waren alle mit auf dem Sockelberg?«

Statt zu antworten, griff er hinein in den Kleiderhaufen auf dem Fensterbrett und hielt mir sein Handy vor die Nase. Ich sah eine gezackte Fieberkurve. Darunter stand: BRAVO, RALF RADPROFI, DU BIST DER MEISTER ALLER KLASSEN!

»Ralf Radprofi?«

»Die App nennt mich so.«

»Die App spricht mit dir?«

»Natürlich. Sie motiviert mich. Wenn es sonst schon niemand tut.« Das war kein Wink, das war schon ein Stoß mit dem Zaunpfahl.

Dabei hatte ich zumindest zu Beginn vollstes Verständnis gezeigt für seinen Radfimmel. Jeder Mann braucht ein Hobby, damit er nicht an der Kittelfalte der Frau hängt. Doch spätestens, wenn du glaubst, ein Herr Shimano lebt bei dir zu Hause, ist der Bogen endgültig überspannt.

»Du, ich fühle mich wie neugeboren. Den Sockel habe ich noch nie in unter zwei Stunden geschafft. Neuer persönlicher Rekord.«

»Ich wollte dir noch erzählen, was mit Fly –«

»Muss aber mehr Magnesium schlucken. Hatte heute einen Wadenkrampf. Bin fast vom Rad gekippt.«

»So.«

Bestimmt brauchte er mein Mitleid nicht. Dafür hatte er ja die App. Ich folgte ihm ins Schlafzimmer.

»Alfred hat mir die Leitung in Aussicht gestellt.«

»Alfred?«

Er streifte einen Kniestrumpf über seine Radfahrerwade. »Rosenthal. Die Party in der Villa?«

»Ich wusste nicht, dass ihr schon per Du –«

»Die Leitung der Serviceabteilung. ›Ralf, du weißt, dass wir dich sehr schätzen‹, hat er gesagt. Außerdem geht Wunderlich im nächsten Jahr in Rente. Nach fünf Jahren wird's auch Zeit. Das war wirklich wichtig, dass wir hingegangen sind, Schnucki.«

Schnucki. So hatte er mich seit einem Jahr nicht mehr genannt.

»Du hast ein bisschen tief ins Glas geschaut.« Er lachte. »Es ist immer dasselbe mit euch Frauen. Zuerst wollt ihr nicht mitgehen, und dann wollt ihr nicht nach Haus gehen.«

»Mit euch Frauen? Wie umfangreich ist denn dein Erfahrungsspektrum?«

»Willst du das wirklich wissen?«

Er griff nach meinem Arm, zog mich aufs Bett, hielt mich an den Handgelenken fest. Ich strampelte, versuchte, mich loszureißen. Er wälzte sich auf mich.

»Hör auf, Fly ist da«, sagte ich.

»Ich bin ganz leise.«

»Lass mich.« Ich versuchte, mich aus seiner Umklammerung zu befreien. »Außerdem hat Dr. Brock –«

»Was hat sie schon wieder gesagt, hm?«

Spöttisches Augenbrauenhochziehen. Die Brock ging ihm zunehmend auf den Senkel.

»Wir sollen die Blockflöte spielen. Üben. Also spielen üben.«

»Blockflöte?«

»Äh, Bambusflöte.«

»Und wie geht die? Ich bin sehr dafür, wenn es das ist, wonach es klingt.«

Ich setzte mich auf, aber er drückte mich zurück auf die Matratze.

»Ich bin es leid, im Bett herumzuliegen wie schimmeliges Obst«, sagte er. »Mir fault noch alles ab.«

»Jetzt hör doch einfach mal zu!«, rief ich. »Bei der Bambusflöte liegt man nebeneinander, ohne sich zu berühren, und stellt sich vor, dass man innen hohl ist. Ein leerer Tunnel. Und dann atmet man durch die Geschlechtsorgane.«

»Wie bitte?«

»Man stellt sich das vor.«

»Dass man durch die Geschlechtsorgane atmet.«

»Genau.«

Er versuchte, mir die Hose hinunterzustreifen. »Dann schauen wir doch mal, ob das stimmt mit dem Tunnel.«

»Lass mich.«

Ich flüchtete auf die andere Seite des Bettes. Unendliche Erschöpfung. Ich dachte an den nächsten Tag. An meine Termine, die ich eintragen, an die Frühstücksabo-Rationen, die ich noch in der Zentrale bestellen musste, an die Rückrufe, die ich nicht vergessen durfte. Birgit hatte etwas auf die Mobilbox gesprochen, und ich wollte mich noch beim Gnu für den Abend bedanken.

Ralf stützte sich auf den Ellenbogen und sah zur mir herüber.

»Wann wird das eigentlich wieder normal?«, fragte er.

»Was?«

»Unsere Ehe. Oder das, was wir hier haben.«

Ich schloss die Augen.

Heidi Brock hatte recht: Ich war innen hohl, vollkommen leer, eine Röhre ohne Inhalt, ein Tunnel ohne Licht.

6

Wer ist da?«
»Bydlinski. BYD-LIN-SKI.«
Rauschen, Knacken, dann: »Kenn ich nicht.«
»Liebe Frau Mooshammer, ich war doch schon zehnmal bei Ihnen, mindestens! Bitte machen Sie auf. Außerdem hab ich eine Überraschung für Sie dabei.«
»Jaja. Zuerst sagen sie Überraschung, und dann –«
»Aber Frau Mooshammer, wir haben einen Termin!«
Es war zum Verzweifeln. Ich stand unten an der Tür, küsste beinahe die Freisprechanlage – Frau Mooshammer hörte schon ein wenig schlecht – und fror. Der Himmel war eine undurchdringliche Asphaltdecke, und der Wind blies mir die letzten klaren Gedanken aus dem Schädel.
»Ich kenne keine Frau Biski.«
»Bydlinski! Byd –«
Gute Güte. Jetzt fiel es mir ein: Sie kannte mich nur unter meinem Mädchennamen. Ich hatte nämlich darauf geachtet, bei den älteren Herrschaften keine allzu großen Irritationen auszulösen, und daher die Namensänderung, die mit meiner zweiten Ehe einherging, wohlweislich verschwiegen.

»Drossel. Nina Drossel!«, rief ich.

»Frau Nina? Ja, warum sagen Sie das nicht gleich?«

Bsssssss.

Na endlich. Ich nahm meinen Trolley und trollte mich in Richtung Lift. Ich würde meine Klientel schön langsam an meinen neuen Namen gewöhnen müssen. Oder auch nicht, dachte ich, während sich der Lift in den achten Stock quälte. Ich wäre nicht die Erste mit zwei gescheiterten Ehen.

Frau Mooshammer erwartete mich an der Tür.

»Wissen Sie, man hört so viel von Räuberbanden in den Nachrichten. Gerade erst haben sie bei einer Bekannten eingebrochen.«

»Nein, was Sie alles hören«, sagte ich und rollte den Trolley über die Schwelle. Frau Mooshammer sah mir zu, wie ich meine Stiefel auszog und in die bereitgestellten Hausschuhe schlüpfte.

»Den ganzen Nachmittag warte ich schon auf Sie«, jammerte sie.

»Schön ist das, Frau Mooshammer. Wunderbar, wenn man erwartet wird.«

Ich sah mich um. Alles unverändert. In dieser Wohnung war die Zeit im Jahre 1962 stehengeblieben. Nierentische, Fliesen in Bahama-Beige, Röhrenfernseher, röhrender Hirsch über dem Schlafsofa. Es roch nach Eau de Cologne und nach dickem, altem Staub unter der Kredenz, um den man sich verständlicherweise nicht kümmern konnte, wenn man fünfundachtzig war, an Arthrose litt und im vorigen Jahrtausend das letzte Mal auf dem Boden gekniet hatte.

Elisabeth Mooshammer bewohnte ein All-in-one-Appartement, das ersparte weite Wege. Wir setzten uns, und ich zippte meinen Trolley auf, während Frau Mooshammer wie jedes Mal über die Vorzüge des Alleinlebens philosophierte.

»Wissen Sie, liebe Frau Nina, es war schon auch schön mit dem Egon. Aber für ihn war alles selbstverständlich. Die Frau hat zu folgen und zu dienen. Das war seine Einstellung. Er hat nie Blumen mitgebracht. Nur seiner Sekretärin, der hat er Geschenke gemacht.«

Ich kannte ihren Sermon bereits auswendig.

»Eine Kette mit Süßwasserperlen hat er ihr geschenkt –«

Einen Persianer und Lederhandschuhe, dachte ich.

»Einen Persianer und echte Lederhandschuhe«, sagte sie und seufzte. Immer, wenn sie entsetzt war über die Ungerechtigkeit der Welt, legte sie den Kopf in den Nacken, schloss die Augen und murmelte: »Warum prüfst du mich so, warum, warum« – eine Klage, die sich an niemand Geringeren richtete als an den lieben Gott höchstpersönlich. Quasi oberste Beschwerdestelle.

Sie war klein und schmal und trug über beiger Bluse und Tweedrock ein Hauskleid mit violetten Rhomben. Der treulose Egon, der mittlerweile nur noch den Engeln im Himmel Geschenke machen konnte, wachte in einem Silberrahmen über das Geschehen in der Einzimmerwohnung. Hamstergesicht, Oberlippenbart, das Resthaar zu einer Verzweiflungsfrisur über den kahlen Schädel gebürstet.

»Und gesundheitlich, Frau Mooshammer?«

»Der Doktor war da und hat mir Tabletten verschrieben.«

»Tatsächlich.«

»Der Name will mir halt nicht einfallen.«

»Vom Arzt?«

»Von den Tabletten. So lange weiße. Wissen Sie, wie die heißen?«

Es war so: Ich hatte Frau Mooshammer in mein Herz geschlossen, und ich liebte diese Hausbesuche, die meine innere Seniorin nicht nur zum Vorschein, sondern geradezu zum Leuchten brachten. Mein inneres Kind hatte mich noch nie interessiert. Auch ich würde später in einer Wohnung residieren wie in einem Raumschiff, das unberührt blieb vom technischen Fortschritt, eingesponnen in Erinnerungen. Frau Mooshammer war noch nie im Internet gewesen, ihr Ziel war der *Penny*, wo es Stützstrümpfe im Vorteilspack gab. Ihre Wünsche waren handfest und dreidimensional.

Sie hatte Kaffee gemacht und einen Schokoladenkuchen aufgetaut, der in der Mitte noch gefroren war. Meine Beobachtung nach unzähligen Glückstück-Kundenbesuchen: Je näher einer am Krieg geboren worden war, desto größer die Tiefkühltruhe. Wer einmal Hunger gelitten hatte, der baute sein restliches Leben vor. Frau Mooshammer hatte sogar zwei Kühltruhen, die einen wesentlichen Teil ihrer Wohnung verstellten.

»Und das Glückstück vom vorigen Monat, mit dem war alles in Ordnung?«, fragte ich, denn ich hatte den Verdacht, dass sie einen nicht unbeträchtlichen Anteil im ewigen Eis versenkte.

Glückstück – der Name war der Coup unseres Juniorchefs. Ein Amalgam aus Frühstück und Glück. *Glückstück – der glückliche Start in einen gelungenen Tag* und so weiter. Im Prinzip handelte es sich um ein Paket, das im Abonnement bezogen und täglich in der Früh von einem »Glücksboten« ausgeliefert wurde. Es bestand aus einer kleinen Portion Müsli mit frischen

Früchten, einem Multivitaminpräparat und einer Tageszeitung, in der ausschließlich gute Nachrichten standen: die *Glückspost*. Darin las man von Fürstinnen, die Hilfsprojekte in Burkina Faso aufzogen, von Hunden, die bis hundert zählen konnten, und von Lamas (vierbeinigen), die Alte und Kranke im Seniorenheim besuchten.

Meine Aufgabe bestand darin, die Bestandskundschaft zu pflegen und auf Zusatzprodukte hinzuweisen, etwa auf eine Bodylotion, die angeblich die Ausschüttung von Endorphinen fördert. Ich hätte nicht behauptet, dass in diesem Job all meine Talente ausreichend genährt wurden, allerdings konnte ich mir Schlimmeres vorstellen, als das Glück der Menschheit zu vergrößern, selbst wenn mein Beitrag nicht größer war als ein Sandkorn.

Ich hatte den Job angenommen, als ich allein lebte, und wenn ich ehrlich war, schlug ich beim ersten Angebot zu, das freie Zeiteinteilung versprach. Große Auswahl hatte ich ohnehin nicht als Alleinerziehende mit abgebrochenem Kunstgeschichte-Studium.

Frau Mooshammer griff zum Stapel, auf dem die *Glückspost* vor sich hin staubte. Sie nahm das oberste Heft und blätterte darin.

»Unlängst war da so ein schöner Bericht. Ach, da ist er ja. Ein Pinguin, der jedes Jahr achttausend Kilometer schwimmt, um seinen Lebensretter zu besuchen. Schauen Sie.« Sie hatte Tränen in den Augen. »Und manche Kinder fahren keine acht Kilometer, um ihre Mutter zu besuchen.« Kopf in den Nacken, Augen zu. »Warum prüfst du mich so, warum, warum.«

»Aber Ihre Kinder kommen doch vorbei«, sagte ich und

legte meine Hand auf die ihre. Von vielen Glückstück-Kunden kannte ich mittlerweile die Familiengeschichte in sämtlichen Verästelungen.

Sie seufzte. »Aber sie könnten öfter kommen.«

Was sagte man darauf? Es konnte immer besser sein.

»Schauen Sie einmal, Frau Mooshammer.«

Ich holte ein Fläschchen *Jungbrunn* aus dem Trolley und stellte es auf den Tisch. Sie nahm es in die Hand, als wollte sie es wiegen, und stellte es wieder zurück.

»In meinem Alter braucht man nichts mehr«, sagte sie.

»Das ist ein Geschenk der Firma. Das geben Sie ins Badewasser, und danach fühlen Sie sich zehn Jahre jünger.«

»Nur zehn?« Sie lachte. »Das packen Sie schön wieder ein, Frau Nina. Ich hab doch gar keine Wanne.«

Als ich am späten Nachmittag nach Hause kam, war es verdächtig still in der Wohnung. Ich klopfte vorsichtig an Flys Tür.

»Ja?«

Sie lag quer über das Bett hingestreckt auf dem Bauch und schrieb in ein Heft. Auf ihrem Schreibtisch stapelten sich Teller mit Essensresten und Klamotten.

»Mama, wie groß ist eine Zelle?«

Ich versuchte, mich an *Hinter Gittern – Der Frauenknast* zu erinnern. »Keine Ahnung, so zehn Quadratmeter?«

»Eine ZELLE, Mama. Im KÖRPER.«

»Wozu musst du so was wissen?«

»Bio-Referat.«

»Und wo ist Ralf? Hast du ihn gesehen?«

Sie zuckte mit den Schultern, ohne aufzusehen.

Ich wollte bereits wieder die Tür schließen, als sie »Warte« sagte. »Beas Mum hat dir gemailt.«

»Wieso denn das?«

»Keine Ahnung. Wegen der – du weißt schon. Wegen der Geschichte an der Tankstelle.«

Ich seufzte. Beatrices Mutter gehörte nicht zu meinem engsten Freundeskreis. Manuela, genannt Manu. Eine ehrgeizige Eislauf-Mutter, die nun von ihrer Tochter die Rechnung präsentiert bekam. Bea war früh einem mütterlichen Drill chinesischer Ausprägung ausgesetzt gewesen, zunächst am Klavier, später im Ballettstudio. Mit dem Ergebnis, dass sie in der Pubertät Pliés und Tutu verweigerte, sich großflächig tätowieren ließ und bei einer Hip-Hop-Formation anheuerte. Beas Mutter äußerte den Verdacht, dass Fly ihre Tochter vom klassischen Ballett »weggelockt« hätte, was grundsätzlich schon totaler Unfug war, denn Bea war mit einem sturmsicheren Selbstbewusstsein gesegnet. Allein der Gedanke, dass eine Schulfreundin sie zu einem liederlichen Lebenswandel verführte, war absurd. Mal abgesehen davon, dass Bea es in der Hip-Hop-Formation zu einiger Prominenz gebracht hatte, inklusive Final-Auftritt in einer Casting-Show.

Gibt es so etwas wie ein hypersensibles Ankündigungs-Organ, das anschlägt, kurz bevor etwas geschieht, das das Leben auf den Kopf stellt? Eine Art Schicksals-Alarm? Ich erinnere mich, dass ich den Laptop mit einer feierlichen Vorahnung aus dem Tiefschlaf weckte.

Ich öffnete das E-Mail-Programm und fand zunächst zwei

Nachrichten der hoch verehrten Frau Dr. Brock vor. Einmal bat sie uns, unsere Erfahrungen mit der Bambusflöte schriftlich festzuhalten, um die »Lernkurve« plastisch darzustellen (welche Lernkurve?), zum anderen musste sie (»leider, leider!«) die nächste Live-Schaltung verschieben, da sie einen Vortrag in London hielt. Die gute Frau Dr. Brock. Bei Gelegenheit würde ich Ralf darüber unterrichten. Im Übrigen war ich mir sicher, dass wir ihr ungelehrigstes und bockigstes Paar waren. Kaum je kam es vor, dass wir die Hausaufgaben zur Zufriedenheit der Meisterin ausführten, und auch mein sexueller Appetit war bislang nicht wieder aus dem Dornröschenschlaf erwacht. Es war wie im Märchen, nur mit anderem Ende: Sooft ich den Frosch auch gegen die Wand klatschte, es wurde einfach kein Prinz daraus. Und wenn sie nicht gestorben sind, so lassen sie sich noch heute coachen.

Weiter in den E-Mails. Der Teamleiter von Glückstück bedankte sich für Bestellungen und schickte im Anhang eine Excel-Liste mit den Terminen für die kommende Woche. Ich überflog die Liste und lächelte. Einige meiner Lieblingskunden waren dabei, aber auch einige neue, die einem Besuch telefonisch zugestimmt hatten.

Keine Nachricht von Beas Mutter.

Ich hörte Fly auf dem Flur in die Küche trapsen, offensichtlich war sie auf der Suche nach Futter. Ich rief sie ins Schlafzimmer, wo ich an einem improvisierten Schreibtisch saß, Ralfs Radklamotten hatte ich mit einem Wisch von der Ablagefläche gefegt.

»Fly, da ist nichts. Keine Nachricht.«

Fly war von meiner absoluten Inkompetenz überzeugt, was

Computerdinge anging, und ganz unrecht hatte sie nicht. Ich hatte schon in der Steinzeit des Computers – als man noch mit notizheftgroßen Disketten und telefonbuchdicken MS-DOS-Handbüchern hantierte – beschlossen, mich nicht zum Sklaven der Technik machen zu lassen. Dass es Menschen gab, die wegen eines neues Telefons eine Nacht lang vor dem Geschäft campierten, obwohl sie doch ohnehin ein funktionstüchtiges Gerät besaßen, erschien mir als der Gipfel der Absurdität.

»Hast du im Spam nachgeschaut?«, fragt Fly.

Im Müll nach Brauchbarem fischen – auf die Idee kam ich nie. Also öffnete ich den Spam-Ordner, der immerhin 723 Nachrichten enthielt. Zwischen einer Geldanweisungs-Ankündigung aus Lagos und einem Angebot zur Penisverdickung fand ich eine Nachricht von Martin, die offenbar schon mehrere Wochen vor sich hin rottete. Ich überflog sie mit angemessenem Ekel. Martin teilte mir darin mit, dass er vorhatte, seine neue Lebensgefährtin im kommenden Sommer zu ehelichen, wobei er mich darum bat, Fly jetzt schon schonend auf das Ereignis vorzubereiten, um »jede Traumatisierung zu vermeiden«.

Eines musste man Martin lassen: Wenn er es auch mir gegenüber mitunter an Feingefühl vermissen ließ, so lag ihm Flys Wohl immer am Herzen. Mit Martin erlebte ich ein Paradox, das ich schon öfter im Freundeskreis erleben durfte: Während der Beziehung war man als Mutter quasi alleinerziehend. Nach dem Ende der Liaison war plötzlich Schluss mit dem Alleinerziehen. Mit einem Mal spross das Verantwortungsgefühl in den Himmel, und der Vater kümmerte sich mit beispielloser Hingabe um den Nachwuchs. Ein Phänomen, das ich nie verstanden hatte. Wieso machten die das erst, wenn es zu spät war?

Ich warf einen Blick aus dem Fenster. Die Sonne war so rasch hinter den Hochhäusern verschwunden, als hätte einer dran gezogen. Das letzte milchige Licht waberte zwischen den Wohnklötzen der Marie Curie-Siedlung. Kein Baum, nur Beton und Sichtluken, an denen hin und wieder ein Kopf auftauchte wie ein Geist. Ralf hatte gesagt: »Das erste Jahr bleiben wir hier, dann ziehen wir weg und in eine größere Wohnung.«

Marie-Curie-Siedlung: Der Name versprach mehr, als die lieblos aneinandergereihten Betonklötze einzulösen imstande waren. Keine Rede von unabhängigen, wissensdurstigen Frauen, die sich emporarbeiteten und ihrer Berufung nachgingen. Überall nur Hausfrauen am Rande des Nervenzusammenbruchs, die für eine Affäre mit dem Briefträger ihren ganzen Modeschmuck und den Golden Retriever obendrauf verschenken würden, aber die Briefträger in der Gegend waren so overfucked, dass sie sich nicht mehr trauten zu klingeln und stattdessen die gelben Benachrichtigungszettel gleich in die Briefkästen warfen.

Na ja, und dann war das Jahr vergangen, und wir waren immer noch hier, in der scheußlichen Drei-Zimmer-Junggesellen-Bude mit den schweren schwarzen Möbeln und der kalten Ledercouch, auf der man sich eine Blasenentzündung holte. Schon nach kurzer Zeit habe ich die kleine Wohnhöhle vermisst, in die ich mit Fly nach der Scheidung gezogen war. Ein Dachboden ohne Lift, mit Schrägen und einem verwinkelten Wohnzimmer. Aber wenn ich abends das Dachflächenfenster öffnete, sah ich direkt in den Himmel und in die Unendlichkeit. Über mir die Sterne, die vollkommen gechillt vor sich hin glühten, als hätten sie keine Angst vor dem Schwarzen Loch wie unsereins. Das tröstete immerhin. Hier gab es keinen Himmel, nur eine schwarze Suppe, und keine Sterne wegen der Lichtverschmutzung. Kein Trost, nirgendwo.

Wann immer ich die Sprache auf den Umzug brachte, lenkte Ralf ab, und ich hatte ihn schnell durchschaut. Für ihn war es besser, wir blieben hier. Denn es war seine Wohnung, nicht unsere, und es würde für immer *seine* Wohnung bleiben. Wir waren Gäste. Er war der Hausherr, und der Herr machte die Musik, nach der die Mäuse tanzten.

Ich scrollte die Spam-Liste hinunter, als mir eine weitere Mail ins Auge fiel. Von einem gewissen Luc Rougemont. Der Name sagte mir nichts. Ich kannte keinen Luc, ich kannte überhaupt keinen Franzosen außer Luis de Funès. In der Betreffzeile stand die schlichte Anrede: *für Nini*.

Nini.

Mein Herz schlug wild um sich und riss dabei an sämtlichen Kabeln, mit denen es in der Brust befestigt war.

Nur einer hatte mich so genannt.

7

»Mum! Mami!«

Ich fuhr hoch.

»Was ist?«

»Wir haben kein Brot mehr.«

Fly stand im Türrahmen und knabberte an einer Reiswaffel.

»Einkaufen«, schlug ich vor.

»Wer, ich?« Das Entsetzen war ihr ins Gesicht gemeißelt. »Ich muss doch mein Referat vorbereiten«, jammerte sie, als handelte es sich um eine Habilitationsschrift in Astrophysik.

Sie trat hinter mich, und ich schloss blitzartig die E-Mail.

»Was hat Beas Mum geschrieben? Ich glaub, sie ist sauer.«

»Du … äh, da war keine Nachricht«, stotterte ich. »Sie soll mich einfach anrufen, wenn sie etwas möchte. Sagst du ihr das? Vielleicht – sofort?«

Ich hatte das dringende Bedürfnis, allein zu sein. Jetzt. Um die Nachricht, die ich zufällig entdeckt hatte, noch einmal zu lesen. Um sie auswendig zu lernen. Um jeden Satz zu analysieren und auf seine tiefere Bedeutung abzuklopfen.

Fly ging tatsächlich, dafür kam Ralf. Es war wie im Theater: Tür auf, Tür zu. Ein Boulevardstück, bei dem bloß keiner was zu lachen hatte. Ich hörte Ralf im Flur mit den Kleiderbügeln hantieren und öffnete den Kalender auf dem Laptop, um die Termine für die kommende Woche einzutragen. Immer schön so tun, als wäre man beschäftigt. Im Hintergrund rotierten die Synapsen. Luc. Nini. Bitte, warum wusste ein Luc Irgendwie von meinem damaligen Spitznamen? Oder war das nur ein Schreibfehler? Ein blöder Zufall? Ein Riss im Raum-Zeit-Kontinuum?

Mit Herzklopfen öffnete ich die E-Mail wie einen verbotenen Raum, immer mit einem Ohr bei Ralf, der ins Bad gegangen war, wahrscheinlich, um sich zu wiegen.

Liebe Nini, stand da.

Ich überflog die wenigen Zeilen. Konnte mir immer noch keinen Reim drauf machen. Was stand da unten nach den lieben Grüßen? Die Buchstaben tanzten.

Lukas.

Nina und Lukas.

Lukas und Nina.

Lukas.

Es fühlte sich an, als hätten Archäologen in meiner Brust eine Scherbe ausgegraben, die Teil einer wertvollen Vase gewesen war. Eine Vase, die einmal ganz war und die mir gehört hatte.

»Wo bist du?«, rief Ralf, so als bestünde die Wohnung aus Zimmerfluchten, in denen man sich verirren konnte.

»Hier.«

»Was machst du?«

»Arbeiten.«

Auch denken fiel schließlich unter Arbeit. Im Hause Bydlinski herrschte rund um die Uhr Vollbeschäftigung.

Ralf erschien am Rande meines Sichtfeldes. Ich musste ihn nicht fragen, wo er gewesen war. Im Radfahrdress wirkten seine Oberschenkelmuskeln, als stammten sie aus einem Bausatz für Gewichtheber.

»Und was machst du genau?«

Seit wann wollte er das so genau wissen?

»Termine für die nächste Woche eintragen.«

Ralf bemäkelte immer meine Neigung zum Chaos, vor allem, was die Terminplanung betraf, also konnte er zumindest nichts dagegen haben, wenn ich meinen Kalender aktuell hielt.

Am Montag würde ich das Ehepaar Wallner besuchen, beide in der städtischen Abfallwirtschaft tätig, wo sie einander auch kennengelernt hatten – Sigurd und Lothar. Die beiden verband eine unendlich romantische Liebesgeschichte, die sie mir gleich beim ersten Termin aufgetischt hatten. Auch nach zwanzig Jahren wilder Ehe waren sie geradezu obszön glücklich und entblödeten sich nicht, mir ihr Glück in jeder Sekunde plastisch vor Augen zu führen, inklusive Küsschen-Getue, wenn einer der beiden das Zimmer verließ (»Bevor du ins Bad/in die Küche/zum Auto gehst, gibst du mir aber noch ein Küsschen!«). Ich fragte mich, weshalb sie so scharf drauf waren, die Glückspost zu lesen, wo doch ihr Leben aus einer einzigen Abfolge unvergesslicher Momente zu bestehen schien.

Außerdem musste ich bei Herrn Besenriel vorbeischauen, der angekündigt hatte, sein Glückstück-Abo zu kündigen. Ein Termin, vor dem mir graute. Wenn einer nicht wollte, dann wollte er nicht. Doch laut Firmenvorgabe musste ich in so einem Fall mit Werbegeschenken antanzen, die ihn eines Besseren belehren sollten: Rohrreiniger, Taschenradio, Winkekatze.

Ich fragte mich, aus welchem Holz man geschnitzt sein musste, um angesichts einer Winkekatze ein Abonnement zu verlängern, doch wenn ich einen Kunden verlor, ging auch meine Provision flöten, also Winkekatze unter den Arm, Augen zu und durch.

Und dann stand Ralf stand wieder in der Tür, ein Handtuch um die Hüften gewickelt, eine nasse Spur auf dem Parkett hinterlassend. Ich wollte schon etwas sagen, klappte dann aber den Mund wieder zu. Es war ja nicht meine Wohnung.

»Kein Brot da«, sagte er. Ton: zwischen anklagend und jammernd.

»Oh, hallo, frisch geduscht.«

»Hast du gehört, was ich gesagt habe?«

»Natürlich. Wir haben noch Reiswaffeln.«

»Warst du nicht einkaufen?«

»Ich habe gearbeitet.«

»Ich auch«, erwiderte er gereizt.

»Ich habe nie das Gegenteil behauptet.«

»Du hast doch erwartet, dass ich Brot kaufe, stimmt's?«

»Nein, habe ich nicht«, sagte ich.

»Warum hast DU es dann nicht gekauft? Wenn du davon ausgegangen bist, dass ich es nicht tue?«

Der hatte doch nicht alle Nadeln am Baum. »Sag mal, machst du das absichtlich?«

»Was – kein Brot zu kaufen?«

Die Wut schoss als brennende Flipper-Kugel durch meinen Magen. »Behaupte nicht, du hättest nicht gewusst, dass wir kein Brot mehr haben«, fauchte ich. »Du hast es in der Früh höchstpersönlich aufgegessen, also hast du sehr wohl gewusst, dass keines da ist. Überraschung! Trotzdem schiebst du es mir in die Schuhe. Weil ich immer für alles zuständig bin in diesem Haushalt. Pass gut auf, ich verrate dir jetzt ein Geheimnis: Ich bin nicht zuständig. ICH BIN NICHT ZUSTÄNDIG!«

Jetzt war es draußen. Gesagt. Besser: geschrien. Ich atmete schwer. Die Luft vibrierte. Ralf blieb der Mund offen stehen. Dann drehte er sich um und ging.

Fly stolperte aus ihrem Zimmer.

»Warum schreist du so?«

»Brot ist aus«, sagte ich. »Endgültig.«

Meine Hände zitterten. Ich hasste Streit. Nicht wegen der Auseinandersetzung an sich, sondern weil er mich in etwas verwandelte, das ich verabscheute: in eine rotfleckige, kreischende Hysterikerin, der der Wahnsinn ins Gesicht geschrieben stand. Wo waren die bewusstseinsverändernden Drogen, wenn man sie brauchte?

Ich öffnete erneut den Spam-Ordner. Und tatsächlich: Die E-Mail von Luc Rougemont war noch da, sie hatte sich nicht in Luft aufgelöst. Ich hatte sie auch nicht durch Unachtsamkeit gelöscht. Jeder Buchstabe war an Ort und Stelle, jedes Wort an seinem Platz, jeder Punkt ein Knaller. Oho, er hatte sich sogar Zeit für Interpunktion genommen.

Liebe Nini,
ich schreibe nicht: Ich hoffe, du bist mir nicht mehr böse. Davon gehe ich aus, wenn ich ehrlich bin. Denn für alles gibt es eine Verjährungsfrist, ist es nicht so? Mir wär's am liebsten, wir würden meinen Fauxpas von damals einfach vergessen.

Die letzten Jahre habe ich ein Studio in Paris aufgebaut, ich nehme an, du hast davon gelesen. Läuft alles »comme il faut«, wenn du verstehst.
Und bei dir? Bin demnächst zu Besuch in der Heimat und würde dich verdammt gern wiedersehen. Alte Freundschaft auffrischen, ein Glas trinken, reden. Enttäusch mich nicht.
Halt die Ohren steif und à bientôt,
Lukas
(Manchmal denke ich noch an damals)

Ich sah mir den Absender genauer an. *Luc Rougemont.* Na klar, jetzt fiel es mir wie Schuppen von den Haaren: Nachdem er nach Paris gegangen war, hatte er seinen Namen französisiert. Luc Rougemont statt Lukas Rothenberg, das man nicht aussprechen konnte, wenn man Franzose war.

Natürlich hatte ich ihn ein paarmal im Internet gesucht. Aus Neugierde und mit zitternden Fingern seinen Namen eingetippt. Männer fand man üblicherweise leichter, die änderten ihren Namen nur in den seltensten Fällen mit einer Heirat. Aber ich fand nichts. Null. Nur einen Marc Rothenberg, Fleischer in Oberwolkersdorf. Auch auf Facebook hatte ich ihn gesucht. Nichts. Wenn einer in meinem Alter nicht auf Facebook war, existierte er dann überhaupt noch? Fly lachte über meine Marotte, mir meine Freunde aus Kinder- und Jugendtagen zusammenzupuzzeln. Facebook war für sie und ihre Freundinnen ein Medium der Alten und Uralten, die gerade noch den Like-Daumen fanden.

Wie hatte mich Lukas überhaupt ausfindig gemacht? Die Nachricht war an meine private E-Mail adressiert:

nina09@yourmail.net. Er musste Informationen eingeholt haben, schließlich waren durch meine Namenswechsel alle Spuren meiner alten Identität gelöscht. Das allein war schon erstaunlich. Er musste jemanden ausfindig gemacht haben, der wusste, wie ich heute hieß. Aber wen? Ich ging unsere gemeinsamen Freunde durch. Niemand, der mir erzählt hatte, dass er Kontakt zu ihm hielt. Sie hatten alle zu mir gehalten, damals.

Ich rechnete nach und kam immer wieder auf dieselbe Zahl: zweiundzwanzig. Zweiundzwanzig Jahre war es her, dass der Mann meiner Träume (wovon ich damals felsenfest überzeugt war) aus meinem Leben spaziert war. Ganz lässig, wie es seine Art war. Ohne Gespräch, ohne Ankündigung, ohne Brief, nur mit einer einzigen Postkarte mit drei Worten, die eine Woche später eintrudelte und an der ich mich wundsah: *Ich muss weg*. Keine Erklärung. Keine Entschuldigung. Mann muss tun, was Mann tun muss.

Nina und Lukas. Lukas und Nina.

Und jetzt schrieb er eine E-Mail, als würden wir uns jede Woche zum Kegeln treffen. *Enttäusch mich nicht*. Eine unfassbare Forderung, wenn ich drüber nachdachte. War das Privileg, zu enttäuschen, denn nur ihm vorbehalten? *Freundschaft auffrischen, einfach reden*. Ach, Lukas. Was sollte ich antworten? Nett, dass du dich meldest – ich warte ohnehin erst zweiundzwanzig Jahre darauf, dass du mir erklärst, was damals passiert ist? Zuerst sagst du mir, was du dir dabei gedacht hast, dann gehen wir auf einen Kaffee?

Die alte Wut kam wieder hoch, in einer Intensität, die mich selbst erstaunte. Meine Hände zitterten. Ich rief Birgit an.

»Alarmstufe?«, fragte sie. »Ich bin gerade Duschkopf-busy.«

»Rot«, sagte ich. »Knallrot.«

»Warte mal.«

Sie rief nach ihrer Mutter, damit sie den Kunden übernahm, dann hörte ich, wie eine Tür zuschlug.

»Schieß los. Ist sowieso Zeit für eine Ziggi.«

Ihr Zippo klackte.

»Das geht nicht am Telefon«, sagte ich. »Wir müssen uns treffen.«

»Also, was ist los. Stress?« Ich hörte, wie sie den Rauch tief einatmete.

»Stress ist kein Ausdruck.«

»Mit Bike Lee?«

Damit meinte sie Ralf.

»Nicht nur. Es ist etwas passiert.«

Ich hatte Sorge, dass Fly an der Tür horchte. »Keine Details am Telefon.«

»Klingt nach GABI«, sagte Birgit.

GABI bedeutete: Größter Anzunehmender Beziehungs-Irrsinn.

»Du hast recht«, sagte ich. »Die GABI-Sirene schrillt.«

Eine Pause trat ein. Birgit schien nachzudenken.

»Um sechs bei den *Milchmädchen*? Ich trommle den Rest zusammen«, sagte sie – und mit einer von handwerklicher Zuversicht strotzenden Stimme: »Das biegen wir schon wieder hin.«

Bis sechs Uhr waren es noch zwei Stunden. Ich legte mich in die Wanne und kippte beinahe eine ganze Flasche *Jungbrunn* ins Wasser. Zehn Jahre jünger – das war genau, was ich jetzt brauchte.

8

Als ich die Tür zu den *Drei Milchmädchen* aufstieß, saßen sie schon einträchtig an unserem Stammtisch zusammen: Birgit, Vicky und die zwei Katharinas. Um sie zu unterscheiden, nannten wir sie »die Große« und »die Kleine«, was ziemlich genau der jeweiligen Statur entsprach. Der Stammtisch war rund, somit hatten alle – oder keine – den Vorsitz, und er befand sich praktischerweise im Schatten der Bar, was die Kommunikation mit dem Servicepersonal deutlich erleichterte.

Wir reservierten immer auf unseren Decknamen Die Flotten Lotten, obwohl keine von uns Lotte hieß und mit an Sicherheit grenzender Wahrscheinlichkeit auch keine das gleichnamige Küchenutensil zu Hause hatte. Egal.

»Ausrede?«, fragte Birgit statt einer Begrüßung. Ihrem irrlichternden Blick nach zu urteilen, musste sie schon mindestens einen Cocktail hinuntergestürzt haben. Ich war zwölf Minuten zu spät.

»Der Verkehr«, sagte ich.

»Ehe oder Straße?«, fragte Katharina die Große.

»Eher Straße.«

Die Wahrheit war: Ich hatte mich dreimal umgezogen. Hose,

wildgemustertes Kleid, brave Jeans-Blusen-Kombi. Männer glaubten immer, man mache sich für sie schön. Oder um andere Frauen auszustechen. Textile Stutenbissigkeit gewissermaßen. Falsch, ganz falsch. Ich machte mich schön, um eine Schockstarre zu vermeiden, falls ich zufällig an einem Spiegel vorbeikam. Ich tat das nur mir zuliebe. Innerlich bleibt man ja für immer fünfundzwanzig – ungeachtet dessen, was Kalender und Parfümeriefachverkäuferin meinten. Übergangslos war die »Wir hätten ein tolles Produkt für die ersten Fältchen«-Phase in die »Wir haben da was Revolutionäres für die reife Haut«-Phase übergegangen. Als ob nur noch eine Innovation aus dem Weltraum, angerührt durch Aliens, in der Lage war, meine ramponierte Hautstruktur zu verbessern.

Außerdem hatte ich zwei Stunden vor dem Laptop gesessen und Lukas – pardon: Luc Rougemont – gegoogelt. Ich dachte, ich würde einen Mann entdecken, der mich zumindest entfernt an den Lukas von damals erinnerte. Vielleicht mit ein paar Kilos mehr und ein paar Haaren weniger (er trug damals einen gewaltigen Seitenscheitel und pomadisierte sein schwarzes Haar an den Wochenenden. Unter der Woche blieb es natur, darauf bestand er). Ich machte mich gefasst auf Herzflattern, Magenzittern und kapitale Flashbacks. Doch alle Fotos, die unter dem Namen aufpoppten, zeigten gleißende Wolkenkratzer, aus denen Bäume herauswuchsen, futuristische Brücken und Betonkuben in den Schweizer Bergen. Ich gelangte zu einer Webseite: *Studio Bossec & Rougemont. Architecture for all senses.* Wow. Alle Achtung. Das war also das »Studio«, von dem er geschrieben hatte. Ich atmete aus.

Architekt. Er war Architekt geworden, und was für einer.

Außerhalb von Paris hatte er ein Schloss renoviert und zu einem trendigen Hotel umfunktioniert. In Versailles hatte er eine Bibliothek gebaut, in Avignon und Hamburg Privatmuseen. Ich klickte auf *Team*.

Mein Herz setzte aus.

Wie der Lukas von damals, nur mit einer Lackschicht überzogen. Klar geschnittener grauer Anzug, perfekter Sitz, makelloses weißes Hemd, kein Bauch, nicht mal ein Ansatz. Die Haare kürzer, aber immer noch voll. Etwas Jungenhaftes im Blick. Die Spur eines Lächelns. Nicht arrogant, aber selbstsicher. Ein Ausdruck, der sagte: Ich weiß, dass ich gut bin, danke für die Aufmerksamkeit. Erfolgsmensch durch und durch. Zwanzig Mitarbeiter, alle so hip, als hätte er sie auf einem Designmarkt eingesammelt. Weiße Computer, Industrial Chic, polierte Betonböden, riesige Fensterflächen, dahinter das Knochengerüst einer Skyline. *Lasst uns nur machen*, sagten diese Bilder. *Wir wissen, wie's geht*.

Lukas hatte es geschafft, daran bestand kein Zweifel. Ich freute mich für ihn, gleichzeitig machten mich diese Bilder traurig. Er hatte alles bekommen vom Leben, und ich nur so wenig.

Dabei war's ganz anders geplant gewesen. Wir wollten gemeinsam etwas auf die Beine stellen, nannten uns LUNA, ein Amalgam aus Lukas und Nina. Eine Erinnerung schwappte aus einer Gedächtniskammer in die Gegenwart. Wir saßen in unserer Studentenwohnung, die schon damals nicht aussah wie eine Studentenwohnung – Lukas hatte immer ein Gespür für Ästhetik und Raum –, und versuchten, unsere Träume zu synchronisieren. Mit Bleistift und Papier. Er studierte Architektur, in der Freizeit traten wir als Singer-Songwriter in Clubs und Cafés auf. Ich hielt ihn für den wunderbarsten Musiker auf Erden, aber er wiegelte ab. Damals hatte er sich zwischen Architektur und Musik noch nicht entschieden. Wir waren in einem Alter, in dem einem so viele Türen offen standen und die Welt eine einzige Möglichkeit war. Ich war vernarrt ins Lernen, wollte alles wissen und studierte Kunstgeschichte, obwohl ich doch viel lieber selbst Kunst *machen* wollte. Der Weg zur Praxis, dachte ich, führte über die Theorie. Dass die Theorie nur zu weiterer Theorie führte und die Praxis nur dann in dein Leben trat, wenn du bereit warst, dich mit ganzer Leidenschaft zu verausgaben, davon hatte ich keine Ahnung.

LUNA hatte ich damals auf das Papier gekrakelt, immer wieder LUNA zwischen ein paar Textbausteinen. Ich war in unserem Projekt für die Songtexte zuständig gewesen, dieses Jonglieren mit Worten und Rhythmus, das lag mir. Wir heimsten erste Lorbeeren ein. Und sofort hatte ich wieder diesen Geruch in der Nase, den süßlichen Geruch der parfümierten indischen Zigaretten, die Lukas geraucht hatte, während er sich auf der Gitarre einen Song zurechtzupfte.

Und dann rief Nofretete an und katapultierte mich aus meiner Erinnerung. Ob ich nicht Lust hätte, sie zu einer Vernissage zu begleiten, Coco Irgendwas stellte seine neuesten Instragram-Bilder in der Galerie des Augenblicks aus. Ich hatte natürlich keine Zeit, weil GABI.

Ob sie umgekehrt nicht Lust hätte auf die *Drei Milchmädchen*, fragte ich. Sie brachte mich zum Lachen, und ich war sicher, dass sie auch meiner Lage ein paar humoristische Aperçus abgewinnen konnte.

Sie wisse es noch nicht, hatte sie geantwortet, *Stressstressstress*, würde aber *alle Hebel* in Bewegung setzen, um vorbeizuschauen, zu den *Drei Milchmädchen* wollte sie ohnehin schon *seit Ewigkeiten*.

Bei einem der Milchmädchen – so nannten wir die Kellnerinnen in den minikurzen Dirndlattrappen, die mit Sicherheit noch nie eine lebendige Kuh aus der Nähe gesehen hatten – bestellte ich einen Daiquiri minus, was bedeutete: wenig Alkohol. Bevor ich nicht mein Problem gewälzt hatte, wollte ich nüchtern bleiben. Zumindest, so gut es ging.

Vicky musste ohnehin noch Babyfotos herzeigen. Ihre Tochter war jetzt vierzehn Monate alt, die Phase, in der man vom Zählen der Wochen ins Zählen der Monate überwechselte (später kamen Jahre, dann nur noch die Meilensteine, »Sie macht jetzt den Führerschein«).

Birgit hielt wohlweislich den Mund, als Vicky durch die Galerie auf ihrem Handy wischte. Abertausende unscharfe Babykörperteile, Strampelanzüge mit handtellergroßen Spei-Flecken. Ich setzte ein Dauerlächeln auf und sagte in regelmäßigen Abständen »Ach, wie süß!« und »Nein, so was!«, während ich im Kopf ganz weit weg war. Es war doch so: Wenn der eigene Nachwuchs aus der Krabbelstube draußen war, interessierten einen fremde Bälger nur noch peripher.

»Putzig!«

Die beiden Katharinas, die beide noch nie gebrütet hatten und es wohl auch nicht mehr tun würden, zeigten sich durchaus willig, auch die nächsten fünftausend Schnappschüsse wohlwollend über sich ergehen zu lassen. Ich wechselte einen Blick mit Birgit. Sie räusperte sich.

»Können wir das auf später verschieben? Wir sind hier wegen eines GABIS«, sagte sie mit einem offiziellen Tonfall, mit dem sie genauso gut eine Debatte im EU-Parlament ankündigen könnte.

Vicky ließ das Handy verschwinden. Katharina die Große, blonde Turnographin – sie unterrichtete an einem Gymnasium Sport und Geographie –, sah überrascht auf: »Darf man zur Scheidung gratulieren?«

»Das wollen wir erst sehen. Ring frei für Runde eins!«, rief Birgit und schob ihr Glas zur Seite.

Katharina die Kleine griff in eine Box und stellte Legofiguren auf den Tisch. Unser Ritual. Wir hatte es uns angewöhnt, Beziehungswirrnisse nachzuspielen, damit alle was davon hatten.

Als Betroffene durfte ich mich als Erste aussuchen. Ich wählte eine brünette Plastikfrau mit Hamsterbacken. Birgit suchte Ralf aus und entschied sich für einen dickbeinigen Kerl im Sportlerdress. Martin war auch klar – er wurde von einem Lego-Typen im Business-Outfit mit Krawatte und gelacktem Seitenscheitel gespielt. Fly war eine Blondine, obwohl Fly dunkelhaarig war, aber in der Legobox fanden sich deutlich mehr Männer als Frauen, so dass wir Kompromisse eingehen mussten. Dazu gesellte sich eine Handwerkerin mit Schraubschlüssel: Heidi Brock.

»Alle da?«, fragte Birgit.

»Einer fehlt noch«, sagte ich.

Jetzt wurde es spannend. Welche Figur sollte Lukas spielen?

Ich entschied mich für Darth Vader, weil er ein schickes Ganzgesichtsvisier trug. Das war so schön geheimnisvoll.

»Wow. Ein Raumschiff hat dich entführt«, sagte Katharina die Große. »Und du hattest außerirdischen Sex«, sagte Katharina die Kleine. »Brauchst du einen R2D2?« Sie hielt einen Roboter in die Luft, der aussah wie ein Staubsauger ohne Rohr.

»Kein Sex«, sagte ich.

Sie warf den R2D2 enttäuscht in die Box zurück. Ich suchte mir noch eine besonders hässliche Figur aus. Petra, Martins Zukünftige. Dann wurden die Accessoires verteilt. Ralf bekam ein Fahrrad, Fly eine Flasche, Petra ein Baby, meiner Figur drückte Birgit eine Art Topf in die Klauen.

»Was soll das? Willst du andeuten, dass ich koche?«

»Blödsinn«, sagte sie. »Da ist das Müsli drin, das du verkaufst.«

Die Cocktails kamen nicht eine Sekunde zu früh. Wir prosteten einander zu. Für Vicky, die ihren Fortpflanz wahrscheinlich noch in der Volksschule stillen würde, gab es Fencheltee, wir anderen stießen mit bunten Flüssigkeiten an.

»Möge die Macht mit uns sein«, sagte Katharina die Kleine. Sie hatte sich selbständig gemacht als Interim-Marketingmanagerin und verstärkte andere Unternehmen, die über keine eigene Marketingabteilung verfügten, wenn ich es richtig verstanden hatte.

Ich bewegte meine Figur in großen Kreisen auf dem Tisch. Die kleine Nina ging arbeiten, kam zurück, ärgerte sich über dies und das, nichts Aufsehenerregendes. Dann kamen Martin und seine Zukünftige ins Spiel. Ich legte die Petra-Figur auf den Rücken. Weil man einer Lego-Figur nicht die Beine spreizten konnte, stellt ich ihre Beine auf.

»Was macht die? Yoga? Gymnastik?«

»Sie kriegt ein Kind«, sagte ich. »Fly wird Halbschwester.«

»Oh«, sagte Katharina die Große.

»Jetzt verstehe ich«, sagte Vicky. »Deswegen hat Fly mit dem Trinken begonnen.« Sie deutete auf die Flasche.

»Äh, nein«, sagte ich. »Sie hat diese Flasche *gestohlen.*«

»Na, wenn's weiter nichts ist«, sagte Birgit.

»Und du? Was bist du dann?«, fragte Vicky. »Ich meine, für das neue Baby.«

»Nichts«, sagte ich.

»Und das ist jetzt der GABI?«, fragte Katharina die Kleine und versuchte sich in einer Zusammenfassung: »Dein Ex bekommt ein neues Kind, und deine Tochter beginnt zu saufen, weil sie vom Thron gestoßen wird.«

»Sie säuft nicht«, sagte ich und fragte mich, ob eine Familienaufstellung mit Lego-Figuren nicht dazu tendierte, die Dinge ein wenig zu vereinfachen.

»Der GABI kommt erst«, sagte ich, um die Spannung zu erhöhen. »Und zwar in Form von«– jetzt stellte ich Darth Vader in die Mitte des Tisches – »diesem Mann hier. Darf ich vorstellen.« Ich schaute in die Runde. »Lukas.«

»Na so was!«, machte Birgit. Sie war die Einzige, die mit dem Namen etwas anfangen konnte.

Für die anderen rekapitulierte ich in dreiundzwanzig Sätzen, was geschehen war, um schließlich die alles entscheidende Frage zu stellen: »Was soll ich jetzt tun?«

Eine Frage, die zahllose weitere Fragen beinhaltete: zurückschreiben, ignorieren, einladen? Und wenn zurückschreiben, dann was? Wenn ignorieren, dann wohin mit der Neugier? Gab es, was das unrühmliche Ende einer Beziehung anging, tatsächlich eine Verjährung? Wie war es wohl, ihm nach so langer Zeit gegenüberzustehen? Oder sollte ich das besser gar nicht herausfinden, weil so ein Treffen unweigerlich in die nächste Enttäuschung führt? Ich hatte die »Nachdenk-Krankheit«, wie Ralf es nannte, wenn ich mir – gerne auch tagelang – den Kopf über ein Szenario zerbrach, das so ohnehin nie Realität würde. Möglicherweise also waren alle Überlegungen für die Katz und die E-Mail nichts anderes als ein Rülpser des Schicksals, der nichts, null, nada, zero bedeutete.

Wir glotzten gemeinschaftlich auf den Tisch, der zum Spielbrett geworden war. Ich glaubte sogar, ein Fragezeichen über der Nina-Figur schweben zu sehen. Katharina die Große griff zu ihrem Glas und warf mit ihrem Sportler-Ellenbogen den kleinen Ralf mitsamt seinem Fahrrad um.

»Uh, sorry«, sagte sie und stellte ihn wieder auf.

»Der Ellenbogen hat gesprochen«, sagte Katharina die Kleine.

»Warte mal«, sagte Birgit. »Was genau ist jetzt das Problem? Triff ihn und fertig. Aus die Maus.«

»Du stachelst sie zum Fremdgehen an«, sagte Vicky. »Ist das dein Ernst?«

Vicky stand für traditionelle Familienwerte. Die Ehe war heilig, wurde im Himmel geschlossen und durfte weder durch Egoismus, noch durch Blödheit erschüttert werden. »Schau mal«– sie deutete auf Heidi Brock –, »die da wird alles reparieren.«

»Soll das die berühmte Brock sein?«, fragte Birgit.

Ich nickte und stellte sie neben Ralf. »Unsere Tantra-Beraterin«, sagte ich.

»Wow«, sagte Katharina die Kleine. »Für die Größe der Familie habt ihr ja eine Menge Personal.«

Birgit stand auf. »Ich geh aufs Klo, wer geht mit?«

Ich zeigte auf, obwohl ich nicht musste. Das Frauenklo war unser erweiterter Sozialraum. Wo auch immer wir waren, besuchten wir es zu zweit oder zu dritt. Und das Klo bei den *Drei Milchmädchen* war gewissermaßen das Highlight unserer Kollektion. Zwischen Hirschgeweihen und ausgestopften Murmeltieren – natürlich allesamt Fakes von Steiff – stand eine Plastikkuh in Originalgröße. Wenn man an den Zitzen ihres Euters zog, kam wahlweise Flüssigseife oder Körpermilch raus. Die Kuh hatte aber noch weitere Assets aufs Lager: In ihr Fell waren kleine Spiegel eingelassen, und wer sich nachschminken wollte, der brauchte sich nur auf einen der Melkschemel zu setzen, die auf beiden Seiten der Kuh bereitstanden. Auf diesen Melkschemeln hatten wir gefühlt schon Stunden verbracht und dabei die Welt neu eingerichtet.

Nun wartete ich auf einem der Schemel, bis Birgit fertig war und Körpermilch molk.

»Ich habe dir ja noch gar nicht gratuliert«, sagte sie. »Alles Gute.«

Sie zog etwas aus ihrer Hosentasche, einen kleinen Ring, der aussah wie eine Gummidichtung für Armaturen.

»Was ist das?«

»Eine Gummidichtung für Armaturen.«

»Aber warum –«

»Du hast es vergessen. Ehrlich jetzt? Heute feiern wir dein Halbleben. Oder glaubst du im Ernst, wir haben uns hier nur getroffen, um mit den dämlichen Figuren dein Ehe-Elend nachzuspielen?«

Ich wusste nicht, ob ich gerührt oder beleidigt sein sollte. Soso. Mein »Ehe-Elend« war also nur der Vorwand gewesen, um auf mich anzustoßen. Weil: Ich war heute exakt 43,5 Jahre alt, was exakt der Hälfte der japanischen Lebenserwartung entsprach, die die höchste der Welt war. Und Birgit, die manchmal so ruppig wirkende Birgit, hatte daran gedacht. Gerade sie.

»Danke«, sagte ich und betrachtete mit glasigen Augen den Dichtungsring in meiner Handfläche.

»Kann man immer brauchen«, sagte Birgit. »Falls dein Wasserhahn tropft.«

Ich überlegte, ob das eine Metapher war für irgendwas. Ob sie mir damit etwas sagen wollte im Hinblick auf die zweiten 43,5 Jahre.

»Ist übrigens kein versteckter Hinweis«, sagte sie.

So war das eben, wenn man sich sehr gut kannte. Man brauchte nicht mehr viel reden, um einander zu verstehen.

Als wir an unseren Tisch zurückkehrten, war alles anders. Ein abgekartetes Spiel, das verstand ich erst jetzt. Der Miniatur-Ralf, Heidi Brock und die anderen hatten einem Kuchenteller Platz gemacht, auf dem eine halbe Torte mit einer durchgeschnittenen Kerze bereitstand. Und dann stimmten sie schon das Liedchen an: *Happy halflife to you, happy halflife to you …* Ich wischte mir ein Tränchen aus dem Augenwinkel.

Hach, auf meine Flotten Lotten war Verlass. Katharina die

Große schnitt die Torte an und legte jeder ein rasiermesserdünnes Stück auf den Teller. »Kalorienreduziert«, sagte sie. »Stevia statt Zucker. Wir möchten ja, dass du's ohne Arterienverkalkung bis zum Ende der zweiten Hälfte schaffst.«

An alles hatten sie gedacht. Sogar an meine fortschreitende Verkalkung.

Und dann kam Nofretete. Besser: Sie schwebte in die *Drei Milchmädchen* wie auf eine Bühne. Sofort zog sie alle Aufmerksamkeit auf sich.

»Herzchen!«, rief sie von weitem, so als würden wir uns seit Jahrzehnten kennen, »hier bist du also! Wird Geburtstag gefeiert? Hast du vielleicht …? Sag, dass das nicht wahr ist. Maria im Himmel!« Sie hob flehend die Hände gegen die Decke.

»Es ist nicht wahr«, sagte ich.

Sie sah umwerfend aus. Liz Taylor in mittelalt. Hosenanzug, Pailletten-Top, Klunker an den Ohren. Auf eine barock-hollywoodeske Art overdressed.

Birgit starrte Nofretete fassungslos an.

»Klappe zu, es zieht«, zischte ich.

»Ach, ich bleib doch nur ein Sekündchen!«, rief Nofretete aus, als die anderen zusammenrückten, um für sie Platz zu machen. »Pablo hat grauenhaften Durchfall.«

Das Stichwort für Vicky, deren Hoffnung auf ein Kleinkind-Fachgespräch mit einem Mall hell aufloderte: »Reis und Apfelpüree«, rief sie eifrig. »Wirkt Wunder. Wie alt ist er denn?«

»Ein Jahr«, sagte Nofretete. »Und äußerst lebendig. Jetzt hab ich überall diese Flecken in der Couch. Grau-en-haft.«

»Aber – er trägt doch Windeln?«

»Hab's versucht, er hält nicht still.«

Nofretete nestelte ein silbernes Etui aus ihrer Handtasche. »Mein Zigaretten-Kondom«, sagte sie zu mir. »Dann muss ich diese hässlichen Bilder auf den Packungen nicht sehen.«

Vickys Lächeln gefror. »Was heißt: Er hält nicht still und wird deshalb nicht gewickelt?«

»Probier das mal mit einem Chihuahua«, sagte Nofretete und ließ ihr Zippo klacken. »Bist herzlich willkommen.«

Ich hatte das Gespräch amüsiert verfolgt und nicht ohne Schadenfreude auf die Pointe gewartet. Vicky steckte enttäuscht ihr Smartphone zurück in die Tasche. Bestimmt hatte sie auf eine weitere Runde Babybilder-Begutachtung gehofft und hätte dafür zur Not auch Fotos eines fremden Babys in Kauf genommen.

Nofretete deutete auf die Torte. »Was feiert ihr eigentlich?«

Birgit erklärte ihr die Sache mit dem Halbleben.

»Du meine Güte«, sagte sie und lachte. »Daran kann ich mich schon gar nicht mehr erinnern. Das war in der frühen Kreidezeit.«

Sie zündete sich die Zigarette an. Ein Milchmädchen sprang herbei.

»Rauchen streng verboten«, sagte das Mädchen in Oberlehrerinnenmanier. Fehlte nur, dass sie Nofretete mit einem Lineal auf die Finger schlug.

»Ich sehe, dass es keine Aschenbecher gibt, Schätzchen«, antwortete Nofretete seelenruhig, »aber ich bin gerüstet, schau her.«

Aus den Untiefen ihrer Handtasche kramte sie eine Pillendose hervor und ließ sie aufschnappen. »Voilà! Mein tragbarer

Aschenbecher. Improvisation ist die halbe Miete. Bei allem im Leben. Merk dir das.«

Das Mädchen hatte offenbar keine Lust auf Belehrung. »Es ist trotzdem verboten«, zischte sie und verschwand hinter der Bar.

Nofretete seufzte und tötete die Zigarette ab. »Was ist denn das für ein Laden? *Zu den Drei Sauertöpfen*? Für die Folgen des Nikotinentzugs hafte ich nicht, nur damit das klar ist«, sagte sie. »Dummes Ding. Und was bitte stellt ihr mit diesen Figuren an? Spielnachmittag?«

Ich fragte mich schon, ob es eine gute Idee gewesen war, Nofretete einzuladen.

»Eine Version der Familienaufstellung«, sagte ich. »Also ein ernstes Spiel. Das Spiel des Lebens.«

Sie ließ sich die Box reichen und warf einen langen Blick hinein. »Männchen sind ja genügend vorhanden, wenn ihr wollt, dann stelle ich meine Verflossenen der Reihe nach auf. Wobei ich nicht mehr alle Namen weiß, aber das spielt ja keine Rolle. Die wichtigsten Attribute habe ich mir notiert.«

»Jetzt ist aber Nina dran«, sagte Vicky. Wie eifrig sie zu meiner Verteidigung eilte. »Mit ihr waren wir noch nicht fertig.«

»Ich fürchte, mit mir ist man nie fertig«, sagte ich.

Ich stellte Klein Martin, Klein Ralf und Klein Darth Vader neben meinen Teller.

»Ist das deine Auswahl, Schätzchen?«

»Scheint so.«

Für Nofretete war der Fall klar. »Du nimmst den schwarzen Superman. Der hat die größte Klappe.«

»Der ist plötzlich in der Stadt aufgetaucht«, sagte ich, nahm die Figur in die Hand und flog ein paar Runden über die Tortenteller.

»Das haben diese Typen so an sich, glaub mir. Ich weiß, wovon ich spreche.«

»Hat das was zu bedeuten?«

Sie zuckte mit den Schultern.

»Das musst du herausfinden.«

Ich stellte Darth Vader zurück auf seinen Platz.

»Ist eine alte Geschichte.«

»Schieß los, Schätzchen.«

Ich schüttelte den Kopf. »Nicht jetzt.«

»Erste Liebe, was?«

Nofretete war eine verrückte Henne. Aber sie verfügte über feine Antennen.

Ich zuckte mit den Schultern. Was sollte man darauf sagen? Ich entschied mit für die Wahrheit.

»Vielleicht die einzige.«

II Späte Flamme

9

Lieber Lukas,

ich bin ehrlich: Du hast mir einen ziemlichen Schrecken eingejagt. Tauchst einfach aus der Versenkung auf wie ein Gespenst.

Das Gespenst war albern, das musste ich weglassen. *Tauchst einfach auf.* So war's in Ordnung.

Danke der Nachfrage, es geht mir gut.

Ich fügte ein *sehr* ein. *Danke, es geht mir sehr gut.* Er sollte bloß nicht glauben, dass ich all die Jahre auf ihn gewartete hatte.

Ich habe eine Tochter, sie heißt Felicitas, aber wir nennen sie Fly. Sie ist siebzehn und schließt nächstes Jahr die Schule ab.

Unfug. Das ging ihn doch überhaupt nichts an. Löschtaste.

Nächster Versuch.

Weißt du überhaupt, dass ich eine Tochter habe?

Das klang so, als wollte ich sie ihm unterschieben. Quasi: Du weißt aber schon, dass ich eine Tochter habe? Wann hatten wir das letzte Mal Sex, kannst du dich erinnern? Löschlöschlösch.

So ging das nicht weiter, ich musste den Coolnessfaktor dringend hinaufschrauben. *Ich verkaufe Müsli* war ja an Lächerlichkeit kaum zu überbieten. Aber vielleicht: *Ich arbeite in der Ernährungsbranche*? Da fiel mir auch schon der ideale Satz ein: *Ich habe Karriere in der Ernährungsbranche gemacht und musste deshalb meine künstlerischen Ambitionen zurückschrauben.* Nichts dran auszusetzen. Auf den ersten Blick. Auf den zweiten wirkte es, als würde ich mich vor einem Brieffreund aus der Grundschule wichtigmachen wollen. Künstlerische Ambitionen. Als sei ich eine zweite Marina Abramović, die nur durch Familienpflichten in ihrem Ehrgeiz gestoppt wurde. Ich musste mich doch nicht mit ihm vergleichen. Das hatte ich nicht nötig. *Ich arbeite in der Ernährungsbranche* reichte vollkommen als Information.

Jetzt aber der unangenehme Teil. So hatten wir es gelernt: warm – kalt – warm. Die schlechte Nachricht wird sandwichmäßig in zwei gute Nachrichten gepackt. *Ich weiß noch nicht, ob ich dich wiedersehen will. Gib mir Zeit.* Es war mir bewusst, dass es ein wenig dramatisch klang. Als hätte er mich um eine Niere gebeten. Aber im Grunde war ich nur ehrlich. Keine Ahnung, was ein Treffen alles aufreißen würde an Schmerzen und Erinnerungen. Und wenn ich im Moment etwas definitiv nicht brauchen konnte, dann war es noch eine Gefühlsbaustelle.

Weiter im Text. Nun als Abfederung wieder etwas Positives: *Wenn ich dir sonst irgendwie helfen kann, lass es mich wissen. Und wer weiß, vielleicht klappt es ja doch irgendwann mit einem Treffen. Dann werden wir uns über die gute alte Zeit austauschen.* Wie bieder klang denn das. Kaffeekränzchen mit Oma und Opa im *Café Alzheimer*. Egal.

Jetzt fehlte nur noch der Gruß. In Liebe? In dankbarer Erinnerung? Das war ja keine Todesanzeige. In alter Freundschaft? Eine glatte Lüge. Voller Vorfreude? Klang nach Notstandsmeldung, absolut falsch. Auf bald? Ja, das ging. Das war unverbindlich und drückte zugleich die Hoffnung aus, dass irgendwann alles gut werden würde.

Ich las mir die Nachricht noch einmal durch.

Lieber Lukas,
ich bin ehrlich: Du hast mir einen ziemlichen Schrecken eingejagt. Tauchst einfach auf. Danke, es geht mir sehr gut. Ich arbeite in der Ernährungsbranche. Ich weiß noch nicht, ob ich dich wiedersehen will. Gib mir Zeit. Wenn ich dir sonst irgendwie helfen kann, lass es mich wissen. Und wer weiß, vielleicht klappt es ja doch irgendwann mit einem Treffen. Dann werden wir uns über die gute alte Zeit austauschen.
Auf bald,
Nina

Als Briefeschreiberin war ich immer schon eine Niete gewesen. *Ungeschickt* war ein Hilfsausdruck. In der Schule bekamen wir Brieffreunde in England zugeteilt. Ich wusste nie, was ich »meiner« Elaine schreiben sollte, also erzählte ich die Lassie-Folgen nach, die ich nachmittags im Fernsehen gesehen hatte. *I climbed a mountain with my dog. Suddenly the dog disappeared. I went back home, but the dog was not there. I cried.*

Alles flog auf, als Elaine die Folgen später selbst sah.

Also beschloss ich, wenigstens noch einen glamourösen Satz hinzuzufügen. Ein Postskriptum, das Lukas klarmachte, dass er einen schweren Fehler begangen hatte, damals, vor zweiundzwanzig Jahren.

P. S: Übrigens texte ich immer noch für ein paar Bands, auch recht erfolgreich, wie es scheint. Von Smashed Screen hast du schon gehört?

Das war genau genommen nur eine halbe Lüge. Ich sagte nicht dezidiert, dass ich für Smashed Screen, die Newcomer-Band, die derzeit alle Preise abräumte, die Lyrics schrieb. Aber man konnte es so verstehen. Lukas würde es so verstehen. Das stimmte natürlich nicht im entferntesten. Es war nur die Band, die mir als Erstes eingefallen war. Jetzt war ich zufrieden, zumindest halbwegs.

Ich klickte auf »Senden«. Ab die Post und an was anderes denken.

Das gelang mir nur mittelmäßig. Alle zwanzig Sekunden drückte ich auf Neu laden, um zu checken, ob eine neue E-Mail eingegangen war. Fehlanzeige. Also überprüfte ich, ob die E-Mail korrekt gesendet worden war. War sie. Alles gut.

Neu laden.

Neu laden.

Blick aus dem Fenster. Nieselregen, Grau in Grau. Was erhoffte ich mir? Dass er zurückschrieb, um sich nach 22 Jahren endlich zu entschuldigen? Erwartete ich, dass er mir eröffnete, dass ich seine einzige Liebe geblieben war? Wenn man ehrlich war zu sich selbst, dann wartete man doch auf so einen Moment. Dass einer ankam und die Worte sagte, die man noch nie gehört hat: *Nini, ich habe immer nur dich geliebt.* Ein Satz, der einer noch so trüben Existenz doch gleich einen güldenen Schimmer verleiht. Hach. Seufz. Ich fühlte mich wie die Protagonistin in einem Pilcher'schen Klippendrama. Fehlten nur noch ein irisches Cottage und ein sexy Reitlehrer, der lehmige Fußabdrücke auf dem Terrazzo hinterlässt und ein uraltes Familiengeheimnis aufdeckt.

Neu laden.

Wo war eigentlich Fly? Ich klopfte an ihre Zimmertür. Keiner da. Ich rief sie an.

»Mama, nicht jetzt!«

»Wo bist du?«

»Wo soll ich sein? Mathe-Nachhilfe!«

Klick. Aufgelegt. Meine hastig gestammelte Entschuldigung hörte sie schon nicht mehr. Man konnte ja nicht alle Termine im Kopf behalten.

Neu laden.

Ich ging ins Bad und glotzte in die Waschmaschine. Zu wenig Inhalt für einen Waschgang, also ging ich wieder raus.

Neu laden.

Geschirrspülmaschine auf, zu. Fenster auf, zu.

Neu laden.

Ich hatte Lust, mich selbst neu zu laden. Gab's dafür auch einen Knopf?

Irgendwann kam Ralf nach Hause und fragte: »Wo sind die Blumen?«, und ich fragte mich, ob er mir etwa auch zum Halbleben gratulieren wollte und mit sich selbst sprach. Woher zum Teufel wusste er davon? Bis mir einfiel: Wir waren am Nachmittag bei seiner Mutter eingeladen, eine kleine Nachgeburtstagsfeier, weil wir zu ihrem Geburtstag keine Zeit hatten, und ich hatte mich bereit erklärt, ein Mitbringsel zu besorgen. Einundsiebzig. Das wurde man nicht alle Tage. Ich hatte ein langes Plädoyer gegen Schnitt- und für Topfblumen vom Stapel gelassen und mich schlussendlich entschlossen, eine Orchidee zu kaufen. Das hatte ich nun gründlich versemmelt, und es tat mir leid. Denn ich mochte Ralfs Mutter. Wirklich. Renate war eine

Frau, auf die das Eigenschaftswort *patent* zutraf, das im Übrigen aus derselben Schublade zu stammen schien wie *blümerant* oder *Backfisch*. Dabei war sie keineswegs verstaubt, sondern *tüchtig* (wieder so ein Wort), und hatte Ralf und Romana (ihre Vorliebe für Vornamen mit R konnte sie nicht verbergen) alleine großgezogen, nachdem sich ihr Mann frühzeitig vom Acker gemacht hatte.

Die gute Renate. Eine Frau, die es verstand, das Leben zu genießen.

»Was machst du?«, rief Ralf.

»Arbeiten«, rief ich, um dem sofortigen Blumenkauf zu entgehen. Mir war schon klar, dass dieser Kelch nicht an mir vorübergehen würde, aber eine kurze Galgenfrist gönnte ich mir. Ich erlaubte mir ein verschämtes *Neu laden*. Nix.

Ralf erschien am Rand meines Gesichtsfeldes. Zwei Tüten zogen ihm die Arme lang.

»Hab eingekauft«, sagte er und hob die Beute ein wenig hoch.

»Wow«, sagte ich, ehrlich beeindruckt. Männer musste man loben. Lob war ein Grundnahrungsmittel in jeder Beziehung, in der Maslow'schen Bedürfnispyramide kam es direkt nach Sex und WLAN.

»Auch Brot«, sagte er, als ich eine Weile nichts von mir verlauten ließ. Offenbar wartete er auf weitere Belobigungen.

»Toll.«

»Und *du* hast die Blumen vergessen.«

»ES TUT MIR LEID. Mein Gott, ich geh ja schon.«

Ich verkniff mir ein weiteres *Neu laden* und stand auf. Ein wenig Ablenkung würde mir guttun, schon um mein flatterndes Nervenkostüm glattzubügeln.

Als ich die Blumenhandlung *Am längeren Ast* betrat, klingelte ein Glöckchen, und der Duft Abertausender Blumen und Blüten umfing mich. Ich war im Paradies. Wie ich diesen Ort liebte! Frau Kelz, die Blumenhändlerin, war dabei, die Chrysanthemen neu zu arrangieren.

»Guten Tag, Frau –!«, rief sie. Sie vergaß alle Namen und rechnete damit, dass die Kunden sie vervollständigten. Seit geraumer Zeit aber hatte ich keine Lust mehr, meinen Nachnamen hinterherzukrähen und beließ es bei »Frau«. Kurz und ehrlich.

Frau Kelz wirkte seit einiger Zeit etwas derangiert. Wie bei einem Gänseblümchen hatte man immer das Bedürfnis, an ihr herumzuzupfen, ihr Haar zu bändigen, den Kragen geradezurichten und ihr die Brille, die auf ihrer Nasenspitze balancierte, zurückzuschieben.

»Wie kann ich Ihnen helfen, Frau –?«

Ich verlangte nach einer Orchidee in einem hübschen Topf.

»Ein Geschenk?«

Ich nickte.

Frau Kelz verschwand in der Blumenkühlkammer hinter dem Tresen und kehrte mit zwei Orchideen wieder, die sie rechts und links im Arm hielt wie frisch geborene Zwillinge. Sie blühten, als gäbe es kein Morgen.

»Was sagen Sie zu diesen Schätzchen, Frau –?«

Ich entschied mich für die mit den violetten Blüten.

»Dann binde ich ihr noch ein Schleifchen um, warten Sie einen Moment.«

Sie stellte die Pflanzen auf dem Tresen ab und raschelte mit Zellophan. Ich besah mir währenddessen die Schnittblumen, die in Eimern auf ihren Auftritt in den Wohnzimmern dieser Stadt warteten – voll erblüht sollten sie die betrogene Ehefrau besänftigen, die verlorene Geliebte zurückholen, die unerreichbare Liebe beeindrucken. Kein leichter Job.

Ich widerstand der Versuchung, meine E-Mails am Handy zu kontrollieren. Gras wuchs nicht schneller, wenn man daran zog. Ich dachte an Lukas und strich versonnen über den Kopf einer Tulpe. Hatte er mir jemals Blumen geschenkt? Wahrscheinlich nicht, aber das tat man auch nicht, wenn man zwanzig war. Da hatte man anderes zu verschenken: Herz, Zeit, Leidenschaft. Blumen waren für später reserviert, wenn alles andere abgestorben war. Auf Blumensträuße hatte ich mich ohnehin nie versteift, waren sie doch mehr Strafe als Geschenk. Nach zwei Tagen begannen sie zu welken und zu modern, das Wasser verbreitete einen bestialischen Gestank nach Aas und Verwesung. Wenn etwas anzeigte, dass man der Grube entgegenalterte, dann waren es Schnittblumen.

»Feiern Sie einen Geburtstag?«, wollte Frau Kelz, die neugierige Nase, jetzt wissen.

»Sozusagen.«

»Bei der Frau Mamá?«

Wie sie das aussprach. Als stammten wir aus einem alten Adelsgeschlecht. Ich verbiss mir ein Lachen.

»Bei der Frau Schwieger. Also Schwiegermamá.«

Frau Kelz holte ein violettes Band hervor und befestigte damit das Zellophan am Blumentopf. Von ihr konnte sich Verpackungskünstler Christo noch eine Scheibe abschneiden.

»Da wird sie sich aber freuen, ihre Frau Schwiegermutter. Darf ich einen Orchideendünger dazugeben?«

Das war schon wie beim Friseur, wo einem alle zwei Minuten eine Haarpflege für zu Hause angeboten wurde.

»Hat sie alles«, sagte ich, und das war nicht einmal eine Lüge. Ralfs Mutter besaß bestimmt mehr Pflanzen- als Hautpflegeprodukte.

»Jetzt nur noch ein bisschen Glanzspray für die Blüten«, sagte Frau Kelz und verschwand im Hinterzimmer.

Ich fragte mich, wie Frau Kelz von ihren Blumen leben konnte. Seit ich das Geschäft betreten hatte, war noch kein anderer Kunde reingekommen. Und was passierte mit den Blumen, die eine Woche im Eimer standen? Wurden die tiefgefroren und bei passender Gelegenheit wieder aufgetaut? Oder lebten die im Laden ewig, um dann im eigenen Wohnzimmer binnen Stunden zu vergehen? Ich betrachtete meine Silhouette, die sich im Schaufenster spiegelte. Tieffrieren, das wäre doch was. Immer mittelalt bleiben. Es war mir bewusst, dass ich mir Lukas immer noch als Studenten vorstellte, in der Blüte seiner Jahre. Er war damals so unheimlich überzeugt gewesen von sich. Von seiner Musik. Davon, dass er die Welt erobern würde. So lebendig. Jeder Tag ein Abenteuer. Und die Zukunft ein Buch mit sieben Siegeln. Er war damals kaum älter als Fly heute. Und ich ebenso. Zwei Königskinder, wie geschaffen füreinander. Aber vielleicht war das gar nicht vorgesehen: dass man bei der ersten Liebe kleben blieb. Das gab's nur im Märchen.

Frau Kelz besprühte die Orchidee mit einem Spray, das bestimmt nicht dazu beitrug, das Ozonloch zu verkleinern.

Ich wurde einen stolzen Geldbetrag los und nahm die Orchidee in den Arm.

»Auf Wiedersehen, Frau –!«, rief Frau Kelz mir nach. Ich winkte mit der freien Hand. Das Glöckchen perlte in den höchsten Tönen, als ich wieder auf die Straße trat.

Die Blumenhandlung lag zwischen Friseur und Büchergeschäft. Drei Läden, die alle etwas für den Kopf auf Lager hielten, jeder auf seine Weise. Das gefiel mir. Ich sah mir die Bücher in der Auslage an. Ratgeberliteratur boomte, für jedes Wehwehchen wurde ein Wald gefällt.

Ein Titel stach mir sofort ins Auge: *Späte Flamme. Wenn reife Frauen sich verlieben.* Zwar hatte ich mich noch nie als »reif« empfunden, höchstens als unreif mit ein paar faulen Stellen, aber es schadete nicht, vorzubauen.

Ich betrat die Buchhandlung.

»Ich hätte gern die Flamme«, sagte ich und schämte mich ein bisschen.

»Meinen Sie *Flammende Unschuld*?«, fragte die Buchhändlerin. Sie hatte zerrissene Jeans an, wie es jetzt modern war. »Oder den historischen Roman *Die Flamme der Kerzenzieherin*? Da ist alles drin, kann ich sehr empfehlen: Frauenschicksal, Familiengeheimnis, Liebesdrama, Hexenverbrennung.«

Ich schüttelte den Kopf. Die Orchidee zitterte in meinen Armen.

Da griff die Verkäuferin zu einem Stapel Neuerscheinungen und zog ein Buch hervor, das Cover zierte ein dicker, tätowierter Mann mit Schweinebauch. »Dann wahrscheinlich unseren Megaseller übers Grillen, *Entflammtes Fleisch*.«

»Die *Reife Flamme*«, flüsterte ich. »Die alte. Nein, äh, späte.«

»Können Sie ein wenig lauter –? Ach so, verstehe! Die reifen

Frauen finden Sie ganz hinten in der Abteilung *Menopause, aber noch lange nicht Schluss*«, sagte die Verkäuferin, die von der Menopause so weit entfernt war wie Fly von der Fields-Medaille.

Ein Mann, der am Bestsellertisch stand und in einem Buch blätterte, schaute auf und verzog den Mund zu einem spöttischen Grinsen. Idiot. Ich wünschte ihm die Abteilung *Impotent, aber noch lange nicht Schluss* an den Hals, in der er stundenlang stöbern musste.

Natürlich sah ich mich zunächst unauffällig in den anderen Abteilungen um, Kunst, Philosophie, Psychologie, studierte mit ernster Miene die Buchrücken, bevor ich wie zufällig auf das Menopausen-Regal zuschlenderte, das zwischen *Familienglück, größtes Glück* und *Rüstig statt rostig* eingekeilt war. Es war das letzte Regal, danach kam die Wand. Na großartig. Die Zusammenfassung eines Frauenlebens.

Ach, und da stand sie ja, die *Späte Flamme*. Ich nahm das Buch zur Hand. Vorne drauf eine knitterfreie Schönheit, die vom Verlagsgraphiker mit tüchtig Photoshop-Botox behandelt worden war. Ich blätterte hinein. Frauen erzählten ihr Schicksal, besser gesagt: von ihrer neuen Liebe. Gudrun (51), Lisa-Marie (48), Cordula (62), Lou (71), Barbara (42). Dritter Frühling. Schmetterlingsgeflatter zwischen ewig nervösem Magen und wohlgerundetem Bauch.

Halt. Wieso zählte Barbara mit ihren zweiundvierzig Lenzen bereits als reife Frau? Frechheit. Mal ins Vorwort reinlesen. *Die Zeit nach dem Ende der Illusionen ist die beste im Leben, weil* – was stand da? Mist, meine Sehschärfe nahm ab. Ich stellte mich zum Fenster. Also, noch mal: Die Zeit war die beste im Leben, weil man die Ent-täuschung (tatsächlich mit Bindestrich, so ein Unfug!) schon hinter sich hatte. Auf gut Deutsch: Wenn du weißt, dass der Prinz nicht mehr kommt, beziehungsweise sich unter dem Prinzenoutfit ein handelsüblicher Mann ohne Werksgarantie verbirgt, gehst du die ganze Sache gechillter an. Ich dachte an Lukas. Falls es dazu kam, dass wir uns träfen. Dieses Buch musste ich haben.

Mit dem Buch in der Hand schlich ich zur Kasse und legte es mit der Rückseite nach oben auf den Tresen. Die Verkäuferin nahm es ungerührt in die Hand, und ich erwartete, dass sie mir *selbstverständlich* Geschenkpapier anbieten würde. Die konnte doch nicht im Ernst glauben, dass ich das Buch für mich selbst kaufte.

»Zwölfneunzig«, sagte sie.

Ich schaute sie an. Schwieg.

»Ist was?«

»Das ist ein GESCHENK«, sagte ich so laut, damit alle in der Buchhandlung es hören konnten. »So was brauche ich noch lange nicht, hahaha!«

Ich wartete drauf, dass sie sagen würde *Das hatte ich mir sowieso gedacht* oder *Logisch, dafür sind Sie ja auch noch viel zu jung*, aber sie schob nur gelangweilt ihren Kaugummi von einer Backe in die andere.

»Macht einen Euro.«

»Wie?«

»Das Geschenkpapier. Ein Euro.«

Ich stellte die Orchidee auf den Boden. Blöde Kuh. Aber ich durfte mir jetzt keine Blöße geben. Ich kramte in den Hosentaschen und förderte ein paar Cent zutage. Sollte sie doch selbst zusammenzählen. Das Buch bezahlte ich mit Karte.

Kurzer Blick aufs Handy. Lukas hatte nicht geschrieben, aber Ralf.

Wo bleibst du???

Drei Fragezeichen, Alarmstufe rot. Der hatte es eilig, wollte schon zu Mami düsen.

Gleich da, schrieb ich, während sich die Verkäuferin mit der Behäbigkeit einer Nacktschnecke daranmachte, das Buch einzuwickeln.

»Gehen Luftballons auch?«, fragte sie. »Wir haben nur Kinderpapier.«

»Klar«, sagte ich und trat von einem Fuß auf den anderen. »Ich hab's schon ein wenig eilig.«

»Ich auch«, sagte eine Stimme hinter mir.

Der Mann, der gegrinst hatte. Er hielt ein Buch in den Händen wie eine Reliquie. *Sittliches Bewusstsein und kategorischer Imperativ in Kants ›Grundlegung‹* undsoweiter. Angeber.

Die Buchhändlerin betätigte eine Klingel, sofort schoss ein Mädchen aus dem Büro, blutjung. Man fragte sich, ob die überhaupt schon je ein Buch ausgelesen hatte. Meine Verkäuferin, die immer noch mit Papier und Schere kämpfte, rief ihr zu: »Rosi, bei der Menopause müssen wir nachordern!«

»Was denn? *Besserer Sex ab sechzig* oder *Gangbang für Späteinsteiger*?«

Der Mann mit dem Kant räusperte sich.

Das Mädchen sah mich an. »Sind die für Sie?«

»Aber nein, nein. Nein!« Ich wehrte mit schriller Stimme ab. Die Kunden drehten sich zu uns um. »Doch nicht für mich! Ich bin schon bedient. Das können Sie mir glauben.«

10

Die Fahrt verlief zunächst ohne gröbere Zwischenfälle, abgesehen davon, dass ich vor der Abfahrt noch einmal allzu gern in meinen Posteingang geschaut hätte. Was, wenn Lukas schon geantwortet hatte? Und was, wenn nicht? Wäre ich dann enttäuscht? Vielleicht war es ganz gut, dass ich es nicht wusste. Noch war alles möglich.

Fly war zufälligerweise rechtzeitig von der Nachhilfe aufgetaucht, und Ralf hatte sie gleich ins Auto verfrachtet. Wenn es um seine Mutter ging, verstand er keinen Spaß.

Die Orchidee war so riesig, dass ihre zarten Blüten am Autodach kratzten. Wenn ich nicht aufpasste, würden alle Blüten abfallen, bis wir in Großrahmsdorf angekommen waren, also bat ich Fly, die Pflanze auf den Rücksitz neben sich zu stellen und festzuhalten.

»Mit der Hand?«

»Von mir aus mit dem Fuß, wenn du es schaffst«, sagte ich.

»Sehr witzig«, sagte Fly pampig.

Ralf hatte die Orchidee misstrauisch beäugt. »Ich weiß gar nicht, was daran so besonders sein soll«, sagte er. »Dass alle Frauen dieses Gestrüpp so lieben.«

Gestrüpp? Ignorant. Ich verschwieg ihm, dass ich dafür dreiundvierzig Euro bezahlt hatte.

Auf der Autobahn ging es flott dahin. Ich drehte mich zu Fly um.

»Und wie war die Nachhilfe?«

Sie sah mich mit weitaufgerissenen Augen an und zog dann einen Ohrstöpsel heraus.

»Was?«

»Die Mathe-Nachhilfe. Wie sie war.«

Schulterzucken. »Ganz okay.«

»Wann ist die Klausur?«

»Weiß nicht.«

»Was heißt das?«

Jetzt mischte sich Ralf auch noch ein.

»Antworte in ganzen Sätzen«, sagte er und sah in den Rückspiegel.

»›Weiß nicht‹ *ist* ein ganzer Satz«, sagte Fly trotzig.

»Ich weiß es nicht«, sagte Ralf.

»Du auch nicht? Dann ist es ja gut«, sagte Fly und stöpselte sich wieder die Ohren zu.

»Lass sie«, sagte ich zu Ralf. »Pubertät. Mein Gott. Kannst du dich nicht mehr erinnern?«

»Also vor dem Schulabschluss habe ich nur gelernt«, sagte Ralf. »Da gab's keine Sperenzchen. Du verwöhnst sie zu sehr. Außerdem sollte sie Sport machen.«

»Sie tanzt.«

»Das ist doch kein Sport.«

»Du meinst, nur blödes Radfahren ist Sport?«

»Das habe ich nicht gesagt. Und pass auf, was du sagst.«

»Pass doch selbst auf.«

Ich lehnte mich zurück, schloss demonstrativ die Augen. Hatte schon genug, und dabei waren wir erst zehn Minuten unterwegs.

Als ich die Augen aufschlug, hatten die Kulissenschieber ganze Arbeit geleistet. Statt taubengrauer Lärmschutzwand weideten putzige Schäfchen am Straßenrand. Wohnklötze waren gegen entzückende Häuschen und Höfe getauscht worden, die an den Hängen klebten.

»Gut geschlafen, Dornröschen?«

Und wie. Sogar ohne Kuss aufgewacht.

Ich drehte mich zu Fly um. Und erstarrte. Wo war die Orchidee?

»Die Orchidee ist weg«, flüsterte ich.

»Wie – weg.« Ralf schaute in den Rückspiegel.

»Na, nicht mehr da!« Panikaufwallen.

»Das gibt's nicht.«

»Aber wenn ich es dir sage!«

Fly schlief tief und fest, ihr Kopf lag irgendwo in Fensternähe.

»Bleib stehen, bleib sofort stehen.«

»Wir sind gleich da.«

»Nein, jetzt!«

Ralf seufzte und bog in einen Feldweg ein. Motor aus. So. Ich sprang hinaus, lief ums Auto herum und riss die Tür auf. Erstarrte. Die Orchidee lag im Fußraum, das Substrat war überall verstreut, ein Ast abgeknickt, abgerissene Blüten lagen verstreut auf der Matte.

»Ist halt runtergefallen«, sagte Ralf und zuckte mit den Schultern, als redete er von einem Naturereignis, über das man keine Kontrolle haben konnte.

Ich rüttelte Fly wach. Sie sah mich ratlos an.

»Die Orchidee!«, schrie ich. »Du hast sie nicht festgehalten!«

»Das ist doch nicht schlimm«, sagte Ralf. »Komm, reg dich ab. Wir stopfen den Dreck einfach zurück in den Topf und fertig.«

»Das ist doch kein Dreck, mein Gott! Hör mal, diese Blume hier hat mich dreiundvierzig Euro gekostet. *Dreiundvierzig*!«

»Bist du wahnsinnig?«

»Jetzt bin ich die Wahnsinnige? Weil ich eine Blume für *deine* Mutter gekauft habe?«

Ich hatte Lust, mit Türen zu knallen, aber bei Autotüren kam das nicht so gut. Weglaufen. Ich würde weglaufen. Querfeldein und mit dem nächsten Bummelzug zurück in die Stadt. Da würden sie große Augen machen. Jawohl.

»Ich gehe«, sagte ich. »Mir reicht's.«

»Aber Mama«, maulte Fly. »Ralf hat recht. Es ist nichts passiert!«

So war das also. Wenn es darum ging, sich gegen mich zu verbünden, waren sie plötzlich beste Freunde.

»Und die Blüten?«

»Die klebe ich wieder an.«

»Womit denn? Mit Zauberspucke?«

Sie kramte in ihrem Rucksack und hielt eine Tube hoch. »Mit Superkleber.«

»Aber sonst geht's dir gut?«

Das Kind hatte Ideen. Von mir hatte sie die nicht.

»Lass sie es versuchen«, sagte jetzt auch Ralf.

»Ich gehe ein paar Schritte«, sagte ich. Musste allein sein. Schade, dass ich nicht mehr rauchte. Jammerschade. Die Zigarette würde sich selbst entzünden bei den Flammen, die mir aus dem Mund schossen.

Schritt, Schritt, Schritt, Schritt. Einatmen, ausatmen. Schaf scharf anschauen. Na, du blödes Vieh? Kannst du auch was anderes außer fressen? Halt. Das Tier kann nichts dafür. Alte Bauernregel.

Ich trabte zurück zum Auto.

»Beruhigt?«, fragte Ralf.

Fly klebte tatsächlich eine Blüte nach der anderen an die Äste dran.

»Hält total gut«, sagte sie. »Außerdem hast du doch sowieso noch ein anderes Geschenk für Oma Renate.«

»Hab ich nicht.«

»Und das da in deiner Tasche?«

»Was zum Teufel hast du in meiner –«

Sie zeigte auf Ralf. »Er da wollte ein Taschentuch!«

»Er da hat einen Namen.«

»Ich musste den Dreck von der Matte wischen«, sagte Ralf.

»Orchideen machen doch keinen *Dreck*, Herrgott.«

»Na die Erde eben.«

»Das ist keine Erde.«

»Steig jetzt ein«, sagte Ralf. »Wir kommen noch zu spät.«

Renate hatte einen Kirschen- und einen Apfelstrudel gemacht, weil ein Strudel allein nicht reicht. Alte Schwiegermutterweisheit. Die Orchidee hatte den Transport vom Auto bis in die Wohnküche überlebt und stand nun mit ihren aufgeklebten Blüten wie ein florales Gen-Experiment auf dem Fensterbrett. Renate hatte sich aufrichtig gefreut, und mir war es aufrichtig unangenehm gewesen, weil ich die nächste Katastrophe bereits herbeiahnte.

Jeder bekam zwei dick mit Puderzucker bestreute Strudelstücke. Ich konnte die Anzahl der Kalorien förmlich auf dem Blätterteig leuchten sehen. Irgendwas mit dreitausend.

»Das ist zu viel, Renate«, sagte ich, »das schaffe ich beim besten Willen nicht.«

Natürlich fiel Ralf mir in den Rücken. »Und ob du das schaffst! Du erledigst doch auch ganz allein eine Familienpackung Vanilleeis an einem Abend! Ich sage nur: Frauenknast.«

Verräter. Ich strafte ihn mit einem vernichtenden Blick. Das verlangte nach Rache.

»Sag einmal, Renate – stimmt es, dass dein Sohn vor dem Schulabschluss nur gelernt hat?«

Ha, Rache war süßer als Kirschstrudel.

»Mein Lieblingssohn?« Das war seit Jahren der Running Gag. Sie hatte schließlich nur einen.

»Genau der.«

Sie schien nachzudenken.

»Nein«, sagte sie, »hat er nicht.«

Ich richtete mich auf. Triumph. Ich erwartete, dass sie den Satz in der Art fortführte: Er war dauernd unterwegs, hat gekifft, alte Mopeds frisiert, den Mädchen nachgestellt.

Sie sagte: »Er hat mit den Freunden gelernt, die nicht so gut waren. Hat sie aus dem Sumpf gezogen. Den Harry, nicht? An den erinnere mich gut. Der Harry war immer bei uns. Auf diesem Tisch«– sie klopfte auf das Holz vor sich – »haben sie Formeln gelernt.« Sie tätschelte Ralfs Unterarm.

Na ja, war wohl nix. Dafür erwachte Fly aus dem Koma. »Du bist gut in Mathe?«, fragte sie Ralf. »Stimmt das, Mum?«

Ich zuckte mit den Schultern. »Vielleicht«, sagte ich. Konnte mich nicht daran erinnern, dass wir je darüber gesprochen hatten. Wenn ich meine Sozialversicherungsbeiträge ausrechnen wollte, empfahl er mir immer, mich an einen Steuerberater zu wenden. Falscher Hund.

»Wie viele Nachkommastellen von Pi kennst du?«, fragte Fly ihn.

Ralf stand auf. »Keine«, sagte er. »Aber einige Stellen von Pipi. Ihr entschuldigt mich«. Er verschwand auf der Toilette, während Fly in ihrem Apfelstrudel herumstocherte. Sie lebte in der permanenten Angst, ein Gramm zuzulegen, und leider, leider würde sie diese Furcht ein Leben lang nicht mehr ablegen, das konnte ich bereits voraussagen, ohne das Orakel von Delphi zu konsultieren.

»Ich glaube, dass es ihm unangenehm ist«, sagte ich zu ihr, obwohl ich wusste, dass das nicht der Punkt war. Bestimmt hatte er Angst, er müsste als kostenloser Mathe-Nachhilfelehrer herhalten.

Renate war bestens gelaunt. Für ihre einundsiebzig Jahre sah sie unfassbar frisch aus. Ihr Gesicht wirkte wie schockgefroren, sie hatte kaum eine Falte und behauptete, dass es daher kam, dass sie täglich – bei jedem Wetter, wie sie nicht müde wurde zu betonen – ihre Kilometer auf dem Rad abspulte. In der gesamten Großrahmsdorfer Pampa hatte sie bereits ihre Mountainbikespuren hinterlassen. Der Radfimmel lag in der Familie, jetzt war es amtlich. Das Elektrorad, das Ralf ihr zum Siebzigsten offerieren wollte, hatte sie entrüstet abgelehnt, laut Ralf angeblich mit dem Spruch, dass man kein Viagra brauche, wenn »untenrum alles bestens funktioniert«.

Obwohl sie drei Enkelkinder hatte, durfte keines sie »Oma« nennen. Oma, das waren die anderen. Die richtig Alten, die im Shoppingkanal die figurformende Miederhose »Estelle« in Taupe bestellten. Renates Leben hingegen war ein ständiges Entdecken und Erforschen. Sie reiste in der Weltgeschichte herum, und wenn ihr das Geld ausging, jobbte sie als House-Sitterin, um auf diese Weise noch einmal zwei Wochen in Irland oder Spanien herauszuschlagen. »Wer nichts Neues mehr erlebt, den deckt das Alte zu, bis er erstickt«, pflegte sie zu sagen und sich dabei an die Gurgel zu fassen.

Weil sie ihre Rente in Urlaube investierte, fielen die Gaben an die Enkelkinder eher mager aus, was Fly ihr aber nicht übelnahm. Auch sie war ganz vernarrt in Renates Lebensgier.

Als sich die erste Orchideenblüte vom Ast trennte, warf Fly mir einen alarmierten Blick zu. Ich nickte sanft, um ihr zu bedeuten: So was kann auch in der freien Natur vorkommen, keine Panik.

Dann aber fiel die zweite.

Die dritte.

Renate war noch nichts aufgefallen. Sie hatte Ralf in ein Gespräch über selbstfahrende Autos verwickelt. »Und wenn so ein Auto in dein Rad hineinfährt? Von allein?«

Rührend, wie sie sich um ihn sorgte.

»Keine Sorge, das sieht mich vorher.«

»Das Auto sieht dich?«

»Es weiß, dass ich da bin.«

»Es hat doch keine Augen.«

»Aber Sensoren, die erkennen mich.«

»Toll«, sagte sie. »Das musst du mir einmal genau erklären.« Renate interessierte sich für alles und wollte den Anschluss nicht verlieren. Bewundernswert, wo ich doch schon überfordert war mit der Betriebsanleitung meines Toasters.

Lautlos trennte sich die nächste Blüte von ihrem Stamm. Die Superkleber waren auch nicht mehr das, was sie einmal waren.

Was dann geschah, erfasste ich allerdings einen Moment zu spät. Renate warf einen Blick auf die Orchidee und sagte: »Oh.«

Auf einmal hellte sich Flys Gesicht auf, sie griff beherzt in meine geöffnete Tasche und riss einen Gegenstand hoch. »Schau, Renate, Mum hat noch ein Geschenk für dich!«

Oh, nein. Oh, nein. Oh, nein.

Mein erster Reflex war, Fly das Buch aus der Hand zu schlagen. Das kam aber womöglich nicht so gut an. Was sollte ich auch sagen? »Das ist nicht für dich, das ist für mich?«

»Irrtum!«, rief ich aus und wedelte mit den Armen, um Renate die Sicht zu verschleiern. »Das – ah, das ist völlig falsch eingepackt, das falsche Papier!«

Doch Renate hatte bereits die Arme ausgestreckt und das Geschenk mit einem liebenswürdigen Lächeln in Empfang genommen. »Liebe Nina, das wäre doch wirklich nicht notwendig gewesen.«

In der Tat, in der Tat. Ich begann zu schwitzen.

Ralf sandte mir einen verwunderten Blick, Marke *Was verschweigst du mir noch alles*?

»Nein, und diese netten Luftballons, schau doch, Ralf. Entzückend.«

»Ja«, sagte Ralf. »Sehr nett.«

»Mach es auf, mach es auf!«, rief Fly.

»Muss nicht jetzt sein«, schlug ich vor. »Vor uns allen. Du könntest es auch gern später –«

Aber schon zerrten ihre agilen Finger am Geschenkpapier. Und zack. Weg war es. Mein Herz wummerte. Alles aus. Sie würden mich verstoßen.

Die Stille lastete tonnenschwer.

Bis Renate murmelte: »Aha, aha.«

»Zeig!«, rief Fly.

Ralf beugte sich zu ihr hinüber, las den Titel. *Späte Flamme*? Dann hob er den Kopf und schickte mir einen Laserstrahlblick, der in der Lage war, Gewebe zu durchtrennen. Glaubte er, ich würde mich über seine Mutter oder ihre gescheiterte Ehe lustig machen?

Das Kind war mit dem Bade ausgeschüttet, und jeder Versuch, das Wasser zurückzuschöpfen, würde elendiglich in die Hose gehen.

»Woher wusstest du das?«, fragte Renate schließlich und sah mich an mit eigenartigem Blitzen in den Augen.

»Was denn?« Ich erstarrte.

»Dass ich mir dieses Buch schon seit langem wünsche!«

»Öh«, sagte ich. Dann nichts mehr. Konnte das wahr sein?

Renate konsultierte das Inhaltsverzeichnis, blätterte, deutete auf eine Seite. »Hier, das ist meine Freundin Martha, seht ihr?

Die hat dieser Journalistin aus der Stadt alles erzählt über den Mann, den sie kennengelernt hat. So gern wollte ich das lesen. Danke, mein Kleines.«

Das hatte sie doch grad erfunden. Ich zwinkerte ihr zu. Sie lächelte hintergründig und stieß mit ihrem Fuß an mein Schienbein. Tatsächlich. Sie war dabei, mir den Allerwertesten zu retten.

»Martha«, sagte Ralf. »Nie gehört.«

»Das kommt davon, weil du nie auf den Friedhof mitgehst«, sagte Renate.

»Ist sie tot?«

»Natürlich nicht. Sie ist – die Friedhofsgärtnerin.«

Wunderbar. Total glaubwürdig. Ich schenkte Ralf mein triumphierendstes Lächeln, das er wohlweislich ignorierte. Zum Trost musste er sich sogleich noch ein Stück Apfelstrudel auf den Teller schaufeln. Wenigstens achtete niemand mehr auf die Orchidee mit Blütenausfall.

Später kam noch Ralfs Schwester Romana mit ihrem Lebensgefährten Friedrich im Schlepptau, einem kraftlos wirkenden Endvierziger mit Schmerbauch und Dreifachkinn. Es war schön zu sehen, dass jeder, wirklich jeder Topf einen Deckel fand. Beim Strudel langten beide tüchtig zu. Ralf beteiligte sich nur noch peripher an den Diskussionen. Ich konnte ihm ansehen, dass er bereits sein Bike vermisste, er blickte sehnsuchtsvoll in die Ferne. Fly wischte unter der Tischplatte auf ihrem Handy herum.

Das Gespräch drehte sich nun zur Gänze um Romanas und Friedrichs Hausumbau. Sie hatten eine Ruine auf dem Land erworben und planten, sie mit eigenen Händen zu renovieren, wie sie es in der TV-Serie *Von der Bruchbude zum Traumhaus* gesehen hatten. Ich sah mir Friedrichs Hände an und bezweifelte, dass diese Finger überhaupt in der Lage waren, eine Glühbirne einzudrehen. Renate stellte eine freundliche Frage nach der anderen. Man sah ihr an, wie sehr sie sich freute, dass die ganze Familie um den Tisch versammelt war.

Dann ging Romana aufs Klo, und als sie wiederkam, nahm sie die *Späte Flamme* zur Hand, die Renate neben die Orchidee gelegt hatte.

»Hast du das bekommen, Mama?«

»Von deinem Bruder und deiner Schwägerin«, sagte Renate.

»Von mir nicht!«, meldete sich Ralf.

Romana lachte. »Also wenn ich mich so an deine alten Flammen erinnere, Ralf …« Sie ließ den Rest des Satzes in der Luft hängen.

»Was denn?«, fragte ich.

»Blödsinn«, sagte Ralf. »Uninteressant.«

Überraschenderweise wusste ich über sein Vorleben nur schemenhaft Bescheid. Freilich war mir bekannt, dass er bereits einmal verheiratet gewesen war, aber einen Fehler hatte jeder Mensch frei. Seine Ex hieß Biggi und hatte ebenfalls in der Wirtschaftskammer gearbeitet. Eine Arbeitsplatzliebe, wie sie so oft vorkam. Ich hatte sie nie leibhaftig gesehen, nur auf Fotos, aber das reichte schon. Sie war das, was man sich unter einer Sexbombe vorstellte – zwar mehr Bombe als Sex, aber wahrscheinlich hatte ich als Frau dafür nicht das richtige Sensorium. Dass ich nie mit ihr gesprochen hatte, tat mir nun leid. Mit heutigem Wissen war ich davon überzeugt, dass ein Gespräch mit der Ex (oder mehreren) zwingend stattfinden sollte, bevor man den Avancen des Mannes nachgab. Eventuell ersparte man sich so einiges. Möglicherweise sogar die Beziehung als Ganze.

»Erzähl«, forderte ich Romana auf.

»Da gab es diese Alexandra, die –«

»Halt den Mund«, fuhr Ralf dazwischen.

»Noch wer Apfelstrudel?« Renate, die verbindende Seele. Sie duldete es nicht, wenn die Harmonie am Tisch eintrübte. »Lies doch die Geschichte von der Martha vor, Romana, ich bin schon ganz gespannt.«

»Pfff«, machte Ralf, blieb aber dennoch sitzen.

Alle schwiegen andächtig, bis Romana die richtige Seite aufgeschlagen hatte.

»Ich hatte keine Lust mehr auf einen Mann«, las Romana. *»Weil ich zu viel wusste. Ab einem bestimmten Alter weiß man, wie alles ausgeht, deswegen fängt man es erst gar nicht an. Alles noch einmal von vorn. Noch einmal die ganze Lebensgeschichte erzählen, die mit den Jahren immer länger und dünner und leiser wird und ausfranst wie ein alter Teppich, noch einmal die Lebensgeschichte des anderen anhören, noch einmal sich einander annähern und Wahnsinnigkeiten entdecken, auf die man nicht neugierig ist – irgendwann reicht es. Irgendwann hat Sisyphos keine Kraft mehr für den Stein.«*

»Wer? Sissi Voss?« Das war Fly. Das Mädchen hatte Humor.

»Sissi Voss war eine berühmte Extrembergsteigerin, leider hatte sie ein Problem mit der Leber«, sagte Ralf, und alle lachten, sogar der schlappe Friedrich.

»So dachte ich damals und igelte mich nach Ruperts Tod zu Hause

ein«, las Romana weiter. *»Ich wollte niemanden mehr sehen. Keinem Mann mehr begegnen.«*

Doch dann kam Hugo, dachte ich.

»Doch dann kam Fritz«, las Romana. *»Es war, als würde er meine Ängste kennen. Wir lernten uns beim Speed-Dating im Gemeindesaal von Oberursching kennen –«*

»Oberursching? Das ist doch ganz woanders«, sagte Ralf. Er schöpfte Verdacht.

»Freilich!« Renate nickte heftig. »Wir sind mit dem Bus gefahren. Den ganzen Tag«, fügte sie hinzu.

»Wir?«, fragte Ralf. »Du auch?«

»Jetzt lass doch die Romana weiterlesen.« Ich stieß Ralf den Ellenbogen in die Seite.

»– und es war, als hätte jemand die Sterne am Himmel neu aufgeklebt. Nur für uns.«

Ralf stand abrupt auf. »Ich fürchte, wir müssen«, sagte er. Diese Lektüre war nicht so seins.

»Es war so alt und doch wieder so neu, dass ich alle Einwände vergaß«, las Romana. Sie ließ sich nicht beirren.

Die Geschichte rührte mich. Egal, wer diese Martha in Wahrheit war. Ob sie Friedhofsgärtnerin war oder Vorstandsvorsitzende. Wenn die Illusionen verschwanden, war noch nicht alles zu Ende, das sagte ihre Geschichte aus. Vielleicht war man dann mit sechzig wieder so wie mit sechzehn: naiv und vertrauensvoll. Und glücklich. Die Hoffnung lebte nicht nur, sie blühte.

Im Gegensatz zu so manch anderem Gewächs in diesem Raum. Was sich schlussendlich nicht mehr verbergen ließ, als Romana das Buch sinken ließ und überrascht die Orchidee anglotzte.

»Was ist denn mit dieser Blume los, Mama, hast du das gesehen? Ist sie krank?«

Die Orchidee war kahl wie Bruce Willis. Vielleicht war es gar nicht so eine schlechte Idee zu gehen. Ich stand auf.

»Es war schön wie immer«, sagte ich zu Renate und küsste sie auf die straffe Wange. »Alles Gute zum Geburtstag.«

11

Und wie geht es Ihnen in Ihrem Sein?«, fragte Heidi Brock.
Ralf bohrte sein Knie in meinen Oberschenkel, er hasste Formulierungen wie diese, aber es war Tantra-Tag, und da hatte er keine Wahl: Er musste gute Miene zum esoterischen Spiel machen.

An diesem Tag erschien die Beraterin festlich gekleidet im Skype-Fensterchen auf unserem Laptop. Ihre Bluse schimmerte violett und in ihrem Haar waren Blüten befestigt. Sie sah aus, als würde sie eines dieser süßlich-dumpfen Parfüms aus den Achtzigern tragen, Shalimar oder Opium. Einmal mehr war ich froh, dass wir die Option »Video-Coaching« angekreuzt hatten und uns damit nun ein reales Aufeinandertreffen ersparten.

»Die Bambusflöte hat gut geklappt?«, fragte Heidi Brock freundlich.

»Äh, ja«, sagte ich.

Ralf hatte noch kein Wort gesprochen.

»Was genau haben Sie gefühlt?«

Heute wollte sie's aber wieder wissen. Ich schielte zu Ralf. Er machte keine Anstalten, zu antworten.

»Ein interessantes Atmen, so durch die Genitalien«, sagte

ich. »Befreiend. Ich fühlte mich verbunden – mit einem höheren Sein.«

Heidi Brock lächelte. Das hatte sie hören wollen. Ich war stolz auf mich.

»Und Sie, Ralf?«

»Genauso«, sagte er.

»Wie meinen Sie das? Können Sie konkreter werden? Versuchen Sie, Ihre Gefühle auszudrücken.«

»Es war interessant.«

Mit Gefühlen hatte es Ralf nicht so. Es sein denn, es ging darum, von einer Radtour zu erzählen. Wenn es um Schaltvorgänge ging, kam richtig Emotion rüber.

»Nun.« Heidi Brock hielt inne. »Haben Sie das Gefühl, diese Übungen vereinen Sie beide auf einem höheren Level, auf dem Sie einfach sein können, ohne Streit, Hader und Vorwürfe?«

Ich seufzte.

»Tantra ist ein spiritueller Weg«, sagte Heidi Brock, »und er führt nicht immer geradewegs zum Ziel. Seien Sie nachsichtig mit sich, haben Sie Geduld.«

Ralf unterdrückte ein Gähnen. Ich stieß ihm den Ellenbogen in die Seite.

»Ich möchte Sie gerne unterstützen«, sagte Heidi Brock. »Sie sind mir ans Herz gewachsen.« Dabei griff sie sich mit einer schwerberingten Hand an die Brust. Was kam jetzt?

»Bei unserem nächsten Termin bitte ich Sie, eine Feder bereitzuhalten. Ich werde mich dann in die Übung einklinken, um Ihnen live mit Rat und Tat zur Seite zu stehen.«

»Fe-Feder?«, stotterte ich.

»Moment, Moment, was heißt *einklinken*?«, wollte Ralf jetzt wissen, plötzlich hellwach.

»Keine Schreibfeder, eine Vogelfeder. Und Sie stellen den Laptop so auf, dass ich Sie bei der Partnerübung beobachten kann. Ich sehe sofort, wenn etwas nicht passt, und kann korrigierend eingreifen. Kein Grund, nervös zu werden.«

»Äh –«

Das war alles, was ich herausbekam. Das fehlte gerade noch. Dass sie bei unserem hilflosen Gezappel zusah und uns Anweisungen über den Bildschirm zuraunte wie eine überambitionierte Regisseurin. *Jetzt das Bein höher, nein, das andere! Und Ralf, mäßigen Sie sich in der Bewegung. Sanft, gaaaanz sanft. Gut machen Sie das. Sehr gut.*

»Nicht notwendig«, sagte Ralf jetzt. »Danke, nein. Wirklich nicht.«

Ich spürte, dass er sich zurückhielt, demnächst würde er in die Luft gehen.

»Korrigieren Sie mich, wenn ich falschliege«, sagte Heidi Brock, »aber ich habe den Eindruck, dass wir nicht recht vom Fleck kommen. Ich sehe kein Leuchten in Ihren Augen, ich spüre keine Energie.«

»Ach was«, sagte ich. »Wir leuchten innerlich, nicht wahr, Ralf?«

Ralf wiegte den Kopf, und es war nicht auszumachen, ob er die Frage bejahte oder verneinte. Dann stand er abrupt auf.

»Komm gleich«, murmelte er und verschwand. Ich hörte ihn in der Küche rumoren.

»Hören Sie«, ich bewegte meinen Kopf nahe zum Mikrophon, damit Ralf nichts mitbekam, »das ist vielleicht keine so gute Idee – die Assistenz, die Sie vorschlagen. Wir sind gerne unter uns, das verstehen Sie doch sicher.«

»Liebe Frau Bydlinski –«

Ein Satz, der so anfing, endete meist mit einer Zurechtweisung.

»Liebe Frau Bydlinski. Ich habe mich nicht aufgedrängt, sondern Sie haben mich engagiert, um Ihre Ehe – ich möchte nicht sagen: zu retten, aber doch, warum nicht, nennen wir die Dinge beim Namen.«

Bingo. Eine Zurechtweisung. Ihr betuliches Liebes-Vokabular war mit einem Schlag wie vom Winde verweht. Interessant.

»Das tue ich sehr gerne, sofern Sie mich lassen«, fuhr sie fort. »Und glauben Sie mir: Bei all meinen Video-Coachings gibt es zumindest einen Live-Übungstermin, es ist also keineswegs ungewöhnlich –, sondern im Gegenteil sehr aufschlussreich und wichtig für die künftige Zusammenarbeit. Wenn Sie auf meine Hilfe zählen, ist die Voraussetzung, dass Sie sich mit meinen Methoden anfreunden, die Ihnen im Übrigen bekannt sein sollten.«

Ach. Genau. Zu Beginn hatten wir ein zwanzigseitiges Manual erhalten, das wir unterschreiben und zurückschicken mussten. Wir hatten es gehandhabt wie die Allgemeinen Geschäftsbedingungen im Internet: nicht einmal überflogen. Unterschrift drunter und gut war's. Mein Gott, es handelte sich um eine Beratung, nicht um eine Herztransplantation.

»Wir können das Coaching auch abbrechen, nur wäre ich dann gezwungen, die ausstehenden Stunden dennoch zu verrechnen, wie es in den Allgemeinen Geschäftsbedingungen steht, die Sie sicherlich – ach, wissen Sie was? Eigentlich geht es nicht darum. Sie müssen sich selbst ganz ehrlich eine Frage beantworten: Möchten Sie Ihre Beziehung so weiterführen, wie sie momentan läuft?«

Ich schüttelte heftig den Kopf. Das wollte ich nicht, da war ich mir sicher.

»Möchte Sie Ihre Beziehung überhaupt weiterführen?«

Ich hielt den Atem an. Wollte ich es? Ich hatte keine Ahnung.

»Wir betreiben hier keine Kosmetik«, sagte Heidi Brock. »Das ist eine ernsthafte Angelegenheit, die in Bereiche führt, die weh tun. Wissen Sie, wie Einstein den Wahnsinn definiert hat? Immer das Gleiche zu tun, aber andere Ergebnisse zu erwarten. Deshalb: Hören Sie auf Ihr Herz«, sagte Heidi Brock. »Oder, wenn Sie's lieber haben: auf Ihren Bauch. Sie müssen sich nicht jetzt entscheiden. Denken Sie einfach drüber nach.«

»Klar«, murmelte ich und fühlte mich innerlich zerknittert. Hatte mich mein Bauch schon je auf die richtige Fährte geführt? Aber ich durfte nicht aufgeben, nicht jetzt. Ich hatte doch etwas versprochen. Ralf. Mir. Fly. Stabilität. Eine neue kleine Familie.

»Wir machen weiter«, sagte ich, auch im Namen von Ralf. So schnell gab ich mich nicht geschlagen.

»Wunderbar!« Heidi Brock strahlte. »Ich bin sicher, dass ich Sie in ein glücklicheres Sein begleiten werde. Wir sind schon ein ganzes Stück vorangekommen.«

Ihr Wort in Shivas Ohr.

Ralf kam übrigens nicht zurück. Als ich mich von Heidi Brock verabschiedet hatte, war auch er fort. Ich betrachtete die Staubflusen auf dem Fensterbrett, die vom leichten Zug hin und her geweht wurden. Die Wohnung benötigte dringend eine Komplettreinigung – mehr noch: eine Sanierung, aber Ralf sagte stets, wir würden ohnehin bald umziehen, eine Sanierung lohne nicht, und manchmal beschlich mich das Gefühl, dass es sich möglicherweise auch gar nicht mehr lohnte zu putzen.

Der Computer fuhr hoch mit einem Geräusch, das so klang, als würde er sich mächtig anstrengen. Nach einigem Schnaufen und Stöhnen zeigte er mir seine bunten Icons. Eine Nachricht poppte auf: *Sie haben 3 neue Mails*. Immerhin. Der Herzschlag beschleunigte sich ein wenig, blieb aber im Rahmen des kardiologisch Vertretbaren. Noch war nichts passiert, ich hatte überhaupt keinen Grund, mich aufzuregen.

Noch nicht.

Die erste E-Mail stamme von Beas Mutter. Da war sie ja, die Nachricht, von der Fly gesprochen hatte.

Sehr geehrte Frau Bydlinski –

Wieso siezte die mich plötzlich? War sie verrückt geworden?

Ich überflog den Text. Schluckte. Da war aber jemand ungehalten. Sie schrieb in amtlichem Ton, ein Wunder, dass Sie keine notariell beglaubigte Antwort einforderte. Sie sah nicht ein, warum sie, respektive ihre Tochter Bea, die Zeche zahlen sollte für den »Überfall«, den meine Tochter Felicitas geplant und durchgeführt hatte.

Überfall. Geplant und durchgeführt. Zeche. Die Worte ergaben keinen Sinn. Mein Herz rumpelte in seiner Kammer. Fly hatte doch ganz was anderes erzählt. Dass Bea es war, die. Also deren Idee es war. Und sie war es auch, die die Flasche unter ihre Jacke gesteckt hatte. Was also zum Teufel –

»Fly? Felicitas! FE-LI-CI-TAS!«

Vollkommene Stille. In diesem Moment fiel mir ein, dass ich sie dazu gedrängt hatte, ins Kino zu gehen, weil Ralf und ich unseren Heidi-Brock-Termin hatten.

Ich las weiter. Beas Mutter bestand auf einer Aussprache unter vier Augen. Entweder morgen oder übermorgen um 19 Uhr auf dem Parkplatz des *Desperado* – einer berüchtigten und vollkommen heruntergerockten Kneipe am Stadtrand. Was hatte sie vor? Ein Duell mit Schrotflinten? Verlangte sie nach einem Koffer voll kleiner, nicht nummerierter Scheine? Oder kam sie gleich mit einem Schlägertrupp, der mich teeren und federn würde?

In Erwartung Ihrer Antwort, schrieb sie zu schlechter Letzt und unterschrieb mit ihrem ganzen Namen. *Manuela Faller*. Ich griff zum Handy.

»Faller?«

»Hallo Manu, Nina hier.«

Die Leitung gefror, ich konnte das Eis förmlich knirschen hören.

»Du hast mir diese E-Mail –«, versuchte ich es noch einmal.

»Was darin haben Sie nicht verstanden?«

»Aber ich bin's doch, Nina! Was ist denn los mit dir? Hör doch bitte auf mit dem *Sie*. Mein Gott. Können wir nicht wie vernünftige –«

»Ich habe Ihnen zwei Termine zur Auswahl geschickt.«

»Manu, *bitte*. Morgen ist okay, aber –«

Das Auflegen ist mit einem Handy ja nicht mehr so spektakulär wie früher, als man den Hörer effektvoll auf die Gabel drosch. Heute machte es nur noch ein winziges *pk*. Und genau das hörte ich dann auch: *pk*. Sie hatte aufgelegt. Kuh, blöde.

Um die Stimmung zu heben, googelte ich »Feder« und »Tantra«. Ich wollte herausfinden, was Heidi Brock mit Ralf und mir vorhatte und gelangte zu einem Tantra-Online-Shop, der hummerfarbene Straußenfedern zu je siebzehn Euro das Stück anbot. Wucher. Dafür bekam man woanders doch bestimmt schon ein ganzes Tier.

Der Tantra-Shop offerierte weitere Spezialitäten, die an den Mann, respektive die Frau gebracht werden wollten. Zum Beispiel »Yoni-Eier« aus unterschiedlichen Steinsorten – Rosenquarz, Bergkristall oder schwarzem Obsidian. Erhältlich waren sie in den Größen S, M und L. Gebohrt (mit Rückholbändchen) und ungebohrt, also ohne Bändchen. Die Betreiber des Shops wünschten eine »lustige Eiersuche«, was vermutlich seit Ostern da stand –, aber ein wenig zynisch klang, wenn man an die bändchenlosen Steineier dachte. Jedenfalls dankte ich den indischen Göttern auf Knien, dass sich Heidi Brock für eine Feder und nicht für ein Yoni-Ei als Accessoire entschieden hatte. Ich hatte keine Lust, in die Ambulanz zu laufen, um mir von einem schielenden Arzt-Lehrling ein spurlos verschwundenes Steinei herausfriemeln zu lassen. Und was sagt man da überhaupt? »Herr Doktor, ich wollte ein Ei ausbrüten, und jetzt steckt es fest«?

Kunden, die das Yoni-Ei kauften, kauften auch essbaren Körperpuder und das Gleitgel »Flutschi«. Ich kam von einem zum anderen und verscrollte mich. Die Minuten flossen mir unter der Hand weg. Als ich wieder aufsah, dämmerte es bereits. In meinem Warenkorb befand sich eine »wunderschön weiche« Straußenfeder »für die Verwöhnmassage«, wobei ich mich schon fragte, wie man mit einer Feder massieren sollte. Das war doch so, als wollte man mit einem Wattestäbchen Karies aus dem Zahn bohren.

Die Tür fiel ins Schloss. Fly. Ich zitierte sie umgehend zu mir.

»Aber nein, Mum, es war so, wie ich es dir gesagt habe. Das war alles Beas Idee.«

»Warum ist ihre Mutter dann so wütend auf mich? Kannst du mir das erklären?«

Schulterzucken. »Woher soll ich das wissen?« Sie schaute auf den Bildschirm. »Eine Feder? Kaufst du die, Mum? Was *machst* du damit?«

Mist. Ich klickte die Seite weg.

»Die ist zum Staub wischen. Lenk nicht ab.«

»Papas Freundin hat solche Federn auch herumliegen. Voll ekelig, die Dinger.«

Ich stellte mir Martin vor, wie er bei der Hotline des Tantra-Shops anrief, um sich zu beschweren: *Ich sage Ihnen zum letzten Mal: Nirgendwo hat gestanden, dass man das Yoni-Ei nicht in der Mikrowelle anwärmen darf! Ich erwarte, dass Sie mir umgehend reporten, sonst verständige ich asap meinen Anwalt!*

»Warum grinst du, Mum?«

»Ach, nichts. Hast du Papa angerufen?«

Fly spielte mit dem Schultergurt ihres Rucksacks.

»Der geht nicht ran.«

»Du hast es nicht versucht, oder? Schau mich an.«

Sie sah auf. Marke *Unschuldslamm*. Ich fragte mich, wo sie so einen Blick lernten.

»Was gibt's zu essen?«

Essen. Das auch noch. Hatte ich natürlich vergessen. Ich

schaltete den Computer aus und stand auf, seufzend. Vielleicht hatte Beas Mutter ja recht und ich war eine Totalversagerin, die ihre Brut zwangsläufig in die kriminelle Schiene bugsieren musste. Diagnose: unzureichend. Alles war immer unzureichend. Null Disziplin. Immerzu kochen, essen, waschen, schlafen, putzen, und dazwischen an diesem Patchwork-Ding herumdoktern. Zum Glück hatte Ralf mit seiner ersten Frau keine Kinder produziert. Nicht auszudenken. Es gelang mir doch nicht einmal, Fly zu einem Anruf zu überreden.

Ich schleppte mich in die Küche, öffnete die Kühlschranktür und schaute ratlos hinein. Der Kühlschrank schaute zurück und brummte gleichmütig. Ohne Unterlass dieselben, öden Handgriffe. Systemerhaltung bis zum Exzess.

»Mum, weißt du, was ich mir zum Geburtstag wünsche?«

Fly hatte sich auf ihren Lieblingsküchenstuhl gesetzt, einen rosalackierten Holzstuhl vom Flohmarkt – eines der wenigen Möbelstücke, die nicht schwarz waren –, und umschlang ihre Knie mit ihren dünnen Armen.

»Nein, was denn?«

Ich holte Eier, Butter, Schinken heraus. Eine halbe Paprika war auch noch da. Fünf leicht verschrumpelte Kartoffeln. Parmesan. Ich könnte alles zusammenwerfen und überbacken. Auflauf à la Nina.

Fly sagte etwas, das wie »Dächs« klang.

Ich überlegte. Wenn noch genug Käse da war, dann sah man nicht mehr so genau, was drin war, was in diesem Fall von Vorteil sein konnte. Indem ich kochte, hatte ich meine Schuldigkeit getan. Niemand konnte von mir verlangen, auch noch etwas ästhetisch Ansprechendes zu fabrizieren.

»Hast du gehört, Mum?«

»Was?«

Ich drehte mich zu ihr um, Paprika und Zwiebel in der Hand.

»Eine Echse.«

»Was ist damit?«

»Ich möchte eine Echse zum Geburtstag. Eine vegetarische. Die fressen Heu und Gemüse. Das Gemüse muss aber schon bio sein.«

Und wenn du glaubst, es geht nicht mehr, kommt von irgendwo das nächste Schlagloch her.

»Sonst noch Wünsche?«

»Ein Terrarium, das brauche ich dann halt auch. Vielleicht können Renate und Daddy zusammenlegen.«

Ausgezeichnete Idee. Und bitte gleich ein wenig mehr Geld auf die Beine stellen: für meinen extralangen Aufenthalt in der Nervenheilanstalt in den Schweizer Bergen. Ich belege schon mal den Jodelkurs.

12

Und manchmal passierte tatsächlich etwas, das in die Kategorie »Überraschung, positiv« verbucht werden konnte. Ich war auf dem Weg zu Frau Mooshammer, als Birgit anrief.

»Sitzt du?«, fragte sie.

»Im Auto«, sagte ich.

»Du wirst es nicht glauben –«

»Sag schon! Was ist?«

»Nicht, wenn du grad fährst. Fahr an den Rand, los.«

»Ich stehe vor einer roten Ampel.«

Du meine Güte, die machte es aber spannend.

»Stehst du jetzt?«

»Soll ich jetzt sitzen oder stehen?«

»Das Auto. Ob du mit dem Auto stehst.«

»Jetzt rück schon raus damit, ich hab einen Termin.«

»Also gut. Stell dir einen Trommelwirbel vor. Ta-daaa! Ich bin zur POY gewählt worden.«

»Was bist du?«

»POY. Plumber of The Year. Installateurin des Jahres.«

»Wow.«

»Ein bisschen mehr Euphorie bitte.«

»Wow!«

Wir lachten.

Ich hatte keine Vorstellung davon, was man machen musste, um Plumber of The Year zu werden. Ein verstopftes Rohr in Rekordzeit frei pusten? Mit verbundenen Augen eine Waschmaschine anschließen? Zehn Kalksiebe am Geruch erkennen?

»Und was kriegst du jetzt? Einen Orden?«

»Den auch. Ich darf zur Weltmeisterschaft der Installateure fahren. Plumbing World Championship.« Wunderbar. Wenigstens eine von uns, die berühmt wird. Das verlieh dem Begriff »Rohrkrepierer« doch gleich einen neuen Glanz.

»Kauf dir schon mal ein Wörterbuch«, sagt Birgit.

»Heizungs-Fachbegriffe?«

»Französisch. Die Weltmeisterschaft findet in Frankreich statt.«

Wusch zack. Das saß.

»Nicht Paris, meine Süße, aber Lyon. Wobei wir natürlich über Paris fahren können, falls du dort jemanden besuchen möchtest.«

»Ich soll mit? Du machst Witze.«

»Lache ich?«

»Das geht nicht«, sagte ich. »So gern ich wollte. Fly. Und so. Du weißt.«

»Ja, das schlimme F-Wort«, sagte Birgit. »Familie.«

»Danke für dein Verständnis.«

»Apropos: Was ist mit Jean?«

»Luc.«

»Sprich! Hast du ihn getroffen?«

»Ich glaube, ich will das nicht«, sagte ich. »Hab abgesagt. Also quasi. Außerdem hat er doch sowieso keine Zeit.«

Bestimmt war sein Aufenthalt in der Heimat von A bis Z getaktet, wahrscheinlich hielt er Vorträge und hatte Meetings ohne Ende. Hierzulande galt der Prophet ja nur, wenn er im Ausland Pokale gesammelt hatte, was in seinem Fall ja der Wahrheit entsprach.

»Bist du wahnsinnig?« Birgit war außer sich. »Das kannst du den Flotten Lotten doch nicht antun. Einmal wird's spannend, und du machst einen Rückzieher.«

Darum ging's ihr also? Dass sie was zum Tratschen hatten?

Birgit blieb hartnäckig. »Ich will genau wissen, was du ihm geschrieben hast.«

»Ich muss zu einem Termin, Birgit. Können wir das später –?«

»Jetzt. Sofort.«

Ich seufzte. »Ich weiß noch nicht, ob ich dich wiedersehen will. Gib mir Zeit. Vielleicht klappt's ja irgendwann.«

»Das hast du geschrieben? Nicht dein Ernst.«

Es stellte sich heraus, dass Birgit mit den anderen Lotten bereits einen Plan geschmiedet hatte: Sie würden unser Rendezvous aus der Ferne beobachten und mithören, etwa mittels Mikrophon, das in meiner Kleidung versteckt war oder mittels anderer Hilfsmittel wie Handys, über deren Einsatz noch debattiert wurde. Auf diese Weise könnten sie mich retten, wenn das Treffen aus dem Ruder zu laufen drohte, zu einer traurigen oder allzu langweiligen Angelegenheit werden würde.

Hilfe. Ich war mit einer Wahnsinnigen befreundet.

»Ich glaube nicht, dass das eine deiner besten Ideen ist, Birgit.«

»Du wirst mir noch dankbar sein.«

»Wofür?«

»Stell dich nicht so an. Ich zähl auf dich. Du musst dich so präsentieren, dass er Lust bekommt, dich zu sehen. Dass er an gar nichts anderes mehr denken kann.« Und dann traf sie einen wunden Punkt. »Wie kannst du auch eine Nacht ruhig schlafen, wenn du weißt, dass der Typ in der Stadt ist?«

»Ich überleg's mir«, sagte ich, um das Gespräch zu beenden.

»Macht sechzig Euro«, sagte Birgit. »Sonderpreis. Eurer Tantra-Tante zahlt ihr doch sicher mehr.«

Frau Mooshammer war nicht alleine. Schon als sie mir die Tür aufschloss – wie immer hatte sie drei Eisenriegel vorgeschoben, die sich quietschend bewegten –, hörte ich die Schritte aus dem Wohnzimmer. Ich war ohnehin überrascht über ihren Anruf gewesen, hatte ich sie doch gerade erst besucht. Da war was im Busch.

»Meine Tochter ist zu Besuch«, flüsterte Frau Mooshammer, als ich aus meinen Schuhen schlüpfte und sie auf den dafür vorgesehenen Platz stellte. »Sie möchte mit Ihnen reden, Frau Nina.«

O nein, bitte nicht. Das waren Treffen, die ich nicht ausstehen konnte. Wenn sich die Familie in mein Geschäft einmischte, dann kam meistens nur eine völlig unnötige Diskussion dabei heraus. Ich sollte auch diesmal recht behalten.

Herta war eine stämmige Sechzigjährige, die ihrer Mutter wie aus dem Gesicht geschnitten war, minus ein paar Falten um den Mund.

»Ich räume hier auf«, sagte sie zu mir statt einer Begrüßung.

»Und da finde ich diese Zeitungen.« Sie deutete auf den Stapel *Glückspost*. »›Du hast doch hoffentlich kein Abonnement abgeschlossen, Mutti‹, sage ich zu ihr, und dann stellt sich heraus, dass sie nicht nur diese Zeitungen, sondern auch einen Frühstücksboten bestellt hat.«

»Nicht den Boten selbst«, korrigierte ich. »Aber sie bekommt täglich ein gesundes Frühstück geliefert, das stimmt.«

Ich streckte Herta versöhnlich die Hand entgegen.

»Nina Bydlinski.«

Sie reichte mir ein schlaffes Händchen, klein wie das einer Zwölfjährigen, und ihr Blick verriet, dass sie sich am liebsten sofort die Finger desinfiziert hätte. Frau Mooshammer saß derweilen in ihrem Sessel und schaute zum Fenster raus, als ginge sie das alles nichts an. Die jungen Hühner einfach quatschen lassen.

»Mutti!« Herta fuhr die alte Dame an. »Jetzt sag dieser Frau bitte die Wahrheit. Dass du diesen grauenhaften Getreidematsch nicht brauchst. Dass du diese Zeitung sofort abbestellen wirst. Kein Abo mehr.«

Das konnte ich so nicht im Raum stehen lassen. »Das Müsli ist nicht *grauenhaft*«, intervenierte ich. »Beste Zutaten, frisches saisonales Obst, mit Bio-Joghurt angerührt, perfekt abgestimmt für einen energiereichen Start in den Tag. Jeden Morgen frisch an der Haustür.«

»Mutti! Hast du das gehört? Und du glaubst dieser Werbefritzin auch noch. Spuckt einen Spruch nach dem anderen aus, die will nur ihr Zeug verkaufen!«

Sie sprach, als ob ich nicht da wäre. Ich kannte das. Und war es so leid. Familientribunal. Da tanzten die Kinder an, die beinahe schon selbst im Seniorenheim lebten, und mischten sich in die Entscheidungen ihrer Eltern ein.

Ich ermahnte mich, cool zu bleiben. In Gedanken warf ich ihr alles an den Kopf, was in mir rumorte: *Sind Sie die Tochter, die nie zu Besuch kommt? Sind Sie es, die Ihre Enkelkinder nie vorbeigebracht hat? Was erlauben Sie sich, im Leben Ihrer Mutter herumzupfuschen? Ich bin öfter in dieser Wohnung als Sie. Und ich höre Ihrer Mutter zu, wenn sie erzählt.*

Herta hatte ihre Strickbluse bis unters Doppelkinn gezogen. Ihr Busen war so groß und breit, dass man bequem ein Kaffee-Service darauf hätte abstellen können. Apropos. Ich hatte mörderische Lust auf Kaffee.

»Du bestellst das sofort ab, Mutti!«, rief Herta jetzt. Auf ihren Wangen hatten sich rote Flecken breitgemacht.

Frau Mooshammer lehnte den Kopf zurück und schloss die Augen. »Warum prüfst du mich so, warum, warum?« Das war alles, was aus ihr herauskam.

»Und was machen Sie beruflich?«, fragte ich Herta, um die Situation zu deeskalieren.

»Sachbearbeiterin«, warf sie mir entgegen. »Zum Glück bin ich schon in Rente, da kann ich mich besser um Familienangelegenheiten kümmern.«

Interessant. Dass sie sich kümmerte, hörte ich zum ersten Mal.

»Und welche Sachen haben Sie so bearbeitet?«

»Spedition!«

Ein Wort, das sie ausspuckte wie ein Geschoss und das alles enthielt: Wichtigkeit, Dringlichkeit, Bedeutung, natürlich über Kontinente hinweg. Sie hatte als kleines, aber wesentliches

Rädchen in die Weltwirtschaft eingegriffen, wohingegen ich es nicht einmal zu einer respektablen Hausiererin gebracht hatte. Müsli! Und dann noch diese komische Zeitung. Lächerlich sei das alles, das vermittelte mir zumindest ihr verächtlicher Blick.

»Frau Nina zieht immer die Schuhe aus«, sagte Frau Mooshammer plötzlich. Ihr tollpatschiger Versuch, für mich einzutreten, rührte mich.

Herta ließ sich davon nicht beeindrucken. »Ja, und? Und wenn sie zwanzigmal ihre Schuhe auszieht: Sie hat dich dazu verführt, Geld zum Fenster rauszuschmeißen.« Dabei zeigte sie mit einer wütenden Geste zum Fenster, als ob da draußen noch die Geldscheine herumflatterten.

So war das also. Die liebe Herta hatte Angst um ihr Erbe.

»Was sagen Sie dazu, Frau Mooshammer?«

Ich beugte mich zu ihr. Die alte Dame konnte sehr wohl selbst entscheiden, sie brauchte keine Tochter, die für sie sprach. Wenn man nicht mehr so oft hinausgeht, dann kommt eben die Welt zu einem nach Hause. Ich konnte daran nichts Verwerfliches erkennen.

Und dann sagte Frau Mooshammer einen ganz und gar überraschenden Satz. »Das Leben ist schöner, seit Frau Nina mich besuchen kommt.«

Ich schluckte. Herta blieb der Mund offen stehen.

Mein Leben ist schöner.

Und in diesem Moment war alles wieder da. Als hätte Frau Mooshammer einen Zauberstab geschwungen.

Der Augenblick, an dem ich vor Ralfs Bürotür in der Wirtschaftskammer stand. An meinem Kleid herumzupfte, in das ich mich aus unerfindlichen Gründen gezwängt hatte. Der Augenblick, in dem ich die Strumpfhose, die sich immer über den Bauch herunterrollte, dezent noch einmal hochzog. Aufgeregt, schließlich ging es um nichts weniger als um meine Zukunft, wie ich dachte. Nichtsahnend, dass diese Zukunft nicht nur die beruflichen Perspektiven betraf.

Bydlinski – Startup-Beratung stand auf dem Schild neben der Tür, und ich hatte innerlich geschmunzelt. Was für ein Name. Ich versuchte ein paarmal, ihn auszusprechen, um mir nachher keine Blöße zu geben. »Bydlinski«, flüsterte ich. *Bydlinski, Bydlinski.*

Und dann sagte eine Stimme »Herein!«, und ich drückte die Klinke herunter und trat in einen Raum, der von der Frühlingssonne ausgeleuchtet wurde wie ein Filmset. In der Mitte stand ein schwarzer Schreibtisch, schön voll mit Papierstapeln. Hier wurde ganze Arbeit geleistet.

Dahinter: dieser Mann. Er lächelte. Gutes Zahnmaterial, das sah ich auf den ersten Blick. Haare nicht gefärbt, korrekter Seitenscheitel, am Ansatz grau. Sichtbare Stoppel trotz offenkundiger Rasur, was auf einen hohen Testosteronspiegel schließen ließ.

»Setzen Sie sich, Frau –«

»Bydlinski«, sagte ich, denn das war der einzige Name, der mir im Kopf herumschwirrte, und bevor ich meinen Irrtum bemerkte und heftig errötete, sah er erstaunt auf: »Ach, Sie auch?«

Ralf war einer dieser Männer, die wir gemeinhin als »SSG« bezeichneten: *Sexy at Second Glance*, also sexy auf den zweiten Blick. Wenn ich mich recht erinnerte, war es diese Mischung aus Zurückhaltung und Überlegenheit, die mir bei ihm zunächst positiv auffiel, ohne dass sie mich ernsthaft anzog. Nach der Scheidung von Martin war meine Lust auf Beziehung oder auf eine Affäre auf einen neuen historischen Tiefststand gesunken. Quasi unter Meeresspiegel.

»Ich möchte mich selbständig machen«, erklärte ich ihm. »Aber ich habe eine Tochter und nicht viel Zeit. Ein regelmäßiges Einkommen ist mir wichtig, zugleich aber auch unregelmäßige Arbeitszeiten. Ich möchte arbeiten, wann es mir passt. Und wie es mir passt.«

Den eierlegenden Wollmilchjob quasi. Alles oder nichts, so lautete meine Devise.

»Ich nehme an, Sie haben schon eine Geschäftsidee, oder? Sonst wären Sie nicht bei mir. Das hier ist die Selbständigen-Beratung.«

»Ja – ich meine: nein. So weit bin ich noch nicht. Ich dachte, ich bekomme hier – äh, Orientierung.«

Er seufzte. »Wir sind kein Berufsorientierungskurs«, sagte er. »Den gibt's in der Schule. Aber die dürfte schon ein, zwei Tage her sein in Ihrem Fall.«

Ich überlegte, ob das eine Beleidigung war und ich die Entrüstete spielen sollte. Aber dann lachte er und zeigte mir seine einwandfrei gewarteten Beißerchen. Mein Hirn meldete eine Endorphinausschüttung ungewohnten Ausmaßes, im Solarplexus breitete sich Wärme aus. Eine korrekte Zahnstellung hatte bei mir immer schon zu hormonellen Kurzschlüssen geführt, keine Ahnung, warum.

Herr Bydlinski fragte freundlich nach meinen Qualifikationen, und ich sagte kleinlaut: »Kunstgeschichte.«

Wenn er jetzt gesagt hätte: *Ich gehe auch gern in eine Ausstellung* oder *Ich male hobbymäßig*, wäre er bei mir sofort untendurch gewesen, und zwar so was von. Nicht einmal die Zähne hätten ihn da noch herausreißen können. Aber er nickte nur beiläufig und sagte: »Ich nehme an, nicht abgeschlossen.«

Ich sah ihn entrüstet an. Das traute er mir also zu? Dass ich ein Studium nicht abschloss? Frechheit.

Er wartete auf eine Antwort.

»Nicht ganz«, sagte ich.

Er nickte zufrieden und wandte sich wieder meinem kargen Lebenslauf zu, den ich ihm über den Schreibtisch hinweg zugeschoben hatte.

»Und was können Sie noch so?«

Mit Freundinnen bei den *Drei Milchmädchen* herumsitzen. Fast einkaufen. Mich zum Deppen machen. Das sagte ich natürlich nicht.

»Singen. Also – ich habe einmal gesungen. Und performen. Kunst. Quasi. Das kann ich auch. Ein wenig schreiben. Also texten. Liedtexte.« Ich machte mich gerade zum Affen.

»Im Varieté sehe ich Sie nicht, wenn ich ehrlich bin«, sagte er.

Idiot. Er wühlte in einer Schublade und präsentierte mir einen Hochglanzfolder. »Aber schauen Sie mal hier. Ein interessantes Businessmodell. Arbeitszeiten nach Wunsch, Krankenversicherung inkludiert.«

Bunte Bildchen. Fröhliche Frauen. Eine Art glänzender Brei in einem Glasgefäß.

SIE WOLLEN SELBSTÄNDIG ARBEITEN? WANN UND WO SIE MÖCHTEN? VERKAUFEN SIE DAS

STÜCK VOM GLÜCK! GLÜCKSSTÜCK: DAS GESUNDE FRÜHSTÜCK, GARNIERT MIT GUTEN NACHRICHTEN.

Ich zögerte. »Verkauf … Ich weiß nicht, ob ich das kann.«

Dieser Herr Bydlinski lehnte sich zurück in seinem schwarzen Drehstuhl und begann zu wippen, was mir Gelegenheit gab, seinen Oberkörper zu betrachten, natürlich nur zu Studienzwecken. Man musste ja was berichten, wenn man demnächst wieder mit den Girls bei den *Milchmädchen* zusammenhockte. Und da passierte das mit dem zweiten Blick. Schlecht sah er ja nicht aus. Sportlich. Er sah, dass ich ihn ansah. Hörte auf zu wippen, beugte sich vor.

»Verkaufen kann jeder, der es will«, sagte er. »Die Frage ist doch eher: Was ist das Produkt? In diesem Fall ist es mehr als Müsli und eine Zeitung. Sie werden sehen, dass sich Ihre Kunden über ihren Besuch freuen, und vielleicht werden Sie einmal den Satz hören – er sah in den Unterlagen nach: *›Frau Nina hat mein Leben bereichert. Sie hat es schöner gemacht.‹*«

Boing. Damals hatte ich innerlich darüber gehöhnt. Ein Spinner. Ich und Lebenschönermachen. Absurd. Und jetzt war er da, dieser Satz. Ausgesprochen ausgerechnet von Frau Mooshammer.

»Danke«, sagte ich, weil ich nicht wusste, was ich sonst sagen sollte.

»Mutti, du weißt nicht, was du da sprichst«, sagte Herta. »Kein Mensch muss Körner essen. Das verträgst du doch gar nicht. Und Obst auf leeren Magen ist auch nicht gesund. Ich esse immer ein Honigbrot, und schau mich an!«

»Du hast aber auch ein bisschen zu viel auf den Rippen«, sagte Frau Mooshammer. Ich täuschte einen Hustenanfall vor, um nicht laut herauszuprusten. Die alte Mooshammer hatte es faustdick hinter den Ohren.

»Mutti! Also wirklich. Und das vor dieser – *Frau*!« Sie zeigte auf mich.

Na bravo. Ich war in einen Mutter-Tochter-Fight geraten. Erste Runde: Herta k. o. durch linken Haken der älteren Dame.

Frau Mooshammer erhob sich ächzend und schlurfte in Richtung Tür. »Warum prüfst du mich so, warum, warum?«

»Jetzt lass doch endlich einmal den lieben Gott in Ruh, der kann nichts dafür«, ätzte Herta. »Müsli!«, stieß sie dann noch hervor.

Da drehte sich Frau Mooshammer um. »Ihnen koch ich jetzt einen schönen Kaffee, Frau Nina«, sagte sie – und zu ihrer Tochter gewandt: »Jammerschade, dass du schon zu Haus gebraucht wirst. Grüß doch bitte den Heinrich und die Kinder recht schön.«

Das waren die Momente, in denen ich unendlich dankbar war dafür, dass ich damals an Ralfs Tür geklopft hatte.

13

Lieber Lukas,
entschuldige, dass ich in meiner ersten Mail so kurz angebunden war. Ich musste wegen familiärer Verpflichtungen einen kurzfristigen Businesstrip nach Lissabon absagen und bin nun doch im Lande. Natürlich würde ich dich sehr gerne sehen. Ich schlage vor, wir treffen uns in meinem Lieblingslokal. Kennst du die Drei Milchmädchen*? Dort gibt es Getränke, die auch erfolgreichen Architekten schmecken, selbst wenn sie Jahrzehnte in Frankreich gelebt haben.*

Damit hatte ich perfekt die Kurve gekratzt, wie ich fand. Meine Güte, was war ich doch diplomatisch. Außerdem konnte ich hier elegant anschließen:

Ich stecke mitten in den Verhandlungen mit internationalen Investoren für mein neues Firmenprojekt (Ernährungsbranche, wie schon erwähnt) und habe mich in einer Rauchpause zum Computer geschlichen, um dir zu antworten. Ich rauche nicht. Aber ich verhandle hart.

Gut, das war dick aufgetragen, aber Dick war das neue Dünn. Und wenn er auf die erste E-Mail nicht antwortete, dann doch sicher, weil ihm meine Worte zu banal erschienen waren. Seine Leistungen unter den Scheffel stellen, das konnte jeder, vor allem jede. Bald war das mit dem Glückstück ohnehin Geschichte, das war kein Job, in dem man die Medaille für fünfundzwanzigjährige Zugehörigkeit entgegennahm, abgesehen davon, dass es sowieso keine Medaille mehr gab.

Und was hatte ich sonst noch erledigt im Leben? Haus bauen, Kind zeugen, Baum pflanzen und so weiter, das galt doch nur für Männer. Abgesehen davon hatte ich einmal einen Avocadobaum gepflanzt. Im Rahmen des Schulprojekts »Die Natur und du«. Wir mussten den schleimigen Kern aus der Avocado herausfriemeln und in ein Wasserglas legen, bis er keimte. Es war mein erster Versuch gewesen, mit eigenen Händen etwas Lebendiges hervorzubringen, und ich weiß noch, dass der Kern zu schimmeln anfing, weil ich vergaß, das Wasser regelmäßig zu wechseln. Ich hatte auf ganzer Linie versagt. Der glitschige Kern blieb mir lange in Erinnerung. Keine Ahnung, ob da je eine Wurzel rauskam. Jedenfalls war das keine Geschichte, die sich zu erzählen lohnte.

Ich hab ich dich gegoogelt, Lukas. Wow, kann ich nur sagen. Alle Achtung. Dass du dich überhaupt noch an mich erinnerst. So ein Star. »Architect of the year« und »Prix Nouvel«, was auch immer das heißt. In Französisch war ich nie gut, ich dachte immer, ich werde das nie brauchen. Habe ich auch nicht, bis jetzt nicht zumindest.

So. Aber jetzt genug Honig ums Maul geschmiert. Jetzt kam wieder ich dran: *Ich hab's nicht immer leicht gehabt. Meine Tochter ist hochbegabt, hat bereits eine Klasse übersprungen. Aber wie das so ist mit Hochbegabten: Sie hat sozial einige kleine Defizite, deshalb besucht sie* – ja, was eigentlich? Dass sie knapp am Knast vorbeigeschrammt ist, kann ich nicht erzählen. Genau, das war's: *Sie hilft in ihrer Freizeit in einer Jugendorganisation mit, die für Straßenkinder in Guatemala sammelt.* Gott im Himmel, hoffentlich wuchs mir keine Pinocchio-Nase. Wenn Fly das je zu lesen bekäme, würde sie mich fragen, ob ich noch alle Nadeln am Baum hatte.

Und ich bin ehrlich, »Luc«: Ich bin ein wenig enttäuscht.

Ha! Ich konnte auch ehrlich sein. Das war die Wahrheit, nichts als die Wahrheit.

Du schreibst von »Verjährungsfrist«. Klar, das Leben deckt so einiges zu. Man vergisst, wird altersmilde. Trotzdem: Ich habe so lange auf eine Erklärung gewartet. Zu lange. Hast du eine Vorstellung davon, was ich durchgemacht habe? Schlechtes Gewissen säen, darin war ich gut. *Ich hoffe, dass du sie mir nachlieferst, damit –*

Damit was? Damit ich endlich meinen Frieden finde? Wollen mal nicht übertreiben. *– damit wir so etwas wie eine Freundschaft ins Auge fassen können. In Erwartung deiner baldigen Antwort undsoweiter.*

Fast hätte ich das Postskriptum vergessen. PS: *Sitze gerade an einer Ballade für Smashed Screen. Wird* Seelentrampolin *heißen. Schön, was?*

Ich lachte mir ins Fäustchen. Smashed Screen waren in sämtlichen Hitparaden auf Platz Eins. Ich war eine Hochstaplerin. Egal. Es ging um den Effekt, und der rechtfertigte alle Mittel.

Schließlich war Lukas auch nicht zimperlich gewesen. Auf diese E-Mail musste er einfach antworten. Ihm blieb keine andere Wahl. Und ich würde endlich erfahren, was damals geschehen war.

14

»Hier soll das sein? Herr im Himmel.«

Nofretete klammerte sich an den Sicherheitsgurt wie ein mutloser Bergsteiger an das Seil. »Also ich weiß nicht, Schätzchen. Das macht mir doch ein wenig Angst.«

Mir auch. Aber das sagte ich nicht, sondern stellte den Wagen in der Mitte des menschenleeren Parkplatzes ab. Wir stiegen aus. Ich sah mich um. Der Parkplatz mündete in ein Fabrikgelände mit einem Schlot, der wie eine Nadel in den Himmel stach. Auf der gegenüberliegenden Seite befand sich ein Einkaufszentrum, das bereits das Zeitliche gesegnet hatte und nun trist und grau vor sich hin bröckelte. Das perfekte Setting für einen depressiven dänischen Avantgardefilm. In der Ferne jaulte die Sirene eines Polizeiautos. Es war punkt sieben.

»Und jetzt?«

Der Wind blies Nofretete beinahe das Hütchen vom Schädel, sie fixierte ihn mit ihrer Rechten und machte ein paar unsichere Schritte. Das hier war nicht ihr Biotop, das war es definitiv nicht. Dass sie sich dennoch sofort einverstanden erklärt hatte, sich auf ein Abenteuer mit ungewissem Ausgang einzulassen, rechnete ich ihr hoch an.

Birgit hatte keine Zeit gehabt, und als Nofretete anrief, um sich für den Abend in den *Drei Milchmädchen* zu bedanken, fragte ich sie kurzerhand, ob sie nicht Lust hätte, mich zum Treffen mit Manuela zu begleiten. Ich wollte auf keinen Fall allein zu dem Treffen – nicht, weil ich Angst hatte vor Manu, sondern weil ich es für sinnvoll hielt, eine Person mit kühlem Kopf an meiner Seite zu haben.

»*Disponado*? Noch nie gehört.«

Sie hatte geraucht während des Telefonierens, ich hatte gehört, wie sie den Rauch tief inhalierte und dann ausstieß, und dieses Schnaufen allein hatte mich schon ein wenig beruhigt.

»*Desperado*«, sagte ich. »Kenn ich auch nicht. Aber wenn es so aussieht, wie es klingt, freu ich mich, wenn du mich begleitest.«

»Und warum sollen wir dahin?«

»Weil wir dort eine Frau treffen. Die Mutter einer Freundin meiner Tochter. Und diese Frau ist der Meinung, dass meine Tochter ihre Tochter zu etwas Bösem angestiftet hat. Darüber will sie mit mir reden.«

Da hatte Nofretete laut und rau aufgelacht.

»Klingt nach einem guten Plot, darauf freu ich mich schon«, hatte sie gesagt und aufgelegt.

Jetzt aber, als wir über den löchrigen Asphalt schritten und uns auf das verlassene Einkaufszentrum zubewegten, war ihre Euphorie verpufft.

»Pablo hat heut früh vomitiert. Das macht er nur, wenn etwas in der Luft liegt.«

»Vomitiert?«

»Gebrochen. Sich übergeben.«

»Oh.«

Zwar erschloss sich mir nicht, auf welche Weise der Mageninhalt von Nofretetes Töle mit unserem Treffen korrelierte, aber wenn der Hund nur halb so exzentrisch war wie seine Besitzerin, musste ich tatsächlich aufpassen.

Mit einem Mal blieb Nofretete wie angewurzelt stehen und deutete in den Himmel.

»Sonnenstürme!«, rief sie aus und verharrte in der Pose. Es sah aus, als wollte sie im nächsten Augenblick *Stayin' alive* von den Bee Gees anstimmen.

»Pablo kotzt wegen der Sonnenstürme?«

»Sonnenstürme bedeuten Aggression und Unruhe«, sagte sie tonlos.

Na bravo. Das war genau die Wettervorhersage, die ich brauchte.

»Und Wandlung«, fügte Nofretete hinzu.

»Bei wem?«

»Alles wandelt sich.«

»Das tut es doch auch ohne Sonnenstürme.«

»Die Sonnenstürme beschleunigen die Wandlung«, sagte sie.

Soso. Das musste ich mir merken. Ging etwas schief, konnte ich es auf die Sonnenkapriolen schieben. Endlich löste sich ihre Erstarrung. Wir konnten weitergehen.

Kurz darauf erreichten wir den baufälligen Supermarkt. An den blinden Schaufenstern klebten Buchstabenreste. AL ES M SS RAU ! Sogar die Einkaufswagen in der Schlange wirkten deprimiert, so als wüssten sie, dass sie keine einzige Runde mehr in diesem Gebäude drehen würden.

»Und hier triffst du deine Freundin?«, fragte Nofretete.

»Sie ist nicht meine Freundin.«

»Scheint so.«

Wir beschlossen, das Gebäude zu umrunden. Irgendwo musste dieses *Desperado* doch sein.

»Weißt du«, sagte Nofretete, »mein letzter Mann hat ziemlich viele Einkaufszentren besessen. Auf der ganzen Welt. Aber er hasste nichts mehr als einkaufen. Er hasste es so sehr, dass er seine Einkaufszentren nicht ein einziges Mal betrat. Nicht einmal zur Eröffnung.«

Kurz flammte das schlechte Gewissen auf. Ich merkte, dass ich überhaupt nichts wusste über Nofretete und nicht danach gefragt hatte. Ich hoffte, sie hatte nicht das Gefühl, ich würde sie für meine Zwecke ausnutzen.

»Das musst du mir genau erzählen«, sagte ich.

»Ach, das willst du nicht wissen. Reginald war ein Langweiler. Steinreich, aber kein Humor. Da nützt dir auch das viele Geld nichts.«

Eine Bö erwischte uns von hinten, und dann war es so, als hätte der große Regisseur, der mit dem Drehbuch in der Hand auf einer Wolke saß, den Film angehalten. Die Zeit verlangsamte sich auf groteske Weise. Was ich sah, war, dass Nofretete mit einem Pfennigabsatz in einem Schlagloch hängen blieb. Ich hörte noch ein langgezogenes und tiefes »OAAAAAOOOOO-AAAAAA«, bevor sie, die Hände hilflos nach vorn ausgestreckt, in ihrem Hosenanzug von Gaultier, Lagerfeld oder Schlagmich-tot in einer endlosen Sekunde durch die Luft flog und schließlich mit einem kaum wahrnehmbaren Laut der Länge nach auf dem Asphalt aufschlug.

Mir rutschte das Herz in die Hose.

»Nofre –« Mist. Wie hieß sie noch einmal? Doris? Astrid!

»Astrid, hast du dir weh getan?« Ich kniete mich neben sie, berührte sie an der Schulter. »Bitte, steh auf. BITTE!«

Nofretete machte keinen Mucks. Sie lag da wie erschossen. Grundgütiger. Das war meine Schuld, alles meine Schuld.

Ich stand auf, sah mich um. Keine Menschenseele, die ich um Hilfe bitten konnte. Eine zerrissene Fahne wehte im Wind, in der Ferne sah ich unser Auto. Ich kniete mich wieder neben sie auf den Boden. Berührte sie an der Wange. Beugte mich zu ihr. »Hallo?«

Keine Reaktion. Ich hatte keine Ahnung, was man in so einem Fall tat. Stabile Seitenlage, Mund-zu-Mund-Beatmung? Ich musste Krankenwagen, Polizei, Feuerwehr anrufen, am besten alle zusammen. Dafür waren die doch da. Ich klopfte meine Taschen ab. Verdammt. Ich hatte das Handy im Auto vergessen, auch das noch. Ich könnte es holen, dann müsste ich aber Nofretete auf dem Asphalt liegen lassen, das kam nicht in Frage.

Auf einmal stöhnte sie. Leise, aber vernehmlich. Gott sei Dank. Sie lebte.

»Alles in Ordnung?«

Ich drehte sie vorsichtig zur Seite. Sie formte die Lippen zu einem Wort. »Niaaa«, stöhnte sie, und dann: »Knie … Mein Knie!«

»Was ist mit deinem Knie? Kannst du dich aufsetzen?«

Sie war schwerer, als sie aussah. Mit ganzer Kraft gelang es mir, sie in eine sitzende Position zu hieven. Ihr Hosenanzug war auf Höhe der Knie aufgerissen, auf dem rechten Knie klaffte eine Wunde. Der schöne Hosenanzug. Blut. Da war Blut. Wir hatten eine Verletzte. Großartig. Noch war keine Schlacht ausgefochten, und schon waren erste Verluste zu beklagen.

Plötzlich eine Stimme im Rücken. »Was ist passiert?«

Ich drehte mich um. Manu. Ich hatte sie nicht kommen hören. Wie froh ich war, sie zu sehen.

»Sie ist gestürzt.« Ich deutete auf Nofretete.

»Kann sie aufstehen?«

Wir packten Nofretete an je einem Arm und zogen sie hoch.

»Puh«, machte Nofretete und griff sich an den Kopf. »Mein Hut.« Er war davongeflogen.

»Den finden wir schon wieder«, sagte Manu, und zu mir in leicht vorwurfsvollem Ton: »Ich habe Sie gesucht.«

Ich hatte gehofft, sie würde mich wieder duzen, wenn wir uns persönlich sahen – aber dem war nicht so.

»Und wir haben das Lokal gesucht«, sagte ich.

»Kaum zu glauben, dass Sie das nicht kennen«, sagte Manu, während wir uns wie ein dreiköpfiges Tier in Trippelschritten über den Parkplatz vorwärtsbewegten. Nofretete gab bei jedem Schritt ein Ächzen von sich.

»Der schöne Hosenanzug, ruiniert«, sagte Manu.

»Macht nichts, mein Ex arbeitet bei Dior«, sagte Nofretete.

Jetzt war ich aber erstaunt. »Das auch noch? Er besitzt Einkaufszentren und arbeitet gleichzeitig bei Dior?«

Sie lachte auf. »Nicht der, Schätzchen, ein anderer! Federico. Meine große Liebe«, gurrte sie. In erstaunlicher Geschwindigkeit schien sie sich erholt zu haben. »Er liebt mich übrigens noch immer. Wir telefonieren regelmäßig. Er schickt mir alles, was ich brauche. Auch das«– sie zeigte auf den Anzug – »ist von ihm. Also sorgt euch nicht, ich bin versorgt.«

Manu steuerte eine pechschwarze Eisentür an, die in die Fassade des Einkaufszentrums eingelassen war. Tatsächlich befand sich auf der Tür ein kleines Schild, auf dem *Desperado* eingraviert war. Das sollte das Lokal sein? Unwirtlicher ging doch gar nicht. Und es sah Manu gar nicht ähnlich, der aufgeräumten, immer picobello auftretenden Manu mit dem schnurgeraden blonden Bob, der perfekt geschminkten Visage und dem adretten Jäckchen.

»Warum gerade hier?«, fragte ich sie. »Ist das dein Lieblingslokal?«

Sie lachte laut auf. »Es ist vor allem *meines*«, sagte sie. »Es gehört mir.«

Autsch.

Sie öffnete die Tür und wir traten in eine vollständige Dunkelheit. Nofretete klammerte sich an meinen Arm. Bestimmt hatte sie Angst, ein zweites Mal zu fallen.

Manu betätigte einen Lichtschalter, und eine Neonleuchte sprang stotternd an. Wir fanden uns in einem kleinen, quadratischen Raum mit einer schwarzen Bar wieder, um die eine Menge Barhocker herumstanden. Keine Menschenseele. Sogar die Wände waren schwarz angepinselt. Ein Horrorkabinett. Wenn man hier keine Depression bekam, verfügte man definitiv über ein Nervenkostüm aus Stahl.

»Also gut«, sagte ich. Die Neonleuchte surrte. Ein ebenso bizarrer wie abstoßender Ort.

»In zwei Stunden ist hier die Hölle los«, sagte Manu. »Der angesagteste Schuppen der Stadt.«

Ich nickte eifrig. Nur nicht provozieren.

Manu deutete auf die Barhocker. »Setzt euch, ich bin gleich da.«

Am liebsten wäre ich jetzt geflüchtet, nur raus hier, aber mit der angeschlagenen Nofretete wäre ich nicht schnell genug. Was auch immer Manu vorhatte – wir saßen in der Falle.

»Und jetzt?«, fragte Nofretete.

Ich zuckte mit den Schultern. »Sorry«, sagte ich. »Ich hätte dich nicht mitnehmen dürfen.«

»Papperlapapp!«, gab sie zurück. »Ist doch nur ein Kratzer.« Dann klappte sie ein Etui auf, nahm eine ihrer spaghettidünnen Zigaretten heraus und steckte sie sich in den Mundwinkel. »Gleich bin ich wieder auf der Höhe.«

Da kehrte auch schon Manu zurück, in der Hand ein Erste-Hilfe-Set. Sie nahm ein Spray heraus, schnitt von einem Endlos-Pflaster ein großes Stück ab.

»Ach, das ist doch nicht notwendig!«, rief Nofretete und blies eine Rauchwolke zur Decke. »Ich bin doch kein Mann!«

Manu ließ sich nicht stören und desinfizierte die Wunde mit chirurgischer Präzision. »Wir haben hier immer wieder mal Verletzte. Aber nicht wegen der Schlaglöcher.«

»Sondern?«

Manu klebte das Pflaster auf Nofretetes Knie und klopfte es an den Rändern sanft fest.

»Das Übliche«, sagte sie. »Zu viel Promille.«

Was hatte Manu nur in dieser Bude verloren? Ich konnte nicht aufhören, mich zu wundern.

Dann setzte sie sich zu uns und sagte: »So.« Das Zeichen, dass es jetzt ans Eingemachte ging. »Kann ich vor der Dame reden?«

Sie deutete auf Nofretete.

»Aber natürlich, Schätzchen! Was du zu sagen hast, interessiert mich brennend!«, sagte Nofretete.

Manu lachte auf. Ich hatte Lust, mich hinter der Bar zu verkriechen.

»Also gut«, sagte Manu. »Bea hat mir alle Details über das kleine Abenteuer«– dabei malte sie Gänsefüßchen in die Luft – »erzählt, in das sie sich mit Felicitas gestürzt hat. Laut Beatrice hat Felicitas gesagt: ›Komm, wir versuchen es beim Schneider.‹ Der Schneider ist, wie Sie sicher wissen, der Pächter der Tankstelle.«

Nofretete stieß mich mit dem Ellenbogen an. »Wovon redet sie?«

Mit einem Handzeichen bat ich sie um ein wenig Geduld.

»Im Polizeiprotokoll steht zwar, dass es die Idee von beiden war«, fuhr Manu fort. »Aber Beatrice hat mir im Vertrauen erzählt, dass der Plan auf Felicitas' Mist gewachsen ist. Beatrice ist leider beinflussbar, ihr Selbstbewusstsein ist noch nicht gefestigt.«

Sie hielt inne, um die Wirkung ihrer Worte auf mich zu überprüfen. Ihr Gesicht hatte jede Nachgiebigkeit verloren. Steinharter Blick. Meine Tochter eine rücksichtslose Intrigantin, die ihre Freundin ins Unglück reitet. Das war absurd. Vollkommen absurd.

»Bist du – ich meine, sind Sie sicher? Das sieht Fly überhaupt nicht ähnlich.« So schnell gab ich nicht klein bei. Wer Fly angreift, der greift auch mich an.

Manu lachte rau. »Sie sind also auch eine von jenen Müttern, die ihr Kind für die bessere Version ihrer selbst halten? Da unterschätzten Sie Ihre Tochter gewaltig, das kann ich Ihnen schriftlich geben.«

Ich wollte es weder schriftlich, noch mündlich. Nur schnell diese demütigende Vorstellung beenden.

Jetzt mischte sich auch noch Nofretete ein: »Für das Mädel lege ich meine Hand ins Feuer«, sagte sie, ohne Fly jemals zu Gesicht bekommen zu haben.

»Damit wäre ich vorsichtig« sagte Manu. »Gegen Verbrennungen habe ich nichts da.«

»Da mach dir mal keine Sorgen«, gab Nofretete zurück. »Ich halte mehr aus, als du denkst.« Sie duzte Manuela einfach. Herrlich. Und loyal war sie auch, diese Nofretete. Für dieses Treffen war sie die richtige Wahl gewesen, da gab es nicht den geringsten Zweifel.

Ich sprang vom Barhocker. »Schönes Lokal, das Sie da haben«, sagte ich. »Aber wir werden uns jetzt verabschieden.«

Manuela überhörte das Kompliment geflissentlich, um zu ihrem letzten Schlag auszuholen.

»Ich hoffe, Sie wissen, dass Felicitas nach Kanada abhauen will. Zu Dschuliänn.« Pause. »Jetzt schauen Sie nicht so drein. Das wissen Sie doch. Die Sache mit Dschuliänn.«

Julian? Nie gehört.

»Wer ist das?« Ich krächzte.

Manuela pickte mit dem Zeigefinger ein paar Krümel von der Bar. »Dieser kanadische Youtuber, in den Fly verknallt ist.«

Was bitte war ein Youtuber? Einer der sich Tag und Nacht Musikvideos anschaute? Ging das neuerdings schon als Beruf durch?

Meine Verwirrung drang zu Manuela durch.

»Ein Youtuber ist einer, der Geld verdient auf der Plattform. Mit Musik oder Videospielen oder lustigen Clips, was weiß ich.«

»Und dieser Julian – «

»Ist Musiker«, ergänzte Manuela.

»Und die Mädchen sehen sich seine Videos an?«

Ich blickte nicht durch.

Fly. Verknallt. Nie gehört. Irgendwie kam ich hier nicht mehr mit. Was erzählte diese Frau? Das hatte sie doch nur erfunden, um mich niederzustrecken.

»Meine Tochter erzählt mir alles«, sagte Manuela. »Ich wusste von Beginn an Bescheid. Es gab da eine gewisse Rivalität zwischen den Mädchen. Auch Bea hat sich diesen Dschuliänn in den Kopf gesetzt. Deshalb hat Fly sich gerächt. Mit der Tankstellen-Geschichte.«

»Nichts Neues unter der Sonne«, sagte Nofretete und nestelte eine weitere Damenzigarette aus dem Etui. »Rivalitäten zwischen Mädels gab's schon, als ich jung war. Also – was ist jetzt das Problem?«

Manuela drückte auf ihrem Handy herum, wählte ein Video aus und hielt uns das Display entgegen. Ein triefäugiger, schmächtiger Junge mit Gitarre plärrte ein paar schiefe Töne in ein Mikro. JULIAN FOREST – *Gimme your love*. Vierundsechzig Millionen Klicks.

Mir wurde ganz anders. War das vielleicht eine Botschaft für Fly? Wollte er ihre Liebe? Ich mochte nicht zu Ende denken. Nofretete tätschelte mir mitfühlend den Ellenbogen.

»Der schaut doch ganz nett aus«, meinte sie. »Und geht zumindest in die Musikschule. Da kommen sie nicht auf blöde Gedanken.«

Manuela lachte schrill auf. »Der geht in keine Schule, der lebt von Youtube! Verdient mit seinen Songs mehr als die Papis seiner Schulfreunde zusammen.«

»Ach was«, sagte Nofretete und schürzte die Lippen. Das war eindeutig nicht der Kosmos, in dem sie sich bewegte.

Ich hatte das dringende Bedürfnis, Fly sofort anzurufen: *Das stimmt doch alles nicht? Sag, dass das nicht stimmt, Fly, sag mir sofort, dass Beas Mum phantasiert, es ist doch so, Fly, oder? Und wer zum Teufel ist dieser Julian? Und wieso sagt Manu, dass du nach Kanada abhauen willst?*

»Sie brauchen Fly jetzt nicht gleich anzurufen«, sagte Manu, als könnte sie meine Gedanken lesen. »Es ist noch nichts passiert. Ich wollte Sie nur informieren.«

Noch. Nichts. Passiert. Julian. Kanada. Ich wollte nach Hause. Sofort.

»Wir gehen«, sagte ich zu Nofretete.

»Nichts da.«

Manuela stieg vom Barhocker, trat hinter die Bar und stellte sich vor uns in Position. »So, meine Damen. Was wollt ihr trinken?«

Als ich aufwachte, war das Kissen feucht. Hatte ich im Schlaf geweint? Ich drehte mich auf die andere Seite, da hieb mir der Schmerz den Schädel entzwei. Nur nicht rühren. Ein Gedanke nach dem anderen, bitte nicht drängeln, alle kommen dran. An meinem Mundwinkel war es nass. Ich wischte mein Gesicht mit der Bettdecke ab. Ich hatte gesabbert, nicht geheult. Das wurde ja immer besser. Hallo Pflegeheim.

Ich wagte einen Blick auf die andere Seite. Kein Ralf. Die

Sonne schien mit aller Brutalität ins Zimmer. Ich glaubte mich zu erinnern, diesen Vormittag keinen Termin zu haben. Wenigstens ein positiver Ausblick. Ich setzte mich auf. In meinem Magen schwappte etwas vor und zurück. Wie konnte einem einzelnen Menschen so übel sein?

Ich griff zum Handy. Dreiundzwanzig Nachrichten. Zwanzig von Nofretete: Bist du in Ordnung, Schätzchen? Ich habe deine Sonnenbrille gefunden; trink ein Reparaturbier, dann geht es dir besser und so weiter. Drei von Manu. Ich klickte drauf, panisch. Eine Frau, die barfuß auf der Theke tanzte wie eine Irre, die Haare verklebt, die Arme über dem Kopf, das Gesicht zu einer grauenhaften Grimasse verzogen. Das war ich.

Eine Frau, die eine kandierte Kirsche auf ihrer Zunge balancierte. Auch ich. Eine Frau, die aus einem riesigen Cocktailglas eine grüne Flüssigkeit hinunterstürzte. Ich.

Bravo, Nina, ganze Arbeit geleistet. Langsam schälten sich einzelne Schnappschüsse aus dem Gedankensumpf. Wir alle drei, die wir uns auf dem Parkplatz umarmten. Offenbar war die Eiszeit mit Manu gebrochen. Irgendwann hatte sie »Wir alle machen Fehler« gelallt, bevor sie uns in ein Taxi bugsiert hatte, denn Autofahren konnten wir beim besten Willen nicht mehr.

Filmriss.

Wie hieß der noch einmal, der Typ, in den Bea und Fly verknallt waren? Julian. Und weiter? Was zum Teufel hatte Fly noch mal vor? *Gimme your love.*

Ich sprang auf, hastete hinaus in den Flur, öffnete mit zittrigen Händen die Schublade, in der die Pässe liegen mussten. Kramte hektisch. Da war er. Flys Pass. Uff. Ich drückte ihn an die Brust. Und jetzt? Ich musste ihn verstecken. Auf welche blödsinnigen Ideen diese Mädchen kamen. Ich brauchte ein Versteck, das Fly in tausend Jahren nicht ausfindig machen würde. Schmutzwäsche. Das war sicher, quasi Fort Knox, aber wie ich mein Glück kannte, gelang es mir noch, den Pass in der Waschmaschine zu vernichten. In der Speisekammer war das unterste Regal für die Putzutensilien reserviert. Auch das ein bombensicheres Versteck, denn die Putzmittel rührte Fly nicht an. Ich steckte den Pass in eine offene Packung Staubtücher. Dann löste ich drei Aspirin in einem Glas Wasser auf und legte mich wieder ins Bett. Ich schlief sofort ein.

15

Ich schlief wie ein Baby und wachte auch wie eines auf. Desorientiert und matsch in der Birne. Irgendwer war mir in meine Träume gelatscht und hatte das Segeltuch zerrissen, das zwischen dem Schlaf und dem Tag gespannt war. Ein schriller Ton, der mit voller Wucht mitten im Schmerzzentrum detonierte, ließ mich aufschrecken. Herzrasen. Es war noch hell draußen. Oder schon wieder hell?

Griff zum Wecker. Vier Uhr nachmittags. Wieder dieses aggressive Schrillen. Jetzt erkannte ich es. Die Türklingel. Da stand jemand vor der Tür und läutete. Das passierte sehr selten. Fly und Ralf hatten einen Schlüssel, und wenn der Briefträger etwas wollte, dann läutete er unten am Klingelbrett, was ein sanftes »Dong-dong« erzeugte.

Ich stand auf, wankte hinaus in den Flur. Vielleicht ein neuer Nachbar, der irgendwas brauchte – Kabelrolle, Schraubenzieher, Hammer – und der noch nicht wusste, dass ich nichts davon zu Hause hatte.

»Ja?«, rief ich durch die Tür.

»Frau Bydlinsky?«

Eine Männerstimme.

»Was gibt's?«

»Paket.«

Ich öffnete die Tür, aber nur einen Spalt. Ich war ja nicht verrückt. Draußen stand ein Mann mit einer Reisetasche in der Hand. Zehntagebart, gehetzter Blick, schiefes Sakko über verwaschenen Jeans. Als er mich sah, wich er erschrocken zurück. Mein Gott, ich hatte meine Loungewear an, aber an der war doch – den kindskopfgroßen Vanilleeisfleck einmal ausgenommen – nichts auszusetzen.

»Ist was?«, fragte ich.

»Frau Bydlinski?«

»Nicht zu Haus«, sagte ich. Der Typ sollte verschwinden und zwar möglichst dalli. »Wo ist das Paket? Ich geb's ihr.«

Er reichte mir die Tasche ohne ein Wort.

»Das ist doch kein Paket.«

»Das ist da drin.«

Wahrscheinlich hatte Fly die Tasche irgendwo liegen lassen. Oder sie gehörte Ralf und war vollgestopft mit verschwitzten Radklamotten. Ekelig. Ich warf sie ins Garderobeneck, wo sich Flys Tanzklamotten breitgemacht hatten. Saustall, elender.

»Wiedersehen«, sagte ich und knallte die Tür zu.

Dann ging ich ins Bad. O mein Gott. Mein ganzes Gesicht war blutverschmiert. Die Haare verklebt und in seltsamen Formationen vom Schädel abstehend. Die Flotten Lotten hatten sich geirrt: Ich war nicht in der Mitte meines Lebens angelangt, sondern an seinem Ende. Ich würde sterben, jetzt sofort. Quer über die Wange zog sich ein roter Streifen bis unters Kinn, auch die Stirn war eine einzige Wunde. Eigenartig, dass ich keine Schmerzen verspürte. Bestimmt war das der Schock. Wenn man schwerverletzt war, dann schüttete das Hirn Botenstoffe aus, die das Schmerzzentrum ausschalteten.

Ich tränkte ein Wattepad mit Wasser und versuchte vorsichtig, das Blut herunterzutupfen. Darunter war die Haut makellos. Ich sah mir das Wattepad genauer an. Sah aus wie Lippenstift. War Lippenstift. Neue Lage: Ich musste doch nicht sterben. Darauf erst mal einen Sekt. Einen ganz kleinen. Und ein Schaumbad. Ich kicherte. Deshalb hatte sich der Typ vor der Tür so erschreckt. Kein Wunder. Ich schüttete den letzten Rest des Jungbrunn-Fläschchens ins Badewasser. Heute war alles egal.

»Mum? Mu-um! Wo bist du?«

Fly. Das Wasser war kalt geworden. Zitternd hievte ich mich hoch und griff nach den Handtüchern. So, mein liebes Fräulein, jetzt geht's dir an den Kragen.

»Mum!«

»Bin im Bad!«

Ich stieg aus der Wanne und hielt mich dabei an der Duschwand fest, die bedrohlich schwankte. Bald würde es so weit sein, und ich würde überall Griffe montieren lassen, neben dem Klo, in der Wanne, und einen Treppenlift noch dazu. Früher hatte ich immer hochmütig gegrinst, wenn ich beim Friseur saß, die Neuigkeiten aus den Königshäusern studierte und in einer dieser Hochglanzgazetten eine Werbung für einen Treppenlift entdeckte, auf dem zu sehen war, wie eine knochige Alte mit blauen Locken auf einem Stuhl seitlich die Treppen hinaufschwebte. Was für eine lachhafte Konstruktion! Mittlerweile ertappte ich mich dabei zu recherchieren, ob man so einen

Treppenlift in kleinen Raten abstottern konnte. Eine Noppenauflage für die Badewanne wäre auch nicht unpraktisch, dachte ich, als ich ein Bein über die Wannenbrüstung hob, und deutlich billiger als ein Lift. Nicht gerade sexy, aber besser als ein Loch im Kopf.

Ich wickelte meinen geschundenen Körper in ein Badetuch und tappte tropfend aus dem Bad.

Fly stürzte auf mich zu. »Mum, da ist ein Mann vor der Tür.«

Mein erster Gedanke: *Dschuliänn*. Sie hatte ihn mitgebracht. Sollte ich gleich schimpfen oder ihn mir zuerst ansehen?

»Er singt ja ganz nett«, sagte ich, ganz die verständnisvolle Mutter markierend. Sie sah mich an, als hätte ich nicht alle Delfine im Becken.

»Gitarre spielen könnte er noch ein wenig üben«, fügte ich hinzu.

»Mum?«

Da fiel es mir ein, ich musste lachen, hahaha. Julian war ja in Kanada, der konnte nicht so einfach auf einen Kaffee in die Marie-Curie-Siedlung spazieren.

»Da sitzt ein Mann im Treppenhaus«, sagte Fly. »Ohne Gitarre.« Sie deutete auf die Eingangstür und flüsterte. »Ich hab Angst!«

Ein Mann, der meiner Tochter Angst einjagte? Das ging definitiv zu weit.

Ich stürmte durch den Flur und riss die Wohnungstür auf, ungeachtet der Tatsache, dass ich kaum bekleidet war. Auf der Treppe saß tatsächlich ein Kerl. Definitiv kein Youtuber, sondern der Mann, der mir die Tasche gebracht hatte.

»Was *machen* Sie hier?«

»Sie haben meine Tasche«, sagte er kleinlaut.

»*Ihre* Tasche?« Ich verstand die Welt nicht mehr.

»Ich brauche sie wieder«, sagte er. »Sie gehört mir. Da sind meine Sachen drin.«

»Warum haben Sie sie mir dann gegeben?«

Er holte tief Luft. In diesem Moment ging die Nachbarstür auf.

Herr Paschunder, Typ Bankangestellter mit Kontrollzwang, trat heraus.

»Guten Tag«, sagte Herr Paschunder und glotzte, als hätte er noch nie eine Frau im Handtuch gesehen.

»Der Müll im Müllraum stinkt entsetzlich«, sagte Herr Paschunder.

Was wollte er mir damit sagen? Dass es unser Müll war, der stank? Dass wir nicht gut rochen? Dass es ihm stank, hier zu wohnen?

»Das hat Müll so an sich«, antwortete ich.

»Manche Bewohner scheinen nicht auf Mülltrennung zu achten. Ich trenne jeden Teebeutel. Und zwar löse ich die metallene Klammer vom Beutel, den Faden vom Papier und der Tee kommt extra in den Kompost.«

»Ich trenne sogar die Spreu vom Weizen«, sagte ich.

Herr Paschunder schüttelte missmutig den Kopf. Als er mit seinen rahmengenähten Schuhen die Treppe hinunterklapperte, grinste der Typ neben mir. »Nini, wie sie leibt und lebt. Schön, dich zu sehen.«

III Fiese Feder

16

Lieber Herr Regisseur, bitte diese Szene noch einmal von vorn. Wir fangen noch mal an, einverstanden? Ich ziehe mir zuvor was Ordentliches an. Ein bisschen Schminke, ein wenig Rouge auf die Wangen. Eine schnell wirkende Grauabdeckung des Haaransatzes, capito? Aber da war kein Regisseur, kein Kameraassistent, kein Beleuchter, kein Make-up-Artist. Kein Set. Nur Echtleben.

Ich zog das Handtuch enger um den Körper und setzte mich neben Lukas auf die Treppe, von wo aus ich ihn besser anschauen konnte. Ich warf die Photoshop-Werkzeuge in meinem Hirn an, radierte den Zehntagebart aus, schnitt ihm die Haare, straffte seine Wangen, hellte seinen Blick auf, rückte sein Sakko zurecht, steckte das Hemd in die Hose. Tatsächlich – nachdem die innerlichen Korrekturvorgänge abgeschlossen waren, kam ein Mann dabei raus, der dem Lukas von damals ähnelte. Mit dem Architekten-Lukas von der Website hatte er aber immer noch nicht viel gemein.

Also stellte ich die einzige Frage, die jetzt wichtig war: »Was ist passiert?«

»Meine liebe Nini, ich bitte dich um Hilfe«, sagte er nach

einer Pause. Er betonte Nini auf der zweiten Silbe. Niní. Er sah auf seine Schuhspitzen. »Und um Entschuldigung bitte ich dich auch. Du hast dir unser Treffen sicher anders vorgestellt.«

Damit lag er nicht daneben. Ja, ich hatte mir unser Wiedersehen anders vorgestellt. Ich hätte vor allem selbst gern ein Wörtchen mitgeredet. Überfälle waren nicht so mein Ding. Ich saß auch nicht so wahnsinnig gern halbnackt in zugigen Treppenhäusern, in denen alle paar Minuten ein anderer neurotischer Nachbar aufkreuzen konnte. Wenn ich nicht bald aufstand, würde ich eine Blasenentzündung kassieren, die sich gewaschen hatte.

Also erhob ich mich seufzend. »Erst mal kommst du herein.«

Er stand auf ohne ein Wort, während ich in meinem Hirnkästchen kramte und überlegte, ob ich einen französischen Satz zur Auflockerung parat hatte, aber da waren nur hilflose Silben, *Baguette. Coq au vin. Mousse au chocolat. Bonjour tristesse. Voulez-vouz …* – ach nö.

Lukas setzte sich auf das schwarze Ledersofa – das chromblitzende Wohnzimmer im Ralf-Stil musste doch für jeden Menschen mit Geschmack die reinste Qual sein –, und ich bat ihn, sich einige Sekunden zu gedulden, ich würde mir schnell etwas anziehen. Ich huschte ins Schlafzimmer und öffnete den Schrank. Den eleganten Trainingsanzug mit den goldenen Streifen? Die saubere pinkfarbene Loungewear mit dem entzückenden Teddy auf dem Oberteil? Vielleicht doch besser etwas, mit dem man sich auch auf der Straße zeigen konnte. Jeans und Bluse. Nur nicht overdressed. Sonst glaubte er noch sonst was. Mein Gott. Lukas. Irre, das alles. Dass er mich auf den ersten

Blick auch nicht erkannt hatte, war logisch. Die Lippenstiftspuren waren schuld. Um die Hüfte war ich in den letzten zwei Jahrzehnten bestimmt nicht schmaler geworden, aber das hatte er sicher einkalkuliert.

Fly schaute zur Tür herein. »Mum, wer ist das?«

»Ein Kunde.«

Ich zwängte die hautenge Hose über die Oberschenkel. Zum Glück Stretch. Dem Erfinder des Stretch-Jeansstoffes gebührte der Nobelpreis. Mindestens.

»Und was hat er im Treppenhaus gemacht?«

»Er hat auf mich gewartet.«

»Aber du warst doch *in* der Wohnung? Warum hat er nicht geklingelt?«

Unbestechliche Logik. Mir gingen die Lügen aus. »Er hat ganz einfach gedacht, dass ich nicht zu Hause bin.«

Ich drehte mich vor dem Ganzkörperspiegel. Nicht übel. Für eine Heidi Klum würde es in diesem Leben nicht mehr reichen, aber eine Heidi Kabel war durchaus noch drin.

Als sich Fly anschickte zu verschwinden, hielt ich sie mit einem strengen »Mo-ment« zurück.

»Was ist, Mum?«

»Ich habe Beas Mutter getroffen.«

Fly schluckte. Gesichtsausdruck: waidwundes Reh. »Dein Kunde wartet, Mama.«

Durchtriebenes Luder.

»Nichts da, wir reden jetzt.« Lukas hatte mich zweiundzwanzig Jahre warten lassen, da kam es auf zwei Minuten mehr oder weniger auch nicht an.

»Aber er schaut schon ganz verzweifelt!«, zischte Fly.

Verzweifelt war das Stichwort. Ich gab nach. Fly hatte recht, etwas stimmte nicht mit Lukas. Mein verschüttetes Helfersyndrom klopfte zaghaft an. »Du rührst dich nicht von der Stelle, verstanden? Wir reden, sobald er weg ist.«

Sie nickte, sichtlich erleichtert.

Ich bin davon überzeugt, dass wir alle einen unveränderlichen Kern in uns tragen. Einen Fixstern, um den die wechselnden Vorlieben und Eigenheiten kreisen. Freilich konnte man im Laufe des Lebens noch an mancher Stellschraube drehen, sie fester anziehen oder lockern –, aber die Schrauben selbst bleiben gleich. Fly hatte schon als Säugling ihre beiden Standardblicke drauf: den »Ich-bin-so-lieb-und-deshalb-tust-du-was-ich-will«-Blick. Und den »Wenn-du-nicht-sofort-tust-was-ich-will-such-ich-mir-eine-andere-Mutter«-Blick.

Nach diesem unveränderlichen Kern suchte ich, als ich den Kerl betrachtete, der auf meinem Sofa saß. Bist du es wirklich, Lukas? Seine Stimme hatte einen leicht näselnden Einschlag – bestimmt durch das viele Französisch.

»Niní«, sagte er, »darf ich heute bei dir schlafen?«

Ich war hin und weg und wusste überhaupt nicht, wie ich ihm beibringen sollte, dass das nicht ging. Gemeinsam mit Ralf und Fly in dieser Bude – undenkbar.

»Die Hotels sind alle – äh, voll?«

»Ich kann nicht in ein Hotel, Niní.« Sein Blick sagte: *Bitte frag nicht, warum*. Ich fragte nicht, warum.

»Aber wir haben keinen Platz«, sagte ich. »Mehr als das hier gibt's nicht. Und das Sofa hat keine Schlaffunktion.«

»Schlaffunktion hab ich selbst.«

In diesem Moment lugte Fly ins Wohnzimmer. Lukas' Blick hellte sich auf. »Ist das Felicitas?«

»Fly«, sagte ich. »Komm doch rein und begrüße unseren Gast.«

Ich stellte die beiden einander vor, Fly gab ihm artig die Hand.

»Lukas ist ein berühmter Architekt«, sagte ich. Ich hatte vergessen, dass ich ihr gesagt hatte, er sei ein Kunde. »Ein Architekt, der gerne Müsli isst.«

Lukas wandte sich an Fly. »Ich habe gehört, dass du Geld sammelst für Straßenkinder. Das ist ganz toll von dir. Wunderbar.«

Fly sah ihn mit großen Augen an.

Oha. Das hatte ich bei der Formulierung meiner überambitionierten E-Mail nicht bedacht: Dass die beiden einander treffen könnten.

»Straßenkinder?«, fragte Fly.

»Du weißt doch, die in Guatemala«, sagte ich und zwinkerte.

»Dieses Ding mit Avocado? Das ist so *sick*.«

Jetzt lachte Lukas das erste Mal. »Du meinst Guacamole, Felicitas. Das ist ein schöner Wesenszug – Gutes zu tun und gleichzeitig so bescheiden zu sein, dass man lieber einen Scherz macht, anstatt darüber zu reden.«

»Tja, Fly hatte immer schon eine soziale Ader«, sagte ich und zwinkerte wieder.

»Mum, dein Auge zuckt!«

»Ich habe leider keine Kinder«, sagte Lukas zu mir. »Aber du scheinst alles richtig gemacht zu haben.«

Fly lachte. »Alles – bis auf die Echse.«

Freches Gör.

»Und was soll daran falsch sein?«, fragte ich.

»Dass ich noch keine hab.«

Lukas lächelte nachsichtig. Ich betete zum Wesen über den Wolken, dass er das Wort »hochbegabt« nicht in den Mund nehmen möge. Wenn Fly klar wurde, dass ich gelogen hatte wie gedruckt, konnte ich mir meine Standpauke aufmalen. Von wegen gutes Vorbild und so.

»Mum, ich geh jetzt zur Nachhilfe«, sagte Fly. Und schon war sie fort, die Tür fiel ins Schloss, obwohl sie vorhin noch gesagt hatte, sie würde warten, damit wir reden können. *Klack.*

»Eine tolle Tochter hast du«, sagte Lukas und nickte. »Hilft Straßenkindern, gibt Nachhilfe! Wenn ich mich hier so umsehe, denke ich, dass du so vieles richtig gemacht hast im Leben und ich so viel falsch.«

Eigenartig. Das war doch mein Satz. Der Satz, den ich gedacht hatte, als ich seine Website betrachtet hatte. *Es ist genau umgekehrt*, wollte ich rufen, *ich bin eifersüchtig auf dein Leben! Ich wollte deinen Erfolg, dein Büro, deinen Lebensstil, dein Frankreich, dein alles!*

Schluss damit, jetzt würde Tacheles geredet.

»Lukas, was ist passiert?«

»Jetzt oder damals?«

»Was ist leichter zu beantworten?«

Er schwieg. Und schon wieder ging die Eingangstür. Das war ja der reinste Durchgangsbahnhof.

»Fly?«, rief ich. Bestimmt hatte sie was vergessen. Taschenrechner, Lineal, Mathebuch.

Aber es war nicht Fly, es war Ralf. Ihn konnte ich schlecht

fragen, was er hier tat. War schließlich seine Wohnung. Ich hatte schon gewusst, weshalb ich Lukas hier ganz bestimmt nicht treffen wollte. Keine Sekunde hatte man Ruhe.

»Wir haben Besuch!«, rief ich Ralf entgegen, damit er nicht glaubte, er ertappe mich bei irgendwas. Und zu Lukas sagte ich: »Ralf, mein Mann. Falls du Rad fährst – gutes Thema. Falls nicht, hast du doch sicher schon einmal ein Fahrrad gesehen.«

Und dann stand auch schon Ralf in der Tür und musterte den Mann auf seinem schwarzen Ledersofa.

»Ralf, das ist Lukas, ein Freund aus Jugendtagen.«

Wie das klang. Omi trifft Bastelfreund aus der Grundschule. Aber gelogen war es nicht. In meiner Studienzeit war ich durchaus jugendlich gewesen.

»Nina, weißt du, wo das blaue Shirt ist? In der Wäsche ist es nicht.« Ralf war nicht im Geringsten an meinem Besuch interessiert. Auch gut.

»Keine Ahnung«, sagte ich, was der Wahrheit entsprach. Wenn ich immer genau wüsste, wo sich jedes seiner gefühlt neunhundert Shirts befand, könnte ich an der Gedächtnisweltmeisterschaft teilnehmen.

»Hallo«, sagte Lukas.

Ralf nickte ihm zu. Seltsame Situation. Wie lockert man das auf?

Ich klopfte mir jovial auf die Schenkel. »Wollt ihr was trinken?«

»Gern«, sagte Lukas.

Ralf bestellte ein Bier, Lukas schloss sich an. Na, das lief doch wie am Schnürchen. Ich verschwand in der Küche und hörte die beiden Männer im Wohnzimmer murmeln. Bier allein war traurig, deshalb beschloss ich, kleine Häppchen als Begleitung zu fabrizieren. Weißbrot mit Schinken, darauf in Scheiben geschnittene Gürkchen und winzige Tupfer Mayonnaise. Etwas mit den Händen zu tun beruhigte mich. Lukas war in der Wohnung. Hier bei mir. Ich konnte es kaum fassen.

Irgendwann – ich hatte die Bötchen bereits dekorativ auf einem Servierteller angerichtet – stand Ralf in der Küche.

»Der macht eine schwierige Zeit durch, dein Jugendfreund«, sagte er.

Ich überlegte, ob er *Jugendfreund* komisch betonte. Ob er mir etwas anderes mitteilen wollte, aber scheinbar hatte Ralf keine Hintergedanken. Er wirkte seltsam nachdenklich.

»Was hast du ihm eigentlich erzählt? Er hat mir zu meiner Tochter gratuliert.«

Oh. Ich hatte vergessen, Lukas die Patchwork-Konstellation zu erklären.

»Und was hast du gesagt?«

»Dass sie nicht meine Tochter ist. Daraufhin meinte er: Schade. So eine empathische und hochintelligente Tochter würde sich jeder wünschen. *Empathisch und hochintelligent* – eine interessante Formulierung, findest du nicht?«

»Naja, manche sehen eben hinter die Fassade«, sagte ich und legte die Mayonnaise-Tube zurück in den Kühlschrank. Da hatte ich mich ja schön in die Bredouille geritten. Ich nahm den Brötchenteller und wollte schon aus der Küche raus, als Ralf mich am Arm festhielt.

»Du, wir sollten ihm helfen«, flüsterte er.

Der wusste etwas, was ich nicht wusste.

»Ach ja? Was hat er dir denn erzählt?«

»Erstens hat er für die Tour de France gearbeitet.«

So lief der Hase. Bike Lee hatte einen Genossen gefunden. Für ihn würde er alles tun, das spürte ich. Ich wusste nicht, ob das ein gutes Omen war oder ein schlechtes.

»Und zweitens?«

»Es gibt kein zweitens. Er bleibt hier.«

»Was soll das heißen?«

»Dass er hier schläft. Auf dem Sofa.«

»Aber –«

»Kein Aber.«

Bei Ralf brauchte man nur den richtigen Knopf zu drücken – etwa mit einem beiläufig hingestreuten »Tour de France«– und schon war ein neuer Best Buddy geboren.

Adieu, Seelenruhe. Ich machte mich auf eine bewegte Nacht gefasst.

17

Und dann?«

Die Flotten Lotten klebten an meinen Lippen.

Ich lehnte mich zurück, kostete den Cliffhanger aus, bis sie nervös zu zappeln begannen.

»Dann habe ich Bettdecke und Polster frisch bezogen.«

Nicht gerade das, was sie hören wollten.

»Und dann?«

»Sind wir schlafen gegangen.«

»Alle zusammen?«, fragte Katharina die Kleine.

Ich hatte nur drauf gewartet, dass eine der Lotten einen Spruch mit einem Flotten Dreier deponierte. Tschakka!

Ich wiegte sanft mit dem Kopf, um die Spannung zu erhöhen. Katharina die Große knabberte bereits an ihren Fingernägeln, und Birgit bestellte den zweiten *Blue-Moon*.

»Das müsst ihr für euch behalten«, zischte ich. »Ist alles unter dem Schwiegel der Versiegenheit!« Das war unser Codewort. *Schwiegel der Versiegenheit.* Die Flotten Lotten kreuzten Zeige- und Mittelfinger.

Zu meiner eigenen Sicherheit verschwieg ich ihnen dann doch so einiges. Zum Beispiel die Tatsache, dass wir an diesem

Abend zuerst noch einmütig zusammensaßen, wir drei: Ralf, der Lukas aka Luc zur Tour de France ein Loch in den Bauch fragte. Lukas, der artig antwortete. Und ich. Fehlte nur noch Martin, dann hätte ich sämtliche Beziehungskatastrophen meines Lebens auf zwanzig Quadratmetern vereint.

Jedenfalls war Lukas/Luc Teil des Architektenteams gewesen, das die Zelte für die Tour entwarf – und zwar jene Zelte, in denen sich die Athleten umzogen. Keine architektonische Meisterleistung, aber natürlich hatte er einiges an Nebengeräuschen mitbekommen. Ralf sabberte beinahe beim Zuhören. Ich wartete verzweifelt auf den Moment, an dem er das Zimmer verlassen würde, damit ich das Gespräch mit Lukas wiederaufnehmen konnte –, aber Ralf bewies Sitzfleisch. Und vor ihm konnte ich Lukas unmöglich nach den Ursachen der damaligen Trennung befragen, Ralf wusste doch nicht einmal, dass wir ein Paar gewesen waren. Obwohl ich ihm permanent Bier nachschenkte, musste Ralf nie aufs Klo. Keine Ahnung, wie er das machte, seine Blase musste über die Kapazität eines Kinderschwimmbeckens verfügen. Zu allem Überfluss brachte er um punkt zehn das Reizwort *Doping* ein. Gnade. Ich kannte alle von Ralfs Anti-Doping-Strategien auswendig, konnte sie im Schlaf vorbeten. *Bessere Aufklärung, einheitliche Rechtsprechung, einheitliche Sanktionen bliblablu.* Es gab kaum etwas, was mich weniger interessierte – vielleicht ex aequo mit dem Tag der Offenen Tür bei der Feuerwehr.

»Und wie hast du geschlafen? Ich meine, wenn mein Ex im Nebenzimmer liegt, krieg ich doch kein Auge zu!«, sagte Katharina die Kleine.

Hatte ich auch nicht.

In romantischen Liebeskomödien entspinnt sich ja üblicherweise das folgende Szenario: Dame des Hauses geht am Zimmer des männlichen Überraschungsgastes vorüber, bleibt sinnierend am Türrahmen stehen, das Leintuch lose über den nackten Alabasterkörper drapiert. Im Halbdunkel denkt sie nach, man sieht förmlich, wie sich die Rädchen hinter der Stirn drehen. Als sie gehen will, hält eine rauchige Männerstimme sie zurück.

»Elaine!«, meldet sich der Mann aus dem Dunkeln. Oder: »Judith!« Oder: »Vanessa! Bist du es?«

Elaine, Judith oder Vanessa betritt zögerlich den Raum, wohl wissend, wo und wie das Ganze enden wird. Setzt sich schüchtern auf das notdürftig zu einem Bett arrangierte Sofa, wobei der Mann sich aufrichtet und seinen felligen Oberkörper präsentiert, während er in der Reisetasche lässig nach seinen Zigaretten kramt (Ersatzhandlung). Elaine, Judith oder Vanessa, die bereits in glühender Leidenschaft entflammt ist, lässt es zu, dass der Prolet ihre Bude vollqualmt, denn sie weiß: Nach der »Zigarette davor« wird er die Augen zusammenkneifen und ein »Hey, Baby, ich hab auf dich gewartet« zwischen den Zähnen hervorquetschen. Mehr braucht es nicht. Halb zieht er sie, halb sinkt sie hin, und im Himmel jaulen die Violinen.

Das war die Fernsehversion. Im Echtleben ging das ein wenig anders: Tatsächlich wachte ich in der Nacht auf, wobei *aufwachen* nicht das richtige Wort war, denn das konnte man nur, wenn man zuvor geschlafen hatte.

Besser: Ich unterbrach mein Hin- und Herwerfen auf der Matratze. Ein Leintuch brauchte ich nicht, um mich zu bedecken, denn ich trug meinen kotzbeigen Pyjama und flauschige Socken aus einem Material, das sich bei Kontakt mit einem Funken sofort entzünden und das gesamte Haus abfackeln würde.

Jedenfalls musste ich aufs Klo. Schlaftrunken tappte ich am Wohnzimmer vorbei. Tatsächlich, da lag Lukas auf dem Sofa. Sinnierend blieb ich am Türrahmen stehen und spähte ins Dunkel. Lukas atmete laut. Um nicht zu sagen: Er schnarchte. Ein gemütliches Schnarchen war es, das darauf hindeutete, dass er sich wohl fühlte. Wie schön. Gleich würde sein Unterbewusstsein anspringen und ihn wecken. »Niní«, würde er flüstern, schlaftrunken – und vor allem leise, damit die anderen es nicht hörten. »Niní, bist du das?«

Ich drehte mich seitlich und knickte in der Hüfte ein. Das machte eine schlanke Silhouette, hatte ich irgendwo gelesen. Es würde das Erste sein, das er sah, wenn er aufwachte.

Falls er aufwachte.

Ich sinnierte noch ein wenig weiter und lehnte mich dabei an den Türrahmen. »Niní, komm her«, würde er hauchen und darauf warten, dass ich mich zum ihm setzte, und wenn ich es nicht tat, würde er darum betteln: »Nur einen Augenblick, ich bitte dich, Niní.«

Aber ich würde standhaft bleiben und Nein sagen: »Nein, das musst du verstehen, Lukas, das geht nicht, lassen wir die Vergangenheit ruhen.«

Er schnarchte weiter, seelenruhig. Irgendwo tickte eine Uhr. Die Marie-Curie-Siedlung lag im Tiefschlaf.

Ich räusperte mich. Dezent.

Kkkchm.

Keine Reaktion.

KkÄHEM!

Nichts.

ÄHEHEMM!

ÄHEHEHEMMM!

»Was ist das für ein Radau?«

Ralf stand im Flur wie ein orientierungsloser Ochse. Großartig. Genau das Ergebnis, das ich ersehnt hatte.

»Hab Halsweh«, sagte ich und räusperte mich noch einmal. »Wollte einen Schal holen.«

»Mitten in der Nacht?«

»Dem Halsweh ist egal, wie spät es ist.«

»Komm zurück ins Bett. Am Ende weckst du Luc noch auf.«

Er nannte ihn tatsächlich Luc. Und bemühte sich, dem Namen ein französisches Mäntelchen umzuhängen. *Lüüüück*.

Ich seufzte, tappte zur Garderobe und packte den Ringelschal, den ich mir um den Hals warf. Ich würde schwitzen und auch den Rest der Nacht nicht schlafen können. Ich war ein Trottel.

Das alles erzählte ich den Flotten Lotten natürlich nicht. Ich erwähnte nur, dass es sich schwierig gestaltete, alleine mit Lukas zu sprechen. Immer schwirrte da jemand herum, Ralf oder Fly.

»Und was war dann?«, fragte Katharina die Große.

Tja – dann war der Morgen da. Ein frühlingshafter Morgen, an dem die Bäume schwer an ihren Blüten trugen.

Als ich das Wohnzimmer betrat – ich hatte den Pyjama bereits gegen einen eleganten Trainingsanzug getauscht –, lag die Bettwäsche tadellos zusammengeknüllt auf dem Sofa und obenauf ein Zettel.

Liebe Nini,
ihr seid sehr großzügig zu mir gewesen, vielen Dank. Es wird die Zeit kommen, in der ich dir alles erklären werde. Ich durchlebe derzeit eine schwierige Phase, aber alles wird gut. Daran glaube ich fest. Ich möchte, dass auch du daran glaubst.
Dein Lukas

Ich hielt die Nachricht in der Hand und wusste nicht, wie mir geschah. Gerade war er noch da, schon war er wieder weg, und ich hatte nichts, aber auch gar nichts erfahren. Dabei hatte ich mich bereits auf den Vormittag gefreut, endlich würde ich die Gelegenheit haben, sämtliche Geheimnisse aus ihm herauszukitzeln!

Ich untersuchte den Zettel, denn vielleicht hatte er irgendwo eine Handynummer hingekritzelt, aber da war nichts. Ich roch an der Bettdecke. Sie roch nach Waschmittel. Ich war enttäuscht. Ich suchte das Sofa ab, fahndete nach einem Hinweis. Nichts. Ich sah im Flur nach. Seine Tasche war verschwunden. Ich betrat die Küche. Er hatte nichts angerührt. Gäbe es diesen Zettel nicht, ich würde glauben, ich hätte alles geträumt. Und was hatte dieses *Ich möchte, dass auch du daran glaubst* zu bedeuten? Ich hatte doch noch nie geglaubt, dass alles gut würde. Mein naiver Optimismus war irgendwann versickert, und was übrig geblieben war, hatte nicht das Zeug zum Kalenderspruch.

Ich öffnete die Tür. Auf der Matte lag etwas Buntes. Ein kleines Päckchen, ungeschickt in Geschenkpapier eingewickelt. Ich hob es auf, drehte es zum Licht. Mit Kugelschreiber stand da in krakeliger Schrift »Für Nini«. Also doch.

Ein Paket für mich. Ein Päckchen. In meiner Brust sprang etwas auf.

Das erzählte ich den Flotten Lotten nicht. Das war mein Geheimnis. *Schwiegel der Versiegenheit.*

Stattdessen erzählte ich, dass Lukas in gefährlicher Mission unterwegs war. Ich legte den Finger quer über die Lippen. »Ihr dürft NIEMANDEM davon erzählen, sonst bringt ihr ihn in Gefahr.«

Die beiden Katharinas saßen da mit offener Suppenluke. Vicky sah für einen Moment von den Babyfotos auf ihrem Handy auf. Ha! Endlich war *ich* diejenige mit dem aufregenden Leben. Ich genoss die Aufmerksamkeit für dreißig Sekunden.

Dann kam Nofretete zur Tür herein, in den Armen einen bedauernswert hässlichen Köter. Er hatte das Gesicht einer Ratte und vollkommen überdimensionierte Ohren.

»Ach, da seid ihr ja!«, rief sie von weitem. »Der kleine Scheißer hat wieder Durchfall, und ich musste die Chaiselongue putzen.«

Nur gut, dass sie so laut sprach, andernfalls hätten die Gäste der *Drei Milchmädchen* womöglich diese Neuigkeit verpasst.

Sie trat an unseren Tisch, und wir machten Platz. Ganz geheuer war mir dieses Viech nicht. Dauernd floss es aus ihm heraus, entweder vorn oder hinten. Ein einziges Verdauungs-Desaster.

Pablo durfte auf ihrem Schoß ruhen wie auf einem königlichen Kissen. Keine von uns wollte ihn streicheln.

»Und, meine Lieben, was gibt's Neues?«, fragte Nofretete. »Was ist denn los, warum schaut ihr so betroffen?«

Birgit deutete auf mich. »Das musst du sie fragen.«

»Aber Schätzchen, was hast du denn schon wieder angestellt?«

»Mein Superman«, sagte ich. »Fortgeflogen.«

»Und deswegen machst du so ein Gesicht?«

Pablo fiepte, wie um das Gesagte zu unterstreichen.

Ein Milchmädchen trat an den Tisch, um die Getränke aufzunehmen.

»Süße Katze«, sagte sie zu Pablo, der sie anknurrte.

»Das ist eine Fledermaus«, sagte Katharina die Große.

Alle lachten.

»Und dann?«, fragte Katharina die Kleine.

Ach – wir waren ja noch nicht fertig mit der Märchenstunde.

»Dann«, sagte ich, »musste ich meine flatternden Nerven zähmen.«

Ich verabredete mich mit Birgit zu einer ausführlichen Fastkauf-Tour. Wir kehrten in *Renate's Reste Rampe* ein – nur echt mit Deppenapostroph –, stopften unsere Einkaufswagen bis obenhin mit Sonderangeboten voll, Rollkoffer, Unterwäsche, Bademode, Druckkochtöpfe, Yogamatten, Tuniken und Kugelgrill, bevor wir die Wagen vor der Kasse mit einem Seufzen abstellten.

»Wir holen nur mal eben unsere Kreditkarten aus dem Auto«, sagte Birgit zur Verkäuferin, die verständnisvoll lächelte. Ach, diese Frauen im mittleren Alter, wenn der Alzheimer schon von der Ferne winkt!

Auf dem Parkplatz umarmten wir uns vor Freude. So viel Geld gespart! Wir rechneten zusammen und kamen auf 331 Euro. Das war es wert, gefeiert zu werden.

»Deswegen haben wir euch hier einbestellt«, sagte Birgit.

Mit dem Zusatz: WICHTIG. KOMMEN. Denn natürlich wollten wir auch meine neue Lage besprechen.

Und sie waren alle gekommen. Vicky hechelnd von der Brutpflege, Katharina die Große direkt von der Nachhilfestunde (wobei ich mich immer fragte, worin eine Sportlehrerin Nachhilfe gab – im Bockspringen?), die kleine Katharina vom Nichtstun – wovon sie sich nur schwer losreißen konnte, wenn man ihr glauben durfte.

»Und jetzt?«, fragte Birgit. »Wie geht's jetzt weiter?«

Ich zuckte mit den Schultern. »Das war's dann wohl. Projekt Jugendfreund vorzeitig abgebrochen.«

»Aber nicht doch, Schätzchen«, sagte Nofretete und schüttelte energisch den Kopf, obwohl sie keine Ahnung hatte, worum es ging. »Das Leben ist wie mein kleiner Pablito. Du glaubst, er hat schon alles rausgeschissen und dann kommt immer noch was nach.«

»Und die Moral von der Geschichte?«

»Mach dich immer gefasst auf Überraschungen. Und vergiss nie, Feuchttücher einzupacken. Das ist überhaupt die wichtigste Lektion im Leben: dass man immer Feuchttücher dabeihat.«

18

Das mit den Feuchttüchern hätte ich mir hinter die Ohren schreiben sollen. Manchmal hatte ich immer noch das Bedürfnis, Fly etwas aus dem Gesicht zu wischen. Die Flausen zum Beispiel.

»Also?«

Ich hatte sie in ihrem Zimmer überrascht, sie konnte mir nicht entwischen.

»Was denn, Mum?« Ihr Blick äußerte Weltüberdruss. Und jetzt störte auch noch das lästige Muttertier.

Wie sag ich's dem Kinde? Gütliches Gespräch? Oder eher Kreuzverhör? Ich setzte mich zu ihr aufs Bett. »Leg das Handy weg, ich möchte mit dir sprechen.«

»Das Handy stört doch nicht.«

»Doch, es stört *mich*.«

Mit dem Ausdruck äußerster Qual legte sie das Ding aufs Nachtkästchen. »Also? Mach schnell.«

»Julian Forest«, sagte ich.

»Und?«

»Kennst du den?«

»Den kennt doch jeder.«

»Jede, meinst du wohl.«

Sie verdrehte die Augen. »Was willst du, Mum?«

»Ich weiß, es klingt lächerlich. Aber Beas Mutter hat mir gesagt, dass du zu ihm fahren möchtest. Nach Kanada.«

Das war sehr vorsichtig ausgedrückt. Kanada: Vor meinem inneren Auge sah ich glitzernde Bergseen, eingerahmt von dunklen Wäldern. Cowboys auf Pferden, Farmen, so groß wie Kleinstädte. Blöde glotzende Rinder.

»Nö.« Sie sah mich auffordernd an.

Die provozierte mich doch. Wie sollte ich jetzt reagieren? *Du fährst gefälligst nicht nach Kanada? Schlag dir diesen Julian aus dem Kopf?* Mit einem Schlag fühlte ich mich um Jahrzehnte gealtert. Was war aus mir geworden? Ein Fräulein Rottenmeier, das über die guten Sitten wachte? Vielleicht kam ich mit paradoxer Intervention besser ans Ziel. *Du fährst gefälligst nach Kanada, sonst kracht's* – in der Hoffnung, dass sie das dann genau nicht tat?

Ich versuchte, mich in den Kopf einer Siebzehnjährigen zu versetzen. Wie war das damals noch mal? Ich hatte mich als unauffällige Schülerin in Erinnerung, nicht übermäßig eifrig, aber bemüht, alles ohne Murren zu erledigen. Wir hatten Starschnitte an den Wänden, aber keinem wäre eingefallen, diesen Stars irgendwo aufzulauern. Mehr als die 3 S – Schule, Sport, Schlaf – gab's nicht. Außerdem hatte ich keine einzige Stunde Nachhilfe gebraucht. Wer Nachhilfe brauchte, war damals in einer anderen Schule besser aufgehoben. Oder in gar keiner. Entweder hatte man es allein geschafft oder gar nicht. Ich konnte mich nicht dran erinnern, meiner Mutter auch nur ein einziges Mal meine Hausaufgaben gezeigt zu haben. Sie hatte keine Ahnung, was wir in der Schule durchnahmen, es interessierte sie auch null.

Meine Mutter. Die Inge-Omi. Ich hoffte, Fly würde nicht auf die Idee kommen und sie gegen mich aufhetzen. Meine Mutter hatte immer das Rebellische bevorzugt, als Kämpferin für Gleichberechtigung war sie dafür, dass sich jede Frau ihren Talenten und Wünschen entsprechend verwirklichte. Sie würde Fly noch dazu raten, nach Kanada zu fliegen, lieber heute als morgen. *Aber freilich Kind, schau, da hast du dreihundert Euro. Julian ist aber auch so ein schöner Name.*

Es war ja nicht so, dass es nicht genügend Burschen gab in Flys Umfeld. Sie war andauernd mit ihnen unterwegs. Sie hießen alle gleich, Elias oder Finn.

»Was ist eigentlich mit Elias?«, fragte ich sie.

»Welcher?«

Egal. Jeder.

»Der, mit dem du im Sommer schwimmen warst.«

»Ah, der.« Sie strich mit den Fingern über ihre Augenbrauen. »Der ist ein Idiot.«

»Und der andere?«

»Elias Gruber? Auslandsjahr in Amerika.«

»Nein, ich meine den –«

»Du meinst den Finn. Keine Ahnung, was mit dem ist.«

Sie drehte sich auf den Rücken, starrte hinauf zur Decke.

»Ach, Fly, du musst mich auch ein bisschen verstehen. Ich mach mir Sorgen.«

»Aber warum?«

»Das ist einfach so. Du wirst es selbst merken, wenn du Kinder hast.«

»Das wird nie passieren.«

»Das sagst du jetzt.«

»Das sag ich auch noch in zwanzig Jahren.«

»Dann wird's eh schon wieder fast zu spät sein.«

»Umso besser.«

Früher, als sie klein war, war alles so einfach. Ich wusste immer, was mit ihr los war, weil sie mir alles sagte. Ihr Herz lag ihr auf der Zunge. Heute war ich heilfroh, wenn dort keine Tablette zweifelhaften Ursprungs lag. Heute war dieses Band zwischen uns ein Seil, auf dem ich balancierte und verzweifelt versuchte, das Gleichgewicht zu halten. Ich hatte Angst, den Kontakt zu verlieren. Das war die Wahrheit. Verdammte Angst.

Ich versuchte es ein weiteres Mal. »Also stimmt es nicht, was Beas Mutter gesagt hat?«

»Was hat sie denn gesagt?«

»Dass es allein deine Idee war. Die Sache mit der Tankstelle. Weil du eifersüchtig warst auf Bea. Wegen diesem Julian Forest.«

Fly drehte sich wieder auf den Bauch. »Hä? Und du glaubst das auch noch?«

Ich konnte sehen, dass sie erschrocken war. Erschrocken darüber, was ihre Freundin ihrer Mutter gesagt hatte. Erschrocken über die Tatsache, dass hier Dinge herumschwirrten, die sie nicht einordnen konnte.

»Bea ist eine blöde Kuh«, sagte sie schließlich.

»Also ist das nicht wahr?«

»Mum, du willst das nicht wissen.«

Wie recht sie hatte. Ich wollte das nicht wissen.

»Egal, was passiert – ich möchte nicht, dass du abhaust«, sagte ich, »hast du verstanden?«

»Ich hau doch nicht ab, wie kommst du auf *die* Idee?«

»Dann ist ja alles geklärt«, sagte ich und stand auf.

»Nicht alles«, sagte Fly und sah mich mit großen Augen an. »Was ist jetzt mit der Echse?«

In diesem Moment vibrierte das Telefon. Nofretete. Ich zögerte, hob aber dennoch ab.

»Schätzchen«, begann Nofretete ohne Einleitung – »ich hatte das Gefühl, du wolltest mir noch etwas erzählen.«

»Meine Tochter will eine *Echse*«, zischte ich, während ich das Zimmer verließ. »Warum nicht gleich einen Leguan?«

»Besser als eine Schlange«, sagte Nofretete. »Die frisst jede Woche eine Maus. Die Mäuse kaufst du tiefgekühlt im Zoogeschäft, und dann taust du sie eine nach der anderen auf. Du reichst sie der Schlange mit einer Pinzette.«

Ich ging in die Küche und schloss die Tür, damit Fly mich nicht hören konnte.

»Ich soll dankbar sein, weil es nur eine Echse ist?«

»Ach, da gibt's auch vegetarische. Die Fleischfressenden lieben Grillen und Maden, würde ich nicht empfehlen. Einer Freundin ist mal so eine Box mit Grillen hinuntergefallen; die Viecher wirst du nicht mehr los. Die verkriechen sich überall, sogar unter den Holzböden. Schön, wenn einer das Zirpen mag.«

»Es ist ganz einfach«, sagte ich. »Ich will kein verdammtes Tier in der Wohnung, in der ich lebe. Weder lebendig, noch gefroren. Bis auf Fischstäbchen. Und wenn die Echse einzieht, dann ziehe ich aus.«

»Wie wär's mit einem Hund? Wenn er gesund ist, ist Pablo so was von pflegeleicht.«

In tausend Jahren nicht. Ein Hund war wie ein Kind, das immer vier Jahre alt blieb. Der ging nicht irgendwann mal aus dem Haus, um zu studieren. Der würde bis zu seinem Ende die Hausschuhe zerbeißen. Mein bester vierbeiniger Freund blieb mein Bett.

Aber weil wir beim Thema waren, fühlte ich mich verpflichtet, mich nach Pablos Gesundheitszustand zu erkundigen.

»Ein ständiges Auf und Ab«, sagte Nofretete. »Ich war ein wenig abgelenkt heute bei den *Drei Milchmädchen*. Deswegen ruf ich eigentlich an. Um noch einmal nachzufragen, was denn jetzt mit dem Superman los ist.«

»Er war da und ist wieder weg.«

»Ein Zaubertrick?«

»So ähnlich«, sagte ich.

»Und du bist dir sicher, dass du das nicht nur geträumt hast?«

»Er hat etwas dagelassen. Ein Päckchen.«

»Na also.« Sie klang zufrieden.

Und dann erzählte ich es ihr.

Wie aufgeregt ich war, als ich das Päckchen aufriss und ein kleineres Päckchen darin fand. Und in dem Kleineren war ein noch Kleineres. Am Ende nur noch Zeitungspapier. War's das? Sonst nix? Alte Zeitungen in einem Päckchen? Ich schilderte ihr den Moment, in dem ich etwas auf dem Boden blinken sah. Es war vermutlich beim Auspacken herausgefallen. Ich hob es auf.

»Und? Was war es? Jetzt sag schon.«

Da war ein kleines Zittern in Nofretetes Stimme. Sie war aufgeregt. So wie ich es war, als ich mich gebückt und das Ding aufgehoben hatte.

Es war ein Plektrum. Ein Pick. Dieses kleine Plättchen, mit dem Lukas die Gitarrensaiten gezupft hatte.

Damals.

Ich betrachtete es genauer. LUNA stand drauf. Mit Edding in Lukas' schönster Schrift draufgekritzelt. Es war unser Plättchen. Und ich war geplättet. Dass er es aufgehoben hatte. Dass er es eingewickelt hatte, um es mir zu schenken. Dass er sich erinnerte. Dass er die Erinnerung lebendig halten wollte. Mir wurde heiß und kalt. Das alles erzählte ich Nofretete, und sie sagte nur: »Schön, schön. Und jetzt?«

Ich sah auf die Uhr. »Jetzt muss ich los.«

Um Punkt zwei läutete ich bei Herrn Arnold, im Gepäck die neuen Müsli-Sorten Cocos-Vanille und Waldbeer-Krokant. Arnold de Fries war einer meiner ersten Kunden gewesen und einer der liebenswürdigsten Menschen, die mir je begegnet waren. Er war immer tadellos gekleidet, trug Anzug und Krawatte, wenn er sich an seinen Schreibtisch setzte, und weil er jeden Tag dort saß und schrieb, traf man ihn nie nachlässig gekleidet an.

»Bonsoir, bonsoir!« So begrüßte er mich zu jeder Tageszeit. Er verbeugte sich formvollendet und ließ mich eintreten. Er wohnte im ersten Stock eines Gründerzeithauses in der Innenstadt, gemeinsam mit dem Wellensittich Hansi (der, wenn er sterben würde, sofort durch einen neuen Hansi ersetzt werden würde), riesigen Gummibäumen mit speckigen Blättern und der Erinnerung an ein Leben, das so reich war an Anekdoten und skurrilen Momenten, dass er auf Anraten seiner Freunde, mit denen er jeden Donnerstag ein Bier im *Eisernen Josef* trank, eine Autobiographie zu schreiben begonnen hatte. Ein umfangreiches Werk, das ein paar Tausend Seiten dick werden sollte. Zwölf davon hatte er schon geschrieben, und bei jedem meiner Besuche stellte er mir einen neuen Absatz vor.

Wenn er erzählte, sprühte er nur so vor Witz. Er hatte eine komödiantische Ader, doch wenn er versuchte, die Anekdoten aufzuschreiben, musste irgendwo ein Loch sein, denn der Witz lief heraus und ließ eine fahle, leblose Buchstabenhaut übrig.

»Hören Sie zu, gute Dame«, sagte Herr Arnold und fuchtelte vor meiner Nase mit einem Papier herum. Ich hängte meine Jacke auf den Haken, den er stets für mich frei ließ, und atmete tief durch. Warum er mich ausgerechnet »gute Dame« nannte, wusste ich nicht. Wir standen immer noch im Flur. Es roch nach hundert Jahren Einsamkeit und einem After Shave, das Dark Spice oder Old Horse heißen musste.

Herr Arnold räusperte sich, sah auf das Papier, dann wieder zu mir. Ich schätzte ihn auf gut erhaltene fünfundsechzig, mit seiner silbrigen Mähne und dem eleganten Aufzug erinnerte er an einen Dirigenten, der sich auf das nächste Neujahrskonzert vorbereitete.

»Ich habe mich an einem heiklen Thema abgearbeitet in den letzten Tagen, einem sehr heiklen Thema«, sagte er.

Ich griff nach dem Trolley, bereit, ihn ins Wohnzimmer zu rollen.

»Ach ja?«

»Wissen Sie, was für einen Schriftsteller das Schwierigste

ist? Über die eigene Familie zu schreiben. Und ehrlich zu sein. Also ehrlich über die eigene Familie zu schreiben.«

Das glaubte ich ihm sofort. Allerdings wollte ich ihm die neuen Müsli-Sorten vorstellen und wieder abhauen, die letzten Tage hatten mich doch mehr gefordert als vermutet. Vielleicht blieb das nun für immer so, wenn man einmal das Halbleben überschritten hatte: Wie in einem langsamen Fade-out schwand jeden Tag die Energie. Zumindest bei mir.

Bei Herrn Arnold schien es anders zu sein. »Gute Dame, das *müssen* Sie sich anhören«, sagte er.

Ich hatte keine Wahl, wagte nicht, mich zu rühren.

Er hielt das Blatt nahe vor seine Augen und begann zu rezitieren. »Meine Mutter hieß Isolde, sie war noch mit weit über vierzig schön wie Dornröschen. Die Prinzen gingen bei uns ein und aus, in zunehmendem Maße eher aus als ein. Ich musste zu jedem Prinzen ›Papa‹ sagen, auch wenn ich ihn erst einmal gesehen hatte. Die meisten Papas arbeiteten hart in der Brauerei, sie hatten Schwielen an den Händen und Schweißflecken unter den Armen, wenn sie abends bei uns läuteten. Ich dachte, ein Papa müsste so sein: Bier ausdünstend, mit Armen, dick wie Telefonmasten.«

Ich unterbrach ihn. »Wenn ich etwas anmerken dürfte: Telefonmasten sind dünn«, sagte ich.

»Stimmt doch auch«, sagte er. »Sie hatten dünne Arme.«

»Ach so«, sagte ich.

Er las weiter. »Die meisten beachteten mich nicht, und sie waren zu kurz bei uns, als dass ich sie auch nur einmal mit Papa anreden hätte können. Aber eines Tages kam einer, der mein Leben verändern sollte. Er war die Spindel, an der meine Mutter sich stach. Sie liebte ihn mehr als alles auf der Welt. Als er sie verließ, passierte etwas Schreckliches.«

»Das klingt schlimm, Herr Arnold«, sagte ich. »Wie ging die Geschichte weiter?«

Gnädigerweise ließ er mich ins Wohnzimmer eintreten, wo ich zügig den Koffer öffnete und die Probepackungen der neuen Müsli-Sorten herausholte, damit er gleich wusste, was Sache war. Die Firmenphilosophie lautete: Jeder Morgen eine neue Welt. Man wollte niemals stehenbleiben, neue Kreationen waren dazu da, die Stammkunden zu binden und die Kunden in spe zu locken. *Binden, locken, binden, locken* – das war, vereinfach gesagt, die Marketingstrategie von Glückstück, und, soweit ich es überblicken konnte, funktionierte sie auch. Doch Herr Arnold war noch nicht bereit, gebunden zu werden, seine Aufmerksamkeit klebte an seinem Text fest.

»Gute Dame, Sie glauben bestimmt, dass meine Mutter danach in einen langen Schlaf gefallen ist, aber das war nicht der Fall. Nur ein Teil von ihr schlief ein. Die Arme. Ausgerechnet ihre Arme. Gerade noch schmierte sie mir Butter aufs Brot, da fuhr der Blitz in sie, und die Arme baumelten plötzlich nutzlos an den Seiten herunter, so dass ich mein Brot selbst zu Ende schmieren musste. Deshalb habe ich ein gespaltenes Verhältnis zum Frühstück im Allgemeinen und zu Broten im Speziellen«, sagte er.

Märchen misstraute er ab diesem Zeitpunkt ebenfalls, auch wenn es der Mutter – ironischerweise dank Akupunktur – bald wieder bessergehen sollte. »Erst mit Ihrem Müsli und den dazu gelieferten guten Nachrichten konnte ich mich wieder mit dem Frühstück versöhnen«, sagte er. »Und wissen Sie, was ich daraus gelernt habe?«, fragte Herr Arnold rhetorisch und riss die Augen auf.

»Keine Ahnung«, sagte ich.

Er griff sich in die Haare und arrangierte seine Mähne neu. »Dass es immer eine zweite Chance geben muss. Für alles und für jeden. Finden Sie nicht auch, gute Dame?«

»Natürlich«, sagte ich. »Immer.«

Ohne mir im mindestens der Tragweite dieser Antwort bewusst zu sein.

19

Tief Dorothea fraß sich fest. Es regnete ohne Unterlass. Die Welt, ein einziges Schlammloch. Die Tage flossen dahin. Fly und Ralf zogen feuchte Spuren durch die Wohnung wie Nacktschnecken, und ich wischte hinter ihnen her. Wenn ich mich beschwerte, dass sie ihre morastigen Sportklamotten in der Wohnung verteilten, hieß es nur: *Du musst das ja nicht machen, Nina. Du musst das nicht machen, Mama. Wird eh gleich wieder dreckig.*

Die Wohnung begann, unangenehm zu riechen. Nach Moder, nach dunkler Erde und feuchtem Keller. Wenn ich Herrn Paschunder vor dem Lift antraf, rümpfte er die Nase und zog es vor, die Treppen hinunterzutraben. Stimmte etwas nicht mit mir? Ich roch an meiner Bluse. Weichspülerduft. Andererseits war es mir nicht so unrecht, dass er flüchtete. Ich versuchte, den Nachbarn, so gut es ging, auszuweichen. *Allen* Nachbarn. Wenn ich fertig angezogen die Wohnungstür öffnete und plötzlich etwas rumpeln hörte im Gang, schloss ich sie schnell wieder. Selbst wenn ich es eilig hatte. Ich hatte keine Energiereserven für Smalltalk. Manchmal verschätzte ich mich. Als ich einmal an der Tür von Josefine Eibisch vorbeischlich, stürzte sie aus der Wohnung, Lockenwickler in den Haaren. Wahrscheinlich hatte sie schon hinter dem Spion gelauert.

»Sie! Frau Nina!«, rief sie aufgeregt. »Auf *Sie* hab ich gewartet!«

Um Himmels willen. Ich wagte nicht, mich zu bewegen.

»Der da« – sie zeigte mit dem Finger auf die Tür von Herrn Paschunder. »Also, der ist *dings*. Na, Sie wissen schon.«

»Nein?«

»Na – *dings*!«, zischte sie und kontrollierte den Sitz ihrer Lockenwickler. »He-te-ro!«

Ich glaubte, mich verhört zu haben.

»Sie meinen –?«

»Aber ja! Schweinerei, was? Das sagen Sie doch auch, oder? Wenn er in die Bank geht, alles pipfein. Aber abends! Ha. Ich sag Ihnen, Frau Nina. Geschichten könnt ich Ihnen erzählen.«

Bitte nicht. »Ich muss weiter, Frau Eibisch. Entschuldigen Sie –«

»Bei der Hausverwaltung hab ich mich schon beschwert. Wir dulden hier keine Schweinereien, wir sind ein ordentliches Haus, hab ich gesagt. Und dass der Paschunder hetero ist.«

»Ach ja?« Ich schützte Interesse vor. Frau Eibisch als Feindin, das konnte ich mir nicht leisten. Nicht auszudenken, welchen Unfug sie über mich herumerzählen würde.

»Die hat nur gelacht. Die blöde Gans, die. Hat keine Ahnung, wer hier ein und aus geht. Ein Mann, der Netzhemden am Abend anzieht und ganz enge Hosen! So eng, dass man – ach. Lassen wir das.«

»Ehrlich gesagt: So genau schau ich da nicht hin, Frau Eibisch.«

In dieser Gewitterzeit machte sich zu allem Überfluss eine gewisse Müsli-Müdigkeit breit. Ich überlegte und kam zu dem Schluss: Bei keinem einzigen Kunden konnte ich mir sicher sein, dass er das Müsli tatsächlich aß. Es schmeckte auch nicht anders als die tausend Müslis, die in den Regalen der Supermärkte ihrem Ablaufdatum entgegenalterten. In die Glückszeitung schauten ein paar hinein, aber letztlich wusste ich, dass meinen Kunden die Tageszeitungen mit den ganzen Scheußlichkeiten doch weit besser gefielen. Krawall half bei der Bewältigung des Alltags einfach zuverlässiger als Storys mit Zuckerguss, bei denen einem die Füße einschliefen. Ein hinterlistiger Mord, eine Prinzessin beim Seitensprung mit dem Chauffeur, ein Banker hinter Gittern – so etwas ließ das Salamibrot doch gleich doppelt gut schmecken. Nicht die Kindergärtnerin, die Blumen aus Bio-Äpfeln schnitzte, oder der Tierarzt, der dem Meerschweinchen kostenlos das Gebiss sanierte.

»Bist du eigentlich zufrieden mit deinem Job?«, hatte Birgit bei einem unserer abendlichen Pläusche auf Skype gefragt. Sie war gerade in Frankreich bei der Installateurs-Weltmeisterschaft, wo sie sich gegen starke Konkurrenz behaupten musste, wie sie erzählte.

»Wer ist das schon«, sagte ich.

»Ich«, sagte Birgit.

»Das zählt nicht.«

»Wieso?«

»Weil du das Installationswesen in deinen Genen hast. Vererbt. Du kannst nicht anders.«

Sie schnaufte. »Selten so einen Unfug gehört«, sagte sie. »Welche Drogen nimmst du?«

»Aspirin«, sagte ich. »Komplex. Mit Spuren von Minderwertigkeit.«

»Ich darf zusammenfassen: Du bist nicht glücklich in diesem Körner-Gewerbe, aber du hast dich damit abgefunden. Und weißt du, was? Das finde ich gut. Ganz toll, ehrlich. Du hast ja gerade erst dein Halbleben gefeiert. Noch Jahrzehnte Zeit, dir was anderes zu überlegen.«

Ich überhörte die Ironie-Signale nicht. Sie hatte ja recht. Ich musste das Steuer herumreißen. Das war doch alles ein großer Beschiss. Die alten Leutchen wollten reden, sie wünschten sich Aufmerksamkeit und ein paar nette Worte, die sie mit einem Abonnement bezahlten. Ich war eine Art Senioren-Animateurin, die vordergründig etwas verkaufte, in Wahrheit aber verlieh ich meine Zeit und meine Ohren gegen Gebühr. Ich ließ mir jede Minute bezahlen, wenn auch nicht in Bargeld, so doch in Abos oder Abo-Verlängerungen. Das war moralisch nicht einwandfrei. Nina, mir graut vor dir.

»Hm«, machte ich. »Vielleicht hast du nicht ganz unrecht.«

Birgit frohlockte.

»Und was soll ich jetzt tun?«

»Etwas, was du noch nie getan hast. Wer als einziges Werkzeug einen Hammer hat, für den sieht jedes Problem aus wie ein Nagel.«

»Gott o Gott«, stöhnte ich.

»Nö, Watzlawick«, sagte Birgit. »Ist babyleicht. Ich lebe nach dem ›Jeden-Tag-etwas-tun-was-man-noch-nie-getan-hat‹-Prinzip. Erstens ist das ein Kreativitätsturbo. Dir fallen Lösungen ein für Probleme, die du nie hattest.«

Das überzeugte mich nicht wirklich, wenn ich ehrlich war.

»Und zweitens?«

»Zweitens verlängert es Leben. Ist wirklich so.«

Und dann erklärte sie mir, wie sie das meinte: Routinen schliffen das Hirn ab. Subjektiv verrinne, wenn man immer denselben Tagesablauf abspult, die Zeit schneller. Wenn man hingegen jeden Tag etwas Neues sehe oder mache – am besten natürlich beides –, dann müsse die Wahrnehmung immer neu geschärft werden. Die Zeit, in der man Neues erlebe, vergehe subjektiv langsamer .

»Der einzige Zaubertrick, den ich kenne«, sagte Birgit, »aber er funktioniert einwandfrei. Das kannst du mir glauben. Ich verbringe mein Leben zwischen Armaturen und Fliesen. Für mich ist das eine Frage des Überlebens. Aber du bist doch frei, dir einen neuen Job zu suchen! Nenn mir ein Argument, weshalb das nicht gehen sein soll.«

»Gewohnheit«, flüsterte ich.

»Eine Fußfessel, die du dir selbst anlegst. Viel Spaß damit.«

Damit erklärte sie das Gespräch für beendet.

Das hatte gesessen. Also tat ich etwas, was ich tatsächlich noch nie getan hatte: Ich öffnete die Glückstück-Website und klickte auf »Offene Stellen«. Wenn ich wegwollte vom Haustürgeschäft, dann musste ich etwas dafür tun, so viel hatte ich verstanden. Und tatsächlich: Im Marketing war eine Stelle frei. Das war ein Zeichen. Ich beschloss, der Firma demnächst einen Besuch abzustatten. Du musst an deiner Karriere schrauben, sagte ich mir. Andernfalls würde die Firma mich auspressen wie eine Zitrone, um mich anschließend elegant zu entsorgen. Und ich hätte den Glanz meiner verblassenden Lebenszeit an ein Unternehmen verschleudert, das der Welt einen Bären aufband.

Manchmal, wenn ich alles satthatte und am meisten mich selbst, ging ich in die Abstellkammer, griff in das Säckchen mit dem Vollkornmehl und holte das Plektrum hervor. Blies das Mehl von der Oberfläche. Strich mit dem Finger drüber. LUNA. Besah das Plättchen von allen Seiten. Mein kleines, geheimes Wolkenkuckucksheim. Ob Lukas heute noch Gitarre spielte? Auch das hatte ich ihn fragen wollen. Ob er noch Musik machte. Wieso er nach Frankreich gegangen war. Was er sich davon erhofft hatte. Wieso, warum, und überhaupt.

Ich warf das Plektrum ins Mehl zurück und beschloss, mich zu bedanken. Per E-Mail, wie sonst.

Die Nachricht trug den schlichten Betreff *Danke.* Sie bestand aus vier Wörtern: *Was für ein Geschenk.*

Nicht mehr. Die Punkte fand ich überaus dramatisch. Der Punkt war in meinen Augen sowieso das am meisten unterschätzte Satzzeichen. Immer glaubte man, dass es der Job des Ausrufezeichens war, Dramatik und Wichtigkeit zu unterstreichen, dabei konnte das doch der Punkt wesentlich besser. *Danke.* Das war dramatisch. Das war bedeutsam. *Danke.* Punkt. *Was für ein Geschenk.* Punkt.

Ich war durchaus zufrieden, als ich die E-Mail abschickte und sollte es auch zehn Sekunden lang bleiben.

Dann bekam ich die folgenden Zeilen zu lesen:

Ihre Nachricht hat einige oder alle Empfänger nicht erreicht.
Betreff: Danke.
Folgender Empfänger kann nicht erreicht werden:
rougemont@allsenses.fr

Ich probierte es noch zweimal, bevor ich es aufgab. Zunehmend nervöser googelte ich die Website des Architekturbüros. Sie wurde umgeleitet auf eine Firmenseite, die Domains verkaufte.

Do you want to buy the domain www.allsenses.fr?

No thanks, kein Bedarf.

Eigenartig. Was ging da vor sich?

Ich durchlebe derzeit eine schwierige Phase, aber alles wird gut, hatte auf dem Zettel gestanden. Wenn sogar die Firmenseite gelöscht war, war der Ausdruck »schwierige Phase« eine noble Untertreibung.

Allerdings hieß schwierig nicht automatisch schlecht, überlegte ich. Denn mir fielen Unternehmen ein, die von anderen, größeren Firmen gekauft wurden, gerade weil sie so erfolgreich waren. Da wurden dann bestimmt extrem geheime Meetings abgehalten, bevor das Prozedere abgewickelt werden konnte. Ich phantasierte mich in eine Vorstellung hinein, die mir am Schluss ganz gut behagte: Lukas' Architekturstudio wurde von einem weltweiten Konzern geschluckt. Und bevor nicht alles über die Bühne gegangen war, durfte er kein Sterbenswörtchen verraten, nicht ein Halbsatz durfte nach außen dringen. Man wird ja wohl noch träumen dürfen!

Jeden zweiten Tag telefonierte ich mit Nofretete. Sie war mit Pablo zur Hundekur in die Schweizer Berge gefahren. Dort gab's Schonkost, Sonnenbäder auf der Terrasse und Fangokuren. Für den Hund. Das Frauchen wurde gerade mal geduldet und durfte dem Köter bei den Massagen die Pfote halten.

»Hast du wenigstens einen Kurschatten?«

»Nur Weiber hier«, seufzte Nofretete. »Egal. Gibt auch andere Hobbys. Mir ist nicht langweilig, das kannst du mir glauben.«

Ich hörte das Klacken des Feuerzeugs und wie sie den ersten tiefen Zug aus der Zigarette inhalierte.

»Ah, herrlich«, seufzte sie.

»Du darfst dort rauchen?«

»Natürlich nicht. Wenn ich mich an all die Verbote hier halten würde, wäre ich schon tot, Schätzchen.«

»Ich habe noch von keinem gehört, der gestorben ist, weil er *nicht* geraucht hat.«

»Du bist viel zu jung, um mitreden zu können.«

»Unsinn.«

In Wahrheit hatte ich keine Ahnung, wie alt Nofretete war. Der Anzahl ihrer Männer nach zu schließen musste sie mindestens zehn Jahre älter sein als ich, aber ich traute mich nicht zu fragen. Was spielte das auch für eine Rolle? Und wahrscheinlich war es bei mir auch bald so weit. Die letzten hormonellen Zuckungen einer Frau in den mittleren Jahren, bevor sie dem Vögeln leise Adieu sagte. Dann konnte ich endlich was Sinnvolles mit meiner Zeit anfangen: Häkeln für den Weltfrieden. Aus Kokosraspeln die Titanic nachbauen. Insektenhotels entwerfen.

Bevor das Gespräch in Abschiedsfloskeln zu versickern drohte, erzählte ich ihr, dass ich mich um Lukas sorgte, weil ich nicht wusste, ob er sich wegen einer besonders guten oder wegen einer besonders schlechten Nachricht nicht meldete.

Nofretete hörte zu, dann sagte sie: »Warte kurz, ich muss frische Zigaretten holen, alles aufgeraucht hier.«

Ich hörte es rumpeln, eine Schublade wurde geöffnet, ein Hund bellte. Dann war sie wieder da und sagte: »Weißt du, an deiner Stelle würde ich was tun. Das arme Schnucki.«

»Und zwar?« Dass sie ihn Schnucki nannte, überhörte ich geflissentlich.

»Ruf Leute an, die ihn auch kennen. Frag nach. Nicht bei ihm, aber bei anderen. Da gibt's doch sicher Gerüchte. Dann hast du zumindest ein paar Anhaltspunkte.«

Ich überlegte. Unsere damaligen Freunde waren unbekannt verzogen, die Frauen hießen jetzt anders, der alte Bekanntenkreis hatte sich in Luft aufgelöst. Mein Gott, das war so lange her. Damals waren wir andere, oder nicht? Manchmal hatte ich das Gefühl, ich kannte die Nina von damals nicht mehr. Sie war mir fremd geworden. Die Zweiundzwanzigjährige, die tatsächlich auf eine Gesangs- oder Künstlerkarriere gebaut hatte. Die gedacht hatte, dass man auf sie warten würde. Die nicht kapiert hatte, dass die Welt da draußen glatt war wie eine Bowling-Kugel. Mit einer undurchdringlichen Haut für alle, die sich nicht exakt an die Spielregeln hielten. Gerade, wenn man ausgeholt hatte, fiel sie einem unvermutet aus der Hand und auf den großen Zeh.

»Keine Ahnung«, sagte ich.

»Hast du deine melancholische Viertelstunde, Schätzchen?«

Melancholisches Vierteljahr träfe es eher.

»Das Wetter«, sagte ich.

»Droh'n im Mai die Wassermassen, musst du in die Kasse fassen«, sagte Nofretete. »Alte Bauernregel. Also jammere nicht, sondern kauf dir was Schönes.«

Als hätte Ralf etwas gerochen, war er in diesen Tagen besonders anhänglich. Manchmal tat ich so, als schliefe ich, und dann kuschelte er sich an mich und streichelte meinen Oberarm. »Weißt du noch, wie es war, als wir uns kennengelernt haben?«, flüsterte er mir ins Ohr.

Eine rhetorische Frage. Natürlich wusste ich es noch. Was er tatsächlich meinte, war etwas anderes: Warum kann es nicht mehr so sein wie zu Beginn? Das wollte er eigentlich fragen. Wann ist das Ganze aus dem Ruder gelaufen?

»Klar«, sagte ich.

Er meinte nicht meinen Auftritt in seinem Büro. Sondern das, was danach passierte. Als er anrief und sagte, ich hätte etwas vergessen. Als wir uns in einem Café in der Nähe der Wirtschaftskammer trafen und ich mich in einem Anfall von Schüchternheit nicht traute hineinzugehen. Als ich mich hinter einer Säule versteckte und durch die Schaufenster ins Lokal lugte, und er plötzlich hinter mir stand und mich erschreckte. Als wir noch am selben Abend auf seiner kalten Ledercouch landeten und ich gegen sämtliche Prinzipien verstieß, die ich kurz zuvor noch aufgestellt hatte.

Sie lauteten:

1. Kein Sex
2. Wenn Trost erforderlich, irgendwas kaufen
3. Wenn kein Geld vorhanden – und ergo kein Trost –, sind Flirts erlaubt (solange Punkt 1. gewahrt wird)

Als ich damals mit Ralf auf der Ledercouch landete, redete ich mir ein, dass Ralf mein Trostflirt war. Und es hatte auch etwas Tröstliches, als das Essen auf Rädern an Ralfs Tür läutete und Pizza Hawaii brachte. Während ich die Pizza in gleich große

Teile schnitt und Ralf zwei Teller aus der Küche holte, überlegte ich: Ralf ist ein schöner Mann, und einen schönen Mann hast du nie allein. Dass ich ihn mit einem Rad würde teilen müssen, wie ich erst später erfuhr, entbehrte nicht einer gewissen Ironie.

Jedenfalls aßen wir kalte Pizza auf dem kalten Ledersofa, das ich heute hasste wie die Pest, aber damals waren es kaum wahrnehmbare Nebengeräusche, die den jubilierenden Engelschor nicht im mindesten übertönen konnten. In mir drin loderte die Flamme der Leidenschaft. Ich war verliebt, und gegen die Liebe war man machtlos, dagegen konnte kein Prinzip der Welt etwas ausrichten. Ich biss von der labbrigen Pizza ab und kaute mechanisch, ohne etwas zu schmecken, denn meine Zunge war völlig verausgabt, meine Lippen zerbissen, und ich zwang mich dazu, den Pizzabrei hinunterzuschlucken, obwohl ich mich doch nach nichts mehr sehnte als nach einem weiteren verschlingenden Kuss.

So begann sie, unsere Beziehung: mit einem One-Night-Stand, mit dem jede Beziehung zwangsläufig begann, der sich zum Two-Nights-Stand auswuchs, schließlich in eine dritte Nacht und von dort in eine angenehme Gewohnheit mündete. Ralf war ein Ausbund an Rücksicht und Höflichkeit. Seine häufigsten beiden Worte waren: »Du zuerst.«

Egal, ob Pizza, Tür oder Sex.

Daran erinnerte ich mich, als ich Flys und Ralfs Socken und Sportklamotten in den Trockner warf. An diese erste magische Zeit, in der jeder Blick, jeder Handgriff bedeutsam waren. Die Zeit, in der wir uns gegenseitig von unserer Schokoladenseite präsentierten. Meine These: So wie bei jedem Vollrausch eine gewisse Anzahl an Gehirnzellen unwiederbringlich zugrunde geht, so gehen bei jedem ernsthaften Streit Respekt-Zellen verloren, die sich nicht mehr neu nachbilden.

Die Birgit-Strategie, jeden Tag etwas zu machen, was man noch nie getan hatte, brachte Pfeffer in meinen Alltag. Die Erste, die das zu spüren bekam, war Frau Eibisch.

»Der Paschunder grüßt nicht mehr«, ereiferte sie sich, als ich sie das nächste Mal im Flur traf. »Dabei habe ich ihm nur zu verstehen gegeben, dass seine Hetero-Freunde auf dem Balkon nicht rauchen dürfen. Der Rauch zieht zu mir hinein und beschädigt meine Lungen.«

»Unerhört«, sagte ich und deutete an, ihr etwas ins Ohr flüstern zu wollen. »Geheimnis?«

Sie stürzte auf mich zu, im nächsten Moment würde sie zu sabbern beginnen. »Ich sag's auch niemandem!«, schwor sie und tat irgendwas mit ihren Fingern.

»Das ist gut so«, sagte ich, »weil – «

Frau Eibisch schob ihren Vogelkopf vor, um besser hören zu können.

»– weil ich nämlich auch hetero bin. Da reagiert man manchmal ein bisschen empfindlich, müssen Sie wissen.«

Sie wich zurück, die Augen schreckensweit.

»Nein.«

»Doch.« Ich nickte und zuckte dann mit den Schultern. »Was soll ich tun? Ist so.«

»Sind Sie sicher?«

»Aber natürlich. So was weiß man.«

Sie schien nachzudenken.

»Immer schon? Oder haben Sie sich das erst später eingefangen?« Eingefangen. Wie ein Virus.

»Ich fürchte, schon immer. «

Frau Eibisch schluckte. »Ach, nicht so schlimm«, sagte sie großzügig. Man sah ihr an, wie sie nach den richtigen Worten fahndete. »Ich habe gelesen, dass man das heilen kann.«

»Im Gegensatz zur Dummheit«, sagte ich und öffnete die Wohnungstür. Sie grüßte mich erst wieder, als sich Tief Dorothea verabschiedet hatte und Hoch Erik ins Land gezogen war.

20

Eine Nachricht von BOMBE!

Josef hat ausgecheckt.

Kurz überlegte ich, was mir der Absender damit sagen wollte. Josef? Ich kannte keinen Josef. Wo hatte der ausgecheckt und was ging mich das an? Bis ich kapierte: Petras Tragezeit war um. Genau, da stand's ja auch:

53 cm, 3,80 kg

Wir sind unendl. glückl., P. und M.

Na klar, bei solch einem elementaren Ereignis durfte man schon einmal auf Abkürzungen zurückgreifen. Aber wie bitte konnte man sein Baby nur Josef nennen? Ein Name von alttestamentarischer Wucht, der mich an einen weisen Alten mit Runzeln, Glatze, Gehstock und Haftcreme denken ließ. Vielleicht war Petra ja eine Schnellbrüterin, und das Baby kroch schon pfeiferauchend und zeitunglesend aus dem Bauch.

Und jetzt? Eine Strampelhose schicken »mit den besten Wünschen«? Einen Beißring? Eine CD mit den beliebtesten Einschlafliedern?

Vor allem musste ich mit Fly sprechen.

»Ja, Mum?«

Ich wusste nicht, wie anfangen. Sie saß an ihrem Schreibtisch. Das brave Kind. Demnächst traumatisiert durch die Ankunft des Halbbruders.

»Dein Vater hat – also Petra hat –«

Ich bemühte mich um einen besonders sanften, verständnisvollen Tonfall. Sie sah gelangweilt von ihrem Heft auf.

»Ich weiß. Joe.«

So war das also. Einen Spitznamen hatte das Baby auch schon. Manchmal kam ich mir vor, als sei ich die Letzte auf Erden, die etwas erfuhr. Der Trottel vom Dienst am toten Ende der Informationskette.

»Also, du hast gehört –«

»Ich war doch schon im Krankenhaus.«

Sie wischte auf ihrem Handy herum und hielt es mir entgegen.

»Da, schau!«

Ein verschrumpeltes Baby, das aussah aus wie ein Tibeter in seiner fünfundachtzigsten Reinkarnation. Dahinter die *unendl. glückl.* Eltern, die sich über ihren Josef beugten wie über das achte Weltwunder.

»Er ist nicht so schön«, sagte Fly.

»Das wird schon«, sagte ich. »Babys sind ein bisschen verschreckt nach der Geburt, die wissen nicht, wie ihnen geschieht.«

Ich wusste auch nicht, wie mir geschah. Nur mit Mühe konnte ich eine Träne daran hindern, meine Wange hinunterzurollen. Mach jeden Tag etwas, was du noch nie getan hast: Das hatte soeben das Schicksal für mich erledigt.

Als ich vorsichtig nachfragen wollte, ob sie darüber reden wolle, schulterte Fly ihren Rucksack.

»Du gehst?«

»Mit Bea ins Kino.«

»Morgen ist Schule, Felicitas.«

»Und?« Sie sah mich an, Provokation blitzte in ihren Augen auf. »Es ist auch Schule, wenn ich nicht ins Kino gehe.«

Ehe ich noch darüber nachdenken konnte, was an dieser Argumentation nicht stimmte, war sie schon davongerauscht.

»Du glaubst nicht, was mir passiert ist«, platzte Nofretete heraus, noch bevor ich meine Neuigkeit loswerden konnte.

»Ich glaub dir alles«, sagte ich.

»Ein Osteopath. Auf der Kur.«

»Was ist mit dem?«

»Er ist mir sehr nahegekommen, Schätzchen.«

»Sprechen wir von einem Hunde-Osteopathen?«

»Er hat sich vorher die Hände gewaschen.«

»Ich dachte, das alles interessiert dich nicht mehr?«

»Das dachte ich auch. Sechs unendliche Wochen lang. Bis ich Cristiano traf. Pablo mag ihn auch. Und das ist überhaupt das Wichtigste. Pablo und Cristiano, meine beiden Männer.«

»Passt er denn zu dir?«

»Darum geht's nicht.«

»Sondern?«

» Er hat meine Muschi-Hirn-Schranke durchbrochen. Ich dachte nicht, dass das noch einmal passieren würde.«

»Deine *was*?«

»Mein Kopf hat Nein gesagt. Der passt nicht zu dir, lass die Finger von dem. Nicht besonders attraktiv, eher unterdurchschnittlich. Kauzig. Und das Gegenteil eines geistreichen Gesprächspartners. Ein Langweiler, wie er im Buche steht. Aber die Muschi hat ein eigenes Hirn, weißt du. Und sie hat sich nach Cristiano verzehrt. Um nicht zu sagen: gejault. Also habe ich beschlossen, mich nicht einzumischen und die beiden machen zu lassen.«

»Dein Leben müsste man verfilmen«, sagte ich, »das würde andere Frauen ermutigen.«

»Wenn es nur dich ermutigt, bin ich schon glücklich.«

In Wahrheit deprimierte es mich. So viel Glück und Aufregung rundherum! Nur nicht bei mir. Da musste dringend was passieren. Mach täglich etwas undsoweiter. Das war jetzt meine Losung.

Nach dem Gespräch mit Nofretete brachte ich als Erstes den Müll runter. Nicht, dass ich das noch nie getan hätte, aber das war normalerweise Ralfs Aufgabe. Wo blieb der überhaupt? Ich sah auf die Uhr. Kurz vor vier. Müsste längst zu Hause sein, heute durften die Bittsteller doch nur bis eins an seine Tür klopfen.

In meiner Ratlosigkeit rief ich Birgit an.

»Gehen wir ins Kino?«

»Bist du krank?«

»Mein Ex hat heute ein Kind bekommen.«

»Ja und? Es waren ja nicht deine Wehen.«

»Ein bisschen Ablenkung wäre nicht schlecht.«

Dass Fly mich auf die Idee gebracht hatte, erwähnte ich natürlich nicht.

»Und da willst du ausgerechnet ins Kino? Ich kann dir eine Opiumpfeife empfehlen.«

»Dolby Surround«, sagte ich. »Das kann die Pfeife nicht, soviel ich weiß.«

»Also wenn Jackie Chan mitspielt, bin ich dabei.«

Ich hatte nicht an Birgits grauenhaften Geschmack gedacht. Die einzigen Filme, die für sie in Frage kamen, waren Kung-Fu-Gemetzel, schlecht synchronisierte Handkanten-Operetten aus dem Land der aufgehenden Sonne.

Wir einigten uns auf eine »französische Familienkomödie« über einen Polizisten, der in seiner Freizeit einen Karateclub leitet und dort die alleinerziehende Alice kennenlernt. Der Film würde in zwanzig Minuten beginnen.

Ralf war inzwischen heimgekehrt, aus dem Bad drang Wassergeplätscher. Ich hatte keine Zeit zu verlieren, lief in die Küche, riss mir die Bluse vom Leib, drehte das Wasser auf und bespritzte meine Achselhöhlen, trocknete mich mit einem Geschirrtuch ab. Dann lief ich ins Schlafzimmer und entschied mich für ein Frühlingskleid. Zarte Magnolien auf grünem Grund. Sofort fühlte ich mich beschwingt. Und jetzt? Strumpfhose? Keinesfalls. Ich würde die selbsthaltenden Strümpfe anziehen, die seit über einem Jahr in der Sockenschublade auf ihren Auftritt warteten. Schwarzer Spitzenabschluss, alle Achtung. Vorsichtig löste ich den einen, dann den anderen Strumpf aus der Verpackung. Ein seidiges Gefühl auf der Wade. Behutsam zog ich den Strumpf hoch. Perfekt. Dann der zweite. Jetzt noch geschwind mit der Bürste durchs Haar, Lippenstift (blutrot!), Kajal (schwarz, dicker Strich). Ich stand in der Küche am

Fenster und kontrollierte die Zähne im Taschenspiegel. Hatten sie auch keinen Lippenstift abbekommen? Währenddessen kam Ralf aus dem Bad. Er war gutgelaunt, pfiff die *Star-Wars*-Erkennungsmelodie. Schön für ihn. Am besten würde es sein, wenn ich ihm gar nicht erst begegnete. Ich wartete, bis er im Schlafzimmer verschwand, um auf Zehenspitzen durch den Flur zu schleichen. Gleich war's geschafft. Noch drei Schritte, noch zwei, noch einer. Meine Hand lag bereits auf der Türklinke.

»Nina?«

Ich hielt den Atem an.

»Nina!«

»Ich muss los«, murmelte ich und drückte die Klinke herunter.

Schritte.

»Kommt nicht in Frage!«

Ich drehte mich um. Und konnte es nicht fassen. Ralf stand da, bekleidet mit nichts als einem Tanga. Schwarz und glänzend. Lack-Optik. Ein widerliches schwarzglänzendes Etwas, das gerade mal imstande war, die Familienjuwelen zusammenzuhalten.

»Was ist das?«

»Ich wusste, dass es dir gefällt«, sagte er und drehte sich einmal um die eigene Achse.

Hintenrum war kein Stoff zu sehen, aber irgendwie musste das Ding ja befestigt sein. Ich vermutete, mit einer Kordel durch die Po-Ritze. Na wunderbar. So etwas war doch schon vor dreißig Jahren der Gipfel der Lächerlichkeit.

»Hör mal, können wir die Modenschau auf später verschieben? Ich muss los«, sagte ich. »Termin.«

»Genau«, sagte er. »Mit mir. Darf ich bitten?« Er zeigte in Richtung des Schlafzimmers.

Für Scherze war ich nicht in Stimmung.

»Sehr gern«, sagte ich. »Wenn ich zurück bin. Bitte vergiss nicht, was du sagen wolltest.«

Er packte mich am Handgelenk. Ich riss mich los. »Hey, was soll das?«

Wollte er im Ernst, dass ich ein paar Runden »Toter Frosch« mit ihm praktizierte? In diesem Aufzug? Da kam ich doch aus dem Lachen nicht heraus. Abgesehen davon, dass der Nachmittag nicht seine bevorzugte Tageszeit für Liebesspielchen war. Meine im Übrigen auch nicht. Ich musste mich sputen.

»Du hast es hoffentlich nicht vergessen«, sagte Ralf.

»Was?«

»Du *hast* es vergessen. Schau mal auf die Uhr.«

»Vier. Und?«

»Donnerstag, vier Uhr. Na?«

Brock. Heidi Brock. Ich hatte den Termin mit der Brock verbockt. Besser gesagt: verdrängt. Aber ich konnte jetzt beim besten Willen nicht bleiben.

»Weißt du«, sagte ich sanft, »wir verschieben das einfach um eine Woche. Das passt mir jetzt gar nicht ins Konzept. Ist doch kein Problem, die Brock verschiebt doch auch ständig.«

»Sie ist aber schon da.«

»Wo?«

»Im Computer.«

Ich dachte: »Shit, die Live-Session« und sagte: »Schön.«

Zumindest musste ich mich bei ihr entschuldigen. Das war ich Ralf und ihr schuldig. Das war ich meiner Beziehung schuldig. Ich folgte Ralf ins Schlafzimmer und erschrak zum zweiten Mal. Da brannten Kerzen. Überall Kerzen. Auf dem Schreibtisch, auf den beiden Nachtkästchen, sogar auf dem Boden. Eine Invasion. Hatte Ralf einen IKEA geplündert? Dabei war ich noch nie der romantische Typ gewesen. Wenn mehr als eine Kerze herumflackerte, überkam mich spontan ein Aufbahrungshallen-Feeling.

Ralfs Laptop stand auf dem Fensterbrett mit offener Klappe und war dem Bett zugewandt. Alles vorbereitet für unseren Auftritt. Das Skype-Kästchen war leer, vermutlich war Heidi Brock noch mal für kleine Mädchen.

Schlechtes Timing.

Ganz schlechtes Timing.

Ich konnte Ralf nun aber nicht sagen, dass ich einen Mädchennachmittag geplant hatte. Ich konnte nur – plötzlich hatte ich die gloriose Ausrede gefunden. Natürlich, das war die Lösung!

»Die Feder ist noch nicht angekommen«, sagte ich. »Die Straußenfeder. Das wird heute nichts mit der Live-Session. Nächste Woche ist sie bestimmt schon da.«

Das entsprach zu hundert Prozent der Wahrheit. Ich hatte nämlich vergessen, die Bestellung abzuschicken. Ohne Straußenfeder aber machte dieses ganze Theater doch keinen Sinn. Die Straußenfeder war das A und O.

Ralf lächelte listig und öffnete die Schublade seines Nachtkästchens. »Schau einmal, was ich heute bei der Fahrt zur Arbeit gefunden habe.«

Er hielt eine Taubenfeder hoch. »Ich habe sie natürlich eingesteckt. Schön, was?«

Mit den Fingern der anderen Hand strich er über den Kiel. »Sie ist mir sofort ins Auge gesprungen.«

Ich trat einen Schritt zurück.

»Wunderbar, Ralf«, sagte ich. »Ganz wunderbar. Aber leider nicht der richtige Zeitpunkt. Und was diese Feder betrifft –« er hielt sie mir immer noch vor die Nase, taubengrau und zerrupft –, »so muss ich dir sagen, dass das damit nicht funktionieren wird. Die überträgt doch Krankheiten. Ich meine: So was weiß man doch. Das ist doch hoffentlich nicht dein Ernst.«

Ich musste daran denken, wie diese Feder bis vor kurzem noch im Flügel der Taube dringesteckt hatte. Entsetzlich ekelig.

»Jetzt sei doch nicht so negativ. Ich bin mir fast sicher, dass ich die Taube gesehen hab, die sie verloren hat. Die hat noch ganz munter dreingeschaut.«

»Und wenn sie die Vogelgrippe hat?«

»Ich hab sie gewaschen, mein Herz.«

»Die Taube?«

»Die Feder, Herrgott.«

Er hatte *mein Herz* gesagt. Aber es half nichts. Ich hatte tausend Einwände. »Stell dir vor, eine andere Taube hat ihr auf den Flügel gekackt. Da können tausend Keime drauf sein.«

»Kann man desinfizieren.«

»Man kann«, sagte ich. »Aber wir haben nichts zu Haus. Wie wär's, wenn du zur Apotheke gehst und Desinfektionsmittel kaufst? Ich erledige währenddessen meinen Termin, und wir treffen uns in zwei Stunden wieder hier.«

Ich fand, das war ein ausgezeichneter Kompromiss.

Er ging auf mich zu, umarmte mich. »Ich tu das nur für dich«, flüsterte er mir ins Ohr. »Weil ich möchte, dass es uns wieder besser geht miteinander. Irgendwie habe ich das Gefühl, dass einiges aus dem Ruder gelaufen ist. Ist auch meine Schuld. Bitte verzeih.«

Los, sag schon, Baby, dachte ich. Und dann rückte er mit der Wahrheit raus. Dass er mit Heidi Brock eine Einzelsitzung gehabt hatte. Dass er mehr Beziehungsarbeit leisten müsse und dazu gehöre nun auch einmal, sich ganz auf die Beratung einzulassen und nicht immer dagegenzuarbeiten. Dass sie ihm dazu geraten hätte, ein »sexy Outfit« zu kaufen und mich damit zu überraschen.

»Äh – diesen Tanga hier?«

Ich musste mich sehr zurückhalten, um nicht herauszuprusten. Das durfte doch alles nicht wahr sein. Mein Leben war eine Schmierenkomödie. Tantraberaterin bringt grundsätzlich vernunftbegabten Mann dazu, sich zum Affen zu machen, um das Weibchen zu beeindrucken, und erreicht damit das genaue Gegenteil.

Er seufzte. »Ich schau mal bei den Medikamenten nach, ob wir etwas zum Desinfizieren haben.«

Dann tappte er in diesem Unterhosen-Witz hinaus in den Flur zur Kommode, wo der Erste-Hilfe-Koffer verstaut war.

Sobald er draußen war, stürzte ich zum Computer, tippte »Taubenfeder« und »Krankheiten« ins Google-Fenster. 1350 Ergebnisse. Na bitte. Gleich beim ersten Link wurde ich fündig. *Institut für Schädlingskunde*. Ich scannte den Text und versuchte, mir die wesentlichsten Punkte einzuprägen.

Dann war Ralf auch schon wieder zurück und hielt mir die

Feder, nunmehr knallrot, entgegen. »Es war nur Jod da«, sagte er. »Aber jetzt hat sie wenigstens eine schöne Farbe.«

»Das löst nicht das Problem«, sagte ich scharf. »Ich sage nur: Ornithose. Papageienkrankheit. Wenn wir den Staub, der da drauf ist, eingeatmet haben, könnten wir beide schon infiziert und bald tot sein. Prost Mahlzeit.«

Er tat so, als hörte er nicht und warf sich aufs Bett. »Komm her zu mir«, bat er. »Wenn wir beide infiziert sind, ist es doch sowieso egal.«

»Und das ist noch nicht alles«, sagte ich. »Hast du schon vom Q-Fieber gehört? Auch Ziegengrippe genannt. Das Bakterium kann in Staub jahrelang überleben.«

Ich erwähnte das mit dem Staub absichtlich, weil das Bakterium in dieser Wohnung die perfekten Bedingungen vorfinden würde, und ich hoffte, dass Ralf das auch erkennen und angemessen erschrecken würde. Aber er streckte die Hände nach mir aus. »Dir kann man auch nichts recht machen. Dabei hast du mir die Brock eingebrockt. Sei froh, dass ich bei diesem Zirkus mitmache.«

Ich seufzte. Er hatte ja nicht unrecht. Wenn ich die Situation aus seiner Perspektive betrachtete, war ich ein Biest. In meinem Kopf quatschten die Flotten Lotten wild durcheinander. So weit war es mit mir schon gekommen. Ich hörte Katharina die Große sagen: *Hör mal, du bist verheiratet. Ist doch keine Frage, was du jetzt zu tun hast.*

Ist ja gut. Ich hatte die Botschaft verstanden. War selbst schuld.

»In Ordnung, ich mache mit«, sagte ich zu Ralf, »aber nur, wenn wir den Unsinn mit der Taubenfeder weglassen.«

Und dann entschuldigte ich mich. Offiziell, um aufs Klo zu gehen. Inoffiziell, um Birgit ein wenig zu vertrösten. Ich klappte den Deckel der Toilette zu und setzte mich drauf. *Kleine Verzögerung, sorry. Spätvorstellung? Probleme mit Fly. Melde mich asap.*

Das *asap* hatte ich mir von Martin ausgeborgt. Klang gut, wie ich fand. Ich würde kurz gute Miene zum bösen Spiel machen und dann abhauen. Keiner wäre beleidigt. Wegen Fly hatte ich ganz kurz ein schlechtes Gewissen. Das tat man nicht: seine Tochter benutzen, um sich Vorteile zu verschaffen. Aber darin stand sie mir ja in nichts nach.

Ich musste kichern. Als hätte sich eine Schraube gelockert, die allzu fest angezogen war.

Im Schlafzimmer waren sie mittlerweile zu zweit. Heidi Brock war im Skype-Fenster aufgetaucht. Sie trug eine rosa Bluse und eine opulente Kette mit bunten Steinen. Ralf saß auf der Bettkante und unterhielt sich mit ihr. Eigenartiges Setting. Ich setzte mich neben Ralf aufs Bett.

Heidi Brock freute sich, mich zu sehen.

»Nanu!«, rief sie aus. »Sie haben wohl ein Faible für Rollenspiele?«

»Wie bitte?«

»Na, Ralf in diesem sexy Höschen – und Sie im modischen Frühlingskleid!«

Modisches Frühlingskleid. Wo sprach man so? In der Schnittmuster-Redaktion der *Burda*? Und was meinte sie mit Rollenspiel? Erfolgreiche Lady kauft sich einen Callboy?

»Keine Rollenspiele«, sagte ich und sah zu Ralf, der vor sich hin grinste. »Wir haben genug zu tun mit uns selbst«, fügte ich hinzu. »Wir müssen nicht auch noch andere spielen.«

»Ich kann Ihnen nur raten, Ihr Repertoire zu erweitern«, frohlockte Heidi Brock. »Spielen Sie auf der Klaviatur der Intimität wie ein Opernsänger, der an seinem Stimmumfang arbeitet! Und haben Sie keine Sorge, neue Oktaven für sich zu entdecken.«

Nanu, war heute der Internationale Tag der Metapher? Ich schielte zu Ralf, der andächtig zuhörte und dabei den Bauch einzog. Von der Sohle bis zum Scheitel: eitel.

»Ich darf Sie nun auch bitten, abzulegen«, sagte Heidi Brock.

Ich brauchte eine Weile, bis ich begriff, dass sie mich meinte. Ich sollte mich ausziehen. Nun denn. Ich stand auf, öffnete den Zippverschluss des Kleides und ließ es filmreif fallen.

Meine halterlosen Strümpfe stießen auf begeistertes Echo.

»Was ist *das*?«, fragte Ralf. Er war ehrlich erstaunt.

»Strümpfe«, sagte ich.

»Schon, aber –«

»Sehr hübsch«, mischte sich nun auch Heidi Brock ein. Wollte sie jetzt zu jedem Detail ihren Senf dazuklatschen?

»So kenn ich dich gar nicht«, flüsterte Ralf und strich mit der Handfläche über den Abschluss aus Spitze.

Ich fühlte mich etwas unbehaglich. Für die Halterlosen hatte ich zehn Kilo zu viel, aber so fielen sie wenigstens nicht herunter, sondern blieben schön dort kleben, wo sie hingehörten.

»Sie dürfen sich jetzt beide hinlegen.«

Wie großzügig, diese Regieanweisung aus dem Off. Heidi Brock hatte das Zepter fest in der Hand. Ich fragte mich, wie lange Ralf da mitmachte, ohne auszuflippen.

»Ralf, Ihre Partnerin kann sich nun auf den Bauch rollen, und Sie können damit beginnen, ihr sanft mit der Feder über die Schultern zu streichen.«

Halt. So hatten wir nicht gewettet.

»Die Feder fällt aus«, sagte ich und setzte mich auf. Ich beugte mich vor zum Laptop, damit Heidi Brock mich besser sehen konnte. »Wegen dem Staub in der Wohnung, wissen Sie«, sagte ich. »Da drin leben die Bakterien der Taube noch monatelang weiter.«

Heidi Brocks Gesichtsausdruck war deutlich anzusehen, dass sie nicht verstand, was ich meinte. Ich verstand es ja selbst kaum.

»Die Straußenfeder hatte ein Lieferproblem. Und die Taubenfeder hat ein Hygieneproblem«, fasste ich zusammen.

»Jetzt mach halt keinen Aufstand«, sagte Ralf und hielt die in Jod getränkte Feder in die Höhe, damit Heidi Brock sie sehen konnte. »Die ist top desinfiziert!«

Das glaubte er doch selbst nicht.

»Bin gleich wieder da«, sagte ich und ging raus.

In der Küche griff ich zu den Geschirrhandtüchern. Band mir ein blauweißkariertes Tuch quer über Nase und Mund. Eine improvisierte Atemschutzmaske, die mich wohl kaum schützen würde, aber besser als nichts. Wer weiß, wie weit die Wohnung bereits kontaminiert war.

Als ich durch den Flur zurück zum Schlafzimmer huschte, warf ich einen Blick in den Spiegel. Ich sah aus wie eine bayrische Guerillakämpferin, die nebenberuflich im Bordell arbeitete.

Als er mich sah, lachte Ralf laut auf. »Nicht dein Ernst«, sagte er, »willst du mich operieren?«

»Ich will nicht sterben«, sagte ich. Dabei war es jetzt schon unerträglich heiß unter dem Tuch. Wenn ich nicht am Taubenstaub zugrunde ging, dann am Sauerstoffmangel.

»Und du glaubst, das hilft?«

Heidi Brock stammelte in regelmäßige Abständen: »Hallo … hallo? Hallo?« Sie vermutete wohl, dass ihr die Sitzung entglitten war, womit sie nicht unrecht hatte. Das Problempaar war seinem Ruf wieder einmal gerecht geworden.

Ich warf mich bäuchlings aufs Bett. Wie brachten sich die Engländerinnen früher in Stimmung? Zähne zusammenbeißen und ans Vaterland denken. Je weniger ich aufmucken würde, umso eher wäre es vorbei. Und keiner konnte mir vorwerfen, zu wenig für meine Beziehung getan zu haben.

Ich spürte die Berührung der Feder auf meiner Schulter und erschauerte.

»Gut so, Baby?«, flüsterte Ralf.

Scheiße so, dachte ich. Das war die blödeste Idee, die Heidi Brock je gehabt hatte. Ich warf ihr einen Blick zu. Moment mal. Sie ruckelte seltsam, so als übe sie eine Breakdance-Choreographie im Sitzen ein. Dann fror sie vollständig ein und wurde zum Standbild. Tja. Offenbar hatte der WLAN-Gott Erbarmen. Ich stupste Ralf an. »Schau mal«, zischelte ich. »Sie rührt sich nicht mehr.«

»O nein, abgestürzt«, gab Ralf zurück. Er lief zum Laptop und hackte auf den Tasten herum wie ein Irrer.

»Lass es«, bat ich ihn. Ich riss mir das Geschirrtuch vom Kopf. Endlich Luft. Ich keuchte.

»Schade«, sagte Ralf. »Hat dir super gestanden.«

Und dann lachten wir wie lange nicht mehr.

21

Jeden Tag etwas tun, was man noch nie gemacht hatte: Ich zog das beinhart durch. Wenn Birgit mich sehen könnte! Heldinnenhaft stakste ich den Flur von Glückstück entlang wie ein Storch mit Rheuma. Die High Heels von Manila Planlos waren bei *Renate's Reste Rampe* im Angebot gewesen. Zehn-Zentimeter-Absätze und rot wie entzündete Augen.

»Kann ich Ihnen helfen?« Der Gesichtsausdruck der Sekretärinnen-Schnepfe am Empfang sagte: Ihnen ist nicht mehr zu helfen, gehen Sie nach Hause.

»Ich komme zu Herrn Fabrizio.«

Das war der Juniorchef, und er trug einen Namen, bei dem man nicht wusste, was zuerst und was danach kam.

»Zu Herrn Direktor André?«

Fabrizio André. Der war doch besser auf einer Schlagerbühne aufgehoben als in der Führungsetage eines multinationalen Konzerns.

»So ist es.«

Die Schnepfe konsultierte Ihren Bildschirm.

»Sie haben einen Termin?«

»Natürlich. Um elf.«

Es war fünf vor elf.

»Wenn Sie bitte Platz nehmen.«

Sie zeigte mit ihrem Gel-Nagel auf eine Warteecke, in der bereits zwei Damen nervös auf dem Kunstleder herumrutschten. Was sollte das werden? Hatte ich mich auf eine längere Wartezeit einzurichten? Ein kurzer Blick bestätigte mir, dass auch die anderen beiden tief in die Trickkiste gegriffen hatten, um Herrn Fabrizio wenigstens optisch zu flashen. Geschminkt bis zur Maskenhaftigkeit blätterten sie lustlos durch die *Glückspost*, die in einem hohen Stapel auf dem Couchtisch bereitlag. Auf dem einzig freien Sessel lag ein Buch, das ich zur Hand nahm, damit ich mich setzen konnte. *Das Glück ist ein Aasgeier* von Rita Raffel, Dipl.-Psych. Na, das war mal ein Titel! Nix mit liebem Vögelchen. Das Glück hat's faustdick hinter den Schwingen. Ein Todesvogel geradezu.

Ich schlug das Buch auf. Kapitel eins: *Warte nicht, bis der Vogel landet. Bereite ihm ein Nest.*

Recht hatte sie, die Frau Dipl.-Psych.

»Entschuldigen Sie, warten Sie auch auf Herrn Fabrizio?«, fragte ich in Richtung meiner Mitwartenden. Nicht warten, aktiv werden, Nest bereiten! Die beiden nickten.

»Auf Herrn André«, korrigierte mich die Endzwanzigerin in Brötchenblond mit erschreckend tiefer Stimme. Entweder hatte sie zwei Päckchen Marlboro gefrühstückt oder – die Alternative wollte ich lieber nicht zu Ende denken. »Ich bin um elf dran.«

»Ich auch«, sagte die Dunkelhaarige mit Schlafzimmerblick, die ungefähr in meinem Alter war, also neununddreißig plus. »Und Sie?«

»Ich auch«, sagte ich.

Perfekt. Würde sich Herr André dreiteilen für uns? Mussten wir in verschiedenen Kabinen warten wie beim Arzt, der seine Patientinnen nach Schema F – nämlich Fließband – konsultiert?

Lieber weiter im schlauen Buch lesen.

Kapitel zwei: *Glück ist, wenn man täglich daran arbeitet*

Kapitel drei: *Verantwortlich für dein Glück bist nur du*

Das roch gefährlich nach Klischee-Kiste.

Beginne deinen Arbeitstag – wieso duzte die mich? War wohl so eine Art Trick. Anbiedernde Verschwesterung von Autorinnen mit ihren Leserinnen, damit man eher bereit war, ihnen zuzustimmen. Aber mich hatte sie nicht an der Angel, mit diesen Tricks konnte sie mich nicht ködern. Ha! Noch mal von vorn. *Beginne deinen Arbeitstag, indem du drei Dinge aufschreibst, für die du dankbar bist.* Puh, jetzt musste ich aber fest nachdenken. Die Dankbarkeitsnummer machte mich immer unendlich müde. Ich sah mich um. Gab es in diesem verdammten Flur keinen Kaffeeautomaten? Warum hatte uns die Schnepfe am Empfang nichts zum Trinken angeboten? Immerhin verkauften wir täglich an der Front die Produkte, die in diesen Konferenzräumen beschlossen wurden. Gäbe es uns nicht, könnten die Aktionäre mit dem Müsli ihre Hauseinfahrten asphaltieren.

Die Schwarzhaarige schraubte eine schlanke Thermosflasche auf, die sie aus ihrer Handtasche gezaubert hatte. Ich war beeindruckt. Sie war offenbar ein Profi und wusste, dass man hier nichts bekam.

Die Tür zum Chefzimmer öffnete sich lautlos. Gedämpfte Stimmen. Rahmengenähte Herrenschuhe huschten über den Spannteppich. Irgendwo surrte ein Kopierer. Ein Handy vibrierte.

»Wörle, Schnedrich, Bydlinski«, rief die Sekretärin.

Wir alle drei? Zusammen ist man weniger allein oder wie? Die Damen neben mir erhoben sich gehorsam und strichen sich die Röcke glatt.

»Frau Bydlinski?« Die Sekretärin hob die Augenbrauen. »Sie auch, bitte.«

Ja, schon gut. Der Ton behagte mir nicht, aber wer etwas wollte, musste auch etwas tun dafür. Stand sicher auch in irgendeinem Ratgeber. Also stakste ich den anderen ins Chefzimmer nach. Verrückter Laden.

Um den Schreibtisch von präsidentieller Ausdehnung waren mehrere Stühle gruppiert. Mehrfachtermine schienen in diesem Haus die Regel zu sein, nicht die Ausnahme. Dass ich das nicht bereits wusste, hatte damit zu tun, dass ich es bei der Einstellung erst gar nicht bis zum Direktor geschafft hatte. Da war beim Personalchef Schluss gewesen. Vertrag unterschreiben, Willkommensmappe in Empfang nehmen, kurze Schulung und raus zu den Kunden. So lief das. Wir waren keine Angestellten, sondern sogenannte »Neue Selbständige«, die auf eigene Rechnung agierten. Das ersparte der Firma eine Menge Lohnnebenkosten, und uns ersparte es – nichts. Aber ich war nicht gekommen, um mich zu beschweren.

Direktor André wirkte, als würde er sein Glückstück selbst nicht konsumieren. Mit pampigem Gesichtsausdruck deutete er auf die Sessel. Er sah aus wie jener monegassische Fürst, der diese Schwimmerin mit extrabreiter Flügelspannweite geehelicht hatte. Stundenlang konnte ich mir im Internet die Bilder der beiden anschauen, auch wenn der erste Link, den Google zu seinem Namen ausspuckte, eher schmerzhafter Natur war.

Aus Versehen hatte ich nämlich *Prinz* statt *Fürst* eingegeben: Prinz Albert *ist ein Intimpiercing, das von der Harnröhre ausgehend durch die untere Peniswand verläuft und meist mit einem Ball Closure Ring oder einem glatten Segmentring getragen wird.*

»Sie wünschen«, fragte der Mann hinter dem Schreibtisch, den ich, um die Verwechslungsgefahr zu bannen, Fürst Allibert taufte. Ich war verwirrt. Ich hatte mich doch ausdrücklich um die freie Stelle im Marketing beworben und dachte, das sei der Grund gewesen, weshalb ich ins Headquarter beordert worden war. Wusste er etwa gar nichts davon?

Wir drei sahen uns an. Wer würde als Erstes sprechen? War ein wenig Smalltalk gewünscht? Eventuell zum Thema monegassisches Intimpiercing? Ich hoffte, dass niemand »Die Älteste beginnt« sagen würde. Als sich die Tussen neben mir nicht rührten, sondern ihre Fingernägel betrachteten, als sähen sie sie zum ersten Mal, sprach Fürst Allibert die erlösenden Worte: »Gut, dann gehen wir alphabetisch vor, nicht wahr?«

Na großartig. Mein Name begann mit B, also wieder mal die Arschkarte gezogen. Was wollte ich ihm noch mal sagen? Warum war ich hier? Wie hieß ich überhaupt? Mein Selbstbewusstsein schrumpelte zusammen wie ein Lingam im Eiswasser. Ich dachte an Frau Dipl.-Psych. Rita Raffel.

»Glück ist, wenn man täglich daran arbeitet«, stammelte ich. »Und – äh, verantwortlich für das Glück ist man immer nur selbst.«

»Besser hätte ich es nicht ausdrücken können«, sagte Fürst Allibert und rang sich ein Lächeln ab. »Sonst noch was?«

Allerdings. Meine Blase meldete akute Überflutungsgefahr. »Dürfte ich – äh.« Ich stand auf. »Bin gleich wieder da.«

Die jungen Damen beäugten mich misstrauisch. Die dachten wohl, ich hätte nicht alle Latten am Zaun, womit sie nicht ganz falschlagen. Ich spürte die Blicke des Direktors im Rücken wie Nadelstiche und bemühte mich, besonders anmutig zu schreiten, wie ich es bei *Germany's Next Topmodel* gesehen hatte. Mit wackelnder Hüfte, langen Schritten, die Beine über Kreuz. Na, das funktionierte ja schon hervorragend. Mit einer lasziven Geste warf ich mein Haar über die Schulter.

Und dann passierte es. Kurz bevor ich die Tür erreichte, knickte ich mit dem rechten Knöchel um. Ein schneidender Schmerz fuhr mir ins Bein. Ich saugte die Luft scharf ein, um nicht loszujaulen. Taumelnd hielt ich mich an der Klinke fest. Es fühlte sich an, als hätte man mir die Sehnen aus dem Fuß gerissen. Tränen schossen mir in die Augen. *Du warst die Schlechteste am Catwalk. Deshalb habe ich heute leider kein Bild für dich.*

»Alles in Ordnung, Frau Budinski?«, fragte Fürst Allibert.

»Bydlinski«, hauchte ich schmerzerfüllt. So viel Zeit musste sein.

Die beiden Grazien hatten sich umgedreht, eine schlug Mitgefühl heuchelnd die Hand vor den Mund.

Während ich hinaushumpelte, wischte ich mir die rinnende Nase mit dem Handrücken ab. Ich wollte mich nur noch in einer Ecke verkriechen.

Die Sekretärin schenkte mir einen mitleidigen Blick. »Du meine Güte, was ist denn mit Ihnen passiert?«

»Salto rückwärts«, sagte ich und biss die Zähne zusammen. »Muss mich frisch machen.«

Sie deutete mit dem Finger zum Ende des Ganges.

»Brauchen Sie Hilfe?«

»Einmal Sauerstoffzelt bitte«, sagte ich, denn jetzt war mir schon alles egal. Die Sekretärin schaute pikiert. Zumindest würde dieser Tag meine »Etwas-tun-was-ich-noch-nie-getan-habe«-Liste enorm auffetten, und ich könnte mich damit bei Birgit so richtig wichtigmachen.

Aus dem Klolautsprecher erklang Free Jazz. Es duftete nach dem Raumspray *Bratapfel mit Vanillesauce*. Ich bekam Appetit. Vor lauter Nervosität hatte ich noch nichts gegessen. Vielleicht war Nofretete schon zurück, dann konnte ich mich mit ihr zum Lunch verabreden. Ich nahm das Handy aus der Handtasche. Eine SMS. Unbekannter Absender.

Nini, ich möchte dich sehen.

Freude loderte auf und setzte meine Eingeweide in Flammen. Lukas! Er war noch in der Stadt. Er wollte mich sehen. Mich. Er wollte mich sehen. Ich sah in den Spiegel und formte die Worte nach. Er. Will. Dich. Sehen. Meine Wangen hatten sich rosa gefärbt, meine Augen glänzten wie nach drei Hugos. Ich bügelte die Andeutung der Zornesfalten mit der Kuppe des Zeigefingers aus. Na bitte, geht doch.

Lukas. Will. Dich. Sehen.

Es war doch mein Glückstag heute. Egal, was hier noch passierte. Ich würde mit Lukas sprechen können. Nur er und ich. Klartext, endlich. Während ich mir aus Klopapier und Wasser eine feuchte Kompresse bastelte und notdürftig meinen Knöchel verarztete, der bereits auf die doppelte Größe angeschwollen war, wartete ich auf Details. Sag mir, wann, sag mir, wo. Ich fliege.

Aber mehr kam nicht. Würde ich rauchen, hätte ich mir bereits panisch eine angesteckt. Oder zwei. Aber dummerweise rauchte ich nicht. Vielleicht gab's da einen Volkshochschulkurs: Rauchen Ü40, Niveau A1. Ein passabler Anlass wäre es jedenfalls gewesen.

Vorsichtig versuchte ich, auf dem verletzten Fuß aufzutreten. Es tat bereits deutlich weniger weh. Das war Lukas' Werk. Morgen musste ich im Vatikan anrufen und eine Wunderheilung melden.

Euphorisch trat ich den Rückweg an. Denn nun war mir auch eingefallen, was ich Fürst Allibert sagen würde. Dass ich mich freute, für ein Unternehmen wie Glückstück in den Ring steigen zu dürfen, noch glücklicher aber wäre ich, wenn ich – nach der jahrelangen Arbeit an der Basis, die ich im kleinen Finger hatte – einen der ausgeschriebenen Jobs im Marketing-Team ergattern könnte. Ich war im Übrigen davon überzeugt, der Firma mit meinen künstlerisch-kreativen Ambitionen zu größerem Erfolg und Prestige verhelfen zu können. Natürlich würde ich eine ordnungsgemäße, schriftliche Bewerbung nachreichen, aber weil wir einander ja noch nicht vorgestellt wurden, dachte ich, es sei eine gute Idee gewesen, einfach mal und so weiter. Die beiden Damen würde ich, so gut es ging, ausblenden. Als ich auf meinen Platz zurückschlich wie ein angeschossenes Reh, waren sie mit dem Herrn Direktor in ein Gespräch vertieft.

»Sie kommen zum richtigen Augenblick, nicht wahr?«, sagte Fürst Allibert und zwinkerte der Dame mit der rauchigen Stimme zu. Was hatten die in meiner Abwesenheit ausgeheckt?

»Übrigens: Frau Dr. Wörle ist zuständig für das Qualitätsmanagement in diesem Haus«, sagte der Prinz. »Und Frau Dr. Schnedrich schreibt ihre Habilitation über Faktoren, von denen das persönliche Lebensglück abhängt – ich hoffe, ich liege richtig, nicht wahr?«

Er warf einen Bestätigung heischenden Blick an die Adresse der Dunkelhaarigen.

»Alles korrekt«, sagte diese und schlug ein Bein über das andere.

»Die beiden Damen werden Sie, Frau Bydlanski –«

»Linski.«

»Die beiden Damen werden Sie die nächsten Wochen auf Ihren Touren begleiten und die Ergebnisse wissenschaftlich auswerten, nicht wahr?«

Wenn er noch einmal »nicht wahr« sagte, würde ich ihn abwatschen müssen. Außerdem hatte ich keine Ahnung, wovon er sprach. *Begleiten. Auf den Touren.* Ich lächelte gequält. Egal. Es war höchste Zeit, meinen vorbereiteten Spruch loswerden.

»Ich bin sehr froh, für Glückstück arbeiten zu dürfen –«, begann ich.

»Na sehen Sie, dann ist ja alles bestens«, unterbrach er mich und klappte die Mappe zu, die vor ihm auf den Tisch lag. War das etwa schon das Zeichen zum Aufbruch? Ich musste mich sputen.

»Und genau deshalb würde ich gern eine neue Herausforderung–«, ich zögerte. Was tat man damit? Auswählen? Annehmen? Anstreben?

Was für ein Stress aber auch. »Also ich strebe eine neue Herausforderung an. Gern in der Marketing-Abteilung.«

Uff, jetzt hatte ich es ausgespuckt. Ich schwitzte unter den Armen und hoffte, dass die Flecken nicht zu sehen waren.

»Marketing?« Fürst Allibert runzelte die Stirn, als hätte ich ihm eröffnet, ich wolle künftig an der Entwicklung eines neuen Space Shuttles mitarbeiten.

»Frau Budinsky, Sie sind eine unserer Schlüsselkräfte im Abonnement-Verkauf –«

Na bitte, da hatten wir's: Schlüsselkraft. Ich war bedeutsam. Ich war wichtig.

»Und dort würden wir ungern auf Sie verzichten.«

Was bedeutete das? Friss oder stirb? Mach gefälligst weiter so oder Tschüss?

Ich sah ihn herausfordernd an. *Das Glück ist ein Vogel. Aber warte nicht, bis er landet. Bereite ihm ein Nest.*

»Es ist aber mein Wunsch, im Marketing zu arbeiten. Ich möchte es wirklich gern. Ich habe viele Ideen.«

»Daran zweifle ich nicht, Frau Buschinsky. Nur muss ich Ihnen sagen, dass da leider nichts mehr frei ist, oder, Frau Dr. Wörle?«

»Exakt«, sagte diese mit rauchiger Stimme und ohne eine Spur des Bedauerns. »Nichts.«

Sie hatten mich hereingelegt. In die Firma gelockt und hereingelegt. Ich hatte um ein Karriere-Gespräch gebeten und bekam ein »Karriere machen die anderen«-Gespräch.

»Wir brauchen Sie genau dort, wo Sie sind.«

Mit der Spitze seines Zeigefingers tippte er auf die Mappe. Das war der Moment, in dem ich ihm ein Prinz-Albert-Piercing an seinen empfindlichsten Körperteil wünschte. Wieder und immer wieder musste es wegen chronischer Entzündungen entfernt und durch die Harnröhre wieder eingesetzt werden. Rein und wieder raus. Rein und wieder –

»Frau Berenski?«

In der Rache-Trance, in der ich mich befand, dürfte ich die Hand übersehen haben, die mir Fürst Allibert schon seit geraumer Weile hinstreckte. Die beiden Trullas neben mir kicherten.

»Frau Dr. Wörle hat Ihre Kontaktdaten bereits bekommen. Ab nächster Woche sind Sie ein Team. Ich gratuliere herzlich.«

Team, Team, Team, hämmerte es in meinem Schädel. Was wollten die von mir? Die Hand Allibert des Fürsten war feucht und labberig wie ein verendeter Saibling. Ich war froh, als er mich losließ und hinter seiner gepolsterten Tür verschwand.

»Ich melde mich bei Ihnen«, sagte die Blondine mit der Marlboro-Stimme, als wir uns verabschiedeten, und die Dunkelhaarige sagte: »Das wird schon«, so als wollte sie mich trösten. Ich brauchte keinen Trost, ich hatte meinen Stolz. Reste davon waren ja noch übrig. Brösel. Atome. Quarks.

Die Sekretärin würdigte uns keines Blickes. Mittlerweile hatten drei neue Grazien Platz genommen. Obwohl mein Knöchel unentwegt Hilferufe ans Schmerzzentrum morste, bemühte ich mich, möglichst aufrecht zum Lift zu humpeln. Manila Planlos, du hast keine Ahnung von Orthopädie. Geschweige denn von Psychologie. Beruf verfehlt, setzen.

Ich drückte auf E und konsultierte das Handy, während der Aufzug in die Tiefe sauste.

Eine ungelesene Nachricht.

Hauptbahnhof, las ich mit wachsender Aufregung. *Ich warte auf dich in der Schalterhalle.*

Da hatte ich ihn, den Salat. Hauptbahnhof. Lukas wollte sich nur von mir verabschieden.

22

Erste Ampel: rot. Zweite Ampel: rot. Dritte Ampel: geeeel… rot. Mist, verdammter. Ich schlug auf das Lenkrad. Die Verkehrsplaner dieser Stadt steckten mit Manila Planlos unter einer Decke. Die roten Schuhe brachen mir die Beine, die rote Welle meine Pläne. Die saßen doch irgendwo in einem »Big Brother«-Kontrollraum und lachten sich ins Fäustchen. Haha, schau dir nur die dumme Bydlinski an, wie sie schäumt!

Ich parkte in der sündhaft teuren Tiefgarage unter dem Bahnhof, um meinen Knöchel zu schonen. Seit ich Lukas' Nachricht gelesen hatte, war eine gute halbe Stunde vergangen. Wenn sein Zug schon abgefahren war, hatte ich Pech gehabt. Nachrichten waren jedenfalls keine mehr eingetroffen.

Ich fuhr hinauf in die Schalterhalle, die brechend voll war. Über mir blinkten die Zuganzeigen. Ich stand wie ein unförmiges Paket vor dem Lift, hinter mir und vor mir rollten die Trolleys vorbei. Wie sollte ich ihn hier finden? Was taten diese ganzen Menschen überhaupt hier? Hatten die kein Zuhause?

Ich rief die Nummer an, von der Lukas die SMS geschrieben hatte.

Dimdimdimdadadamm. Eine Stimme, säuselnd: *Senden auch*

Sie kostenlos Ihre Kurznachrichten via Computer an Ihre Freunde! Weitere Infos auf – War ja klar. Und jetzt? Ich beschloss, mich in konzentrischen Kreisen vorzuarbeiten. Zunächst ging ich einmal rund um die Liftsäule und scannte dabei die Fläche bis zu den leuchtenden Vitrinen. Ich konnte unmöglich alles überblicken, aber versuchen würde ich es.

Schon bald entdeckte ich ein *Café Bobby*, das von sich behauptete, »Dein Treffpunkt am Bahnhof« zu sein. Ein Hoffnungsschimmer glomm auf. Möglicherweise hatte Lukas diesen Treffpunkt im Auge gehabt, als er *Schalterhalle* geschrieben hatte. Ich ging hinein.

Das Café war eine dieser Bahnhofsgaststätten, die ihre Tristesse mit Kunstblumen und Hobbymalereien zu verkleiden versuchen. An der Bar klebten zwei ältere Herren, in deren Adern offenbar mehr Alkohol floss als Blut. Der Kellner wusch ein Bierglas aus. Keiner sah auf, als ich eintrat. Ich stellte mich an die Theke. Im hinteren Bereich des Restaurants pressten sich einige Katzentischchen an die Wand. Es war eng hier und roch nach WC-Kugeln. Der perfekte Umschlagplatz für Depressionen aller Art.

Nach einer Weile schenkte mir der Kellner einen müden Blick.

»Ja?«

Ich wusste nicht, was ich bestellen sollte, und blätterte durch die mit Kaffeeflecken übersäte Karte.

»Espresso«, sagte ich.

»Haben Sie's eilig?«, fragte der kleinere der beiden Männer. So ein Fritz- oder Elmar-Wepper-Typ – ich verwechselte die beiden immer – mit Geheimratsecken, die sich schon zu beachtlichen Flächen ausgedehnt hatten. Auf seiner Nase war eine Landkarte aus roten Äderchen zu sehen.

»Wieso?«

»Weil sie einen Express-Kaffee bestellt haben.«

»Heute hat es jeder eilig, Erich«, sagte der andere, der hager war, lange graue Haare und eine Handwerkerjacke mit breiten, reflektierenden Streifen trug. Beide sahen aus, als würden sie da schon lange stehen, sehr lange.

»Ich suche einen Mann«, sagte ich.

»Geht vielen so«, sagte der Kellner und stellte mir die Kaffeetasse hin. »Probieren Sie's im Internet. Kann klappen, muss nicht. Kaffee macht zwei dreißig, Tipp geht aufs Haus.«

»Nein, ich meine, ich warte auf einen bestimmten. Vielleicht war er schon da.«

»Brauchst nicht warten«, sagte der Kleine jetzt. »Der Hubert hier«– er zeigte auf den anderen – »hat zehn Jahre drauf gewartet, dass seine Veranda zurückkommt. Ist sie aber nicht.«

»Verena«, sagte der andere. »Sag niemals nie.«

»Wie schaut er denn aus?«, fragt der Kellner.

Puh. Wie sollte ich Lukas beschreiben? Mittelgroß, nicht dünn, nicht dick, dunkelhaarig, aber auch nicht ganz, Nase normal, Augenfarbe keine Ahnung?

»Er sieht gut aus«, sagte ich. Das war wenig spezifisch, entsprach aber der Wahrheit.

»Nö«, sagte der Kellner. »So einer war nicht da.«

»Seien Sie nicht traurig, es gibt genügend andere«, sagte der Kleine und deutete auf seinen Freund. »Eine gute Partie, ein Künstler. Was sagen Sie zu einem Künstler?«

»Je nach Tageszeit guten Tag oder guten Abend«, sagte ich.

Ich riskierte einen zweiten Blick. Der Lange wirkte vernachlässigt, was durchaus beabsichtigt sein konnte. Ich bereute bereits, ein Heißgetränk bestellt zu haben, ich wollte nur raus hier.

»Erzähl ihr von deinem Projekt, Hubert«, sagte Fritz-Elmar Wepper.

»Ich reise mit meinem Mond in der Welt herum«, sagte Hubert.

»Mit seinem Privatmond«, sagte Fritz-Elmar.

»Zeig's ihr«, sagte der Kellner.

Alle drei sahen mich an. Hilfe.

Der Lange zog seine Brieftasche hervor, klappte sie auf, zog ein sichelförmiges Stück Papier heraus, das ganz zerknittert war. »Das ist er. Mein Mond. Und jetzt gehört er Ihnen. Jeder braucht einen Ersatzmond, glauben Sie mir.«

Er hielt mir den faltigen Mond entgegen, schwankte ein wenig. »Na los, nehmen Sie schon!« Ich griff danach, mehr aus Angst denn aus Begeisterung. Wer weiß, wie der reagierte, wenn ich sein Geschenk zurückweisen würde.

»Danke«, sagte ich und steckte den Mond ein.

Bevor ich zur Tür humpelte, sagte der Kellner: »Warten Sie.«

»Ja?«

»Da war einer da. Der würde auf Ihre Beschreibung passen.«

Wahrscheinlich hatte er Mitleid mit mir. »Vor einer halben Stunde ungefähr.«

»Das hilft mir sehr«, sagte ich und fühlte mich seltsam getröstet. Auch wenn ich Lukas nicht mehr finden würde, hatte ich immerhin einen Privatmond zum Anheulen und ein Fünkchen Hoffnung geschenkt bekommen.

Ich kam nur langsam vorwärts, mein Knöchel schmerzte, außerdem musste ich alle paar Schritte einem kleinen Kind oder einem Hund ausweichen. Züge kamen an und fuhren ab, Leute liefen aufgeschreckt herum oder bummelten oder umarmten sich oder freuten sich und weinten. Hier gab es Gefühle im Dutzend billiger. Hausgroße Werbeflächen erzählten von glücklichen Handy- und Aktien-Besitzern. Es war warm, ein guter Tag, um wegzufahren. Ich setzte mich auf eine Bank, um meinen Fuß zu entlasten, und beobachtete die Menschen, die an mir vorübergingen. Das hatte ich schon lange nicht mehr getan. Kein Lukas. Aber ich fühlte keinen Schmerz, kein Bedauern. Es ist, wie es ist, sagte ich mir vor. Es hatte vor zweiundzwanzig Jahren nicht funktioniert, und es würde auch heute nicht funktionieren. Kein Grund, enttäuscht zu sein.

Ich ging zurück zum Aufzug. Fühlte mich schwer und leicht zugleich. Ich würde nach Hause fahren und für Ralf und Fly Abendessen kochen. Irgendwas Leichtes. Danach zwei Folgen *Hinter Gittern*, vielleicht auch drei. Stracciatella-Eis.

Der Lift kam. *Pinggg*. Die Türen gingen auseinander. Drinnen stand ein Mann. Wir sahen uns an, ohne uns zu rühren. Er drinnen, ich draußen. Die Türen schlossen sich wieder. Wir drückten beide zugleich auf den Knopf. Die Türen sprangen auf.

»Komm rein«, sagte Lukas. Neben ihm ein Ungetüm von einem Koffer.

Ich betrat den Lift und stellte mich neben den Koffer. Mit meinen Knien war was passiert. Die waren aus einer geleeartigen Masse. Komisch, dass ich das vorher nicht bemerkt hatte.

»Hallo«, sagte ich leise.

»Wohin?«

»Nach Hause«, sagte ich.

»Stockwerk«, sagte er. Seine Finger schwebten über den Knöpfen.

»Ach so. Grün. Nein, gelb.« In dieser Tiefgarage hatten die Stockwerke Farben.

»Also gelb.«

Der Aufzug setzte sich in Bewegung. *Pinggg!* Schon waren wir da. Ich humpelte hinaus, Lukas folgte mit seinem Riesenkoffer, den er hinter sich her zog wie ein kleines Häuschen. Wieso hatte ich gesagt, dass ich heimwollte? Wir hätten bereits in einem Café sitzen können, vielleicht nicht grad im »Treffpunkt am Hauptbahnhof«, aber es gab ja noch andere.

»Was ist mit deinem Bein passiert?«

»Nichts, gar nichts.«

»Willst du dich abstützen?«

Gentlemanlike hielt er mir seinen Unterarm entgegen.

»Geht schon, danke«, sagte ich und hätte mich dafür ohrfeigen können. Mein blöder Stolz und ich. Das Duo infernale.

Die Tiefgarage war hell erleuchtet wie ein Operationssaal. Es sollte ja keiner Angst haben im Bauch der Erde. Aus den Lautsprechern tropfte Mozart. Die Arie der Königin der Nacht.

»Ich begleite dich natürlich zu deinem Auto«, sagte Lukas.

»Wie schön.«

Was ich auch tatsächlich so meinte, denn ich hatte nicht die geringste Ahnung, wo mein Auto war. Mein Hirn war leer wie Flys Handy-Akku.

Stumm streiften wir durch die Gänge. Die Situation als angespannt zu bezeichnen wäre eine freundliche Untertreibung gewesen. *Der Hölle Rache kocht in meinem Herzen*, sang die Königin der Nacht, und in meinem Herzen kochte es auch.

»Rechts, links?«

Ich sah mich um, und egal in welche Richtung ich schaute, es sah überall gleich aus. »Ich glaube, hier lang.«

»Welche Farbe hat dein Wagen?«

»Dunkelblau.«

»Und die Nummer des Sektors?«

»Sektor?«

»Schau, jeder Sektor hat eine Nummer.«

Das hatte ich nicht mitbekommen, sondern das Auto auf dem ersten freien Parkplatz fallen lassen.

»Ich glaube, es war doch das grüne Stockwerk«, sagte ich.

»Okay«, sagte Lukas.

Wir gingen zum nächstgelegenen Aufzug. Wir warteten.

»Nini?«

»Ja?«

»Es tut mir leid.«

»Was?«

»Alles. Wie es gelaufen ist.«

»Hmm.«

Der Lift kam. Wir stiegen auf der grünen Etage aus.

»Musst du nicht zum Zug?«, fragte ich. Es war Zeit zum Verabschieden. Er musste mir nicht nachtrotten. Wir sollten es hinter uns bringen.

»Ich fahre nicht weg«, sagte er.

Und deutete auf den Koffer. »Und was ist damit?«

»Den habe ich grad geholt. Aus der Gepäckaufbewahrung.«

»Versteh ich nicht.«

»Werde ich dir erklären.«

»Ich bitte darum.«

»Ich habe mich bisher nicht getraut, die Wahrheit zu sagen.«

»Weil?«

»Ich wusste nicht, wie du reagieren würdest.«

Der war ja der reinste Drama-King. War er immer schon so gewesen oder war ihm dieses Verhalten erst mit dem Alter eingewachsen wie ein Zehennagel?

»Feigling.«

»Stimmt. Rechts, links?«

»Rechts, glaube ich.«

Ich versuchte, mich zu erinnern, ob ich in der Nähe eines Betonpfeilers geparkt hatte. Und wie weit ich hatte gehen müssen bis zum Ausgang. Aber da war nichts. Nicht der kleinste Erinnungsfetzen.

Die Königin der Nacht wappnete sich für die ersten Koloraturen. *Aaah-ahahahahahahaha-haaa.*

»Wo ist dein Schlüssel? Klick mal mit der Fernbedienung. Wenn dein Auto in der Nähe ist, wird es sich melden.«

Ich klickte wie besessen. Nichts.

»Du musst nicht mit mir suchen«, sagte ich. »Du kannst ruhig gehen. Ich will dich nicht aufhalten.«

Der hatte doch sicher Wichtigeres zu tun. Firma verkaufen oder so. Die Nummer »Frau-sucht-Auto-in-Tiefgarage« war langwierig und endete meist ohne echte Höhepunkte.

»Kommt nicht in Frage«, sagte Lukas. Er zog mich in eine Ecke. »Ich möchte, dass du weißt, dass es nichts mit dir zu tun hatte. Damals. Warum ich weggegangen bin.«

Wenn er etwas sagen sollte, dann jetzt.

Verstoßen sei auf ewig, Verlassen sei auf ewig, Zertrümmert sei'n auf ewig alle Bande der Natur, sang die Königin der Nacht.

»Erstens: Deine Adresse habe ich von deiner Mutter bekommen.«

Von Mama? Das war naheliegend. Sie hatten sich immer gut verstanden. Und ich hatte mich schon gefragt, wie das gegangen war: dass er mich trotz zweifacher Namensänderung aufgespürt hatte.

»Wart ihr – ich meine: Seid ihr immer in Kontakt gewesen?«

Eine unerträgliche Vorstellung, wenn die eigene Mutter hinter dem Rücken der Tochter mit deren Ex weiterplaudert.

»Nein«, sagte er. »Nur sehr sporadisch.«

Hieß also: ja.

»Ich glaub, es war doch rot«, sagte ich.

»Was?«

»Das Stockwerk.«

Wir gingen zurück zum Lift.

»Ich habe dich furchtbar vermisst. Am Anfang. In Paris.«

»Aber du bist doch gegangen.«

»Weil ich dachte, dass es das Beste für dich ist.«

»Und woher weiß man, was das Beste für jemand anderen ist?«

»Deine Mutter –«

Himmelherrgott. Was hatte der dauernd mit meiner Mutter?

»Also, sie meinte, dass ich ein – na ja, nicht so guter Umgang wäre für dich.«

»WAS?«

»Jetzt reg dich nicht auf. Sie wollte eben, dass du schnell studierst, um selbständig sein zu können. Sie wollte nicht, dass du an einem Mann hängst wie an der Nadel. Und ich dachte: Wenn ich gehe, dann ist dein Leben wieder offen. Und du hast alle Chancen. Es war zu deinem Besten.«

Er machte eine Pause. »Und es hat funktioniert, wie man sieht. Du bist Managerin in einem internationalen Konzern, das ist doch toll. Ich gratuliere dir zu deinem Erfolg.«

Was für ein Hohn. Selbst schuld, kein Mitleid, würde Fly sagen. Aus der Managerinnen-Nummer kam ich nicht mehr so schnell raus. Die Geister, die ich rief. Hätte ich nur geschwiegen. Mein Herz wirbelte in der Brust. Mir war schwindelig. Wahrscheinlich die Abgase.

»Du willst mir aber jetzt nicht weismachen, dass du dich geopfert hast, weil meine Mutter es so wollte. Das ist nicht wahr, sag, dass das nicht wahr ist.« Wir stiegen im roten Stockwerk aus. Meine Absätze klackten auf dem Betonboden. Irgendwo schlug eine Autotür zu.

Lukas blieb stehen. »Links, oder?«

Ich zuckte mit den Schultern. Links, rechts, kopfüber, rückwärts mit Purzelbaum. War alles scheißegal.

»Nini. BITTE.«

Nein, nix bitte. Und meine Mutter konnte sich auf was gefasst machen. Warum mischten sich alle in mein Leben ein? Und auf welche Karriere hatte sie gehofft? Ich höhnte innerlich. Jetzt war ich doch erst recht auf einen Mann angewiesen. Ohne Ralfs sicheren Job würden Fly und ich vielleicht nicht am Hungertuch, aber bestimmt an einem scheußlichen Geschirrhandtuch nagen.

»Es tut mir leid. Ich weiß, dass es besser hätte laufen können.«

Und was nützte das jetzt? Ich hatte Wasser in den Augen. Nur nicht heulen. Nicht heulen, reiß dich zusammen.

Lukas packte mich am Arm.

»Ich habe dich nicht vergessen. Nie. Das ist die Wahrheit. Schau mich an.« *Ich habe dich nie vergessen*. Durfte man einen solchen Satz überhaupt ungestraft aussprechen? Gleich würde die Klischee-Polizei kommen und uns verhaften.

Aber dann sah ich ihn an. Und war mit dem Gong zweiundzwanzig Jahre alt. Was hatte das Leben nur aus uns gemacht? Himmelherrgott. Herr Regisseur, bitte Stopp-Taste drücken, STOPP! Die Garagen-Szene noch einmal von vorn, darauf war ich nicht gefasst.

Der Moment zerdehnte sich zu einer Ewigkeit. Lukas nahm meinen Kopf zwischen seine Hände und zog ein wenig daran, so als wollte er mich aufrichten oder meinen Kopf abwiegen, in dem sich Millionen von Gedanken wälzten und der tatsächlich tonnenschwer sein musste. Dann näherte sich sein Kopf dem meinen, ich wurde panisch, wollte *Nein, nein, auf keinen Fall!* kreischen, aber aus meiner Kehle drang nicht der leiseste Ton. Ich wollte davonlaufen, aber meine Füße bewegten sich nicht, und dann schloss ich sogar die Augen, der Teufel wusste, warum und ich spürte seine Lippen auf meinen. Reiß dich los, sagte eine Stimme in meinem Kopf, während sich meine Arme fest um ihn schlangen. Meine Knochen waren aus Butter, und die Königin der Nacht sang *Hört, hört, hört, Rachegötter, hört der Mutter Schwur*.

Als ich die Augen wieder öffnete, benommen, so als tauchte ich aus warmem Wasser auf, sah ich, dass wir genau vor meinem Auto standen.

23

Aus dem Bauch der Wohnung drangen Staubsauggeräusche. »Mama?«

Ich blieb einen Moment auf der Schwelle stehen und horchte angestrengt. War sie etwa nicht zu Hause?

Ein Kopf schob sich durch die Wohnzimmertür. Es war Theo, Mamas Lebensgefährte. Er trug eine Jogginghose und ein T-Shirt mit den Tourdaten von AC/DC aus dem Jahre 1976. Die männliche Variante der Loungewear, sehr sympathisch. Theo tippte mit dem Fußballen auf einen Knopf, der Staubsauger fauchte noch einmal, bevor er verstummte. Dann schüttelte Theo die erhobene Hand, als würde er dem Himmel eine Botschaft übermitteln. »Hoher Besuch, Mimi! Schau, wer da ist!«

Er nannte meine Mutter hartnäckig »Mimi«, obwohl er wusste, dass ich diesen Spitznamen lächerlich fand. Als wäre sie eine Figur aus einem Schulbuch für Erstleser. MIMI MAMA LULU. Die Lautverschiebung von Inge hin zu Mimi war mir absolut schleierhaft. Allerdings blieben sich die beiden – zumindest in puncto Spitzname – nichts schuldig, denn Mama nannte Theo seit viel zu vielen Jahren bereits »meinen Menopausen-Begleiter«, so als handelte es sich bei ihm um eine besonders diskrete Inkontinenz-Versorgung. Ihr Leben lang hatte sie sich geweigert, eine feste Beziehung einzugehen. Die Ehe wurde ihrer Ansicht nach nicht im Himmel, sondern in der Hölle geschlossen, denn sie glaubte nur an die Freiheit, nicht an die Bindung, wie sie nicht müde wurde zu betonen. Sie lebte konsequent die serielle Monogamie, in der eine maximal fünfjährige Gefährtenschaft nahtlos an die nächste anschloss. Mit meinen zwei Ehen schlug ich völlig aus der Art.

»Der ist ganz neu«, sagte Theo und nickte in Richtung des Staubsaugers, der wie ein müdes, buckliges Tier auf dem Spannteppich ruhte. »Mit Feinstaubfilter. Tausendfünfhundert Watt.«

»Alle Achtung«, sagte ich.

Theo war in dieser Wohnung für die Hausarbeit zuständig, sein Engagement, was die Reinigung der vierundsiebzig Quadratmeter mit Westbalkon anging, war mir unbegreiflich. Und es war ja nicht so, dass er sonst nichts zu tun hatte im Leben. Er war einige Jahre jünger als Mama, arbeitete immer noch als Platzanweiser im Stadttheater und fuhr in seiner Freizeit als Sanitäter im Rettungswagen mit.

»Bist du denn schon fertig, Theo?«, rief eine Stimme. Mama. Der Unterton machte unverkennbar deutlich: *Das* kann *gar nicht sein, du hast doch gerade erst begonnen.*

»Schau einmal, wer da ist!«, gab Theo zurück.

Und dann stand sie in der Tür.

»Kind«, sagte sie. »Du da? Was ist passiert? Bist du schwanger?«

Sie gab die Hoffnung auf eine zweite Großmutterschaft nicht

auf, auch wenn die Wahrscheinlichkeit auf eine Urgroßmutterschaft bereits deutlich größer war.

»Nein. Muss ich jetzt wieder gehen?«

»Natürlich nicht, komm nur rein«, sagte sie, obwohl ich doch schon drin war. Meine Mutter hatte die Angewohnheit, meine Hand zwischen ihre Hände zu nehmen und nicht mehr loszulassen. Während dieser zeremoniellen Begrüßung sah sie mir starr in die Augen, als ob dort alle Geheimnisse standen, die ich ihr freiwillig nicht erzählte. Ein hypnotischer Blick, vor dem ich mich immer ein wenig gefürchtet hatte.

»Geht's dir gut?«

»Bestens, Mama.«

»Du siehst schmal aus.«

»Ich hab schlecht geschlafen.«

Die Wahrheit war: Ich hatte überhaupt nicht geschlafen. Nicht eine Millisekunde. Kaum hatte ich die Augen geschlossen, öffnete sich vor meinem inneren Auge der Lift, und Lukas stand drin und sagte: »Komm rein.«

Minütlich grüßte das Murmeltier.

»Was ist mit deinem Bein?« Sie zeigte auf den bandagierten Knöchel.

Ich machte eine wegwerfende Handbewegung, die Antwort würde sie ohnehin nicht interessieren. Und genauso war es. »Wir haben einen neuen Staubsauger«, raunte sie mir zu, als verrate sie mir ein Staatsgeheimnis.

»Hab ich gehört.«

»Theo ist ganz vernarrt in das Ding. Langsam werde ich eifersüchtig.«

Sie nahm mich am Ellenbogen und dirigierte mich in die

Wohnküche, eindeutig mehr Küche als Wohn. Sie war einen Kopf kleiner als ich, ungefähr zwanzig Kilo leichter und trug seit über einem halben Jahrhundert dieselbe hellblonde Igelfrisur, die einmal Avantgarde gewesen war, später Mainstream und noch später angesagter Retro-Look.

»Schön, dass du uns auch einmal besuchen kommst.«

Stimmfarbe: vier Vorwurfs-Punkte auf der nach oben offenen Königin-der-Nacht-Skala. »Felicitas kommt ja regelmäßig vorbei.«

»Ach so?« Das war mir neu.

»Theo hat ein Händchen für Mathematik. Er kann Felicitas das mit den Gleichungen ganz prima erklären.«

Interessant. Das durfte Martin bloß nicht erfahren. Sonst zahlte er am Ende keine Nachhilfestunden mehr.

»Setz dich.«

Sie drückte mich in die winzige Eckbank, die in die Küche nachträglich hineinoperiert worden war. Hier war alles eine Nummer zu klein: die Sitzfläche, die mit Elefanten bestickten Kissen, die Tischplatte, auf der kaum zwei Teller Platz hatten. Ich bekam Platzangst, wenn ich hier saß, aber das konnte ich ihr nicht sagen, so wie ich ihr vieles nicht sagen konnte, aus Sorge, sie zu beleidigen.

Mein Blick fiel auf das Bücherbord, auf dem Fotos in Muschel-Rahmen präsentiert wurden, und blieb am Foto eines Babys hängen, das ich noch nie gesehen hatte. Bananengelber Strampler, Stirn in Falten gelegt, als brüte es über den weltweiten Ausstieg aus der Atomenergie nach.

»Wer ist das, Mama?«

»Na, das ist doch der Josef!«

»Martins Josef?«

»Aber natürlich!« Als sei nichts selbstverständlicher. »Sie waren auch schon hier mit ihm.«

Wieso um alles in der Welt hatte sie ein Bild vom neuen Baby meines Ex? Dass sie meine Mutter sogar besuchten, schien mir der Gipfel der Infamie.

»Martin und Petra?«

»Theo hat einen Haufen Fotos gemacht. THEO!«

Ich hielt sie am Ellenbogen fest. »Danke, du brauchst ihn nicht rufen, ich glaub dir auch so.«

Das war ja die Höhe. Ich fühlte mich wie die gemobbte Prinzessin in einem apokryphen Grimm'schen Märchen.

Es stellte sich heraus, dass sie gemeinsam mit Fly das Neugeborene bereits im Krankenhaus besucht hatten. Fehlte nur noch, dass sie auf einem Kamel eingeritten kamen, um Weihrauch und Myrrhe zu überbringen.

»Ein ganz ein süßer Knorpel«, sagte Mama.

»Knorpel? Du meinst Knirps, oder?«

»Knirps ist ein kleiner Regenschirm«, sagte sie, beinahe beleidigt, weil ich sie verbessert hatte. Das konnte ewig so weitergehen, deshalb beließ ich es dabei.

»Das ›Klein‹ passt ja schon einmal. Und entfalten wird er sich auch noch. Wäre zumindest zu hoffen«, sagte ich.

Theo kam in die Wohnküche geschlurft, den Staubsauger im Schlepptau.

»Soll ich jetzt hier –?«

Mama winkte ab. »Später, später«, sagte sie. Als wäre er ihr Putzmann, den sie nach Belieben von einer Ecke der Wohnung in die andere scheuchen konnte. War nicht schön anzuschauen, aber ich musste mir wie ein Mantra vorsagen, dass mich die Beziehung meiner Mutter einen feuchten Kehricht anging.

Ich sah verstohlen auf die Küchenuhr, deren Minutenzeiger sich bedrohlich fortbewegte. Es war höchste Zeit, die Sprache auf Lukas zu bringen. Seinetwegen war ich doch hergekommen.

»Sag, Mama, hast du mit Lukas noch Kontakt?« Als ich den Namen aussprach, wurde mir ganz blümerant.

»Warum?«

»Na, weil du doch auch mit Martin –«

Ich ließ den Rest des Satzes in der Luft schweben.

»Meinst du den Architekten aus Frankreich? Luc?«

Sie sprach ihn *Lückkkk* aus, mit ganz vielen, ganz harten K am Ende.

»Bingo«, sagte ich.

»Selbstverständlich.« Sie wirkte direkt beleidigt. »Was glaubst du denn?«

Was ich glaubte? Dass sie mit keinem einzigen meiner Ex mehr in Kontakt stand, wie es in anderen Familien durchaus üblich war, aber das sagte ich ihr nicht. Ich war nur ziemlich erstaunt.

»Du hast ihm also auch meine Adresse –«

»Natürlich!«

Das hätten wir also geklärt.

»THEO, hilf mir!« Sie versuchte, ein Einmachglas mit Apfelkompott aufzuschrauben.

»Für mich nichts, Mama.«

»Du musst essen, Kind!«

»Ich bin nicht mehr fünf.«

»Auch wenn man fünfzig ist, muss man essen.«

»Ich bin doch noch nicht fünfzig! Noch *lange* nicht!«

Herrgottsakra. Mein Nervenkostüm drohte einzureißen. Schon kam Theo angedackelt und öffnete das Glas wie nix.

»Ein Mann im Haus erspart die Nadel im Heuhaufen«, sagte Mama trocken und richtete das Kompott in kleinen Schüsselchen an.

»Das sag ich auch immer. Weißt du eigentlich, wo er jetzt ist?«

»Theo?«

»Lukas. Also Luc.«

»Hier ist er jedenfalls nicht.«

»Das habe ich auch nicht angenommen.«

»Ein sehr höflicher Gast. Oder, Theo?«

Theo nickte.

»Gast? Wieso Gast?«

»Na, er hat doch hier geschlafen. Aber nur ein paar Tage.«

»Sprechen wir von demselben Mann?«

»Ich spreche von *Lükkkk*. Der hat hier auf dem Sofa geschlafen. War kein Problem. Oder, Theo?«

»Kein Problem«, bestätigte Theo.

Hier geschlafen. Bei Mama und Theo. Nein, ich hatte mich nicht verhört.

»Und was hat er gesagt? Was habt ihr geredet?«

Mama zuckte mit den Schultern. »Das weiß ich nicht mehr.«

»Und wieso hast du mir nicht gesagt, dass er bei dir war?«

»Das wollte er nicht.«

»Aber warum?«

»Das musst du ihn schon selbst fragen.«

Ich stand auf.

»Kind, du hast dein Kompott nicht gegessen.«

»Wo ist er jetzt? Hast du eine Nummer?«

In meinem Dusel hatte ich natürlich glatt vergessen, ihn in der Tiefgarage danach zu fragen. Nach dem Kuss war ich zu nichts mehr imstande gewesen. Völliges Blackout. »Oh, hier ist ja m-m-mein Auto«, hatte ich noch gestammelt, und Lukas hatte mir die Tür geöffnet, ich hatte mich wie in Trance hineingesetzt und war losgefahren. Ohne richtige Verabschiedung, ein blödes Lächeln im Gesicht, und Lukas hatte die Hand gehoben zum Gruß, und während ich das Auto durch die Windungen der Ausfahrt an die Oberfläche manövrierte, hatte mein Herz so laut geschlagen, dass ich fürchtete, es könnte sich auf und davon machen.

Mama wühlte im Stapel Zeitschriften, der vor ihr lag.

»Irgendwo hab ich sie notiert …«, murmelte sie. »Hab ich doch, Theo?«

Ich fragte mich, was sie ohne Theo machen würde.

»Hast du, Mimi«, sagte er.

»Hier«, sagte Mama und deutete auf eine Nummer, die sie auf die Rückseite der Gala geschrieben hatte. »Fünf drei fünf – ah, nein, das ist die Nummer vom TV-Shop. Theo wollte, dass ich so einen Bauchtrainer bestelle.«

»Mama, erinnere dich. Bitte.«

Da schien ihr etwas einzufallen. »Er hat was hiergelassen, nicht wahr, Theo?«

»So ist es«, sekundierte der Menopausen-Begleiter.

Mama stand auf und ging vor ins frisch gesaugte Wohnzimmer. Sie überreichte mir eine kleine Karte, die auf der Vitrine gelegen hatte. Es handelte sich um eine Visitenkarte von einem bestimmten Dr. Christof Ertl, Architekt.

»Was soll ich damit?«

»Die war im Sofa eingeklemmt. Theo hat sie beim Putzen gefunden.«

»Ja und?«

»Vielleicht gehört sie *Lüüüükkk*.«

»Das ist nicht einmal sicher?«

Sie zuckte mit den Schultern. Dann kam Theo rein, ein Heft in der Hand. Hatte er die Telefonnummer gefunden? Hatte er nicht.

»Das wollte sich Felicitas ausborgen, dann hat sie's vergessen.«

Ich nahm das Heft in Empfang. Es hieß *Mein Kanada*.

»Was ist das?«

»Ein Reiseführer. Spannend geschrieben.«

Eine böse Vorahnung stieg in mir auf. Julian, der Gitarrenwürger. Bitte nicht. »Und wofür? Ich meine: Hat sie irgendwas gesagt? Was sie damit machen will?«

»Für die Schule. Glaube ich.«

Ich schluckte, bevor ich sagte: »Danke, ich gebe es ihr.«

Theo stand links von mir, Mama an meiner rechten Seite, in der linken Hand hielt ich die Visitenkarte, in der rechten das Kanada-Heft, ein seltsames Paar mit einer eigenartigen Tochter, und erst als ich schon draußen war und auf dem Weg zum Auto, fiel mir ein, dass ich die wichtigste Frage – also die Frage, derentwegen ich erst hergekommen war – gar nicht gestellt hatte.

Ich drehte also um, läutete noch mal, und als Mama die Tür

öffnete, fragte ich ohne jede Umschweife: »Warum wolltest du nicht, dass Lukas und ich zusammenbleiben?«

»Wie bitte?« Sie schob sich ihre Lesebrille, die sie wie einen Haarreifen auf dem Kopf getragen hatte, auf die Nase, als ob sie auf diese Weise besser hören konnte.

»Vor zweiundzwanzig Jahren.«

»Kind, ich weiß doch nicht mehr, was ich vor zwei Tagen gesagt habe. Wie soll ich mich daran erinnern, was ich vor zweiundzwanzig Jahren gesagt habe? Ich wollte nur dein Bestes. Mach mir das jetzt nicht zum Vorwurf, das kann ich nicht leiden.«

Das alte Spiel. *Ich* war die Böse. *Ich* durfte ihr keine Vorwürfe machen. Dass sie mir in mein Leben pfuschte ohne auch nur den Funken eines schlechten Gewissens, schien sie nicht im mindesten zu irritieren. Gleich würde ich explodieren, und all die bösen Worte, die nur auf ihren Ausbruch lauerten, würden ihr ins Gesicht springen.

Theo stellte sich hinter ihr auf, um ihr den Rücken zu stärken. Das Signal war unverkennbar. »Ist was, Mimi?«, fragte er.

»Alles in Ordnung«, sagte sie.

Beide sahen mich an. Abwehr in ihrer Körperhaltung. Das interessierte die nicht. Und dann wollte ich auch nicht mehr. Und die Worte, die bereits gedroht hatten, meinen Brustkorb zu zersprengen, zerfielen zu Staub. Weil ich nicht die Kraft hatte, den dünnwandigen Frieden zu gefährden. Weil ich, sobald ich einen Fuß in diese Wohnung gesetzt hatte, wieder zum Kind wurde, das tat, was seine Mutter sagte. Weil es ohnehin zu spät war. Und weil sie nicht die richtige Adressatin war für meine Wut, wir mir in diesem Moment klarwurde. Ein Mann, für den die Worte der Schwiegermutter in spe in Stein gemeißelt waren, der hatte entweder selbst das viel größere Problem. Oder er war einfach auf der Suche nach einer Ausrede und schob deshalb die Schwiegermutter als Bedenkenträgerin vor.

Mama griff nach meinem Handgelenk. »Birne oder Apfel?«

»Was?«

»Kompott. Ich gebe dir eins mit.«

»Kirsche«, murmelte ich.

24

»So?«

Birgit drückte die Nina-Spielfigur gegen die Lukas-Figur.

Ich schüttelte den Kopf. »Nicht so fest. Und nicht so lang.«

Sie hatten sogar eine Garage mit Matchbox-Autos nachgestellt, keine Ahnung, woher sie die hatten. Katharina die Große fuhr mit einem Cabrio scharf um die Kurve.

Am heutigen GABI schienen sie definitiv großen Gefallen zu finden. Katharina die Kleine spielte den Garagenwärter und kassierte von jedem eine unverschämte Parkgebühr in Form von Cocktail-Gutscheinen.

Birgit tanzte mit dem Superman herum: »Üch habe düch ümmer gelübt«, ließ sie ihn sagen, die Stimme lächerlich verzerrt.

»Falsch«, sagte ich. »Ganz falsch.«

Birgit ließ mutlos die Hand mit der Figur sinken. »Aber wir haben ja kein Drehbuch bekommen. Hör mal, du hast uns *nichts* erzählt!«

»So was kann man sich auch vorstellen«, sagte ich und zuckte mit den Schultern. »Man braucht nicht für alles eine Vorlage. Du hast doch Phantasie, oder etwa nicht?«

»Aber romantisch ist es schon«, sagte Vicky, die schon wieder Herzchen in den Augen hatte.

»Alle Achtung«, sagte Nofretete und zog an ihrer E-Zigarette, bis ihr der Dampf aus den Nüstern trat. »Ihr geht ja ganz schön zur Sache.«

Seit sie mit Pablo auf Kur gewesen war, versuchte sie offenbar, eines ihrer alten Laster durch ein neues zu ersetzen.

»Das hat was von Teenagern«, sagte Katharina die Kleine. »Unwirtliches Setting, dunkel, munkel und so weiter.«

»Von Dunkel konnte keine Rede sein«, sagte ich. »Es war so hell wie in einem Lampengeschäft. Und Musik gab's auch. Wir hatten eine Backgroundsängerin. Koloratursopran.«

Ich erzählte von der Königin der Nacht, was Nofretete dazu veranlasste, nachzufragen, ob ich denn auch Lukas' Zauberflöte herausgeholt hatte. Alle lachten. Ich war ein wenig entsetzt, denn daran hatte ich tatsächlich nicht gedacht. Es war so unschuldig gewesen, auf eine gewisse Weise unkörperlich. Ätherisch.

»Räumt das weg«, sagte ich und deutete auf die Figuren auf dem Tisch. Ich hatte genug vom dem Spiel. Es fühlte sich an, als beschmutzten sie meine Erinnerung.

»Was ist jetzt los?«, fragte Vicky.

»Schwiegel der Versiegenheit«, sagte ich.

Eines der Milchmädchen trat an den Tisch. Katharina und Birgit bestellten Nachschub, Nofretete verzichtete. Ein Hundesitter wachte bei Pedro, sie musste ihn auslösen. Ich begleitete sie zur Tür.

»Und?«, fragte ich.

»Was willst du wissen, Schätzchen?«

Nofretete schlang sich einen mit Perlen bestickten Schal um den Hals. Sie war wieder wie aus dem Ei gepellt, doch seit ihrem Ausrutscher achtete sie bei jedem Schritt auf den Untergrund.

»Wie läuft's mit dem Psychopathen?«

Sie sah mich an, als sei ich von Sinnen.

»Welcher Psychopath? Da gibt es Tausende rund um mich. Tausende.«

»Aber – hast du nicht erzählt, dieser Hunde-Psychopath …«

Ich geb's zu: Ich stand ein wenig neben mir an diesem Abend, hatte wohl schon zu tief ins Glas geschaut.

»OSTEOPATH«, sagte sie schroff. »Der soll sich dorthin trollen, wo der Pfeffer wächst. Kann mir dreimal gestohlen bleiben.«

So aufgebracht hatte ich sie noch nicht erlebt.

»Tut mir leid.«

Ich hielt ihr die Tür auf. Draußen war es schon stockdunkel und unangenehm kühl. Der Frühling ließ auf sich warten.

»Wärmflaschenwetter«, sagte Nofretete. Sie drehte sich noch einmal um. »Rätselfrage. Was kann ein Mann, was eine Wärmflasche nicht kann? Auf lange Sicht gesehen.«

»Äh, vielleicht reden?«

»Und ist das jetzt ein Vor- oder ein Nachteil?«

»Eine im Lieferumfang enthaltene Funktion«, sagte ich. Nofretete verzog den Mund. Schlechtgelaunt war sie heute.

»Grüß Pablo von mir«, sagte ich und deutete einen Kuss an.

Bevor sie ging, flüsterte sie mir ein »Und wie geht es dir, Schätzchen?« ins Ohr. »Ich spreche jetzt nicht von deinem Fuß.«

Das genügte, um mir die Tränen in die Augen zu treiben.

»Wohl nah am Wasser gebaut, hm?«

Nah am Wasser war gar kein Ausdruck. In den letzten Tagen fühlte ich mich, als hätte ich meine Zelte *im* Wasser aufgeschlagen. Ich weinte sogar bei der Toffifee-Werbung, wenn die heillos glückliche Familie im schicken Einfamilienhaus herumkasperte und der Bilderbuch-Vater ein Toffifee nach dem anderen aus der Springfolie herauskatapultierte.

Wo blieb mein Toffifee-Glück, verdammt nochmal? Ich hatte das Gefühl, immer nur an der Packung lecken zu dürfen, den Geruch der Schokolade in der Nase. Ich wusste, wie es sich anfühlte, die Nuss zu zerbeißen, aber das letzte Mal war so lang her, dass ich um meine Plomben fürchten musste. Die Sache mit der Tiefgarage war eine Woche her. Lukas hatte sich nicht gemeldet. Keine einzige Nachricht, und sei sie noch so kryptisch. Nichts.

Nofretete drückte mir einen Kuss auf die Wange.

»Lass dich nicht runterziehen«, sagte sie. »Zuallererst kommst du dran. Dein Leben. Und hey, du hast eine aufrechte Ehe. Das haben die wenigsten hier in diesem Raum. Schau mich an!«

Ich musste grinsen.

»Weißt du, was das Problem ist? Wir wünschen uns immer ein aufregendes Leben, aber es soll keine Nebenwirkungen haben«, sagte sie. »So geht das nicht. Aufregendes Leben bedeutet: Du weißt nicht, was morgen passiert. Du musst auf alles gefasst sein. Für ein aufregendes Leben braucht man einen Balancierstab und einen guten Gleichgewichtssinn.«

Wie recht sie doch hatte. Mein Gleichgewichtssinn war

enorm unterentwickelt, und ich besaß nur einen ganz kurzen Balancierstab, nämlich den Bleistift, mit dem ich meine Glückstück-Termine aufschrieb.

Nofretete trug einen schweren orientalischen Duft, irgendwas mit Patschuli.

»Du riechst gut«, sagte ich.

»Mein erster Mann sagte immer: wie ein marokkanisches Bordell. Das hat mir gefallen. Nicht wie eine marokkanische Nutte. Nein – wie ein ganzes Bordell!«

Als Nofretete die *Drei Milchmädchen* verließ, hatte ich das Gefühl, dass mir ein Organ herausgenommen wurde. Kein lebenswichtiges, aber ein lebenswertes. Wie schnell das doch ging mit den Freundschaften, und wie zerbrechlich alles war.

»Greif in die Box«, sagte ich zu Birgit, als ich wieder am Tisch saß. »Es gibt noch eine Neuigkeit. Der Thronfolger wurde geboren.«

»Wie heißt er?«

»Josef.«

»Willkommen, Josef.«

Wir betteten ein Lego-Baby in der Kuhle eines Suppenlöffels und deckten es mit einem Stückchen Serviette zu. Vicky, die junge Mutter, war zu Tränen gerührt. Sie wollte wissen, was ich dem neuen Erdenbürger mitbringen würde. Ich hatte nicht im Entferntesten daran gedacht, ihn zu besuchen, wenn ich ehrlich war.

»Müsli – denke ich. Hab noch ein paar Probepackungen im Kofferraum.«

Vicky war entrüstet. Das hatte ich schon bei mehreren Gelegenheiten erleben dürfen: dass das Ironie-Erkennungs-Organ bei frischgebackenen Müttern offenbar mit der Nachgeburt entsorgt worden war.

»Einen Kalender«, schlug Birgit vor. »Wenn er nach seinem Vater kommt, hat er sicher bald die ersten Termine.«

»Asap«, sagte ich.

Und dann waren da noch zwei Frauenfiguren, die am Rande des Spielfeldes herumgammelten, eine mit hellem Haar, eine mit dunklem.

»Was hat es mit denen auf sich?«

»Das sind Hanni und Nanni«, sagte ich, weil ich ihre Namen vergessen hatte. »Dr. Hanni und Dr. Nanni.«

»Und was ist mit denen?«, fragte Birgit.

»Meine neuen Kolleginnen. Mit ihnen mach ich ab sofort gemeinsame Sache. Fragt mich nicht, wie das aussehen soll, ich hab nicht den blassesten Schimmer.«

»Die drei Müsli-Mädchen«, sagte Birgit.

»Sehr witzig«, sagte ich und nahm einen großen Schluck meines sonnengelben Safts. Es gab eben solche und solche Tage. Heute war eindeutig ein solcher.

25

Und dann kam der Muttertag, den ich am liebsten in einer Grube oder auf einem anderen Planeten verbracht hätte – mit Ausnahme des Planeten, von dem der Kleine Prinz abstammte, denn dort gab's ja erst recht wieder eine Rose. Es war nicht so, dass ich Blumen grundsätzlich nicht mochte, nein –, aber die fertigen Muttertags-Bouquets, die es im *Längeren Ast* zu kaufen gab, waren grässlich betulich mit ihren lächerlichen Plastikherzchen und Schleifchen, weil sie das Prinzip Mutter klein und nichtig machten, wo es doch im Gegenteil groß und überwältigend war.

Birgit schenkte ihrer Mutter einen Anarcho-Strauß. Das hatte was. Sie klaute ein paar Tulpen aus den Nachbarsrabatten und band sie mit dem Geschenkband zusammen, das es am IKEA-Packtisch gratis gab. Dann holte sie Chili-Cheeseburger bei *Frankos Beste Burger* und fuhr mit der Mutter zu einer Wiese in der Nähe der Müllverbrennungsanlage, die garantiert nicht von zu befeiernden Müttern bevölkert war. Dort hatten sie ihre selige Ruhe und verspeisten ihre Pommes, während sie die Armaturen-Kollektion der nächsten Saison besprachen.

Das ging bei uns nicht. Denn Ralf war – vermutlich aufgrund

einer frühkindlichen und besonders positiven Prägung, quasi das Gegenteil eines Traumas – ein Muttertags-Fanatiker.

Im Allgemeinen spielte es sich so ab: Ich tat so, als würde ich schlafen, und Ralf tat so, als würde er mich wecken. Für diesen Anlass cancelte er sogar das allsonntägliche Radtraining, was ich ihm hoch anrechnete. Auch Fly verschwand nicht schon in aller Früh zu ihren Freundinnen, sondern heckte mit Ralf eine Überraschung aus, über die ich mich überwältigt zeigen musste. Das war die übliche Choreographie.

In diesem Jahr offensichtlich etwas abgewandelt, denn Ralf hatte mich um neun noch nicht geweckt, und ich musste dringend pinkeln.

Als ich zur Tür schlich und sie vorsichtig öffnete, hörte ich die beiden in der Küche rumoren. Vielleicht konnte ich ja aufs Klo schleichen, ohne dass sie mich sahen. Auf Zehenspitzen bewegte ich mich durch den Flur. Ich musste an der Küche vorüber, da führte nun einmal kein Weg vorbei. Fly war es, die mich entdeckte.

»Mama!«, rief sie vorwurfvoll. »Du bist zu früh!«

»Nicht nur ich«, murmelte ich, denn auch Fly war zu früh gewesen, wenn ich mich recht erinnerte, an jenem Augusttag vor siebzehn Jahren, für den ich heute gefeiert wurde.

Eine Woche vor dem errechneten Geburtstermin wollte sie nichts als raus aus dem Bauch. Ich war entsetzt, als mir das Fruchtwasser plötzlich die Beine hinunterlief, weil ich diese Monate als russische Puppe so unfassbar genossen hatte.

Martin war mir bei den weiteren Ereignissen keine Hilfe gewesen, im Gegenteil. Wenn er sich nicht hinter der Kamera versteckte, um mein vor Wut und Schmerz verzerrtes Gesicht zu fotografieren, das die alte Geschichte vom Kamel und dem Nadelöhr erzählte, quälte er die Hebammen mit Fragen zu den technischen Spezifikationen des Wehenschreibers. »Und sagen Sie, der eine Schallknopf misst also die Herztöne und der andere die Spannung der Bauchdecke, ist das korrekt?«

Sie beantworteten seine Pseudofragen mit einer hingebungsvollen Geduld, die ich niemals aufgebracht hätte, ob mit oder ohne Wehen. Und als das Baby nach gefühlten drölfzig Stunden endlich an die frische Luft gepresst war, wartete er, bis der Oberarzt den Raum betreten hatte, um sodann – wie ein Provinzpolitiker, der ein neues Autobahnteilstück eröffnet – mit feierlichem Ernst die Nabelschnur zu durchtrennen.

Es war ein verrückt heißer Tag gewesen, und wir waren so ungefähr die Einzigen, die ihn nicht im Freibad, sondern im Krankenhaus verbrachten. Die Geburtenstation war beinahe verwaist, die Wunschkaiserschnitte abgesagt, die Überfälligen beschlossen, noch einen Tag länger durchzuhalten. Am Abend war es mucksmäuschenstill auf der Station, ich lag in meinem Bett wie aufgebahrt, noch ganz im Bann der letzten Stunden, als die Krankenschwester ein winziges Plexiglas-Schneewittchen-Bett hereinrollte. Ich nahm das Baby heraus, vorsichtig, so wie man eine Reliquie aus einem Schrein holt, und in dem Moment, als es die Augen aufschlug und wir einander ansahen, schwappte mein Herz über, und ich wunderte mich, dass nicht alles in diesem Zimmer zu pulsieren begann, das Bett, das windschiefe Bild an der Wand, die Vorhänge, die Kastanienbäume draußen im Park. Es war der magische Funke dieses einen Augenblicks, der mich dazu brachte, mein Kind nach dem zu benennen, was es in mein Leben gebracht hatte. So kam Felicitas zu ihrem Namen, denn er bedeutete nichts Geringeres als Glückseligkeit, und daran musste ich mich immer wieder erinnern, etwa wenn sie laut darüber nachdachte, die Schule zu schmeißen, um im Reptilienzoo als Tierwärterin anzuheuern.

»Alles in Ordnung?«

Ich schrak auf, drehte das Wasser ab. Ralf war im Bad hinter mir aufgetaucht.

»Du meditierst seit fünf Minuten in den Wasserhahn.«

»Hab mich an etwas erinnert.«

»Ich glaub, du kannst kommen.«

»Schön«, sagte ich. »Ich freu mich schon so.«

Sie hatten in der Küche aufgedeckt. Und sich so bemüht. Ein weißes Tischtuch, die schönen Teller und das schöne Besteck, die Kaffeetassen mit originellen Sprüchen, die ich zu längst vergangenen Muttertagen geschenkt bekommen hatte (*Liebe Mama schön und fein, sollst für immer fröhlich sein*). Ans Bett wollte ich das Frühstück nie serviert bekommen, denn schließlich war es ja wieder ich, die die Krümel entfernen musste.

In der Mitte des Tisches thronte ein Kuchen in Brotform. Oha. Das hatten sie noch nie gewagt. Premiere. Auf die Schokoladenglasur hatten sie verzichtet, aber das machte nichts, denn er war ohnehin recht dunkel geraten.

»Mit Vollkornmehl«, sagte Fly, als sie sah, wie ich mir vor Begeisterung die Hand aufs Dekolleté schlug und Laute der Überraschung ausstieß. »Alles bio!«

Seit neustem hatte sie einen Bio-Fimmel, aber der war harmlos, wenn ich mir ins Bewusstsein rief, was meine Freundinnen durchzumachen hatten, deren Kinder von einem Tag auf den anderen nur noch vegan aßen. Ich bewegte mich in Richtung Kaffeemaschine – ein Automatismus –, aber Ralf war schon dort und deutet auf die Kapseln. »Welche Farbe?«

Es irritierte mich, wie dieses lächerliche Datum alle aufscheuchte. Mein Gott. Ich wollte doch nur einen Kaffee und eine Zeitung und meine Ruhe. Stattdessen würde ich nun den ganzen Festakt lang quatschen müssen.

Ich setzte mich, den Kuchen betrachtend. Die Erkenntnis kam schubweise. Vollkornmehl. Hatten wir so was überhaupt? Natürlich. In der Speisekammer. Das Vollkornmehl, in dem ich Lukas' Plektron versteckt hatte.

Ich räusperte mich. »Fly«, begann ich. »Woher hast du das Mehl?«

»Ich hätt nicht gedacht, dass du so was zu Hause hast.«

»Also nicht gekauft?«

Sie griff nach einem Toast und bestrich ihn mit Butter. »Nö. Die Packung war doch noch fast voll.«

»War da – äh, war da im Mehl etwas drin?«

Sie sah mich aus ihren schwarzumrandeten Augen an. »Gefällt dir der Kuchen nicht?«

»Doch, natürlich! Er ist wunderbar. Ich möchte sofort ein Stück!«

Ralf servierte den Kaffee mit den Worten: »Hier, dein Kaffee«, so als wäre ich über Nacht blind oder irr geworden und nicht mehr in der Lage, die einfachsten Handgriffe zu identifizieren.

Ich griff nach dem Messer. »Darf ich ihn anschneiden?«

»Warte.« Ralf nahm mir das Messer aus der Hand und lief

damit zur Spüle, um Wasser über die Klinge laufen zu lassen. »Dann lässt sich der Kuchen besser schneiden«, verkündete er.

Er reichte mir das Messer, und zum Glück legte er nicht seine Hand auf meine, was ich als eine mehr als unpassende Reminiszenz an unsere Hochzeit verstanden hätte.

Ich schnitt den Kuchen vorsichtig an. Nichts Hartes, auf das ich stieß. Aber wie sollte ich das Plättchen finden? Musste ich den gesamten Kuchen mit einer Nadel durchlöchern wie in einem Voodoo-Zauber? Ich dachte an den Dreikönigskuchen, in den eine Königsfigur eingebacken war, und wer sie fand, der war König für einen Tag. Und was war mit demjenigen, der das Plektron fand? Wurde der zum Musiker für einen Tag?

»Mama, mir auch.«

Fly hielt mir ihren Teller hin. Ich schnitt ein Stück herunter und teilte es anschließend in schmale Streifen.

»Was machst du?«

»Das macht man jetzt so«, sagte ich. Und schnitt auch mein Stück in Streifen. Als ob das irgendwas beweisen würde. »Auf diese Weise glaubt der Körper, dass man mehr isst. Und man ist früher satt.«

»Mir bitte im Ganzen«, sagte Ralf. »Ich will nicht früher satt werden.«

»Wann habt ihr den gebacken?«, fragte ich. »Damit habe ich wirklich nicht gerechnet.«

Ich fühlte mich verpflichtet, noch eine Weile über den Kuchen zu reden, um ihn gebührend zu würdigen. Als ich alles über Ingredienzien und Zubereitung erfahren hatte, legte Fly mir ein dünnes Päckchen neben die Kaffeetasse, eingewickelt in Weihnachtspapier.

»Für dich.« Ihre Augen glänzten.

»Aber du sollst doch für mich kein Geld ausgeben«, sagte ich.

»Gilt das auch für mich?« Ralf lachte.

»Du bist nicht mein Sohn«, sagte ich.

Das war offenbar ein Stichwort gewesen, denn er sprang auf, noch bevor er seinen Kuchen zur Gänze verschlungen hatte. »Meine Mutter«, sagte er. »Ich habe sie noch nicht angerufen.«

Ich musste meine Mutter auch anrufen, aber das hatte noch Zeit. Was den Muttertag anging, war sie immer schon sehr entspannt gewesen und erwartete nicht, dass man sie zum Essen ausführte. Theo würde eine Pizza vom Italiener holen oder ein Falafel vom Marokkaner, und sie würden sich auf den Balkon setzen und über den neuen Staubsauger diskutieren.

Vorsichtig öffnete ich das Päckchen. Ein Buch kam zum Vorschein. Ein Ratgeber aus der Reihe *Du und dein Haustier*. Folge elf: *Echsen. Zucht und Pflege.*

Ich blätterte es durch, verwirrt. Familie der Agamen, Chamäleons, Leguane, Teilordnung Geckoartige, Skinkartige. Mein Gott, waren die hässlich.

»Bist du sicher, dass das für mich ist?«

»Damit du siehst, dass es nicht schwierig ist.«

»Das ist doch nicht der Punkt, Fly. Ich will kein Tier in dieser Wohnung.«

»Aber ein Tier ist gut für die psychische Entwicklung.«

»Für meine sicher nicht.«

»Du bist schon fertig entwickelt.«

»Eben.«

Ralf kam zurück. »Sie hebt nicht ab«, sagte er. »Was hat das zu bedeuten?«

»Dass sie im Garten ist und die Blumen gießt«, schlug ich vor.

»Vielleicht sollte ich hinfahren.«

Er machte sich Sorgen. Wie immer.

»Soll ich dich fahren?«

»Ich nehme das Rad.«

Jetzt kam er also doch noch zu seinem Radtraining. Geschickt eingefädelt.

Mit einem Seufzer klappte ich das Echsen-Buch zu. Da fiel mir ein, dass ich ja auch Fly etwas zu geben hatte. Das Kanada-Magazin von Theo. Dieser Muttertag war wohl eher ein Tochtertag.

Ich holte das Magazin aus meiner Tasche und hielt es ihr hin.

»Woher hast du das?«, fragte Fly.

»Das hast du bei Oma und Theo vergessen.«

»Brauch ich nicht«, sagte sie und weigerte sich, es entgegenzunehmen.

Oha. Eine neue Entwicklung in Sachen Julian? Gleich einmal antesten.

»Da gibt es doch diesen Musiker, den du verehrst. Hat der vielleicht einen neuen Hit?«

»Seit wann interessierst du dich für Musik?«

»Ich interessiere mich für dich, Fly. Also interessiere ich mich auch für die Musik, die du hörst.«

Sie stand auf und trug ihren Teller zur Spüle. Ich versuchte es noch einmal. »Möchtest du mir ein neues Lied von ihm vorspielen?«

»Von wem?« Sie lehnte sich an den Kühlschrank und verschränkte die Arme. Ich kaute ratlos an meinem Kuchenstück. »Julian heißt er doch, oder?«

»Was ist mit dem?«

Wie schön. Ein Mutter-Tochter-Gespräch, getragen von Interesse und unerschütterlichem Vertrauen.

»Ich dachte nur, dass du –«

»Ich geh mit Bea ins Kino, ich darf doch?«

»Schon wieder?«

Und mit einem Mal saß ich allein am Küchentisch, mit einem Echsen-Buch auf der einen und einem Kanada-Magazin auf der anderen Seite, also gewissermaßen zwischen Pest und Cholera. Und es war immer noch Muttertag. Draußen wärmte die Sonne die Hausfassaden auf, als ich den restlichen Kuchen in Alufolie wickelte. Mit dem Kuchen konnte ich machen, was ich wollte, es war schließlich meiner. Ich würde ihn an die Flotten Lotten verfüttern. Dass eine von ihnen das Plättchen fand, war mir allemal lieber, als dass Fly oder Ralf sich eine Plombe daran ausbissen, den Fremdkörper im Mutterkuchen verfluchten und ihn im Klo hinunterspülten.

26

Ich traf Dr. Hanni und Dr. Nanni in der Erdbeerstraße vorm *Saldi*, der das ganze Jahr Ausverkauf hatte. Die beiden waren nicht zu übersehen, eine aufgedonnerter als die andere. Ich fragte mich, ob die beiden über einen Stylisten und Auftritts-Coach verfügten, denn auch wenn ich meine elegantesten Klamotten anzog, wirkte ich im Vergleich so anmutig wie Kermit, der Frosch.

Zur Feier des Tages und damit der Unterschied zwischen den beiden Grazien und mir nicht allzu brutal ins Auge fiel, hatte ich mir den grauen Haaransatz gefärbt und mich geschminkt, die ganze Palette von Rouge bis zum Lidschatten. Ich trug ein Wickelkleid mit kurzen Flatterärmeln, die meine Fleischerinnen-Oberarme auf das Charmanteste kaschieren sollten.

Als sie mich erkannte, kam die mit der tiefen Stimme auf mich zu, die Hand ausgestreckt. Sie war die herzlichere der beiden. Sie führte einen Hosenanzug mit weißer Bluse aus. Eins a. Die Dunkelhaarige trug eine riesige Sonnenbrille, die die Hälfte ihres Gesichts verdeckte, Marke Puck, die Stubenfliege. Sie reichte mir ein schlaffes Händchen.

»Schön, dass wir Sie begleiten dürfen«, sagte die Blonde, also Dr. Hanni, und es klang, als ob es ihr tatsächlich eine Ehre sei, was natürlich mitnichten der Wahrheit entsprach.

Wir würden Frau Mooshammer besuchen, die würde nach einer kurzen Eingewöhnungsphase gar nicht merken, dass wir zu dritt angetanzt waren.

Ich erklärte den beiden also, dass wir zunächst eine meiner ältesten Stammkundinnen besuchen würden – »älteste« sowohl in Bezug auf meine berufliche Laufbahn bei Glückstück als auch auf das fortgeschrittene Lebensalter der Dame bezogen. Ich briefte Hanni und Nanni in Sachen Wohnungsgegebenheiten und dass sie sich nicht erschrecken sollten, wenn sie der beiden riesigen Tiefkühltruhen angesichtig wurden, die beinahe das ganze Wohnzimmer verstellten. Die beiden nickten immer wieder und machten sich Notizen, während ich erzählte, und das beflügelte mich, noch weiter auszuholen. Ich erzählte von Frau Mooshammers Tochter und dem Zwist in der Familie, denn die Kinder würden sie doch lieber in einem Pflegeheim sehen, während sich Frau Mooshammers Leben zusammengezurrt hatte auf die wenigen Quadratmeter ihrer Wohnung, und wenn man ihr diese nähme, dann wäre es auch mit ihrem Leben aus und vorbei. Ein wenig Dramatik tat der Szenerie gut, fand ich. Die beiden durften ruhig merken, in welch hochemotionalem Spannungsfeld mein Beruf angesiedelt war. Was heißt Beruf – Berufung! Ich erklärte Ihnen, dass ich stets das Müsli ins Zentrum meiner Argumentation rückte und die *Glückspost* gewissermaßen als Draufgabe anpries.

Ob ich das Gefühl habe, dass meine Klientel in all den Jahren tatsächlich glücklicher geworden sei, fragte Qualitätsmanagerin Dr. Wörle aka Hanni. Schließlich trage Glückstück ein Versprechen im Namen, und da sei es von eminenter Bedeutung, dass das subjektive Glücksempfinden der Abonnenten auch tatsächlich gesteigert werde.

Ich bin nicht zuständig für das Glück meiner Kunden, wollte ich sagen. Und dass das doch etwas viel verlangt sei. Ein Frühstück könne einem eventuell den Morgen, aber doch bestimmt nicht das Leben retten. Das sagte ich natürlich nicht, weil mir absolut nicht klar war, was die beiden im Schilde führten. Immer schön auf der Hut sein. Vielleicht war die als Begleitung titulierte Aktion in Wahrheit dazu da, meine erfolgreiche Verkaufstaktik auszuspionieren.

Die beiden Grazien wirkten etwas befremdet, als wir vor dem Wohnblock hielten, in dem Frau Mooshammer lebte. Er wirkte verwahrlost, die Fassade blätterte ab wie sonnenverbrannte Haut und der Verkehr donnerte ohne Unterlass vorüber.

Im Lift war es ein wenig eng, weil ich doch auch meinen Arbeitstrolley mit den Müslis dabeihatte, aber wenn die beiden mich in meinem natürlichen Biotop beobachten wollten, dann mussten sie Platzmangel in Kauf nehmen. Während der Liftfahrt senkte ich den Blick, und Hanni und Nanni nahmen ein letztes Feintuning an ihren Frisuren vor.

Frau Mooshammer erwartete uns schon an der Tür. Drei Paar Hausschuhe standen aufgereiht im Flur. Wie entzückend. Hanni und Nanni zogen ihre High Heels aus, und zum Vorschein kamen beeindruckende Hallux-Beulen, die jeden Chirurgen in Schnipsel-Laune versetzt hätten.

Auch im Wohnzimmer hatte Frau Mooshammer vorgesorgt.

»Dalia hat alles hergerichtet«, sagte sie und deutete auf die drei Schemelchen, die um ihren Sessel gestellt waren. Dalia war aus Rumänien und seit kurzem Frau Mooshammers Haushaltshilfe.

Wir setzten uns auf die Miniatur-Schemel und blickten auf zu Frau Mooshammer wie drei Kleinkinder, die darauf warteten, dass die Urgroßmutter eine Geschichte aus der guten alten Zeit erzählte. Dr. Wörle holte eine Mappe aus ihrer Tasche und begann ohne Verzögerung mit der Befragung.

»Seit wann beziehen Sie Ihr Glückstück-Abonnement? Welche Sorten bevorzugen Sie? Haben Sie die Sorten Nuss-Guave, Pistazie-Pfeffer oder Kokos-Kirsch schon probiert?«

So ging das nicht. Kein Wort Smalltalk. Frau Mooshammer sah mich verwirrt an. Ich musste die Situation retten.

»Frau Mooshammer bevorzugt den Klassiker, nicht wahr, Frau Moshammer! Apfel-Honig seit vielen Jahren.«

»Apfel-Honig«, wiederholte Frau Mooshammer, und ein Lächeln huschte über ihr zerknittertes Gesicht.

»Wie viele Seiten der *Glückspost* lesen Sie durchschnittlich? Zwischen einer und fünf, zwischen fünf und zehn oder mehr als zehn?«, fragte Dr. Schnedrich.

Frau Mooshammer wandte sich an mich. »Was meint die Dame? Ich versteh nicht, was sie will.«

Dass sie immer noch freundlich war, konnte ich mir nur durch das Stockholm-Syndrom erklären.

»Die Zeitung, die Sie von uns bekommen«, sagte ich und nahm ein Exemplar vom Stapel.

»Die bekomme ich jeden Morgen!«, sagte Frau Mooshammer. »Soll das eingestellt werden?«

»Nein, nein«, sagte Dr. Schnedrich.

»Sie möchte nur wissen, wie viele Seiten Sie lesen. Ungefähr«, sagte ich.

»Was mich interessiert. Meistens schau ich mir die Bilder an.«

»Bilder«, sagte ich zu Dr. Schnedrich, alias Nanni. »Haben Sie dafür auch eine Kategorie?«

»Zu welcher Tageszeit fühlen Sie sich am wohlsten? In der Früh, zu Mittag, am Abend?«

»Wenn die Herta wieder geht.«

»Herta ist ihre Tochter«, sagte ich.

Dr. Schnedrich runzelte die Stirn. Ich hatte das Gefühl, das Interview lief nicht ganz nach ihrem Geschmack.

Dafür lief ich zur Hochform auf. Ich übersetzte jede Frage für Frau Mooshammer und übersetzte anschließend die Antworten für die beiden Schnepfen, die irgendwas in ihre Unterlagen krakelten. Ich war Dreh- und Angelpunkt der Szenerie, ohne meinen Beistand hätten sie sich ihr Interview in die lackierten Haare schmieren können. Aber es würde sich im Endeffekt gelohnt haben. Bestimmt würden sie Fürst Allibert von meinem Einsatz unter widrigen Umständen berichten.

»Wie hoch ist Ihr Haushaltseinkommen?«, fragte Dr. Nanni.

»Sie möchte wissen, wie viel Geld Sie monatlich zur Verfügung haben«, sagte ich.

Diese Frage überforderte Frau Mooshammer nun vollends.

»Warum prüfst du mich so, warum, warum«, murmelte sie.

»Wer prüft Sie denn?«, fragte Dr. Hanni und hielt den Kugelschreiber schon über das Blatt Papier.

Nach einer Stunde war ich völlig ausgelaugt. Ich wusste nicht, wie ich es ertragen sollte, wenn die beiden mich von nun an immer begleiteten. Das war doch die reinste Folter.

»Wie glücklich sind Sie – auf einer Skala von eins bis zehn, wobei zehn unfassbar glücklich ist?«, fragte Frau Dr. Schnedrich.

Was für eine idiotische Frage. Ich schickte der Schnedrich einen vernichtenden Blick.

»Zwei«, sagte Frau Mooshammer, »und neun, wenn ich wieder allein bin.«

Deutlicher konnte man es nicht ausdrücken. Ich stand auf und bedeutete damit den anderen, dass es Zeit war, zu gehen. »Wir haben Frau Mooshammer jetzt lange genug aufgehalten.«

Sie tat mir so leid, wie sie dasaß, eingesunken in ihren Sessel, hilflos von einer zu anderen blickend, wie eine Fremde in der eigenen Wohnung. Als Hanni und Nanni ihre Siebensachen gepackt hatten und im Flur in ihre Schuhe stiegen, beschloss ich, noch ein Minütchen zu bleiben, um mich bei Frau Mooshammer für den Überfall zu entschuldigen.

Wir hätten noch etwas zu besprechen, sagte ich zu Hanni und Nanni, und dass sie ruhig schon gehen sollten, ich würde mich später melden.

Sie nickten und verabschiedeten sich mit wenigen Worten von Frau Mooshammer. Vielleicht waren sie gar keine echten Frauen, dachte ich, sondern humanoide Roboter, darauf programmiert, den Umsatz der Firma in die Höhe zu treiben.

Als sie gegangen waren, wachte Frau Mooshammer auf. »Was war das denn?«, fragte sie. »Eine Prüfung? Da habe ich immer Angst, ich antworte etwas Falsches und dann kommen sie mich holen und bringen mich in ein Heim.«

»Bei diesen Fragen gibt es keine richtigen und keine falschen Antworten, Frau Mooshammer. Alles ist richtig.«

»Das kann nicht sein«, murmelte sie. »Oder hast du so was schon einmal gehört?« Die Frage richtete sich an den verblichenen Egon, dem sie seine Treulosigkeit offenbar bereits nachgesehen hatte. »Wenn keiner mehr sagen kann, ob es ein Richtig oder ein Falsch gibt, dann geht die Welt unter.«

»Noch steht sie«, sagte ich. »Noch.«

In Gedanken versunken ging ich wenig später die Treppe runter und ließ den Trolley hinter mir hinunterpoltern. Ich vermied den Lift, um Hanni und Nanni einen Vorsprung zu geben, falls sie vor dem Haus noch ein paar Worte miteinander wechselten.

Vom Fenster im Treppenhaus sah ich runter auf die Straße. Tatsächlich. Da unten standen sie und rauchten. Das sollte ich glatt fotografieren und Fürst Allibert schicken. Mit den allerbesten Grüßen. Seine beiden Schnepfen kontaminierten den Ruf des gesunden Müslis mit Hilfe der unzähligen Chemikalien, die im Zigarettenrauch enthalten waren. Untragbar, wenn er mich fragen sollte.

Im zweiten Stock ging ich ein wenig spazieren. Las die Türschilder. Emilio Faust. Familie Oberloh. Vor ihrer Tür stand ein Plastikbeutel, der ein Volles-Windel-Aroma verströmte.

Martina und Christof Ertl. Schlichtes weißes Türkranz-Origami. Moment mal. Den Namen hatte ich doch schon einmal gehört. Christof Ertl, Christof Ertl. Ich wühlte mich im

Sediment meiner Handtasche durch Kopfwehtabletten und Zehn-Cent-Stücke. Da war sie, die Visitenkarte, die mir Mama in die Hand gedrückt hatte.

Dipl.Ing. Christof Ertl
Architekt

Ach, der wohnte tatsächlich im Wohnhaus der Frau Mooshammer? Jetzt wusste ich auch, was mir an der Adresse bekannt vorgekommen war.

Aus der Windel-Tür trat ein Typ, der mich fixierte wie ein Bussard, der eine Maus ins Visier nimmt. Hatte Herr Oberloh Sorge, ich würde einen dieser hässlichen Türkränze mitgehen lassen?

»Ich bin hier, äh – «, sagte ich und deutete auf die Tür. »Ich möchte zu Herrn Ertl.«

Ich wollte nur so tun, als klingelte ich, und legte den Finger auf die Klingel, doch sie war hypersensibel, und sofort ertönte ein tiefes, melodisches »Dong-dong«. Ich erschrak, ließ mir aber nichts anmerken. Und wenn schon. Falls jemand öffnete, würde ich eben meine Müsli-Nummer abziehen. Hatte ja alles dabei.

Der Typ schenkte mit einen Blick der Marke Was-auch-immer-du-tust-ich-kann-ein-Phatombild-von-dir-zeichnen-also-sei-gefälligst-vorsichtig, dann würgte er den Windelsack und machte sich vom Acker.

Langsam glättete sich mein Nervenkostüm wieder. Du meine Güte. Frau Mooshammer hatte ja ganz schöne Herzchen als Nachbarn.

Der Herr Architekt war offenbar nicht zu Hause. Sollte ich

ihm eine Nachricht hinterlassen? *Falls Sie einen Lukas/Luc kennen, richten Sie ihm doch bitte aus –*

Ja, was denn? Dass Ninas Tochter sein Plektrum verbacken hatte und Nina nun ganz dringend eine neues benötigte? Dass Nina ganz schön doof war, als sie ihn geküsst hatte, weil man alte Lebensmittel und Lieben, die jahrzehntelang eingefroren waren, nicht mehr auftauen sollte? Dass er sich gar nicht erst hätte melden sollen, weil alles, was danach kam, Ninas Lage nicht unbedingt zum Besseren gewendet hatte?

Blödsinn. Ich würde nichts hinterlassen. Nichts außer einem Müsli. Ich griff blind in den Trolley und beförderte eine Packung ans Tageslicht. Guave-Papaya Exotic-Mix. Ich legte sie auf den Fußabstreifer. So, das war's.

Ich zog den Trolley zum Lift.

»Hallo?«, sagte einer.

Der Windel-Typ war zurück.

Ich drehte mich um. Es war nicht der Windel-Typ.

Es war Lukas. Er stand in der Christof-Ertl-Tür, das Müsli in der Hand.

Sein Gesichtsausdruck – sagen wir's mal so: überrascht.

27

Um ehrlich zu sein, war mir das nun ein wenig peinlich. Der musste doch glauben, dass ich ihn verfolgte. Trotzdem freute sich etwas tief in mir drin. Ich hatte ihn gefunden. Oder anders: Hanni und Nanni hatten unwissentlich eine gute Tat vollbracht und mich zu ihm geführt.

»Was machst du hier?«, fragte er.

»Arbeiten?«

Irgendwie war mir das Fragezeichen in die Antwort hineingerutscht.

»Nicht sicher?«

»Doch«, sagte ich. »Natürlich. Ich arbeite hier.«

»Das hier?« Er hielt das Müsli in die Höhe.

Siedend heiß fiel mir ein, dass ich ihm weismachen wollte, ich hätte einen anspruchsvollen Managerposten. Der umfasste wohl kaum Haustürgeschäfte mit dem Trolley. Wie sollte ich ihm das erklären? Am besten gar nicht. Wir standen immer noch fünf Meter voneinander entfernt. Was ich mir nicht alles vorgenommen hatte, ihm zu sagen, wenn ich ihn wieder treffen würde. Und jetzt nur eine unendliche Ratlosigkeit.

»Die Stadt ist groß, aber nicht groß genug, dass wir uns nicht über den Weg laufen würden. Ist doch interessant.« Lukas trug eine graue Jogginghose und ein weißes Shirt. Augenscheinlich hatte er heute die Wohnung noch nicht verlassen.

»Karma«, sagte ich.

Daraufhin sein Zwei-Phasen-Lächeln. Zuerst mit geschlossenem Mund, bis die Lippen auseinandergingen und die Zähne zu sehen waren. Wie gut ich das kannte.

Ich stellte den Trolley ab. »Ich dachte, du bist schon wieder weg.«

Er breitete die Arme aus. »Alles noch da, wie du siehst.«

Keine Anstalten, mich hereinzubitten. Wahrscheinlich war er nicht allein.

»Also dann«, sagte ich und wandte mich zum Gehen.

»Hey, dein Müsli!«

»Kannst es behalten. Falls du ein Abo abschließen willst – du weißt, wo du mich findest.«

»So geht das aber nicht«, sagte er, und ich wusste nicht, ob er das Müsli-Abo damit meinte oder die Tatsache, dass ich gehen wollte.

Er öffnete die Tür weiter und trat zur Seite.

Ich tat kurz so, als würde ich überlegen. Frau Dipl-Psych. Raffel kam mir in den Sinn. Dem Vogel das Nest bereiten und so weiter. Also griff ich nach dem Trolley. Ein Rad knirschte, wahrscheinlich hatte sich ein Stein darin verfangen. Wir standen uns gegenüber. Kuss oder nicht? Auf den Mund? Ich hielt ihm die Wange hin. Er berührte sie mit seiner. Seltsam verkrampft, das alles. Ich bemühte mich um einen aufgeräumten Ton.

»Na so was, das hätte wohl keiner gedacht, dass wir uns hier und heute und genau in diesem Gebäude –«

Ich plapperte um mein Leben. Lukas sagte nichts, sah mich nur interessiert an, so wie man ein Kunstwerk betrachtet, das man nicht versteht, aber amüsant findet.

Irgendwann fragte er: »Ich halte dich hoffentlich nicht auf?«, so als ob er es war, der mich vollquatschte.

Ich holte tief Luft. »Heutiges Pensum erledigt«, sagte ich, den Spott in seiner Stimme überhörend. »Aber wieso bist du –« Ich stockte, denn ich wusste nicht, was ich zuerst fragen sollte. *Was machst du hier?*, wäre wohl die naheliegendste Frage gewesen, aber sie fühlte sich falsch an, so als würde ich ihm das Recht absprechen wollen, hier zu sein.

»Die Wohnung eines Freundes«, sagte er.

Wir betraten das Wohnzimmer. Alles picobello. Nordische Schlichtheit. Viel Weiß, Grau und Bast. Keine Deko, bis auf einen minimalistischen Stoff-Hirsch auf dem Sofa. Wie anders es hier aussah als in der Wohnung von Frau Mooshammer, wo die Pril-Blume regierte.

»Und du wohnst jetzt hier?«

»Ich bin ein Sofaschläfer geworden.«

»Ist das so was Ähnliches wie ein Siebenschläfer?«

»Ich fürchte, ich bin nicht nachtaktiv. Nicht mehr.«

Hauptsache nacktaktiv, würde Nofretete sagen.

Ich erinnerte mich daran, dass er doch auch bei meiner Mutter und Theo auf dem Sofa gepennt hatte. Das durfte ich nicht vergessen zu erwähnen.

»Setz dich«, sagte er und deutete auf das Sofa, und ich setzte mich vorsichtig, schließlich handelte es sich um sein Bett, zumindest in der Nacht. Ein intimer Ort.

Lukas öffnete einen Schrank, ein Lämpchen ging an. Flaschen. Eine Bar. Sanftes Klirren. Der Sound des Bleikristalluniversums.

Danke, kein Alkohol, wollte ich sagen, aber er kam bereits mit einer Flasche zurück.

»Es ist elf«, sagte er. »Zeit für einen Aperitif.«

Stellte zwei Gläser auf einen niedrigen Glastisch, schenkte großzügig ein.

»Interessant«, sagte er, »dass eine Managerin Müsliproben verteilt.«

»Ja«, sagte ich und arrangierte meine Beine neu. »Das gehört zum Firmenkonzept dazu. Jeder muss alles einmal getan haben.«

»So wie bei *Undercover Boss*?«

Er guckte RTL, war also von dieser Welt.

»Durchaus«, sagte ich und schnippte einen Flusen von meiner Bluse. Was für ein Glück, dass ich mich schick gemacht hatte für den Termin mit den beiden Schnepfen. Dass noch ein anderer davon profitieren würde, hätte ich in meinen kühnsten Träumen nicht zu hoffen gewagt. Er nickte bedächtig, so als hätte ich eine tiefe Wahrheit ausgesprochen. »Und die Sache mit Smashed Screen, das ist einfach toll.« Er sah auf. »Ehrlich, Niní, dass du für die textest. Sensationell. Ich freu mich so für dich.«

Smashed Screen? Texten? Für die Hitparadenstürmer, die alle Hallen füllten? Du meine Güte, das hatte ich schon beinahe vergessen. Wie kurz waren die Beine dieser Lüge, die reichten ja kaum über die Stuhlkante.

Er hob das Glas. »Cincin, Nina«, sagte er, »meine fleißige Nina.«

So hatte mich noch keiner genannt. *Fleißig*. Wir stießen an, dann tranken wir. Eine beißend scharfe Flüssigkeit rann meine Kehle hinab. Das Gebräu hatte einen höheren Alkoholgehalt als mein Spiritusreiniger.

Langsam kam ich zur Ruhe. Das Herzdröhnen verebbte. Ich sah mich um. Familienfotos auf dem Fenstersims. Drei entzückende Kinder, zwei Jungs, ein älteres Mädchen. Gestapelte Zeitschriften neben dem Sofa. Kante auf Kante, viel Licht und Luft. Sehr aufgeräumt. Alles hier hatte eine Leichtigkeit, die bestechend war. Große Fensterflächen wie Gemälde, auf denen die grün berankten Balkone der Nachbarn zu sehen waren. Manchmal bewegten sich dort weiße Gestalten in einer Choreographie der Bedächtigkeit. Sie schienen Sektflöten in der Hand zu halten, die sie vor dem Gesicht hin und her bewegten. Golfer oder Tennisspieler, die mit Champagner vorglühten.

»Schöne Wohnung«, sagte ich.

»Er ist Architekt. Also, der Freund, der hier wohnt.«

»Ja, das steht draußen auf dem Schild«, sagte ich, und das Gespräch verebbte wieder.

Meine Brust begann zu jucken. Ich versuchte, mich unauffällig zu kratzen. Nicht, dass er glaubte, ich würde ihn heißmachen wollen, indem ich ihm meine sekundären Geschlechtsorgane präsentierte. Immerhin waren wir ein Mann und eine Frau und alleine in einer Wohnung. Da kann schon einmal die Evolutionsbiologie mit einem durchgehen. An Sex mit Lukas hatte ich mich noch nicht zu denken getraut. Ich stellte mir vor, was Nofretete mir raten würde, und musste kichern. Nofretete würde sagen: Mit manchen Männern geht man doch nur ins Bett, damit man seinen Freundinnen etwas zu erzählen hat. Allerdings würde sie auch sagen: Aufgewärmt schmeckt nur Gulasch gut. Es gibt so unendlich viele Männer auf der Welt, da muss man nicht unbedingt zweimal nach demselben Exemplar greifen. Egal, gegessen. Das war doch so lange her, dass ich in der Zwischenzeit dreimal eine andere geworden war. Dennoch spürte ich, dass da noch etwas war zwischen uns. Wenn ich dem nachgab, würde ich in tausend Stücke zerspringen.

Und dann sah ich das Bild an der Wand. Eine Collage aus Außen- und Innenaufnahmen mehrerer Gebäude. Offenbar ein Best of des Architekten Ertl. Eines der Häuser kam mir bekannt vor, und ich überlegte, wo ich es schon einmal gesehen hatte.

»Das Gnu!«, rief ich.

»Wie bitte?«

»Das ist das Haus vom Gnu.«

Ich wusste ihren Namen nicht mehr, er lag mir auf der Zunge und klebte daran fest. »Hat das dein Freund entworfen? Ich war da schon drin.«

»Dann kennt ihr euch ja über drei Ecken. Er hätte sicher nichts dagegen.«

»Wogegen?«

»Dass du auf seinem Sofa sitzt.«

»Und seine Bar leer trinke.« Ich musste an die sieben Zwerge denken. Wer hat aus meinem Gläschen getrunken? Wer hat auf meinem Sofachen gesessen?

»Keine Sorge, er ist in Venedig. Architektur-Biennale.«

»Großzügig von ihm, dich hier wohnen zu lassen«, sagte ich.

»Er schuldet mir noch was. Ich hab ihm ein paarmal ein Alibi verschafft.«

»Was heißt das? Du hast ihn gedeckt, während er eine Bank ausgeraubt hat?«

Er lachte. »Keine Bank. Ein paar Rendezvous. Neben der Spur, wenn du verstehst. Seine Freundin von damals ist heute seine Ehefrau. Martina, eine Graphikerin.«

Schön, dass er mir alles geradeheraus erzählte.

»Du hast ihn in der Hand.«

»Niní, mir scheint, du liest zu viele Krimis. Wir sind seit Ewigkeiten befreundet. Das würde ich nie ausnutzen.«

Ja klar.

Keiner sagte ein Wort. Lukas glotzte in sein Glas, als würde dort ein Koi herumschwimmen. Ein gedämpftes Klopfen war zu hören, wahrscheinlich eine schleudernde Waschmaschine in der Wohnung über uns.

»Ich war vor kurzem bei meiner Mutter«, sagte ich. Da konnte er prima einhaken. »Schön, dass du sie auch besucht hast.«

Er räusperte sich.

»Dass du sogar bei ihr übernachtet hast.«

Er drehte das Glas in seiner Hand. »Deine Mutter ist sehr großzügig. War sie immer.«

Ich setzte mich auf. »Ich hätte dir auch gern geholfen, als du bei uns aufgetaucht bist. Aber mal bist du da, und am nächsten Tag wieder verschwunden. Keiner hat eine Ahnung, was gespielt wird. Das ist nicht fair.«

Komische Stimmung. Jetzt war ich sogar wütend. Wenn jemand in mein Leben trampelte, durfte er keine Unordnung hinterlassen, für das Chaos war ich schon selbst zuständig.

»Tut mir leid.«

»Kein Problem«, sagte ich. Ein Reflex. Jetzt kam bestimmt wieder die Leier, dass es ihm in letzter Zeit nicht gut ergangen war.

Er öffnete die Arme. »Du siehst einen Mann, der nichts mehr hat. Alles futsch. Verspekuliert.« Er tat sich sichtlich schwer mit dem Outing.

»Casino? Börse?«

Schiefes Lächeln. »Tourismus-Projekt in Marokko. Hoch gepokert, hoch verloren. Wir wollten einen Verlust abfedern, den wir vorher in Dubai eingefahren hatten.«

»Und das Architekturbüro?«

Er zuckte mit den Achseln. »Gibt es nicht mehr.«

»Und jetzt?«

»Jetzt trink ich noch einen.«

Er griff nach der Flasche.

»Alkohol ist keine Lösung«, sagte ich.

»Kein Alkohol ist auch keine Lösung«, sagte er. »Muss schlimm sein für dich, so was zu hören, was? Bei dir ging ja alles glatt. Kind, Mann, Familie, guter Job.«

»Nicht ganz«, sagte ich. »Weil wir grad dabei sind, ehrlich zu sein. Nein – für mich nichts mehr.« Ich bedeckte das Glas mit der Hand.

»Komm schon. Einen ganz kleinen. Auf die Ehrlichkeit.«

»Aber nur drei Tropfen.«

Wenn ich am Vormittag schon anfing zu trinken, war ich verloren.

Wir prosteten einander zu.

»Also«, sagte er. »Wir waren bei deinem Job.«

Und dann erzählte ich ihm die Wahrheit. Kein Managerposten, nicht im Ansatz. Müsli-Abo- und *Glückspost*-Verkauf. Haustürgeschäft. Ein Job, der ideal war für Studenten, der nur als Übergang gedacht war, als Strohhalm in der Not. Ich schämte mich kein bisschen. Wir zogen uns voreinander aus, metaphorisch gesprochen. Eine Wahrheit folgte der nächsten. Jetzt kam alles auf den Tisch, flap, flap, flap.

Lukas war erstaunt. »Ich dachte, bei dir läuft alles rund«, sagte er. »Eine Erfolgsgeschichte. Ich dachte, du hättest die Kurve gekratzt.«

»Welche Kurve? Seit ich denken kann, liegt eine Serpentinenstrecke vor mir.«

»Aber du hast einen Mann. Eine Tochter. Das habe ich alles nicht.«

Eine Tochter, genau. »Felicitas ist normal begabt, nicht hochbegabt«, sagte ich. »Und Ralf ist in sein Rennrad vernarrt. Trenne ihn von seinem Rad, und du hast eine ziemlich genaue Vorstellung vom Weltuntergang.«

Lukas lehnte sich zurück. Er dachte nach.

»Warum hast du das nicht gleich gesagt? Es ändert doch nichts.«

»Doch. Es hat für mich etwas geändert. Ich habe mich für einen Moment besser gefühlt.«

Wir hörten, wie ein Motorrad beschleunigte. Irgendwo lachte ein Kind, und es klang so mechanisch, als hätte es Batterien eingebaut.

»Und du?«, fragte ich. »Was hast du jetzt vor?«

»Frag mich was Leichteres.«

»Was isst du heute zu Mittag?«

Er lachte, dann zeigte er auf das Müsli.

»Ballaststoffreich«, sagte ich.

»Meinen Ballast habe ich abgeworfen«, sagte er.

»Dann ist ja Platz für neuen.«

Das war so ein magischer Moment des Zögerns. Die Luft, elektrisch aufgeladen, und ich spürte einen Magnetismus, der mich zu ihm hinzog. Das war keine bewusste Entscheidung. Das war ein Naturereignis. Ich legte eine Nofretete-Gedächtnissekunde ein. Meine Muschi-Hirn-Schranke musste nicht durchbrochen werden, die war die ganze Zeit schon durchlässig wie ein Nudelsieb.

»Bleibst du hier?«, fragte ich. »In der Stadt?«

»Mal sehen. Christof hat für mich was in Aussicht.«

Dann sprang er unvermittelt auf. »Ich habe da was für dich«, sagte er. »Eine Überraschung.«

Er schälte einen Laptop aus seiner Hülle, stellte ihn zwischen uns auf den Couchtisch. Weckte ihn aus dem Tiefschlaf. Tippte.

Ich erkannte den Song am ersten Akkord. Zuerst das Klavier, dann kam die Gitarre. Ich wippte mit dem Bein im Takt. Lächelte. Wir wussten Bescheid, alle beide. Das Lied, das wir gemeinsam geschrieben hatten. Für diesen Bandwettbewerb. Es hieß *Haut aus Teflon*. Unplugged, weil das damals der Hit war. Unsere Gefühle waren stark genug, wir brauchten keine Verstärker. Der Text war auf Deutsch, denn Deutsch war damals das neue Englisch gewesen.

An dir, an dir, an dir, an dir perlt alles ab.

In der Tiefgarage sang die Königin der Nacht. Nun war ich es, die mitsang.

Ich konnte den ganzen Text auswendig. Immer noch.

Wie der Regen an der Mauer, wie das Lächeln an der Trauer, an dir perlt alles ab.

Lukas stand auf, kam zu mir rüber. »Tanzen?«

Ich erhob mich. Schwankte ein wenig. Alkohol am Morgen bringt Kummer und Sorgen. Ich spürte seine Hand an meiner Taille. Legte meine Hand auf seinen Oberarm. Wir begannen, uns zu drehen. Ich stolperte, klammerte mich an ihn, wir lachten. Die Vergangenheit war nicht tot. Alles war da und lebendig. Ich lehnte meinen Kopf an seine Schulter.

An dir, an dir, an dir perlt alles ab. Wie das Öl an der Pfanne, das Shampoo an der Wanne, wie die der Tropfen an der Kanne, an dir perlt alles ab.

Ich sah den Proberaum vor mir, im Keller eines Jugendheims, die Wände vollgekritzelt, Eierkartons an den Wänden, roch den Schweiß der Musiker, die vor uns geprobt hatten.

Wir tanzten am Bücherregal vorbei, an der Tür, die in einen weiteren, geheimen Raum führte, vorbei an der Vitrine, alles aufgeräumt, es war ein aufgeräumtes Leben, das der Mensch führte, der hier wohnte. Und wir, zwei Passagiere, die von den Wellen mitgerissen wurden, aufs offene Meer hinaustrieben, von wo aus man das Ufer nicht mehr sehen konnte. Himmel, ich wurde ja seekrank.

An dir, an dir, perlt alles ab, ab, ab.

Der Moment, als wir auf der Bühne des »Next Generation«-Wettbewerbs gestanden hatten und die Finalisten verkündet wurden. Lukas quetschte meine Finger so fest, dass es weh tat. Das beißende Licht der Scheinwerfer. Die Menschenmenge vor der Bühne, ein einziger massiger Körper, der hin und her wogte. Die kratzige Stimme des Moderators, der das Kuvert öffnete. Sag LUNA, hatte ich gebetet. Sag LUNA, LUNA. Nur diese beiden Silben. So einfach auszusprechen. Ohne Anstrengung. LU. NA. Babyleicht. Bitte. Mach's.

Der Moderator zog ein Kärtchen heraus, lächelte. »Luna«, sagte er. »Herzlichen Glückwunsch, ihr seid im Finale.«

Ich tanzte mit Lukas am großen Fenster der Ertl-Wohnung vorbei, als mir schwarz vor Augen wurde. Ich schob es auf den Alkohol. Im Film war das doch so: Frau im zu eng geschnürten Korsett verliert das Bewusstsein und wacht in den Armen des Kerls wieder auf, der sich inzwischen seines Hemdes entledigt hatte. Ich blieb stehen und sagte, was ich mir immer schon gedacht hatte. Jetzt war der richtige Moment, ein besserer würde nicht kommen. »Wir hätten gewonnen. Damals.«

Ich war alt genug, um zu wissen, dass das kein Gedanke war, den es lohnte fortzuspinnen. Es war eben anders gelaufen, Punkt. Aber ich fühlte mich besser.

»Singst du noch?«, fragte Lukas. Seine Hände, immer noch an meiner Taille. Ich wusste nicht, wohin mit meinen Armen.

»Manchmal«, sagte ich.

Eine glatte Lüge. Ich hatte mir das Singen abgewöhnt. Ich hatte mir das Songwriting abgewöhnt. Ich hatte mir alles abgewöhnt, was ich mir damals gerade angewöhnt hatte. Ich wollte allein zum Finale, hatte aber niemanden gefunden, der mich begleitet hätte. Also saß ich im Publikum, der Frust troff mir zu den Haarspitzen heraus, und ich verfluchte Lukas. Endlich konnte ich wütend auf ihn sein. Ich zerschlug sämtliche Kaffeetassen, die er mir geschenkt hatte, brachte die Architekturbücher zum Altpapier. Ich eliminierte noch den kleinsten Rest unseres gemeinsamen Lebens. Danach hatte ich mich nicht erleichtert gefühlt, sondern nur leer.

Ich war noch ganz eingesponnen in die Erinnerung, als Lukas sich zu mir beugte. Sein Kopf wie ein Meteorit, gleich würde er einschlagen. Ich traute mich nicht zu atmen. Seine Lippen wanderten Richtung Ohr, und ich zuckte ein wenig zurück, denn da war ich kitzelig. Ich hoffte, er würde keine Ohrmuschelpenetration ins Auge fassen, doch er sprach nur hinein ins Ohr, und zwar Worte, die ich diesmal verstand und die mich enttäuschten, weil sie so prosaisch waren.

»Dein Handy hat geläutet«, sagte er, und ich dachte nur: Na und? Ist das wichtig? Ich wusste nicht, was mir gleichgültiger war in diesem Moment.

»Okay«, hauchte ich, nahm seine Hand und legte sie auf meine Brust. Wenn er es selbst nicht tat, musste ich in die Offensive gehen. Etwas, das ich früher nie gemacht hätte. Das war definitiv ein Vorteil des Alters: Frau scherte sich nicht mehr darum, was *man* tat. Ich hatte Hauthunger. Lukashunger. Die Sehnsucht war so groß, dass es weh tat. Als hätte man mir ein Organ herausgenommen und ein neues läge schon bereit für die Transplantation.

Seine Lippen auf meinen. Seltsam kalt. Er roch nach geräuchertem Schinken, intensiv und würzig. Nach Glut, nach erloschenem Feuer. Seine Zunge ein glitschiger Fisch. Nichts übrig von der Tiefgaragen-Romantik. Die Enttäuschung traf mich wie ein Schlag in den Magen. Ich öffnete die Augen. Er hatte die seinen geschlossen, ruhte ganz in sich. Stimmte etwas nicht mit mir? Ich drängte mich an ihn, vielleicht konnte man Leidenschaft herstellen, wenn man sich nur bemühte. Ich sah uns von außen, ein torkelndes Paar, das sich hilflos aneinanderklammerte. Seine Hände waren plötzlich überall, er muss zehn davon haben, mindestens. Er quetschte meine Brust, als wollte er die Fleischqualität prüfen, zwickte mich in die Brustwarze.

»Aua!«

Er ließ sofort von mir ab.

»Oh. Entschuldige. Ich wollte nicht –«

Er konnte nichts dafür. Dass der Funke nicht übersprang, war nicht seine Schuld. Es war niemandes Schuld.

Ich ließ mich unelegant auf das Sofa plumpsen. Lukas setzte sich auf den Sessel gegenüber, nahm meine Hand in seine.

»Wegen der Tiefgarage, also wegen der Sache damals –«

Die Sache. Wie er davon sprach.

»Bereust du's?«

»Nein, natürlich nicht. Ich meine nur: Was ich damals gesagt habe. Wegen deiner Mutter.«

Ach so. Er sprach gar nicht vom magischen Kuss.

»Ich bin nicht wegen deiner Mutter abgehauen. Nicht nur.«

Der Song war vorbei. Die Stille dröhnte mir in den Ohren.

Lukas wand sich. »Da war dieses Praktikum bei *Sang Froid*. Diese große Chance. Sie haben mich eingeladen. Mich.«

Sang Froid. Der Name ließ ein Glöckchen klingen. Ich glaubte mich zu erinnern, dass er ihn ein paarmal erwähnt hatte. Weltbekanntes Architekturbüro in Paris.

»Und warum hast du mir das nicht einfach gesagt?«

»Ich wollte keine Diskussion entfachen und auch nicht sehen, wie weh ich dir damit tue, das gebe ich zu. Du hast dich so auf das Band-Finale gefreut. Und ich hätte dir sagen sollen, dass ich nichts anderes im Kopf hatte als dieses Praktikum? Ich dachte, das wäre meine ultimative Chance. Rauszukommen und einen Fuß in die Tür zu bekommen. Die Chance auf eine Festanstellung bei einem Global Player. Ich wollte dich nachholen.«

»Klar«, sagte ich. »Habe ich gemerkt.«

»Wenn ich die ersten Erfolge vorzuweisen gehabt hätte.«

»Und?«

Mit den Fingern der rechten Hand massierte er meinen linken Zeigefinger wie ein Physiotherapeut, der mich fit machen wollte für ein Darts-Turnier.

»Nach drei Monaten war alles vorbei. Das hättest du erst recht nicht verstanden, dass ich dafür alles aufs Spiel gesetzt hatte. Also habe ich den Mund gehalten und mir ein neues Praktikum gesucht. So ist das weitergegangen. Von einem Praktikum zum nächsten.«

»Bis du mich vergessen hast.«

»Das ist nicht wahr. Es war nur so, dass ich mein Leben in Phasen eingeteilt habe. Und diese Phase hier war irgendwie, wie soll ich sagen –«

»Vorbei«, half ich ihm.

Er seufzte. »Vorbei, ja.«

Und wieder ein Klingeln. Die bekannte Melodie.

»Geh ruhig ran«, sagte er. Widerstrebend nahm ich das Handy aus der Tasche. Drei Anrufe von Ralf, fünf von BOMBE!, vier neue Nachrichten.

»Eine Sekunde«, murmelte ich. Ich tippte mit zittrigen Fingern die Nummer der Mobilbox.

»Ruf mich asap zurück.« Martins Stimme, so kalt, dass ich sofort wusste: Es war etwas passiert. »Felicitas ist verschwunden.«

IV Neue Töne

28

War es tatsächlich so, dass der liebe Gott die kleinen Sünden sofort bestrafte, wie es landläufig hieß? Ich hoffte, dass er bei den Bestrafungen der mittelgroßen Sünden bis zum Jüngsten Gericht wartete.

Ich kam erst wieder zu Atem, als ich im Auto saß. An der roten Ampel wählte ich BOMBE!

»Wo bist du?«, fragte Martin. Im Hintergrund auf- und abschwellendes Babygeheul wie eine kaputte Sirene.

»Das spielt keine Rolle. Was ist los mit Fly?«

»So. Es spielt also keine Rolle. Du kümmerst dich nicht um deine Tochter. Das ist nicht egal, behaupte ich.«

»Spinnst du?«

Martin gelang es immer, mir aus völlig disparaten Wortmeldungen einen Strick zu drehen – eine Fähigkeit, die mir in dieser Vollendung weder vorher, noch nachher begegnet war.

»Jetzt sag schon!« Ich schrie und trat dabei auf das Gaspedal. Das Auto schoss vor. Irgendwer hupte.

»Sie wollte – wie du sicher weißt – nach der Nachhilfe zu uns kommen.«

Dieses »Wie du sicher weißt« war Absicht. Er wusste, dass ich davon keine Ahnung hatte.

»Und? Weiter?«

»Sie ist nicht gekommen. Daraufhin habe ich den Nachhilfelehrer angerufen. Du wirst es nicht glauben, aber bei dem ist sie nie aufgetaucht. Sie hat sich auch nicht gemeldet, um abzusagen. Ich hatte außerdem einen Call mit der Schule. Sie war nicht dort. Ihre Freundin Beatrice auch nicht, by the way. Unentschuldigt.«

Er legte eine Kunstpause ein, damit die schlechten Nachrichten einsickern konnten. Ich schluckte. Mist, verdammter.

»Ich weiß nicht, wo du dich die ganze Zeit herumtreibst, ich hoffe nur, du hast eine gute Ausrede.«

Ein durchdringendes Schrillen im rechten Ohr. Tinnitus, Hörsturz? War's schon so weit? Ich zwang mich dazu, ruhig zu atmen. Vielleicht hatte Fly einfach keine Lust gehabt auf Mathematik und Babygeschrei. Das hatte Lukas mir hinterhergerufen, als ich aus der Ertl-Wohnung stürzte und beinahe mit dem Windel-Typen zusammenstieß, der schon wieder am Gang patrouillierte.

»Komm zurück!«, hatte Lukas gerufen, und mir war übel geworden vor Angst und schlechtem Gewissen. Mit zitternder Hand hatte ich den Aufzug gerufen. Ich hatte die Anrufe nicht gehört, weil ich – o mein Gott. Was war ich nur für eine Egoistin, hatte nur mein kleines, klägliches Abenteuer im Blick. Vielleicht hatte Fly bereits versucht, mich zu erreichen? Ich scrollte noch durch die entgangenen Anrufe. Nein, Fly hatte sich nicht gemeldet. Eigenartig. Sie wusste eigentlich, wann sie den Bogen überspannte, und meldete sich dann verlässlich.

»Ich hätte das Sorgerecht beantragen sollen«, sagte Martin jetzt. »Gleich zu Beginn. Nun ist es zu spät.«

Glückwunsch. Ein Satz wie eine Handgranate. Thema verfehlt, böses Foul, rote Karte. Ich fuhr an den Randstein und bremste, dass die Reifen verzweifelt quietschten.

»Du bist mir eine schöne Hilfe«, fauchte ich.

»Ohne mich wüsstest du doch gar nicht, was passiert ist«, sagte er. »Du hast kein Recht, dich aufzuregen.«

»Was ich darf, bestimme immer noch ich.«

Es klopfte in der Leitung, da versuchte jemand, mich zu erreichen. Ich sah auf das Display. Ralf. Ich wechselte das Gespräch, ohne Martin vorzuwarnen. Er würde es schon merken.

»Wo bist du?«, rief Ralf. Ich hörte, wie ihm der Wind um die Ohren pfiff.

Heute wollten alle Männer wissen, wo ich war. Sonst war es ihnen herzlich egal.

»Im Auto«, sagte ich. »Ich fahr nach Hause.«

»Martin hat mich angerufen«, sagte er.

Ihn also auch. Ich wollte von Ralf wissen, ob er Fly gesehen hatte, als er nach Hause gekommen war.

»Ich bin von der Arbeit direkt zum Training gefahren«, sagte Ralf.

Er war wie ein Politiker, er schaffte es nicht, eine simple Frage mit Ja oder Nein zu beantworten.

»Was meinst du, soll ich gleich zur Polizei?«

»Mach dir keine Sorgen«, sagte er. »Wenn man nichts hört, ist nichts passiert.«

»Was ist das bitte für eine Logik?«

»Jetzt nur nicht hysterisch werden, Nina. Ganz ruhig. Was

willst du der Polizei sagen, bitte? Dass deine siebzehnjährige Tochter nicht bei der Nachhilfe aufgetaucht ist? Das ist doch lächerlich.«

Hatte Ralf soeben gesagt, dass es lächerlich sei, sich um seine abgängige Tochter zu sorgen? Ich war umgeben von emotionalen Analphabeten. Zuwendungs-Zombies. Empathie-Allergikern.

Ich ließ das Handy auf den Beifahrersitz fallen und startete den Motor.

Endlich tauchten die ersten Blocks der Marie-Curie-Siedlung auf. Manchmal bat ich die Schutzheilige unserer Siedlung um Hilfe. Nicht nur, wenn Fly Probleme in Physik oder Chemie hatte, was nahelag, sondern auch bei anderen, weit schwerwiegenderen Kalamitäten. Mit ihrem Röntgenblick war es Marie Curie doch sicher möglich, Verwicklungen zu durchschauen und den Dingen auf den Grund zu gehen. »Ich bitte dich, pass auf Fly auf«, murmelte ich, während ich unsere Gasse entlangfuhr. Ich parkte in der erstbesten Lücke und lief zu unserem Block, sprintete die Treppe hinauf.

»SIE! Frau Bydlinski!«

Josefine Eibisch war gerade aus ihrer Wohnung getreten.

Verehrte Marie Curie, verschone mich vor der Eibisch. Das hatte ich vergessen zu beten. Sie wartete, bis ich den Schlüssel hervorgekramt hatte.

»Heute war schon wieder so ein Krach im Treppenhaus!«

»Wann?«

»Ein Geschrei, ein fürchterliches.«

»WANN, Frau Eibisch?«

»Am Vormittag. Meinen Mann hat's richtig hochgerissen vom Kreuzworträtsel.«

Wenn Fly tatsächlich nicht in der Schule gewesen war, wie Martin berichtet hatte, war es zumindest theoretisch möglich, dass sie für den Krach verantwortlich war. Vor allem, wenn sie mit einer Freundin unterwegs war.

»Haben Sie Stimmen gehört?«

Sie sah mich komisch an. »SIE, ich hör keine Stimmen!«

»Im Treppenhaus. Einen Mann? Eine Frau?«

»Alles durcheinander.«

»Haben Sie nicht nachgeschaut, was los ist?«

»Natürlich nicht. Was andere Leute so treiben, geht mich nichts an.«

Sagte die neugierigste Eule von hier bis Dschibuti, die auf der Matte stand, sobald ein Floh furzte.

Ich brauchte drei Anläufe, um das Schlüsselloch zu treffen, so sehr zitterte ich.

»Sie sollten jetzt wirklich schnell zu einem Doktor«, sagte die Eibisch.

»Wie bitte?«

»Parkinson kann man behandeln.«

Ich schlug die Tür etwas fester als notwendig zu. Stürzte zur Speisekammer. Alles hing von den nächsten paar Sekunden ab. Ich leerte die Packung mit den Staubtüchern auf den Boden. Nichts.

Dann Zucker, Mehl, Brösel. Ich leerte alles auf den Boden, bis es so aussah, als hätte es geschneit. Ich kniete mich mitten hinein in die Mehl-Zucker-Mischung und durchwühlte sie mit den Händen, Tränen traten mir in die Augen. Dann stützte ich mich mit den Händen auf den Oberschenkeln ab. Es hatte keinen Sinn, noch weiterzusuchen.

Flys Pass war weg.

Fly war drei, als sie mir in einer Apotheke entwischte. Ich hatte gerade gezahlt, die Geldbörse verstaut, und während dieser wenigen Sekunden, in denen ich nicht hinsah, war sie hinausgelaufen. Und dann stand ich vor der Apotheke, unfähig, mich zu rühren. Wo sollte ich sie suchen? Die Stadt war so groß und dieses Kind so winzig. Ich stand heulend an der Ecke. Es waren die schrecklichsten fünf Minuten meines Lebens. Mit einem Mal war alles, was ich sah, nur noch Hülle ohne Inhalt. Ich sah Menschen, die achtlos an mir vorübergingen, als wäre nichts geschehen, andere beäugten mich skeptisch von der Ferne, ohne sich näher zu trauen. *Was ist denn mit der los?*, sagten ihre Blicke. Die ganze Welt eine sinnentleerte Pantomime.

Schließlich erbarmten sich zwei Frauen meiner und fragten mich, ob sie helfen könnten. Zwei Engel ohne Flügel.

»In dieser Stadt geht kein Kind verloren«, sagte die ältere der beiden, und sie machten sich auf, Fly zu suchen. Ich sollte an der Ecke stehen bleiben, falls Fly in der Zwischenzeit auftauchte.

Nach fünf Minuten kamen die beiden Frauen mit Fly an der Hand zurück. Sie hatten sie in die Mitte genommen. Fly strahlte. Sie hatte ein Ringelspiel entdeckt und die Straße überquert, ohne auf mich zu warten. Das Ringelspiel hatte ihre gesamte Aufmerksamkeit absorbiert. Sie hatte mich nicht vermisst, sondern ein Abenteuer erlebt.

So war es im Leben immer, dachte ich jetzt, um mich zu beruhigen. Du kommst aus deinem Kopf und deiner Angst nicht heraus, während diejenigen, die du suchst, einfach nur ihren Traum leben. Ohne dich.

Trotzdem. Fly war mittlerweile siebzehn. Ich hatte mit ihr ein Abkommen geschlossen, das da lautete: Du bist frei zu tun, was immer du möchtest, solange ich weiß, wo du dich aufhältst. Bisher hatte sie sich ausnahmslos daran gehalten. Das war es auch, was mir Sorgen bereitete. Wieso war sie nicht erreichbar? Ich wählte zum zwanzigsten Mal ihre Nummer. Dann sah ich auf WhatsApp nach: Sie war seit gestern Abend nicht mehr online gewesen. Oder hatte sich absichtlich unsichtbar gemacht. Was zum Teufel.

Sofort poppten sämtliche Schreckensszenarien parallel auf:

1. dass sie im Alkohol-, Drogen- und/oder Prostitutionsmilieu versumpft war, ohne dass ich etwas mitbekommen hatte;
2. dass sie einer Gehirnwäscher-Sekte verfallen war, die nur darauf wartete, dass ein UFO sie abholte, und bis dahin den Umgang mit der Familie verbot;
3. dass sie grundfalsche Entscheidungen traf aufgrund fatalen Hormoneinflusses, getriggert etwa durch die Gestalt eines C-Promis wie Julian Forest.

Letzteres fand ich gar nicht so weit hergeholt, das kannte ich nämlich von mir. Und vor nichts hat eine Mutter bekanntlich mehr Angst als vor den Blödheiten, die sie früher selbst angestellt hat.

Ich ging in ihr Zimmer, um nachzusehen, was fehlte. Wenn sie tatsächlich nach Kanada wollte, musste der Rucksack fort sein. Ich durchforstete ihren Schrank. Mein Gott, dieses Kind hatte so viel zum Anziehen, damit konnte man ein ganzes Dorf ankleiden. Keine Ahnung, ob da was weggekommen war. Von ihrem Rucksack keine Spur. So weit, so schlecht.

Mittlerweile hatte mein Adrenalinspiegel den Überflutungspegel erreicht. Mein Herz machte *wumpppa wumpppa wumpppa*, bald würde es aus dem Brustkorb springen und bei jemandem anheuern, der besser mit ihm umging.

Ich hoffte nur, dass Fly mit Bea unterwegs war, egal, wo auch immer das war. Das Wichtigste war, dass sie nicht allein war. Ich rief Manu an.

»Hast du eine Ahnung, wo deine Tochter ist?«

»In ihrem Zimmer.«

Ich schöpfte Hoffnung. »Ich muss mit ihr sprechen. *Bitte*. Ich erklär es dir nachher.«

Trapp, trapp, trapp.

»Du, sorry«, sagte Manu, »sie ist doch nicht da.«

»Hör mal, Manu – du darfst dich jetzt bitte nicht aufregen.«

Das sagte gerade ich.

»Was ist los?«

»Unsere Töchter waren heute nicht in der Schule.«

Ich hörte, wie sie sich eine Zigarette anzündete.

»Ach Gottchen«, sagte sie. »Teenager.«

Jetzt war sie plötzlich cool? Ich erinnerte mich mit Schrecken an die Vorwürfe, die ich hören durfte, als es um die Flasche an der Tankstelle ging.

»Und Flys Pass ist weg.«

»Du glaubst doch nicht im Ernst – warte mal.«

Ich hörte, wie sie eine Schublade aufzog. Kramgeräusche. Fluchgeräusche. Schubladenschließgeräusche.

»Beas Pass ist auch weg.«

»Großartig«, sagte ich, »ganz großartig. Hat sie in letzter Zeit erwähnt, dass sie wegwollte?«

»Worauf spielst du an?«

»Ich sage nur: Fred Forest.«

»Julian heißt der. Und der ist doch längst passé.«

»Glaubst du?«

»So was hält ein paar Wochen, dann kommt ein neuer Schwarm.«

Sie klang nicht besonders beunruhigt.

»Machst du dir keine Sorgen?«, fragte ich.

»Ach, die tauchen schon wieder auf. Keep cool.«

Wir beendeten das Gespräch.

Ich lief rastlos durch die Wohnung, drehte jedes Zettelchen um auf der Suche nach Hinweisen.

Lukas rief an, doch ich konnte mich kaum freuen.

»Ich möchte dich unterstützen«, sagte er. Der Stimme nach zu urteilen, war er tatsächlich besorgt.

Am liebsten hätte ich gesagt: Komm her, tröste mich, halte mich, sag mir, dass alles gut wird. Zumindest den letzten Punkt konnte er auch aus der Ferne erledigen.

»Sag mir, dass alles gut wird.«

»Es wird alles – ach, Blödsinn. Ich komm vorbei.«

»Bitte nicht.« Das würde nur für zusätzliche Verwirrung sorgen. »Nicht jetzt.«

Dann rief wieder Manu an. »Vielleicht sollten wir doch. Also. Etwas tun. Neue Lage. SMS von Bea.«

Wenn sie aufgeregt war, sprach sie nur noch im Telegrammstil.

»Und zwar?«

»In der Nachricht stand nur: Probleme, weiß nicht, wann –«

»Und weiter?«

»Nichts weiter. Das war's.«

Mir wurde flau im Magen. Wollte oder konnte Bea den Satz nicht vervollständigen?

»Hat Fly dir auch geschrieben?«, wollte Manu wissen.

»Nein«, flüsterte ich.

»Was machen wir jetzt?«

»Ich fahre zum Flughafen«, sagte ich.

»Ich komm mit«, sagte Manu.

29

Und wessen Schnapsidee war das?«, fragte Birgit, die Hände in die Hüften gestemmt.

Manu zeigte auf mich.

»Aber ist doch logisch, oder?«

Ich hatte das Gefühl, mich rechtfertigen zu müssen. Wie sie alle um mich herumstanden und mich anglotzten. »Die Pässe sind weg. Da würde jeder denken: Die sind mit dem Flieger auf und davon zu ihrem angebeteten Rockstar. Soll schon einmal vorgekommen sein.«

»Du mit deinem WC«, sagte Nofretete.

»Deinem was?«, fragte Vicky.

»Worst Case«, sagte ich.

Das kannte ich von Martin, der Worst-Case-Szenarien noch lieber beschwor als Win-win- oder Lose-lose-Situationen, denen er auch einiges abgewinnen konnte.

»Aber hättet ihr nicht die Flüge checken können, bevor ihr zum Flughafen fahrt?«, fragte Katharina die Kleine.

Hätte, hätte, Fahrradkette. Irgendwo heulte die Sirene eines Einsatzfahrzeugs auf. Ich sah auf die Uhr. Halb acht. Immer noch warm. Einer der ersten lauen Abende. Wie gerne würde ich mit den Flotten Lotten ein gemütliches Gläschen trinken, aber für Jux und Tollerei hatte ich keinen Nerv.

Manu hatte ich so effizient wie möglich den anderen vorgestellt: »Lotten, das ist Manu. Manu, das sind die Lotten.«

Alle winkten Manu, Manu winkte zurück.

»Dich kenn ich«, sagte Nofretete. »Auf deinem verfluchten Parkplatz habe ich mir das Knie zertrümmert.«

Maßlose Übertreibung, dein Name sei Nofretete.

»Schrecklich«, sagte Vicky, deren Helfersyndrom bereits anschlug.

Ich tat mir schwer damit, den Mund zu halten. Aber das war jetzt nicht der richtige Zeitpunkt, um über Nofretetes Knie zu jammern. Wir hatten einen GAFI, einen Größten Anzunehmenden Familiären Irrsinn, also durfte gefälligst nur darüber gesprochen werden.

Kurz schilderte ich den Lotten, was wir wussten und was nicht. Gestern hatten wir die Mädchen das letzte Mal gesehen, heute hatten sie in der Schule gefehlt, laut Frau Eibisch gab es vormittags Geschrei im Treppenhaus, zudem waren beide Pässe verschwunden, und Bea schrieb ihrer Mutter: *Probleme, weiß nicht, wann.*

»Weiß nicht, wann ich zurück bin«, mutmaßte Vicky.

»Möglich«, sagte ich. »Trotzdem hängt der Satz in der Luft. Als ob es ihr nicht möglich gewesen wäre fertigzuschreiben.«

»Hast du versucht, Felicitas anzurufen?«, fragte Vicky.

Was war das für eine dämliche Frage? Ich antwortete nicht, sah sie nur stumm an. Vicky ließ nicht locker. »Ich habe von einer Studie gelesen«, sagte sie. »Das Handy ist tot, und die Eltern glauben automatisch, das Kind sei tot. Das ist aber eine falsche Schlussfolgerung. Es ist nur der Akku leer.«

»Danke auch recht schön für diese Wortspende, Dumpfbacke«, sagte Birgit.

»Warum gleich so aggro?«

»Jetzt mal halblang«, sagte Nofretete. »Die Mädchen sind siebzehn. In dem Alter haben andere schon drei Kinder bekommen und zehn Reisfelder umgepflügt.«

»Sie hat einmal eine Packung Reis eingekauft«, sagte ich mutlos.

Birgit hob die Hände. »So, jetzt hören wir alle auf mit dem Scheiß«, sagte sie. »Wir brauchen einen Plan.«

Gut, dass die anderen mitdachten. Denn die Fahrt zum Flughafen mit Manu rangierte unter der Rubrik *Dinge, die man besser hätte bleiben lassen*. Direktflüge nach Kanada gab es keine an diesem Tag. Da bestand immerhin noch die Möglichkeit, dass sie über andere Destinationen nach Kanada flogen, dafür kam wiederum so gut wie jeder größere Flughafen in Frage. Wir kamen bis zur Information, wo wir erfuhren, dass die Airlines die Fluglisten nicht herausrückten, solange kein Unglück passiert war. Ab zwölf Jahren durften Jugendliche zudem allein fliegen.

Dann hockten wir im Air-Café bei einem dreifachen Espresso. Die sterile Geschäftigkeit dieses Ortes stieß mich ab. Ich betrachtete die Passagiere auf dem Weg zu ihrem Gate, gelangweilte Geschäftsleute mit ihrem Trolley, Trauben jugendlicher Backpacker, braungebrannt und mit einem Rucksack auf dem Rücken, dem man ansah, dass er schon vieles von der Welt gesehen hatte. Selbst wenn Fly nicht jetzt geflogen war – bald würde sie eine von denen sein. Fort.

»Hast du Flugangst?«, fragte Manu.

»Nein«, sagte ich. »Nur Absturzangst.«

Früher war's deutlich schlimmer. Ich handelte mit dem lieben Gott alle möglichen Deals aus, wenn er mich nur sicher landen ließ. Mittlerweile war ich cooler und dachte mir: Du kannst dich nicht beklagen, hast immerhin schon über die Hälfte deiner Lebenszeit konsumiert. Da müssen andere erst mal so weit kommen.

Manu schrieb eine Liste mit den Namen von Beas Freundinnen, von denen sie die Telefonnummer hatte. Ich hatte von keiner einzigen Freundin eine Nummer. Auch der Kontakt zu den anderen Eltern, der damals in der Grundschule zum täglich Brot gehörte, hatte sich auf ein kurzes Kopfnicken anlässlich der gemeinsamen Warterei am Elternsprechtag eingedampft. Aber auch Beas Liste war kurz: Am Ende standen zwei Namen drauf. Manu rief sie an und hielt sich dabei das andere Ohr zu, um trotz der Durchsagen etwas zu verstehen.

Keine hatte heute oder gestern etwas von ihnen gehört. Das machte die Sache nicht besser.

»Hey, nicht heulen.«

Manu hielt mir eine Serviette hin, so ein kratziges Ding, das sich nicht einmal zusammenknäueln ließ.

Musste ich mir etwas vorwerfen? Hatte ich mich zu wenig gekümmert? War ich wirklich eine schlechte Mutter gewesen, wie Martin behauptete?

»Wird alles gut«, sagte Manu. »Das hab ich im Gefühl. Wir

werden ihnen die Ohren langziehen, aber es wird ihnen nichts passiert sein. Das weiß ich.«

»Woher?«

Sie legte ihre Hand auf ihren Bauch. »Der hat normalerweise immer recht. Pass auf, jetzt verrate ich dir was.«

Und dann erzählte sie mir, dass ihr alle ihre Freunde und Verwandten davon abgeraten hatten, das *Desperado* zu kaufen. Ob sie denn jetzt komplett spinne, hätten sie gefragt und sich mit dem Zeigefinger auf die Stirn getippt. Ihr Bauch aber hätte gesagt: Tu es. Du hast recht. Kauf es.

»Und?«

Manu ergriff mein Handgelenk.

»Goldrichtig«, sagte sie. »Die perfekte Entscheidung. Letzte Woche habe ich das Lokal verkauft. Mit Bombengewinn. Deshalb vertraue ich meinem Bauchgefühl.« Sie atmete tief durch und hob stolz ihren Kopf.

Das konnte ich nur schwer nachvollziehen. Wenn ich mich dazu überwinden würde, eine Immobilie zu erwerben, dann würde ich wahrscheinlich bis zum Lebensende drinsitzen. Vom Charakter her war ich eine Sammlerin, keine Händlerin.

»Jetzt fange ich etwas Neues an«, sagte Manu. »Eine Luxus-Tagesstätte für Hunde. Mit Schönheitssalon, Agility-Parcours, Physiotherapie, das ganze Programm. Dazu noch ein Shop für Zubehör. Was glaubst du, was die alles brauchen, vom Boxspring-Körbchen bis zum Drei-Gänge-Fertigmenü. Glaub mir, das ist *die* Marktlücke.« Sie besah sich ihre Fingernägel, die eine perfekte Schaufelform hatten. »Der Businessplan steht, alles wasserdicht. Ich brauche nur noch Mitarbeiter. Was ist mir dir, hast du Lust?«

Ich lachte unbeholfen. »Ich habe mich grad um einen Marketing-Job bei meiner Müsli-Firma beworben.«

»Ja und? Bei mir kannst du auch Marketing machen. Wir suchen übrigens gerade einen Namen für den Salon. Was hältst du von *Bellos Paradies?*«

»Klingt, als würden die Hunde dort begraben«, sagte ich.

»Eben«, sagte Manu und seufzte. »Deshalb brauchen wir dich.«

Wenigstens eine, die mich brauchte, dachte ich und hatte große Lust, ein paar Tränen zu vergießen. Ich mochte Hunde nicht besonders. Das hatte weniger mit dem Geschöpf an sich zu tun als mit der Vorstellung, sich freiwillig einen weiteren Mitbewohner ins Haus zu holen, für den man Verantwortung hatte bis ans Ende seiner Tage. Ich war schon mit meinen zwei Zimmerpflanzen überfordert, die mich regelmäßig provozierten, indem sie mir dürre braune Blätter entgegenstreckten.

»Das Exklusive muss schon im Namen spürbar sein«, sagte ich. *»Doggies Delight*. Oder *The Wau-Experience.«*

Das war mir spontan eingefallen.

»Oh, wow«, sagte Manu. »Denk über mein Angebot nach, ich bitte dich darum.«

Passenger Kronock, please proceed immediatly to gate number fortyfive, sagte eine weibliche Stimme über Lautsprecher und klang dabei so forsch, dass ich mich angesprochen fühlte.

»Lass uns fahren«, sagte ich. »Hier finden wir sie nicht.«

Als ich in die Wohnung zurückkehrte, war Ralf schon zu Hause und mit ihm Peter, ein Kollege aus der Wirtschaftskammer. Ein todlangweiliger Kerl, dessen einzige Leistung darin bestand, unsere Biervorräte zu dezimieren. Er hatte einen Sohn in Flys Alter, Matti, der Software-Entwickler werden wollte – der lukrativste Beruf überhaupt, wie Peter nicht müde wurde zu betonen.

»Hallo«, sagte Peter und hob die Bierflasche in meine Richtung.

Was für eine Begrüßung.

»Schon was von Fly gehört?« Wenigstens fragte Ralf nach.

»Felicitas sollte unbedingt einen Programmier-Kurs belegen«, sagte Peter und nickte wohlwollend ob seines eigenen Rates.

»Im Moment gibt es ein kleines Problem, Peter. Mit Fly. Sie ist weg.«

Ich hoffte, er würde daraufhin beschämt abhauen und seine leeren Bierflaschen mitnehmen.

»Abgängig? Seit wie vielen Tagen?«

»Seit heute früh«, sagte Ralf, damit auch allen bewusst wurde, wie lächerlich meine Sorge war.

Wieherndes Lachen. »Ich kann euch verraten, dass Matti seit zwei Tagen nicht mehr zu Hause aufgekreuzt ist. Wegen diesem Festival.«

»Hast du gehört?«, sagte Ralf, als hätte ich Tomaten auf den Ohren. Klar hatte ich gehört. »Wahrscheinlich macht sie sich dort einen schönen Nachmittag, während du hier ausflippst.«

Falscher Kommentar. Ganz falscher Kommentar.

»Dann hätte sie ja ein Wort sagen können.«

»Hättest du ihr erlaubt hinzugehen?«

Peter nahm einen tiefen Schluck aus der Flasche. Die Frage hatte ihn durstig gemacht.

»Das steht jetzt nicht zur Debatte.«

Nein, wahrscheinlich hätte ich es ihr nicht erlaubt. Weil bald die Matheklausur anstand und weil sie diese verdammte Klasse schaffen musste. Weil ich die Schule hasste, weil sie mein Kind unglücklich machte und mich dazu und ich nur wollte, dass alles möglichst bald und ohne Schrecken zu Ende ging.

Ich erkundigte mich nach dem Namen des Festivals. Peter nuschelte etwas, das nach »Hollirütte« klang.

Ich stürzte ins Schlafzimmer und klappte den Laptop auf. Hackte »Hollirütte« ins Suchfenster.

Meinten Sie hohle Hippe?

Nein.

Meinten Sie Buddy Holly?

Nein. Blödkopf.

Meinten Sie HOLI, Festival der Farben?

Möglicherweise.

Ich scrollte mich durch Seiten mit Fotos von bunt bestäubten Jugendlichen, die sich ekstatisch im Abendrot aalten. Gab's auch in unserer Gegend, war aber schon vorbei.

Ich schickte Manu eine Nachricht. »Hollirütte? Je gehört?«

Sie textete blitzschnell zurück. »Hä?«

Ich versprach allen möglichen Naturgeistern und Göttern ausgedehnte Pilgerreisen, wenn diese Geschichte mit Fly nur gut ausging, notfalls würde ich auf Knien hundertachtmal den Kailash umrunden, wie es Buddhisten tun mussten, die die unmittelbare Erleuchtung anstrebten. Du meine Güte, die Erleuchtung hatte ich mir ohnehin abgeschminkt, es würde mir absolut reichen, wenn hin und wieder ein blasser Lichtstreifen auf meine Existenz fiel.

Ich legte mich aufs Bett, schloss die Augen. Hier würde ich

bleiben, bis Peter die Wohnung verlassen hatte. Hollirütte, Hollirütte, Hollirütte. Wenn man's oft genug wiederholte, ergab es möglicherweise irgendwann einen Sinn.

Ich überwand meinen Widerwillen und wählte noch einmal BOMBE! Vielleicht wusste er mehr. »Sag mal, hat Fly erwähnt, dass sie zu einem Musikfestival wollte?«

»Sie wollte Geld«, sagte Martin. »Geld, Geld, Geld. Frag mich nicht, wofür, ich weiß es nicht. Sprecht ihr nicht miteinander? Sie muss lernen, dass nicht alles gegreenlightet wird, was sie sich wünscht.«

»*Was*?«

»Dass man ihr nicht alles erlaubt. Felicitas kennt keine Grenzen. Weil du ihr keine aufzeigst.«

»Das ist doch überhaupt nicht –«

Manu rief an. Ich warf Martin das zweite Mal an diesem Tag aus der Leitung.

»Hab's gefunden«, sagte sie. »Das Ding heißt *Holy Rhythm.*«

Also doch Schreckensszenario Nummer zwei, die Variante mit der Sekte. Sie war einem Guru verfallen, der mit dem SUV auf Schäfchenfang ging. »Klingt irgendwie spirituell. Das ist doch nichts für unsere Mädchen.«

Wenn sie bei Trost war, konnte ich mir Fly bei keiner Veranstaltung vorstellen, die den Begriff »heilig« im Namen trug.

»Ich finde es nicht so abwegig, es kommt mir so vor, als hätte sie es letzte Woche erwähnt.«

»Sicher?«

»Ziemlich. Ich hätte ihr natürlich nicht erlaubt hinzugehen. Mitten in der Prüfungszeit.«

»Same here.«

»Also gut. Warte mal, ich sitz grad vor dem Schirm. Verdammt viele Konzerte, in der ganzen Stadt verteilt.«

Später erzählte sie mir, was sie rausgefunden hatte: Das *Holy Rhythm* war ein Musikfestival, dessen herausragende Eigenschaft es war, ein völlig anderes Konzept zu verfolgen als handelsübliche Konzerte. Bespielt wurden ungewöhnliche Locations wie Friseursalons, Friedhöfe, Schwimmbäder oder Museen, und alles nach dem Überraschungsprinzip.

Diese Erkenntnisse waren nicht wirklich dazu angetan, mich zu beruhigen. »Wenn sie sich innerhalb der nächsten Stunde nicht melden, gehe ich zur Polizei.«, sagte ich. »Ich warte keine Sekunde länger.«

Meine Entscheidung stand fest.

»Lass uns wenigstens eine Tour durch die Stadt machen. Hast du Freundinnen, die uns helfen können?«

Die hatte ich. Allerdings.

Und jetzt standen wir da, und Birgit notierte auf einem Zettel, wer in welches Lokal ausschwärmte, um nach den Ausreißerinnen zu fahnden. Es war wie Fernsehen, nur in 3D und ohne Fernbedienung zum Umschalten. Erschreckend.

»Wir nennen es die Operation Antonius«, sagte Nofretete.

Antonius war der Heilige, der für die verlorenen Dinge zuständig war. Dass er auch dabei half, die verlorengegangenen Menschen wiederzufinden, war mir neu.

»Die Mädchen sind doch keine Schlüssel«, sagte Katharina die Große.

»Die Schlüssel zum Glück«, sagte Vicky, die eindeutig zu viele Schlager hörte.

»Wenn schon, dann Antonia«, sagte ich. Es gab doch sicher auch eine Heilige Antonia, eine Märtyrerin, die sich für ihren Glauben die Zehennägel hat ausreißen lassen.

Wie auch immer – wir würden uns aufteilen. Birgit und die Katharinas waren für die Lokale in der Innenstadt zuständig. Wir sandten ihnen Fotos von Fly und Bea auf ihr Handy, damit sie sie vor Ort identifizieren oder andere Leute fragen konnten, ob sie sie gesehen hatten.

Ich sollte mit Nofretete ins *Spitzentanz* und in den *Käferpalast*. Gerüchten zufolge trat dort ein international bekannter Musiker auf, aber sicher war sich da keine. Die Kleine und die Große Katharina würden gemeinsam mit Vicky die Vorstadt durchforsten, inklusive dem *Big*, wo nachher die große Aftershow-Party stieg.

Die Geschäftigkeit, mit der wir unsere Pläne schmiedeten, tat mir gut. Sie lenkte mich ab und gab mir das Gefühl, in einem warmen Freundschafts-Bassin zu baden.

30

Das *Spitzentanz* war eine Bar im berüchtigten Szene-Viertel am Fluss. Nofretete und ich waren der Hingucker Nummer eins. Nicht, weil wir so schön, sondern weil wir so alt waren. Wir drängten uns vor zur Bar und bestellten Mineralwasser. Es galt, kühlen Kopf zu bewahren. Dass da zwei Frauen nur Wasser bestellten, versetzte den Barkeeper, der aussah wie ein Tom Cruise für Arme, in Schockstarre. Vor uns lag die Karte mit den Cocktails, so dick wie ein Telefonbuch, als es noch Telefonbücher gab.

»Und was dazu?«, fragte er fassungslos.

»Nichts. Das ist alles«, sagte ich.

Mit leerem Gesichtsausdruck stellte er zwei kleine Flaschen Mineralwasser und zwei Gläser vor uns hin.

»Neun Euro«, sagte er und bestand darauf, gleich zu kassieren.

Die Happy Hour hatten wir offenbar versäumt. Und logischerweise musste man bei zwei alten Schachteln, die Wasser bestellten, davon ausgehen, dass sie die Zeche prellen würden.

Wir prosteten einander nicht zu, denn worauf sollten wir jetzt schon trinken. Neben uns hatte eine Batterie aggressiv geschminkter Mädchen Aufstellung genommen. Die Luft war schwanger von Pheromonen und klebrigem Parfum. Nofretete deutete auf ein Anabolika-Opfer im knallengen weißen Shirt, aus dem er nur noch rausgeschnitten werden konnte. An seinem Bizeps, der so dick war wie mein Oberschenkel an seiner breitesten Stelle, hing eine dralle Blondine im Ultraminikleid.

»Nicht schlecht«, sagte Nofretete und nickte anerkennend. »Wir müssen nur diese Speck-Barbie loswerden.«

Schön, dass sie sich wohl fühlte, aber wir waren nicht zum Spaß da. Ich sah mich um, ob ich jemanden aus Flys Freundeskreis identifizierte. Ich wusste, dass sie gern ins *Spitzentanz* gingen. Soundcheck auf einer improvisierten Bühne. Die Gitarre machte »cloing cloing«. »Eins, zwei, eins, zwei.« Ein Hipster im Hawaii-Hemd sprach ins Mikrophon. Das Gehölz im Gesicht ließ nur erahnen, wo sich sein Mund befand.

Ich ließ den Blick schweifen. Da. Da vorn. Die kannte ich. Dunkler Pagenkopf, asiatischer Look. Wie hieß sie noch einmal? Jill? Jenny? Josy? Ich drängte mich seitlich vorbei an parfümierten und gestählten Körpern.

»Entschuldigung.«

Ihr tippte ihr auf die Schulter. Sie drehte sich um und erschrak. Als sei ich eine Beamtin in Zivil, die sie gleich durchsuchen würde. »Gehst du nicht mit Fly in eine Klasse?«

»Was bitte?«

Augen sperrangelweit offen. Die anderen Mädchen sahen sie beunruhigt an.

»Fly. Also Felicitas. Kennst du sie? Ich bin ihre Mutter.«

Ich holte mein Handy hervor und zeigte ihnen ein Bild von Fly.

»Nie gesehen«, sagte das Mädchen.

»Aber du bist doch Jill? Oder Jenny?«

»Andrea«, sagte sie.

»Danke«, sagte ich und trat den Rückzug an. Ich spürte, dass sie mir nachsahen und über mich plapperten.

Wahrscheinlich war es sinnlos, die Lokale zu durchkämmen. Reiner Aktionismus, doch meine psychische Ausstattung gestattete es mir nicht, einfach nur abzuwarten.

Nofretete hatte in der Zwischenzeit ihr Mineralwasser ausgetrunken und war zu Hochprozentigem übergegangen. Ihr Cocktail schillerte in allen Regenbogenfarben, von einem zarten Rosé bis zu einem mysteriösen Ozeanblau. Sie biss von der Ananas ab, die an einem Spieß befestigt war.

»Was trinkst du? Ingo hat mich überzeugt, etwas Nahrhafteres zu bestellen.«

Das Tom-Cruise-Double grinste.

»Nichts«, sagte ich.

»Jetzt hör einmal zu, Schätzchen«, sagte sie. »Wetten, deine Tochter lacht dich aus, wenn sie dich so sieht? Die macht sich einen schönen Abend, während du wie eine Privatdetektivin durch die Bars streunst und die jungen Leute verschreckst.« Sie zielte mit der Spitze des Spießes auf mich. »Warum seid ihr hysterisch, wenn sich die Teenager wie Teenager benehmen? Mein Gott, früher galt es als krank, wenn die jungen Leute nicht rebellierten. Heute kriegen sie Tabletten verschrieben, wenn sie ein bisschen feiern. Was ist das nur für eine Generation? Ich meine damit die Eltern, nicht die Kinder.«

Ich klappte den Mund auf und wieder zu. Mit einem Frontalangriff hatte ich nicht gerechnet. Von Nofretete war ich gewohnt, dass sie ihre Kritik in flauschigen Spott oder sanfte Ironie kleidete.

Ich fragte mich, weshalb sie mich überhaupt begleitete – nur um mich zurechtzuweisen? Ich wurde wütend. Zuerst war es nur ein Flämmchen, genährt aus Unverständnis, doch je mehr sie sich in Rage redete, umso größer wurde mein Ärger. Irgendwann registrierte ich nur noch Bruchstücke. … musst loslassen … verwöhnt … eigenständig ist wichtig, sonst … lächerlich … Glucke … Kind, das die Eltern erzieht, nicht umgekehrt …

Da platzte mir der Kragen.

»Und dein Köter?«, rief ich gegen die Musik ankämpfend. »Was ist mit deinem degenerierten Köter? Wenn wir schon von Überbehütung reden.«

»Pablo ist kein Köter«, zischte sie. Sie war aufgebracht. »Pablo hat einen Stammbaum, der bis ins achtzehnte Jahrhundert zurückreicht.«

»Wunderbar! Manu macht demnächst eine Tagesstätte für adelige Hunde auf. Das wär doch was für Pablo, oder? Entschuldige, natürlich für Pablo und dich.«

Ich lachte wie irr. Abgesehen davon, dass ich es immer schon idiotisch gefunden hatte, wenn Hunde gegen Kinder ausgespielt wurden.

»Eine Tagesstätte?« Nofretete horchte interessiert auf. »Guter Plan. Meine Freundinnen fahnden dringend nach so einem Angebot. Manu? War das nicht die mit der schaurigen Bar? Wir sollten mit ihr reden, eventuell würde ich investieren. Jetzt schau nicht so schockiert.«

Sie rührte mit dem Spieß in ihrem Cocktailglas. Dann drehte sie sich um.

»Herr-lich«, sagte sie zum Barkeeper und hielt das Glas hoch. »Noch einen!«

Und dann ging ich. Ich ging einfach. Ließ Nofretete an der Bar stehen und teilte mit Händen und Ellenbogen das Meer der Jugendlichen, das sich hinter mir sofort wieder schloss.

Vor dem *Spitzentanz* rang ich nach Luft. Die Nacht war sternenklar. Ein Junge fragte »Zigarette?«, und ich sagte: »Nein, danke«. Er sah mich komisch an. Da erst checkte ich, dass er mir keine Zigarette angeboten, sondern danach gefragt hatte.

So war's doch immer im Leben, dachte ich: Du denkst, du kriegst was, und dabei sollst du nur was geben. Ich griff in die Tasche. Da war nur ein zerknautschter Zettel. Ich faltete ihn auf, hielt ihn über den Kopf. Der Junge glotzte.

»Was ist? Noch nie einen privaten Mond gesehen?«

Sollten die anderen doch dumm schauen, ich hatte wenigstens ein Gestirn, das mir die Treue hielt.

31

Ich gab den Flotten Lotten meine Koordinaten durch. Die beiden Katharinas hatten, wie ich erfuhr, auf ihrem Handy eine Excel-Liste angelegt mit den in Frage kommenden Lokalitäten und hakten sie mit militärischer Präzision eine nach der anderen ab. Ich war beschämt. Eine einzige Bar hatte ich bisher geschafft, und der Erfolg war überschaubar gewesen.

Ich konnte jetzt nicht allein sein und rief Ralf an. Immerhin war er mein Mann, in guten wie in schlechten blabla. Jetzt war eine besonders schlechte Zeit, was wiederum eine gute Zeit war, um einander auf die Probe zu stellen. O Überraschung, Zeichen und Wunder. Ralf versprach zu kommen. Mit dem Rad zwar, aber er kam.

Der *Käferpalast* war schütter besucht. Um zehn ging keiner dahin. An den wenigen Gästen gemessen, konnte ich zumindest bereits feststellen, dass wir das Durchschnittsalter ordentlich in die Höhe schrauben würden.

Wie setzten uns in eine Nische, die die Form eines Maikäfers hatte. Die beiden einander gegenüberliegenden Bänke waren unter enormen schwarzen Flügeln montiert. Es war schummrig da drin und auch irgendwie unheimlich.

Eine SMS trudelte ein. Von Lukas. *Gefunden?*

No, textete ich.

Jetzt wo?

Käferpalast. Nur nichts Überflüssiges, wir beschränkten uns auf die zentralen Informationen.

Was glaubst du?

Holy Rhythm? Maybe.

Ralf sah mich vorwurfsvoll an. Er konnte es nicht ausstehen, wenn ich in seiner Gegenwart auf dem Handy herumtippte.

Dann sah ich auf und sagte: »Ich habe sie schon einmal verloren und wiedergefunden.« Ralf wusste nichts davon. Und dann erzählte ich es ihm. Was passiert war, als sie drei war. Um die Spannung zu erhöhen, schmückte ich die Story ein wenig aus. So kam ein Kinderhändlerring darin vor, der damals angeblich sein Unwesen trieb, ein Orkan, der just in diesem Moment über die Stadt fegte, und eine nicht näher definierte akute Erkrankung des Kindes, die eine regelmäßige Medikamentengabe erforderte. Ralf kannte die Geschichte nicht und hörte aufmerksam zu.

»Heute ist es natürlich anders«, sagte ich. »Fly ist erwachsen, also fast. Aber ich habe immer noch Angst um sie, das hört einfach nie auf. Kannst du das nachvollziehen?«

Er nickte, und ich war erleichtert, selbst wenn es ein Höflichkeitsnicken sein sollte. Da erst fiel mir auf, wie lange es her war, dass wir das letzte Mal ehrlich miteinander gesprochen hatten. Die Taubenfeder-Episode hatte zwar für einige Tage die Stimmung gelockert – vor allem konnten wir es nicht lassen, bei jeder passenden und unpassenden Gelegenheit den

Running Gag »hygienisch einwandfrei!« anzubringen –, aber letztlich lebte eine Beziehung nicht von einem Witz allein.

Unter den Flügeln des Marienkäfers wurde es allmählich stickig. Die Musik, die aus den Lautsprechern drang, kannte ich nicht. Deutscher Rap, Fly hatte mir hin und wieder etwas vorgespielt, ich behielt lediglich die Zeile *Die Ruhe traut sich nur noch vor dem Sturm nach draußen* in Erinnerung.

»Wie kann ich dir helfen?«, fragte Ralf.

»Ich brauche jemanden, der mir sagt, dass auf dieser Welt niemand verlorengeht«, sagte ich.

»Es geht niemand verloren«, sagte er und nahm meine Hand.

»Danke«, sagte ich und drückte seine Hand. Ein Augenblick von fast kitschiger Intensität.

»Wir sprechen so selten«, sagte ich. »Du bist so oft weg. Manchmal habe ich das Gefühl, du flüchtest vor uns.«

Wir – das waren immer noch meine Tochter und ich, die kleinste aller möglichen Familienkonstellationen. Ralf würde immer der bleiben, der mehr oder weniger zufällig dazugestoßen war.

»Ich habe eher das Gefühl, dass ich ein Fremdkörper für euch bin«, sagte er jetzt. »Wenn ich heimkomme, interessiert sich niemand für das, was ich getan habe«, sagte er. »Ich fühle mich isoliert. In meiner eigenen Wohnung.«

Das hörte ich zum ersten Mal. Was erwartete er von mir? Ich wechselte in den Angriffsmodus.

»Sorry, aber das könnte ich ebenso sagen«, antwortete ich. »Wann hast du mich das letzte Mal gefragt, wie es mir in der Arbeit ergangen ist? Weißt du überhaupt, womit ich mein Geld verdiene? Und mit welchen Dumpfbacken ich mich herumschlagen muss? Du hast mir diesen Job damals in den höchsten Tönen angepriesen, was danach passierte, interessiert dich einen feuchten Dreck.« Ich entzog ihm meine Hand.

»Das stimmt nicht«, sagte Ralf. »Wenn du mir nichts erzählst, dann ist das nicht mein Fehler.«

»Du müsstest dich reden hören! Wenn du nach Hause kommst von deinen Touren, bist du so erschöpft, dass du gerade noch die Fernbedienung findest.«

»Wieso wusste ich, dass es beim Rad enden wird?«

»Weil es mit dem Rad angefangen hat?«

Ich war lauter geworden als beabsichtigt. Die Paare aus der Kartoffel- und der Hirschkäfer-Nische drehten sich zu uns um.

»Es ist Zeit, dir zu sagen, dass ich dein Müsli nicht mag. Ja, es tut mir aufrichtig leid, aber ich finde es scheußlich. Einfach nur scheußlich. Geschmacklos und widerlich mit den labbrigen Apfelspalten. Mir war nicht bewusst, dass ein Müsli derart grauenhaft schmecken kann. Aber kein Grund, das persönlich zu nehmen. Wir sprechen hier vom Müsli, nicht von dir.«

Mittlerweile hatte ich mich zurückgelehnt und die Arme über der Brust gekreuzt. Was war noch übrig vom Ralf der Anfangszeit? Ich versuchte, die beiden wie Schablonen übereinanderzulegen, aber es gelang mir nicht. Der Ralf des Anfangs war ein vollkommen anderer Mann gewesen, zuvorkommend, höflich, bewundernd, hilfreich in allen Lagen. Heute sah ich ihn an und wunderte mich, dass er sich als russische Puppe entpuppt hatte, als Matrjoschka mit ihren ineinandergeschachtelten kleineren Puppen, und ich anfangs nicht daran gedacht hatte, nachzuschauen, ob sich noch etwas anderes in ihm verbarg. Ich vertraute der freundlichen Oberfläche, der hilfsbereiten Hand, die mir nur allzu gern auf die beruflichen Beine geholfen hatte. Aber danach kam nichts mehr. Möglicherweise hatte ich mich beeindrucken lassen, weil er den größtmöglichen Gegensatz zu Martin darstellte. Er mischte sich niemals ein, er versuchte nicht, für mich zu entscheiden, er hackte nicht pausenlos auf mir herum –, was auch gar nicht möglich war, denn er wusste von nichts und es interessierte ihn auch nicht die Bohne. Und vielleicht war ich jetzt ungerecht und einseitig in meiner Beurteilung, aber letztlich zählte doch nur, was unterm Strich rauskam. Ich war nicht glücklich in dieser Beziehung. Punkt.

»Wir brauchen eine Pause«, sagte ich. »Eine Beziehungspause. Um uns klar darüber zu werden, was wir wollen.«

»Du meinst, *du* brauchst eine Pause.« Er lehnte sich zurück. Zu sagen, dass er schockiert war, wäre übertrieben. Überrascht, das war er sehr wohl. Ich war selbst überrascht. Das hatte ich nicht vorgehabt. Vor allem nicht an diesem Abend, an dem er doch mithalf, Fly zu suchen.

»Und wenn du Lust dazu hast, drückst du wieder auf Play? Nein, meine Liebe, du kannst mich nicht behandeln wie deine Kunden, die dir das Müsli aus der Hand fressen. Wir haben ein gemeinsames Leben als Familie, aber ich habe auch selbst ein Leben, das ich gestalten kann, wie ich möchte. Ich bin nicht dein dressierter Pudel, den du deinen Freundinnen als Trophäe vorführst und dann wieder zu Hause aufhängst.«

Die Vorstellung war allzu grotesk. »Du hast also das Gefühl, ich führe dich vor? Du bist doch nie dabei, wenn ich meine Freundinnen treffe.«

Er hatte sich da etwas zusammengereimt, aber möglicherweise enthielt sein Vorwurf einen wahrhaftigen Kern.

Ein Mädchen, das einen Haarreifen mit zwei Antennen trug, trat zu unserem Tisch. »Ihr habt gewählt?«

»Nein«, fuhr ich sie an. Meine Laune hatte einen historischen Tiefpunkt erreicht. Als sich das Käfer-Girl in Richtung Bar davongemacht hatte, fing ich wieder damit an. Es ging nicht anders.

»Ich werde das Gefühl nicht los, dass du mit dem Rad permanent vor uns davonfährst. Stören wir dich? Sind wir Fremdkörper in deinem Leben? So fühlt es sich nämlich an.«

»Das hat nichts mit euch zu tun. Beim Radfahren krieg ich den Kopf frei.«

»Bitte wovon ist dein Kopf so voll?«

»Von der Arbeit.«

»Und an den Wochenenden? Da arbeitest du doch gar nicht.«

»Da denke ich über die Arbeit nach.«

Mir lagen ein paar Bösartigkeiten auf der Zunge, die ich runterschluckte, um die Atmosphäre nicht vollständig zu vergiften. Vielleicht fand ich es einfach ungerecht. Er konnte abhauen, sobald er Lust dazu hatte, und ich war in meinen Alltag eingezwängt wie in ein Fischgrätenkorsett.

»Ich werde ausziehen«, sagte ich. Einfach so. »Nicht für immer. Aber vorübergehend.«

»Ein anderer Mann? Du kannst es mir ruhig sagen. Sei ehrlich.«

Mir fuhr der Schreck in die Glieder. »Aber nein, nein!«, rief ich hysterisch.

Oder doch? Welche Rolle spielte Lukas in der ganzen Geschichte? Ich dachte an die letzte Begegnung in der Wohnung des Architekten, die so abrupt geendet hatte. Da hing noch ein Ende in der Luft, das irgendwann verknotet werden musste. Aber nicht jetzt. Jetzt nicht.

»Du hast gezögert.«

Er kannte mich.

»Das ist abstrus, Ralf, und das weißt du genau.«

»So etwas ist nie abstrus.«

Er sah auf seine Hände. Und da tat er mir leid. Aber ich tat mir selbst auch leid. Eine Beziehung zu führen bedeutete, in eine Arena zu steigen, in der nicht klar ist, welches Tier auf dich wartet. Anfangs sieht es aus wie ein Schaf, am Ende ist es ein Löwe. Oder du bist der Löwe und der andere das Schaf.

Ich stand auf. »Lass uns Fly suchen.«

In diesem Moment stürzten zwei Männer an den Tisch. Martin und – Lukas. Was ging hier vor sich?

»Birgit hat mich informiert«, sagte Martin und schwenkte sein Mobiltelefon. »Ich habe eine App, mit der sich vermisste Personen aufspüren lassen. Von Geheimdiensten entwickelt.«

Klar. Und im Weltraum erprobt.

Lukas stand hinter ihm wie ein Häufchen Elend. Er gab mir eine Antwort, bevor ich fragen konnte. »Deine Mutter hat mir gesagt, wo du zu finden bist«, sagte er.

Schon wieder Mama! Woher war sie so gut informiert?

»Sie ist bei den anderen Frauen und hilft mit.«

»Bei welchen Frauen?«

»Bei den Fleißigen Lieschen?« Lukas war unsicher.

»Du meinst wohl die Flotten Lotten«, sagte ich.

Die Männer quetschten sich in die Maikäfer-Nische, und ich sah von einem zum anderen. Alle drei bedeuteten mir viel. Und alle waren gekommen, um meine Tochter zu finden. Es war wie im Film. Ich war gerührt.

Martin hatte bereits sein Handy in die Mitte des Tisches gelegt und tippte darauf herum.

»Zuerst probieren wir die Ortung«, sagte er.

»Sie hebt nicht ab«, sagte ich.

»Das braucht sie nicht.«

»Hat sie ihren Standort freigegeben?«, wollte Ralf wissen.

»Braucht sie auch nicht«, sagte Martin.

Es verging eine endlose Zeit, in der die Männer über Spionage-Apps diskutierten. Mein Geduldsfaden war bereits gefährlich spröde. Was um alles in der Welt taten die hier, außer sich wichtigzumachen? Mittlerweile war auch klar, dass Fly hier nicht mehr auftauchen würde.

Lukas hatte sich noch nicht zu Wort gemeldet, er saß am Rand der Käferbank, mir gegenüber. Irgendwann schob er mir unauffällig einen Zeitungsausschnitt zu. »Heute gefunden«, raunte er.

Julian Forest: Seine Groupies folgen ihm bis nach Winnipeg

Winnipeg! Das reichte. Ich stand auf. »Macht doch, was ihr wollt«, sagte ich. »Ich geh da jetzt raus und werde sie finden.«

Nächster Weg: die Polizei. Jetzt gleich. Kein Aufschub mehr.

Ich gehe zur Polizei, schrieb ich Fly. *Stehe schon davor.*

Das stimmte nicht, denn ich stand immer noch vor dem *Käferpalast*.

Sie antwortete fast in der Sekunde. *Bitte nicht. Bin bei JF.*

Unendliche Erleichterung. Sie antwortete. Es ging ihr gut. Sie kommunizierte. Aber Moment mal. JF, was sollte das bedeuten? J. F. Kennedy?

Ich rief an. Sie hob nicht ab. Das Luder.

Also brüllte ich sie schriftlich an. *WAS BEDEUTET DAS?? BEI WEM BIST DU??*

Bei Julian, schrieb sie.

Mein Herz blieb stehen. Also doch.

IN KANADA??????

ABER NEIN!! HR.

HR??

Darauf antwortete sie nicht mehr. Eine Schrecksekunde, dann war mir alles klar. Sie sind nicht nach Kanada geflogen. HR hieß Holy Rhythm. Der Typ war hergekommen und trat beim Holy-Rhythm-Festival auf. Die ganze Aufregung für die Katz.

WIR SPRECHEN UNS NOCH!, schrieb ich zurück. Sie sollte sich nur nicht in Sicherheit wiegen. Das würde Konsequenzen haben, auch wenn ich noch nicht wusste, welche.

Und was würde ich noch mit dem Abend anfangen? Zunächst einmal die Operation Antonia abpfeifen. Ich konnte die armen Lotten doch nicht noch weitere Stunden durch die Stadt treiben.

»Was?« Katharina die Große klang enttäuscht. »Wir haben eine Menge toller Lokale kennengelernt«, sagte sie. »Und da stehen noch andere auf der Liste, die ich unbedingt mal sehen will. Tut mir leid, aber wir machen weiter.«

Was sollte man darauf sagen? Am besten nichts. Ich wünschte ihnen viel Spaß.

Und dann kam Lukas aus dem *Käferpalast*. Allein.

»Ich begleite dich«, sagte er und bot mir seinen Arm zum Unterhaken an. »Die anderen beiden versuchen es noch mit IT.«

»Dieser Julian Forest spielt heute ein Konzert in der Stadt«, sagte ich. »Fly ist offenbar verrückt nach ihm.«

»Verrückt nach einem Musiker«, sagte Lukas und lachte.

Ich ging nicht darauf ein, damit er sich keine Schwachheiten einbildete und so was wie »Wie die Mutter so die Tochter« sagen konnte.

Nach einer Weile sagte er: »Aber dann ist doch alles gut. Sie ist bei dem Konzert. Du brauchst sie nicht mehr zu suchen.«

»Ich frag mich manchmal, wie gut ich sie kenne«, sagte ich. »Ob sie auch eines dieser Groupies sein könnte, die einem Musiker nach Kanada folgen. Aus einer Laune heraus.«

Lukas blieb stehen. »Hättest du es gemacht? Wärst du einem Musiker gefolgt?«

Ich wusste, was er meinte, und er wusste, dass ich es wusste.

Bis ans Ende der Welt, dachte ich. Ich wäre dir überallhin gefolgt. Damals, vor zweiundzwanzig Jahren.

»Hey«, sagte er. Wir standen vor dem *FLOX*. »Gehen wir hinein.«

Er lotste mich an einer Schlange vorbei zum Eintritt. Dem Türsteher flüsterte er etwas ins Ohr, es musste eine Zauberformel sein, denn wir wurden sofort reingelassen.

»Was hast du ihm gesagt?« Ich musste ihm die Frage zurufen, denn hier drin war es laut und eng, und ein Blick genügte, um festzustellen, dass wir die Ältesten waren. Eine Horde junger Leute, die Handys hochhielten und schwenkten wie wir weiland die Feuerzeuge. Ein Holy-Rhythm-Banner. Ein Fernsehteam. Da war ganz schön was los. Auf der Bühne eine Band, die mir nicht ganz unbekannt war. Den Song hatte ich doch schon mal gehört. Sie sangen über ein Mädchen, das irgendwas im Feuer verloren hatte. Ihr Marshmallow oder so.

»Warte mal«, sagte Lukas. »Bin gleich wieder da.«

Er verschwand im Pulk, und ich stand da wie bestellt und nicht abgeholt. Denen musste doch auffallen, dass ich nicht hierhergehörte. Gleich würde einer der freundlichen Türsteher mich bitten, die Lokalität zu verlassen.

Ein junges Mädchen hinter dem improvisierten Tresen beugte sich zu mir. »Möchtest du was trinken?«

Wie süß, sie duzte mich. Ich schüttelte den Kopf.

Und dann war das Lied zu Ende, und ein Mann kletterte auf die Bühne. Ich brauchte zwei, drei Anläufe, um zu kapieren, dass das Lukas war. Er ging auf den Frontman zu, der ihn per Handschlag begrüßte und auf den Rücken klopfte, die Menge johlte. Was wurde hier gespielt?

Dann bat der Sänger um Ruhe, und es war mit einem Mal mucksmäuschenstill im Raum, und Lukas nahm tatsächlich das Mikrophon in die Hand und begann zu sprechen. Mein Herz raste, und ich war sicher, dass man es bis auf die Bühne hören musste.

Er wolle, sagte Lukas, die Gelegenheit nutzen, dass dieses Konzert live auf Youtube übertragen werde, denn es gehe darum, ein Mädchen zu finden, das dringend gesucht wird. Und dann sagte er den Satz: »Ich bitte Nina auf die Bühne, wo ist sie? Nina, sprich mit deiner Tochter.«

War das versteckte Kamera? Ich erwartete, dass jeden Augenblick ein geifernder Regisseur oder eine kichernde Assistentin hinter einer Mauer hervorsprangen.

»Nina!«, rief Lukas noch einmal. »Smashed Screen warten auf dich!«

Wie, die hier waren Smashed Screen? Da hatte ich ja mit schlafwandlerischer Sicherheit genau die richtige Band für meine Hochstapeleien ausgesucht. Halleluja, dass Gott die kleinen Sünden sofort bestrafte, das hatte er mir nun ausreichend bewiesen, das musste er nicht ausreizen, wie ich fand. Hilflos wedelte ich mit den Armen und schüttelte zugleich den Kopf, was so viel hieß wie: verzichte dankend.

»Nina? Wo bist du?«

Rumoren im Publikum. Ja, wo war sie denn, die Nina? Vor allem hasste sie Überraschungen. Ich mochte als Kind nie in den Zirkus mitgehen, weil ich garantiert – so klein ich mich auch gemacht hatte – rausmusste in die Manege, um einem vertrottelten Clown den Koffer zu halten. Ich verzog mich schnurstracks auf die Toilette, wo sich fünfzehn bleiche Teenies synchron den Lidstrich nachzogen. Bei dem Vampir-Look konnte ich nicht mithalten. Meine Wangen waren rotgefleckt vor Aufregung, außerdem war ich so ungeschminkt, wie man es nur sein konnte. Nicht mal Creme. Das blanke Nichts.

Ich stieß die Schwingtür wieder auf und mit Lukas zusammen.

»Hier!«, stieß er aus. »Wir warten auf dich!«

»Aber ich warte nicht auf mich«, sagte ich rasch. »Kommt gar nicht in Frage, dass ich da raufgehe und mich zum Deppen mache.«

Er nahm mich an der Hand.

»Spinnst du?«, rief ich. »Das ist Nötigung!«

Er blieb abrupt stehen. Unsere Gesichter, so nah. »Ich will dir nur helfen, kapier das bitte.«

Oh. Das saß.

Wir waren mittlerweile bei der Bühne angelangt. Ein Scheinwerfer nahm mich gefangen und begleitete mich auf die Bühne. Alle gafften, so als hätten sie noch nie eine Müsliverkäuferin am Rande des Nervenzusammenbruchs gesehen.

Wenigstens waren die Bandmitglieder von Smashed Screen nicht unfroh über die Unterbrechung, wie ich bemerkte. Sie nutzten die Pause, um Bierdosen zu öffnen, und hoben nur kurz die Hand zur Begrüßung.

»Wir hier«, sagte der Sänger und klopfte Lukas auf die Schulter, »kennen uns seit Ewigkeiten.« Das auch noch. Ich drückte dem Sänger schüchtern die Hand. Fehlte nur noch, dass Lukas etwas sagte, das in die Richtung ging: »Ich bringe euch hier eure Songschreiberin. Ihr kennt euch ja.«

Zum Glück drückte er mir gleich das Mikro in die Hand.

»Was soll ich damit?«, zischte ich. Es war eingeschaltet. Alle hatten es gehört, was für Heiterkeit sorgte. Lukas machte aber nur eine Geste, die so viel bedeutete wie: The stage is yours.

Verzweifelt murmelte ich: »Eins, zwei, eins, zwei.«

Aus dem Publikum rief einer: »Drei!«

Gelächter.

»Eins, zwei, drei, vier«, flüsterte ich.

Pfiffe. »Lauter!«-Rufe. Ich konnte nichts sehen, die Scheinwerfer blendeten mich. Es war nicht so, dass ich das nicht kannte, ich stand schließlich nicht das erste Mal auf einer Bühne. Was hatte Lukas gesagt: Live-Übertragung? Alle sahen es? Ich räusperte mich. Jetzt bemerkte ich das Mädchen, das in der ersten Reihe stand und eine Kamera hielt.

Ich winkte. »Kannst du mich sehen, Fly? Ich bin auf Youtube, live sogar. Toll, oder? Damit kennst du dich aus, ich konnte es kaum glauben, als mir jemand erzählt hat, dass das ein Beruf ist. Dass man damit Geld verdienen kann. Das werde ich heute mit Bestimmtheit nicht, nicht einen Cent«– hier lachten alle – »egal. Ich wollte dir nur sagen, dass –«

Ich stockte. Ja, was wollte ich ihr denn sagen? Hatte ich vor, sie öffentlich zu demütigen? Nein, auf keinen Fall. Musste ohnehin schlimm genug sein, wenn ihre Freundinnen jauchzten: »Schau mal, deine Maaam! Was macht die da?« Außerdem: Das mit der Erziehung war gelaufen, ich brauchte mich jetzt nicht groß aufzuspielen, nur weil eine Kamera auf mich gerichtet war.

»Äh – ich wollte dir sagen, dass ich früher auch ein paar dumme Dinge angestellt habe.« Was für eine Beichte. Oma hat vor hundert Jahren ein paar Kirschen aus Herrn Müllers Garten gestohlen. »Ich weiß noch, wie wir einmal im Café gesessen sind statt in der Schule, ha ha.«

Im Publikum machte sich Langeweile breit. Ich sah förmlich die Fragzeichen, die sich in den Denkblasen über den Köpfen dieser jungen Leute ausbreiteten. Die hatten bestimmt irgendein epochales Outing erwartet oder die Ankündigung eines internationalen Stars, wenigstens einen handfesten Skandal. Ich dachte an Birgits Losung: Jeden Tag etwas tun, was man noch nie gemacht hat. Jetzt war doch der ideale Zeitpunkt dafür, ein besserer würde nicht kommen.

»Ich habe früher gesungen, vor allem Lieder geschrieben.

Mit diesem Mann hier.« Ich zeigte auf Lukas, damit die Kamera meiner Handbewegung folgen konnte. So, das war's eigentlich. Jetzt gerne Abmarsch. »Ach ja, Fly: Melde dich bei deiner Mutter.« Das klang so, als ob die Mutter und ich zwei verschiedene Personen seien. Egal. Sie würde es verstehen, für die anderen spielte es keine Rolle.

»Singen!«, rief einer im Publikum. Meinten die mich? Andere stimmten mit ein. »Singen, singen!« Ich sah zu Lukas. Er lachte breit und nickte. Kommt überhaupt nicht in Frage, was hatte ich da nur angerichtet mit meiner Beichte. Sofort weg hier.

»Sin-gen! Sin-gen!« Sie klatschten rhythmisch. Erwartungsvolle Blicke, manche lachten.

Ja, liebe Nina, da hast du dich selbst hineinmanövriert, jetzt schau gefälligst, wie du da wieder rauskommst.

»Nina!«, hörte ich plötzlich jemanden rufen. »Ninaaaa, bravooo!«

Ich sah genauer hin. Da. Eine Frau stand, mit einem Schal wedelnd, ganz vorn bei der Bühne. Das war ja Manu! Wie war sie hierhergekommen? Wie war ich überhaupt hier gelandet? Im Bruchteil eines Augenblicks wurde mir bewusst, dass dies hier ein großer Moment war. Nicht für die Menschheit, aber doch für einen einzigen Menschen, nämlich für Nina Bydlinski, die nach zweiundzwanzig Jahren wider Erwarten eine Bühne erklommen hatte. Und da gab es doch dieses Lied, das ich geschrieben hatte, kurz nachdem Lukas gegangen war. Wie ging das noch mal?

»Ich hab dich kommen sehen«, sagte ich leise, fast flüsternd. *»Und hab nicht gehört, als du gingst. Die Tür war verschlossen, da*

hab ich gewusst, dass du springst – hinaus in dein Leben, du hältst es schon fest in der Hand. Das, was war, nimmst du mit dir, die Sehnsucht lässt du mir als Pfand.«

Die letzten Worte sang ich bereits, die Melodie hatte sich eingeschlichen, hinterrücks, fast hätte ich es nicht gemerkt. Bis der Bass einsetzte. Die Gitarre. Das Schlagzeug. Die Musiker, die offenbar ihr Bier ausgetrunken hatten, wussten nicht, was ich singen würde, sie improvisierten.

Jetzt der Refrain: *Du bist die Wahl – zwischen Pest und Cholera. Keine Impfung, die mich schützt, keine Tablette, die was nützt.*

Was dann kam, war alles ein bisschen viel. Ich war wie in Trance. Bemerkte fast nicht, als es zu Ende war, der Applaus, der aufbrandete, wie mich der Sänger von Smashed Screen, Typ Holzfäller, der noch nie einen Wald von innen gesehen hat, umarmte und sagte: »Wow, dieses Cholera-Ding geht unter die Haut, möchtest du nicht einmal für uns einen Song schreiben?«

Lukas, der mich am Arm nahm und mir von der Bühne hinunterhalf. Ich war ein einziges Zittern. Der mir ins Ohr flüsterte: »Ich hab's gewusst.«

»Was?«

»Dass du nie was für Smashed Screen geschrieben hast.«

Sollte ich jetzt erleichtert oder beleidigt sein? »Weil ich nicht gut genug bin, oder wie«, sagte ich. Ich hatte mich fürs Beleidigtsein entschieden.

»Weil die ihre Songs selbst schreiben, ganz einfach.«

Bis jetzt, dachte ich. Wart's ab.

Manu, die mich ausführlich drückte. »Du, das wusste ich ja gar nicht. Dass du eine Youtuberin bist.«

Wir lachten.

Meine Mutter und Theo, die plötzlich vor mir standen, triumphierend, Fly im Schlepptau. »Na, da waren wir ja grad im richtigen Moment am richtigen Ort. Schau, wer da ist.«

Fly, die mich umarmte und die sagte: »Du bist so peinlich, Mama. Das haben alle gesehen.«

Hinter Fly ein Dutzend Freundinnen, aufgebrezelt, als schritten sie zum ultimativen Dinner mit dem Prinzen, der die Lizenz zum Rosenverteilen hatte. Alle grinsten und waren froh, dass ich nicht ihre Mutter war.

Alle standen um mich herum und begafften mich wie ein exotisches Tier, von dem sie nicht gedacht hatten, dass es existierte.

»Wie fühlst du dich?«, fragte Theo.

Ich horchte in mich hinein. So wie man das macht, wenn etwas Epochales passiert war.

»Ich habe einen Riesenhunger«, sagte ich schließlich.

»Und ich erst«, sagte Theo.

»Ich auch«, sagte Fly.

»Gehen wir essen.« Hugh. Die Oma hatte gesprochen.

Draußen schlug mir die kalte Luft entgegen. Es dauerte eine Weile, bis alle auf der Straße standen. Lukas zeigte auf die Ecke. *»Wurstkönig?«*

Theo war sofort dabei, eines seiner Lieblingslokale.

Wir gingen hinein. Das Zischen des Fettes begrüßte uns wie eine Fanfare. Erstaunlich viel junges Volk. Im hinteren Teil, dem vom Wurstverarbeitungs-Areal getrennten Bereich, würde wohl gleich jemand singen. Das hier war wohl auch eine der ungewöhnlichen Holy-Rhythm-Locations. Mädchen hielten ihre Smartphones in die Höhe wie magische Amulette, mit denen sie einen Geist zu bannen versuchten.

Wir bestellten Bratwurst mit Sauerkraut, extrascharfen Senf (Lukas), extramilden Senf (ich). Der Wurstwender trug eine hohe Mütze mit dem Logo des *Wurstkönigs*: eine aufrecht stehende Wurst mit Krone und Zepter. So lächerlich, dass es schon wieder lustig war.

Wir nahmen unsere Würste in Empfang und suchten uns ein Plätzchen an einem der Bartische. Mama und Theo stellten sich zu uns.

Ein Jüngelchen mit Hühnerbrust und Milchbart hatte sich eines Mikrophons bemächtigt.

Fly und Bea kreischten. IIIIIIIIIEH! Was war los, schmeckte ihnen die Wurst nicht?

Ein zweiter Junge saß aufrecht und steif wie ein Konfirmand an einem Keyboard. *Tip Tiiiidep, tip tiiiidep, top tiiiiidep tiiiidep.* Ich ertappte mich dabei, wie ich mit dem Kopf wackelte. Lukas biss ungerührt von seiner Wurst ab. Der Junge sang irgendwas von Love. Und jetzt der Refrain. *Gimme your looooove, Gimme your looooove.*

Ich sah genauer hin. War das etwa … – konnte das wirklich sein? War das Julian Forest, der in dieser Würstelbude sang? Diese halbe Portion? Du meine Güte. Der brauchte doch erst einmal selbst einen ordentlichen Braten.

»Danke«, sagte ich leise zu meiner Wurst, aber adressiert war es an den Heiligen Antonius oder die Heilige Antonia oder an beide zusammen, und dann kicherte ich. War doch logisch, dass bei Heiligen Rhythmen alles gut ausgehen musste.

32

Wunderbar, wenn einmal Ruhe einkehrt im Leben. Dachte ich. Die Kaffeemaschine gurgelte ihr ewiges Lied vom Wasser, das durch ein Pad gepresst wird, die Vögel zwitscherten vor dem Fenster, und der Himmel hatte sein makellosestes Blau aus der Schatulle gezaubert.

Der Tag danach. Ich hatte wunderbar geschlafen, trotz der späten Bratwurst, die sich in meinem Magen zu einem Stein verklumpt hatte. Der Restalkohol war nicht der Rede wert. Pah! Ich wäre in der Lage, mit verbundenen Augen auf einem Fahrrad einen Handstand zu machen. Gut, vielleicht ohne Augenbinde. Und ohne Fahrrad. Und statt Handstand einen Hampelmann. Aber nach zweieinhalb Aspirin ging's mir wirklich ausgezeichnet, selten hatte ich mich besser gefühlt. Ralf war auf irgendeinem Berg zugange, Fly schlief den Schlaf der Geräderten, und ich lungerte in Loungewear auf dem Küchenstuhl herum. Das Einzige, was jetzt noch fehlte, war ein Anruf eines Menschen, den ich mochte, um den gestrigen Abend zu rekapitulieren. Zuerst passierte monatelang nichts, und dann purzelte in wenigen Stunden alles durcheinander. Wer sollte sich da noch auskennen? Nofretete, Birgit und die anderen befanden sich mit Sicherheit noch in der zweiten Tiefschlafphase. Da leuchtete das Handy auf. Tatsächlich, ein Anruf. Ich warf einen überraschten Blick in meine Kaffeetasse. Hatte ich denn heute die Instant-Wunscherfüllungs-Mischung gebrüht?

»Bydlinski«, sagte ich mit einem Lächeln auf den Lippen. Weil ich jemanden erwartete, der mir Honig ums Maul schmieren würde, der meinen Gesang oder wenigstens meinen Humor würdigte.

»Oberauer«, sagte ein Mann.

»Guten Tag«, sagte ich.

»Hallo, Frau Bydlinski«, sagte er.

»Hallo«, sagte ich und fragte mich, wie lange wir uns noch begrüßen wollten.

»Können Sie sich an mich erinnern?«

So eine Frage war immer peinlich, beziehungsweise war es die Antwort. Vor allem, wenn man keinen blassen Schimmer hatte, so wie ich in diesem Moment.

»Natürlich«, sagte ich.

»Schön«, sagte er. »Kommen wir gleich zur Sache.«

An diesem Vorschlag gab es nichts auszusetzen, weshalb ich schwieg.

»Nun, wir haben heute über Ihren Fall diskutiert«, fing er an.

»Ach ja?«, sagte ich, um Zeit zu gewinnen.

»Uns wurde berichtet, dass sie mit einem gewissen Engagement Ihre Arbeit verrichten.«

»Ist doch gut, oder?«

Offenbar handelte es sich um einen Mitarbeiter von Glückstück. Worauf wollte der hinaus?

»Nun, uns ist auch zu Ohren gekommen, dass Sie sich eine Veränderung vorstellen könnten.«

Bingo! Der Job in der Marketingabteilung. Ich öffnete innerlich schon eine Flasche Schampus. Jetzt nur schön brav und willig wirken. Zum Glück konnte er meine Loungewear nicht sehen. Meine Stimme musste so klingen, als trüge ich einen Bleistiftrock und ein tailliert geschnittenes Blouson.

»Das ist allerdings wahr«, sagte ich mit dem Selbstbewusstsein einer Frau, die weiß, was sie wert ist.

In diesem Moment fiel mir ein, wo ich den Namen schon einmal gehört hatte. Oberauer. Na klar. Dieser Schnösel, der meine Bewerbungsunterlagen kommentiert hatte mit dem Satz: »Nicht abgeschlossenes Kunstgeschichte-Studium. Nun, dieser Job ist wahrlich keine Kunst, ich hoffe, Sie fühlen sich nicht überqualifiziert.«

»Nun, es gibt da einige Neuerungen«, sagte Oberauer.

Warum sagte der immer »nun« vor jedem Satz? Das zog einem ja den letzten Nerv. Er pausierte. Als bereitete er sich auf den großen Coup vor.

»Schießen Sie los«, sagte ich vielleicht eine Spur zu salopp. »Ich bin bereit.«

Er lachte. »Geschossen wird nicht, liebe Frau Bydlinski. Noch nicht. Wir haben jedenfalls den Eindruck gewonnen, dass Sie sich in Ihrem aktuellen Job nicht hundertprozentig wohl fühlen.«

»Könnte man durchaus so sagen«, gab ich zurück.

»Die Zahlen sind auch nicht besonders ermutigend«, sagte Oberbauer. »Das hängt wahrscheinlich mit der von Ihnen bestätigten«– hier räusperte er sich – »Unlust zusammen.«

»Möglicherweise«, sagte ich.

»Wir würden dann vorschlagen, dass sie vielleicht eine Position anstreben, die Ihnen mehr entspricht?«

Das Fragezeichen am Ende des Satzes hatte ich nicht überhört. Wie höflich er war.

»Ich bin mehr als bereit«, sagte ich.

»Schön, dass wir uns einig sind«, sagte Oberbauer.

»Brauchen Sie Arbeitsproben von mir?«

»Nicht, dass ich wüsste.«

Sie vertrauten mir blind. Nicht zu fassen. Ich richtete mich in meinem Sessel auf. Wenn ich jetzt aufstünde, wäre ich mit Sicherheit zwei Meter groß.

»Das heißt, ich kann einfach so anfangen?«

»Nun, sie können ab sofort anfangen, was auch immer Sie möchten.«

Spätestens da kam mir die Sache spanisch vor.

»Verstehe ich es recht, dass Sie mich nicht wegen des Jobs in der Marketingabteilung anrufen?«

»Marketingabteilung?«

»Ich hatte mich beworben.«

Meine Hand, die das Telefon hielt, zitterte.

»Davon weiß ich nichts. Wir bitten Sie, hereinzukommen für ein Gespräch. Ich gehe davon aus, dass wir uns einigen werden, nicht wahr. Sie können auch ein Neuorientierungs-Coaching mit unserer Betriebspsychologin in Anspruch nehmen.«

In seiner Stimme schwang Stolz mit, so als sei das die größte Errungenschaft in der Geschichte der Privatwirtschaft seit Erfindung des automatischen Webstuhls.

»Sie werfen mich hinaus.«

»Wie reden Sie denn? Wir setzen Sie frei, damit Sie sich selbstverwirklichen und Ihr Potential leben können.«

Freisetzen. Potential leben. Den Kurs *Phrasen dreschen für HR-Manager* hatte er offenbar mit Auszeichnung abgeschlossen. Ich spürte, dass er so schnell wie möglich das Gespräch beenden wollte.

»Nun, wenn Sie sonst noch Fragen haben –«

»Allerdings«, sagte ich. Nach dem Schock kam die Wut. »Wieso rufen Sie mich jetzt an? Haben Sie mir Hanni und Nanni auf den Hals gehetzt, um mir nachzuspionieren?«

»Bitte beruhigen Sie sich.«

»Sie mich auch.«

Hätte ich jetzt eines dieser alten Telefone gehabt, hätte ich den Hörer auf die Gabel geknallt. So blieb mir nur ein wütendes Wischen. Ich fegte den Kerl förmlich vom Display.

Danach hatte ich Lust, eine Zigarette zu rauchen, aber leider rauchte ich ja nicht. Damit wenigstens irgendwas qualmte, zündete ich ein IKEA-Teelicht an. Ich starrte in die Flamme. Was für ein Idiotenverein. Dann mussten sie eben ihre Abonnements selbst verhökern. Geschah ihnen recht. Wenn man's genau betrachtete, hatte mir Glückstück ohnehin schon lange kein Stück vom Glück mehr gebracht. Außerdem hatte ich mir doch selbst eine neue Herausforderung gewünscht, jetzt durfte ich mich nicht beschweren, wenn das Schicksal mir einen allzu deutlichen Hinweis schenkte.

Es ist Zeit, Nina. Beweg deinen Hintern.

Frau Mooshammer öffnete sofort die Tür. Als hätte sie neben der Gegensprechanlage gewartet.

»Heute ganz allein?«, fragte sie. Sie spielte wohl auf den letzten Besuch an, bei dem ich Dr. Hanni und Dr. Nanni mitgebracht hatte.

»Ohne Nervensägen«, sagte ich, »und sogar ohne Müsli.«

»Ist was passiert?« Eine Frau Mooshammer führte man nicht hinters Licht.

»Kann man so sagen.«

Während sie Kaffee kochte, durfte ich mich schon ins Wohnzimmer setzen und dem beruhigenden Brummen der beiden Tiefkühltruhen lauschen. Der treulose Egon würdigte mich keines Blickes. Auf seinem Bilderrahmen lag mittlerweile eine zentimeterdicke Staubschicht.

Ich wartete, bis Frau Mooshammer es sich in ihrem Lehnstuhl bequem gemacht hatte, bevor ich ihr erzählte, was passiert war.

Sie hörte mir aufmerksam zu. »Also kommen Sie nicht mehr?«, fragte sie, nachdem ich ihr erklärt hatte, dass meine letzte Stunde bei Glückstück geschlagen hatte. Sie setzte bereits zu einem klagenden »Warum prüfst du mich so, warum, warum?« an – das erkannte ich an ihrem zur Decke gerichteten Blick.

»Doch«, sagte ich rasch. »Nur ab sofort ohne Müsli.«

Das war ich meinen Kunden schuldig, Frau Mooshammer ebenso wie allen anderen.

Sie erhob sich ächzend und steuerte auf die nächste Tiefkühltruhe zu. »Gut so«, sagte sie und öffnete den Deckel, der ein schmatzendes Geräusch von sich gab. »Zum Knabbern ist genug da.« Sie zeigte mir ein Müsli voller Eiskristalle. »Möchten Sie was zum Kaffee?«

Den ganzen Tag lag fuhr ich von einer Kundschaft zur nächsten. Dazwischen telefonierte ich mit Manu, die ihre Hunde-Tagesstätte bald eröffnen wollte. Sie würde sie tatsächlich »The WAU-Experience« nennen, was mich ein wenig stolz machte, schließlich war das mein Einfall gewesen.

»Job noch frei?«, fragte ich.

»Nö, sorry«, sagte sie. »Du bist zu spät. Bleib du schön bei deinen Müslis.«

Die Enttäuschung war wie ein Schlag in den Magen. Und jetzt? Ich hatte doch fest damit gerechnet.

Eine unendliche Sekunde später prustete sie heraus. »Hast du's jetzt geglaubt, oder? Du hast mir geglaubt, gib's zu! Natürlich ist der Job noch da, der wartet doch auf dich.«

»Ich hasse dich«, sagte ich.

Hiermit war ich eingestellt.

Als ich nach Hause kam, saß Nofretete auf dem Treppenabsatz vor der Wohnung. Waidwunder Gesichtsausdruck. Ich hatte sie nicht mehr gesprochen, seit wir uns im *Spitzentanz* gezofft hatten. Sie hielt ein langes, schmales Päckchen im Schoß.

»Ist nicht von mir«, sagte sie, als sie meinen Blick bemerkte. »Es lag auf dem Fußabstreifer. Ich dachte, ich bringe es in Sicherheit.«

Ich sperrte die Tür auf und bat sie hinein, aber sie schüttelte den Kopf. »Ich wollte dich nur mal schnell sehen. Pablo ist allein zu Hause.«

Ich wartete ab, ob noch was kam. »Es tut mir leid«, sagte sie tatsächlich. Ihre Unterlippe zitterte. Man sah ihr an, dass sie sich mit diesem Satz schwertat. »Aber es ist wirklich fürchterlich, wie du dich aufführst.«

Und dann lachten wir beide, bis Frau Eibisch in geblümter Schürze auf den Gang schoss und mit der Polizei drohte. Nofretete ging, nicht ohne mich vorher noch umarmt zu haben.

In der Küche öffnete ich das Päckchen mit einem Steakmesser.

Es war eine Straußenfeder. Buschig. Altrosa. Ekelig weich. Absender: Heidi Brock. *Mit tantrischen Grüßen*.

Na wunderbar. Die konnte ich mir jetzt immerhin an den Hut stecken. Für das, was ich jetzt vorhatte, war es kein Nachteil, hübsch auszusehen.

Sechs Wochen später

»Wofür sind die Zitronen?«

»Caipirinha.«

»Und die Orangen?«

»Die sind für den Aperol.«

»Die Oliven?«

»Martini.«

»Gans oder Getränk?«

Ich warf das Geschirrtuch nach Birgit.

»Hey, das ist ekelig!«, rief sie und sprang zur Seite.

»Nur H2O.«

Vicky sah von ihrer Orange auf, die sie in etwas zu dünne Scheiben schnitt. »Pah, alles verseucht!«

»Wie bitte?«

»Na mit diesem H-zwei-dings.«

Birgit schenkte mir einem Blick, der besagte: Ich wusste immer schon, dass sie nicht die hellste Kerze am Baum ist.

Die Flotten Lotten waren vollständig aufmarschiert, um mich bei den Partyvorbereitungen zu unterstützen. Ich hatte kurzerhand das ganze Lokal gemietet, damit auch alle reinpassten, die ich um mich haben wollte. Weil ich zu den treuesten

Stammkundinnen zählte, bekam ich tolle Konditionen. In den tragenden Rollen der Milchmädchen würden wir Fly und Bea sehen. Eine kleine Kompensation für die erlittene psychische Belastung.

»Was feierst du eigentlich?«, fragte Nofretete.

Sie half nicht hinter der Bar, sondern saß an einem der runden Tische und rauchte eine Reparaturzigarette, wie sie es nannte. Sie war gestern lange aus gewesen, und ein im Saft stehender Kickboxer hatte ihr Avancen gemacht. Sie trank mit ihm, bis sich der Himmel eierlikörgelb färbte und die Vögel sich auf die Suche machten nach dem frühen Wurm.

»Ich feiere die Tatsache, dass ich euch habe«, sagte ich.

»Und in Wahrheit?«

»Das *ist* die Wahrheit«, sagte ich. »Eine andere gibt's nicht.«

»Das ist würdig und recht«, sagte Nofretete. Sie stellte ohnehin keine Party in Frage. Wenn es irgendwo blau herausrauchte, war sie dabei.

Birgit lachte. Sie transferierte die Zitronenscheiben vom Schneidbrett in eine Tupperdose und wischte sich mit dem Handrücken den Schweiß von der Stirn. Zu behaupten, dass es heiß war, war eine milde Untertreibung. Die Hauswände schwitzten, der Asphalt brach auf wie Kuchen im Ofen, Plastik verbog sich in der Sonne wie von Zauberhand.

Dass ich mein neues Leben feierte, sagte ich nicht. Das klang abgeschmackt und lächerlich – nach einer obskuren Sekte, die vor Gemeindezentren ihre Bibelübersetzung verteilte. Jeder Mensch hatte jeden Tag ein neues Leben zur Verfügung, wer das nicht kapierte, dem war nicht zu helfen.

Seit drei Tagen war ich mit den Vorbereitungen für die Party beschäftigt. Ich hatte Tomate-Mozzarella-Spießchen fabriziert, süßsauren Salat mit Ananas und Schafskäse, Nudelsalat mit Schinken und Ricotta und einen Käse-Igel, wie ich ihn aus meiner Kindheit kannte. Um Mitternacht würde es Gulaschsuppe geben. Nofretete hatte eine Eistorte mitgebracht, die sie beim Nobel-Konditor erstanden hatte. »Es tut mir *wahnsinnig* leid, Schätzchen, aber ich hatte keine Zeit, mich selbst in die Küche zu stellen«, sagte sie entschuldigend, als sie mir den Karton überreichte. Nicht, dass es mich überrascht hätte; die Vorstellung einer im Topf rührenden Nofretete kam mir ohnehin grotesk vor. »Sollte etwas übrigbleiben, kannst du's noch mal einfrieren. Oh, jetzt fällt es mir ein – hast du überhaupt eine Tiefkühltruhe in deinem neuen Domizil?«

Keine Truhe, aber ein Fach. Eine Leiche konnte ich darin nicht unterbringen, maximal ein abgeschnittenes Ohr.

Vor ziemlich genau vierzehn Tagen war ich umgezogen. Meine neue Adresse lautete: Alma-Mahler-Werfel-Gasse 15, und ich hatte mich nicht nur in die Gegend verliebt – eine ruhige Siedlung am Stadtrand inmitten eines Parks, alter Baumbestand, gute Verkehrsanbindung –, sondern auch in die Adresse. Wieder eine starke Frau, die sich gegen die Konventionen stellte, diesmal in der Kunst beheimatet. Dritter Stock, zweieinhalb Zimmer, teilweise Grünblick (alter Baumbestand), teilweise Graublick (Parkplatz). Fly zog freiwillig ins kleinere Zimmer. »Bin doch eh bald weg, Mama«, sagte sie.

An Flys achtzehntem Geburtstag kam nicht nur Martin vorbei, sondern auch Ralf. Wir standen zu viert auf dem Balkon, der auf den Park hinunterzeigte, tranken Prosecco aus den Sektflöten, die ich extra für diesen Anlass gekauft hatte. Es fühlte sich richtig an, dass ich hier war, in meinen eigenen vier Wänden. Ich war glücklich, bemühte mich aber, es nicht allzu deutlich zu zeigen. Fly bekam von uns allen einen Flug geschenkt, den sie nach dem Abschluss einlösen konnte. Kanada. Sie lächelte, als sie den Gutschein aus dem Kuvert zog.

»Wow«, sagte sie.

»Freust du dich?«

Eine Frage, die ich selbst immer gehasst hatte, wenn man sie mir gestellt hatte, aber ich konnte sie mir nicht verkneifen.

Fly nickte. »San Francisco wäre auch o. k. gewesen.«

»Was soll das heißen?«

»Na ja, es gibt dort diesen Youtuber, den jeder kennt, der heißt Mighty Porridge –«

Ich warf den Korken der Proseccoflasche nach ihr, aber sie bückte sich rechtzeitig, und der Korken flog in hohem Bogen in die Botanik.

»Komm schon, Mum, das war ein Witz.«

Martin stand am Balkongeländer und lachte gutmütig. Fly hatte eine Vier in der Matheklausur nach Hause gebracht, das sorgte für positive Vibes im Hause Schottenberg.

Drei Tage zuvor hatte ich das neue Baby das erste Mal in natura gesehen. Ich hatte ein paar entzückende Turnschuhe gekauft, die Josef maximal in einem Jahr würde anziehen können, doch sie waren so putzig gewesen, dass ich sie ihnen einfach mitbringen musste.

»Schau einmal, Josef«, hatte Petra gesagt und die Turnschuhe, die an den Schnürsenkeln miteinander verknotet waren, wie ein Mobile vor seinem Kopf geschwenkt. Wie hypnotisiert hatten seine Augen die Bewegungen verfolgt. »Tante Nina prophezeit dir eine Karriere in der Leichtathletik. Also streng dich an.«

Tante Nina. Das saß. Ich wagte nicht zu widersprechen. Wir saßen um das Baby herum, das selbstvergessen in seinem Maxi-Cosi schaukelte, und glotzten es an wie die fabrikneue Inkarnation des Erlösers.

Armer Josef, dachte ich. Du wirst noch früh genug draufkommen, dass sich das Universum nicht um dich dreht, auch wenn man dir das in den ersten Monaten weiszumachen versucht.

Optisch erinnerte mich Josef an jemanden, den man oft im Fernsehen sah, und als Petra einen Tropfen Milch aus dem Fläschchen auf ihren Handrücken tropfen ließ (natürlich stillte sie nicht, das würde ihr ja die Brustwarzen verbiegen), kam ich drauf: Günther Jauch minus Haare minus Brille. Als Petra in ihrem Kleinkind-Singsang »Na, sind wir schon müüüüüde?« sagte, wartete ich drauf, dass sich Josef für den Publikumsjoker entschied. Falls er mich gewählt hätte: Ich hätte ihn noch nicht ins Gitterbett gesteckt. Mein Gott, so oft hatten die doch sicher nicht Besuch, Josef musste doch auch einmal neue Gesichter sehen.

Das Haus erkannte ich nicht wieder. Es wirkte wie der Hochsicherheitstrakt in einem Babyknast. Jede Treppe war mit einem Gitter versehen, jedes Fenster, jede Steckdose gesichert, jedes Eck mit Schaumgummi gepolstert, sämtliche Elektrogeräte gegen den neugierigen Zugriff von Patschhändchen gesichert. Eine überängstliche Drohnen-Mutter, wie sie im Handbuch stand.

Seit er einen Sohn gezeugt hatte, war Martin merklich entspannter. Ich brauchte daher auch nicht allzu viel Überwindung aufzubringen, um ihn zur Party einzuladen.

»Um sieben«, sagte ich.

Er öffnete sofort den Kalender auf seinem Handy, das groß war wie eine Badezimmerfliese, und tippte mit einem Stift geschäftig darauf herum.

»P. m.?«

Im ersten Moment verstand ich nicht, was er meinte.

»Ja, natürlich«, sagte ich, als der Groschen fiel. »Das ist eine Party, kein Frühstück.«

»Wenn wir einen Babysitter organisieren können, kommt Petra auch mit. Wen hast du denn alles eingeladen?«

Im Laufe des Gesprächs wurde mir klar, dass er hoffte, dass für Petra ein paar Connections heraussprangen, die sie für ihre berufliche Zukunft nutzen konnte. Sie würde zwar eineinhalb Jahre zu Hause bleiben, aber danach musste sie ja wieder in die Arena hinaus. Martin wollte sie als Empfangsdame in einem Konzern unterbringen.

»Deswegen mag ich Partys«, sagte er. »Wegen der Added Values.«

»Alles klar«, sagte ich und beglückwünschte mich dazu, mich rechtzeitig von diesem Mann getrennt zu haben.

Wann immer Josef Fly sah, strampelte er so fest mit den Beinchen, dass der Maxi-Cosi heftig zu schaukeln begann. Diese Momente drückten mir fast die Tränen in die Augen. Die beiden waren so vertraut wie Geschwister, die sie ja zum Teil auch waren. Halbgeschwister. Es war auch ein trauriger Moment, da ich jetzt mit Bestimmtheit wusste, dass es für mich vorbei war. Ein einziges Kind hatte ich zur Welt gebracht. Staatsbürgerinnenpflicht erfüllt, doch viel war es nicht, vom Ende her betrachtet.

Als wir in die neue Wohnung zurückfuhren – ich musste mich konzentrieren, um nicht in die Marie-Curie-Siedlung abzubiegen –, fragte ich Fly, wie sie mit der neuen Situation zurechtkam. Josef, die neue Wohnung, die Hochzeit von Martin und Petra, das waren alles keine Kinkerlitzchen.

»Alles cool«, sagte sie. »Ich brauch noch das Geld für Venedig.«

Die Klassenfahrt. Hatte ich beinahe vergessen. Dafür hatten sie auch die Pässe abgeben müssen, wie Fly und Bea später seelenruhig erklärt hatten. Und dass Fly die Wohnung auf den Kopf gestellt hatte, weil der Pass nicht auf seinem angestammten Platz war. Bea, die den ultimativen Tipp auf Lager hatte: Wo würdest du *nie* nachschauen? Den Krach im Treppenhaus, der Frau Eibisch aufgescheucht hatte, hatten sehr wohl die beiden Girls verursacht. Gut, dass man alles im Nachhinein erfuhr. Sie seien sehr wohl in der Schule gewesen, aber eben nur auf einen Sprung, um den Pass abzugeben. Danach hatten sie sich mit den anderen in der Stadt getroffen – mein Gott, Schule war immer, Holy Rhythm nur einmal im Jahr, so was müsse ich schon verstehen. Und Beas kryptische SMS *Probleme weiß nicht wann* hieß übersetzt nichts anderes als *Probleme mit der Verbindung, weiß nicht, wann ich telefonieren kann*. Die beiden lachten darüber, dass uns die Nachricht in Sorge versetzt hatte.

Fly kaute Kaugummi und lehnte den Kopf an die Seitenscheibe. Sehr belastet schien sie nicht zu sein. Sollte ich ihr dennoch anbieten, dass sie jederzeit therapeutische Hilfe anfordern konnte?

»Fly, wenn du ein Problem hast mit Josef –«

Sie richtete sich auf.

»Oder mit Papa oder Petra –«

»Warum mit Joe?«, fragte sie.

»Oder mit jemand anderem, dann sprich mit mir. Ich bin da. Wenn du nicht mit mir reden willst, dann können wir dir jemanden besorgen.«

Ächz. Dämlicher Satz. Das klang ja eher nach einer Drohung als nach einem vernünftigen Angebot.

Als sie nichts antwortete, sagte ich: »Ich interessiere mich eben für dein Leben, ich möchte ein Teil davon bleiben.«

Nächstes Jahr würde sie gehen. Dann war ich eine Mutter mit einer entfernten Tochter und zwei Ex-Männern, wobei das mit dem zweiten Mann noch nicht ausgeschnapst war. Bravo, tolles Vorbild.

»Ich habe ein eigenes Leben«, hatte sie darauf gesagt. »Aber du darfst mir trotzdem eine Echse kaufen.«

Die Sache mit der Party war ein spontaner Einfall gewesen. Zuerst hätte es eine intime Runde werden sollen. Nur die Lotten und ich. Aber Nofretete musste natürlich auch kommen. Und Manu, die bereits zum erweiterten Kreis zählte. Und Fly und Bea, die wir dazu verdonnert hatten, bei sämtlichen Vorbereitungen zu helfen, nur vom Hochprozentigen hatten sie sich gefälligst fernzuhalten. Lukas musste natürlich auch kommen, weil ich eine Überraschung vorbereitet hatte, bei der er mitwirkte. Und die wiederum würde Mama und Theo besonders freuen, weshalb ich die beiden auch einlud. Renate natürlich auch. Eines kam zum anderen, und am Schluss hatte ich fünfzig Gäste auf der Liste, inklusive aller Männer, die mein Leben auf irgendeine Weise reicher oder komplizierter gemacht hatten. Meistens beides. Und sogar Frau Mooshammer wollte mit ihrer Haushaltshilfe aufkreuzen.

Im Kopf ging ich die Liste durch. Ich hatte auch das Gnu eingeladen, schließlich hatte ich ihr Nofretete zu verdanken. Und Christof Ertl, den ich noch nie gesehen, aber in dessen Bett ich beinahe gelandet wäre, durfte natürlich auch nicht fehlen.

Kurz vor sieben stand Lukas auf der Matte. Ich hatte ihn gebeten, eine Stunde vor dem großen Ansturm aufzukreuzen. Wir schnippelten noch am Obst für die Bowle herum. Alle hoben synchron die Köpfe, als er eintrat.

»Wer ist das?«, flüsterte Katharina die Kleine.

»Lukas«, sagte ich.

Birgit musterte ihn, bevor sie mir zuflüsterte: »Sicher?«

Ich lachte. »Ja, natürlich. Warum?«

»Weil ich ihn mir anders vorgestellt habe«, murmelte sie und steckte sich eine Karotte in den Mundwinkel, als wär's eine Zigarre.

»Wie denn?«

»Größer. Imposanter irgendwie. In deinen Erzählungen wirkte er so.« Sie nuckelte nachdenklich an der Karotte.

Dass er groß war, hatte ich nie behauptet. Wahrscheinlich wurde ein Mann automatisch größer in der Phantasie, sobald man von ihm erzählte. Durch das Reden und das Schwärmen allein gewann er einige Zentimeter.

Lukas küsste mich auf die Wange. Seit der Episode in der Ertl-Wohnung gingen wir sehr vorsichtig miteinander um. So als hätten wir schon genug Dummheiten gemacht. Mir war das ganz recht.

Vicky stieß mir ihren Ellenbogen in die Seite. »Mutig, dass du ihn eingeladen hast. Wo Ralf doch auch kommt.«

Ich zuckte mit den Schultern. »Egal. Die kennen sich ohnehin schon.«

Katharina die Große hatte ihr Aquarium zweckentfremdet, damit wir die Bowle darin servieren konnten. Die Himbeeren und Melonenbällchen schwammen wie exotische Meeresbewohner im Wein- und Prosecco-Gemisch.

Und dann ging's los. Ich stand halbverborgen hinter einer Säule, faltete Servietten und beobachtete, wie die Gäste eintrudelten. Fly und Bea trugen Milchmädchen-Schürzen und balancierten formvollendet schwere Tabletts mit Wein-, Aperol- und Bowle-Gläsern durch den Raum.

Ralf stand mit Peter etwas abseits des Trubels. Sie tranken Bier aus der Flasche. Ralf wirkte etwas derangiert, so, als sei er sich seiner Rolle an diesem Abend nicht im Klaren. Ich war dennoch froh, dass er gekommen war. Es wirkte auf mich, als bemühte er sich neu um mich. Wir telefonierten fast jeden Tag, neuerdings traf er sich auch alleine mit Fly. Gerüchten zufolge waren sie erst kürzlich in einem Spezialgeschäft für Haustierbedarf gesehen worden. Aber nur, damit es keine Missverständnisse gab: Wenn er Fly eine Echse kaufte, war es vorbei mit den Nettigkeiten, das hatte ich klar und deutlich kommuniziert.

Theo hatte zur Feier des Tages sein AC/DC-Shirt gegen ein

Leonard-Cohen-Shirt mit den Tourdaten von 1986 getauscht. Mama hatte eine Hochwasserhose und eine Batik-Bluse angezogen. Die beiden sahen aus wie ein Hippie-Star und sein Bodyguard. Jetzt hatte meine Mutter Lukas entdeckt. Sie packte ihn am Arm, als er an ihr vorüberging. Er lachte, begrüßte sie mit Küsschen. Theo sagte etwas. Lukas zog einen Stuhl heran, setzte sich zu ihnen. Eigenartig, sie so vertraut zu sehen.

Das Gnu sah fabelhaft aus. Es trug ein blitzblaues Hängerchen mit passendem Schuhwerk und hatte ihre Freundinnen Claudia und Emma mitgebracht.

Sogar Heidi Brock war gekommen. Sie sah in natura ganz anders aus als auf dem Bildschirm. Deutlich größer und breiter. Imposant. Ich hatte eine auffällige, aber zierliche Erscheinung erwartet, und nun stand da dieser Schrank von Frau vor mir, die einen Mann an der Hand hielt, der einen Kopf kleiner war.

Ralf wurde blass, als er sie sah. »Hast du die eingeladen?«

»Sicher.«

»Ich will mein Geld zurück«, sagte er. »Das hat doch null gebracht.«

Er starrte angesäuert in ihre Richtung.

»Reiß dich zusammen. Sie ist unser Gast.«

»Dein Gast, meinst du wohl.«

Sie kam auf uns zu und begrüßte uns überschwänglich.

»Ihre Übungen«, sagte Ralf, »also Frosch, Bambus und so weiter –«

Sie sah ihn aufmerksam an.

»Sind Sie sicher, dass die funktionieren?«

»Falscher Zeitpunkt«, zischte ich und stieß ihm den Ellenbogen in die Seite.

»Sie entschuldigen doch, aber meine Arbeit wird evaluiert«, sagte er. »Da wird genau geschaut, was das bringt. Wenn dabei nix rauskommt, dann –«

Er durchschnitt mit der Handkante symbolisch seinen Hals.

Das Männchen neben Heidi Brock streckte seine Hand in unsere Richtung.

»Schröder, angenehm.«

»Ach, übrigens«, sagte Heidi Brock. »So schade, dass wir bei unserer Live-Session unterbrochen wurden. Wie sage ich immer? Die Technik ist ein Hund.« Sie gluckste. »Aber ich habe – ihr Einverständnis vorausgesetzt – die Sequenzen, die gut erhalten waren –«

Ich ahnte, dass jetzt eine furchtbare Enthüllung kommen würde.

»Ralf, würdest du bitte eine Bowle holen für Frau Dr. Brock und Herrn Schröder?«

»Doktor Schröder«, sagte Schröder.

»Für die Doktoren Brock und Schröder«, sagte ich. »Bitte, tu mir den Gefallen.«

Als er sich widerwillig getrollt hatte, rückte Heidi Brock mit der Wahrheit heraus. Sie hatte die Live-Session aufgezeichnet und wollte das Video ihren Klienten vorspielen. »Wegen des Lerneffekts.«

»Was bitte können die dabei lernen? Wie man's besser nicht macht?«

Heidi Brock wurde wieder ihr helles Lachen los.

»Nein, sehen Sie mal. Wir sind doch alle Menschen. Und so unterschiedlich wir sind, unter unseren Kleidern sind wir alle gleich.«

Ich lächelte gepresst. Genau. Und wenn sich Nacktheit und Lächerlichkeit paarten, war das überhaupt das Größte.

»Kommt nicht in Frage«, sagte ich, und Heidi Brock lachte noch ein paar Sekunden, bevor sie innehielt. »Wie bitte?«

»Ich möchte nicht, dass Sie das Video den Teilnehmern zeigen. Auf keinen Fall.«

Ralf war zurück mit den Gläsern. Jetzt galt es, rasch das Thema zu wechseln. »Und was machen Sie beruflich, Herr Doktor Schröder?«

»Patentamt.«

»Interessant«, sagte ich.

»Ludwig ist eine Koryphäe auf seinem Gebiet«, sagte Heidi Brock. Sie sagte es zu Ralf, denn auf mich war sie sichtlich nicht gut zu sprechen.

»Ist doch ganz wunderbar«, flüsterte Ralf, und es hörte sich an, als meinte er das Gegenteil. Er hatte wohl schon zu tief in die Flasche geschaut.

Kurz vor Mitternacht versteckte ich mich in der Miniaturküche. Lukas und ich sollten den musikalischen Höhepunkt des Abends bestreiten, aber plötzlich hatte ich Angst vor meiner Courage. Und wenn es ganz fürchterlich in die Hose ging? Wenn ich entsetzlich schief sang? Wenn sich das LUNA-Revival als Rohrkrepierer entpuppte, den nicht einmal Brigit reparieren konnte?

Ich würde die Flotten Lotten mit einer Botschaft zum Volk schicken:

Musikalische Darbietung abgesagt. Es hat nichts mit euch zu tun.

Mit einem Mal fühlte ich mich unendlich schwach. Ich setzte

mich auf eine Getränkekiste, bedeckte das Gesicht mit den Händen.

»Was machst du denn hier?«

Nofretete hatte mich entdeckt. Sie rauchte. Im Handumdrehen war die Luft zum Schneiden.

»Ich werde nicht singen«, sagte ich. »Das ist alles.«

Birgit steckte den Kopf herein. »Was soll ich mit denen tun? Die hat deine Mutter mitgebracht.« Eine Packung Luftballons. Typisch Mama.

»Hey, ist das eine Geheimversammlung?« Jetzt gesellte sich auch noch Manu dazu.

»Nina will nicht singen«, sagte Birgit.

»Höhepunkte kann man nicht absagen!«

War mir doch egal. Manu hielt mir ein Sektglas vor die Nase. »Da, trink erst mal.«

Widerstrebend nahm ich das Glas und trank einen Schluck.

»Was ist denn überhaupt passiert?« Manu hockte sich zu mir, legte ihre Hände auf meine Knie.

»Ich kann das nicht. Auftreten vor Menschen, die ich kenne und die ich mag.«

»Sollen wir uns noch alle schnell streiten?«, fragte Vicky.

»Super Idee, du blöde Nuss«, antwortete Birgit. Sie hielt die Packung mit den Ballons hoch. »Mag wer aufblasen?«

Und dann stand Lukas in der Tür. »Hier versteckst du dich also«, sagte er. »Kommst du raus?«

Ich sah ihn nur an, stumm.

»Das Mikro wartet«, sagte er.

»Sorry«, sagte ich. »Die Party ist aus.« Ich stand auf. »Ich kann das nicht.«

Das beeindruckte ihn nicht im mindesten. »Kommt nicht in Frage«, sagte er.

Er trat zu mir hin. Die anderen wichen zurück, so als umgebe ihn ein Zauber. »Du kommst jetzt mit da hinaus, und wir tun das, worauf wir uns vorbereitet haben.«

Ich schüttelte den Kopf und stand auf. »Ich kann nicht«, sagte ich.

Wenn er noch ein Wort sagte, würde ich anfangen zu heulen.

Wir hatten uns in den vergangenen Wochen im Proberaum von Manus Freund getroffen, einem leidenschaftlicher Heavy Metaler, und wenn wir den Proberaum betraten, dann vibrierten in der Luft noch all die Bässe und Gitarrensoli, die vor kurzem erklungen waren. Ich hatte mein Ohr an die Wand gedrückt und gehorcht. Und wenn Lukas mich fragte, was ich tat, dann sagte ich, dass die Wände alles speicherten, was in den Räumen geschehen war.

Er schmunzelte: »Und was hörst du?«

»Nur Gutes«, sagte ich. »Musik reinigt die Räume und bringt Negatives zum Verschwinden.«

»Ist das schamanisch oder so?«

»Nein, menschlich. Probier's aus!«

Er legte sein Ohr an die Wand.

»Du alte Hexe«, sagte er. »Ich hör nichts.«

Dass wir wieder anfingen, miteinander Musik zu machen, war Lukas' Idee gewesen.

Als die Flotten Lotten mich bestürmten und nachfragten, wie es denn jetzt weiterginge mit Ralf und mir, da gab ich die einzige möglich und ehrliche Antwort: »Ich weiß es nicht.«

»Seid ihr im Streit auseinandergegangen?«

»Nein.«

»Habt ihr euch nichts mehr zu sagen?«

»Doch.«

»Warum bist du dann ausgezogen?«

Weil ich allein sein wollte – zumindest ohne Mann. Einmal in meinem Leben. Weil ich herausfinden wollte, wo es wirklich hinging mit meinem Leben. Ich hatte mein Halbleben überschritten, das durfte ich nicht vergessen. Es war der ideale Zeitpunkt für eine Neujustierung.

Während der ersten Proben wieder ein Mikro in der Hand zu halten war ein eigenartiges Gefühl. Zu Beginn sang ich schief, die Hand, die das Notenblatt mit Text hielt, zitterte. Lukas hingegen wirkte an der Gitarre, als sei kein Tag vergangen.

»Hast du heimlich geübt?«, wollte ich wissen.

»Ich habe nie damit aufgehört.«

Im Gegensatz zu mir. Nur langsam konnte ich meiner Kehle einige Töne entlocken. Es gelang mir, falsch zu atmen, ich hatte nicht genügend Luft.

»Geh davon aus, dass du es noch kannst«, sagte Lukas, als ich unterbrach. »Das ist wie Eislaufen.«

Zunächst übten wir unsere alten Lieder. Danach tranken wir lauwarmes Bier, und ich fühlte mich in die frühen Neunziger teleportiert. Was dieses Bier vermochte, das gelang keiner Zeitmaschine.

Lukas hielt mir ein Päckchen Zigaretten hin. »Auch eine?«

Ich war versucht hinzugreifen, wie ein Kind, dem man eine Zuckerschlange anbot –, im letzten Moment bremste ich mich. Es war nicht die Zeit, mit schlechten Gewohnheiten zu beginnen. Mit fünfzig konnte ich immer noch zu rauchen beginnen, da war's wenigstens originell.

Christof Ertl hatte Lukas tatsächlich einen Job verschafft. Als Stadtplaner in der Verwaltung. Es ging langsam aufwärts. Er hatte schon ein paar Wohnungen besichtigt, demnächst zog er um. Ein kleiner Schritt nach dem anderen.

Lukas deutete mit dem Finger hinaus in den Gastraum. »Hörst du das?«

Ich horchte. Sie riefen tatsächlich »Ni-na, Ni-na, Ni-na!«, so als erwarteten sie einen Superstar.

»Ich geh da nicht hinaus«, sagte ich.

Jetzt erst recht nicht.

Da sagte Nofretete: »Wenn du jetzt nicht hinausgehst, spreche ich nie wieder ein Wort mit dir.«

»Ich auch nicht«, sagte Birgit und stellte sich neben Nofretete.

»Ich auch nicht«, sagte Vicky.

»Wir auch nicht«, sagten die beiden Katharinas.

»Ich auch nicht«, sagte Lukas.

Also ging ich raus, was blieb mir auch anderes übrig.

Es war wie früher. Und gleichzeitig ganz anders. Akustische Gitarre und das, was meine Stimmbänder hergaben. Nicht mehr und nicht weniger. Die Gäste standen im Halbkreis um uns herum, dicht an dicht. Auf Augenhöhe, ohne Bühne, das machte es noch intimer. Das war ich, die Nina, die ihr kennt, und die Nina, die ihr vielleicht noch nie gehört habt. Ein paar filmten mit. Konzertfeeling. Ich sang *Haut aus Teflon* und ein paar unserer anderen alten Lieder. Anfangs zitterte die Hand, die das Mikrophon hielt, am Ende hatte ich Mühe, mich davon zu trennen. So als wär's ein zusätzlicher Körperteil, von dem ich nur nicht gewusst hatte, wie sehr er mir gefehlt hatte.

Als der letzte Akkord verklungen war, sah ich Lukas an. Da gab's noch diesen einen Song. Ich war mir anfangs nicht sicher gewesen, ob ich ihn singen wollte. Weil er so frisch war, dass er noch ein wenig fremdelte. Aber vielleicht war das ohnehin der beste Zeitpunkt. Jetzt und hier, wo sie alle versammelt waren.

»Die Männer«, zischte ich Lukas zu, noch während applaudiert wurde, und als es wieder still geworden war, sagte ich: »Das letzte Lied widme ich allen, die immer wieder erstaunt sind darüber, dass die Überraschungen im Leben genau dann auftauchen, wenn wir überzeugt davon sind, uns endlich in einem ruhigen Gewässer zu befinden.«

Nofretete reckte den Daumen nach oben.

»Der Song heißt: *Männer und andere Ballaststoffe*.«

Jetzt lachten alle. Manu rief etwas, das klang wie »Die muss man doch essen, also runter damit!«. Lukas war bereit. Ich schon lange.

Männer sind zu oft Ballast
sägen froh am eig'nen Ast
ohne es zu checken

Mama lachte laut auf. Ich durfte mich nicht ablenken lassen von den vielen freundlichen Gesichtern rund um mich, dem Wohlwollen in ihren Augen, musste bei mir bleiben, sah auf meine Fußspitzen.

Mut ist, deinen Weg zu gehen
hohes Gras auch mal zu mähen
die Dämonen wecken

Ich sah hin zu Lukas. Er war in seine Konzentration eingesponnen wie in einem Kokon. Als er meinen Blick bemerkte, sah er auf. Zwinkerte.

Ballaststoffe soll man essen
doch Glück kann man in Metern messen
die man fliegen kann

Ich breitete die Arme aus, Birgit, Nofretete und Manu machten es mir nach. Gleich würden wir abheben!

Lass am Boden, was zu schwer ist
Füll den Tank, bevor er leer ist
Wenn nicht jetzt, wann dann?

Das war der Refrain. »Jetzt alle«, rief ich, und sie sangen mit mir. Gänsegänsegänsehaut vom Scheitel bis zu den Zehen. Himmel, möge das ewig dauern! »Lass am Boden, was zu schwer ist – füll, den Tank, bevor er leer ist –«

Und dann war es irgendwann vorbei, und ich sagte: »Das Büfett ist eröffnet.«

Applaus brandete auf. Ich war mir nicht sicher, ob sie die Musik beklatschten oder die Aussicht auf den Futtertrog.

Frau Mooshammer war die Erste, die zu mir kam. Obwohl sie sich auf einen Stock stützte, war sie flott unterwegs. »Was

Sie alles können«, sagte sie bewundernd. »Sie sind eine wahre Künstlerin.«

Sie sah mich an, wie sie mich noch nie angesehen hatte, ehrfürchtig, so als ob sie entdeckt hätte, dass sie – ohne es zu ahnen – jahrelang neben einer Schauspielerin aus dem *Traumschiff* gelebt hatte.

»Eine Künstlerin«, wiederholte Lukas. Er hatte sich von hinten angepirscht. Er grinste. »Man muss sie nur ein bisschen aus der Reserve locken.«

Dann kam Mama und umarmte mich. »Ich hab ihm gesagt –«, fing sie an. Sie hielt inne.

»Was denn, Mama?«

»Na ja, ich habe Lukas damals gesagt, dass er sich bei dir melden soll. Als er uns besucht hat. Also Theo und mich. Weil es doch so schade ist, dass du ganz mit der Musik aufgehört hast.«

Ach, so plötzlich? Ich verstand kein Wort.

»Ich dachte, du wolltest nicht, dass ich Musik mache?« Ich bedeutete Birgit pantomimisch, dass ich jetzt dringend eine Bowle brauchte.

»Also, das war so«, fing Mama an. »Theo hat mich überzeugt, dass Musik wichtig ist. Bedanke dich bei ihm.«

Theo klopfte mir auf die Schulter. »Wenn wir miteinander verwandt wären, wüsste ich, woher deine Leidenschaft für die Musik kommt.« Er deutete mit dem Zeigefinger auf seinen respektablen Bauch.

Es geschahen noch Zeichen und Wunder.

Birgit kam mit der Bowle und einem Mozzarella-Spießchen an. »Du brauchst eine Unterlage«, sagte sie. »Iss.«

Die Nächste war Nofretete. »Hab noch was Kleines für

dich«, raunte sie und steckte mir eine Serviette zu. Sollte ich die für sie wegwerfen? »Los, schau nach. Das hat mich beinahe mein Gebiss gekostet. Möglicherweise hast du es schon vermisst.« Sie grinste, dann ging sie.

Ich untersuchte die Serviette. Da war was drin, tatsächlich. Himmel! Das Plektron, das Fly im Muttertagskuchen verbacken hatte. Es war in Nofretetes Kuchenstück wieder aufgetaucht. Na also. Wie beruhigend, dass nichts verlorenging auf diesem Planeten.

Ich aß und ließ meinen Blick schweifen. Stimmengewirr. Menschengewimmel. Und jeder Einzelne war mir wichtig. Heidi Brock unterhielt sich blendend mit dem Gnu. Theo und Dr. Schröder tranken Bruderschaft. Die beiden Katharinas plauderten mit meiner Mutter. Frau Mooshammer bewunderte Babybilder auf Vickys Handy.

Dann sah ich sie und konnte mir ein Grinsen nicht verkneifen: Martin, Ralf und Lukas an einem Tisch. Martin erklärte offenbar den anderen die Welt, seine Gesten waren ausladend, sein Blick ernst. Sie hatten die Köpfe einander zugeneigt, um in dem Lärm etwas verstehen zu können. Ich holte mein Handy heraus und machte ein Foto.

»Wen fotografierst du?«, wollte Fly wissen. Sie hielt eine Babybadewanne in den Armen, die mit Chips gefüllt war.

»Die Stimmung«, sagte ich.

»Schau«, sagte sie und zeigte zum Männertisch.

Ich nickte.

»Weißt du, dass Ralf vielleicht bei Papa in der Firma arbeiten wird?«

Das hörte ich zum ersten Mal. Vielleicht wurden sie ja noch ziemlich beste Freunde, und Lukas würde den Auftrag für den Bau eines neuen Headquarters bekommen. Oder es käme ganz anders, und sie würden sich schon in zehn Minuten ein Duell vor den Milchmädchen liefern. Was wusste man schon, was die Zukunft so auf Lager hatte. Zum Glück nichts.

»Ich geh rüber zu Bea«, sagte Fly. Sie zeigte in eine Ecke, in der sich das junge Volk aufhielt. »Und, Mama –«

»Ja?«

»Du hast schön gesungen.«

Ich umarmte sie, und wir schwankten nicht. Trotz Chips-Wanne. Wir standen einfach nur da. Uns konnte kein Sturm was anhaben.

Es war kurz vor Mitternacht, als sich Ralf hinter das Mischpult stellte und an den Reglern drehte wie ein Profi-DJ. Ich wusste gar nicht, dass er das konnte.

Nofretete sagte: »Ich habe noch einen Tanz gut«, und dann schubse sie mich auf die improvisierte Tanzfläche vor der Bar. Wir hielten uns an den Händen wie zwei Schulmädchen, die Ringelreihen tanzten. Und dann änderte sich der Rhythmus, und Nofretete ließ meine Hände los, ich fühlte das Stampfen des Basses in meinem Bauch, mein Herz hüpfte, es machte »rawumm rawumm rawumm«. Die Lichter zuckten, ich drehte mich mit erhobenen Armen, die Gesichter rund um mich zerflossen in Schatten und Farbflecken, alles war eins, alles war gut so, wie es war, und wenn mich Hanni und Nanni in genau diesem Moment gefragt hätten, wie glücklich ich sei auf einer Skala von eins bis zehn, dann hätte ich geantwortet: elf.

Danksagung

Ich danke Ines Schöffmann für den Ausdruck »Muschi-Hirn-Schranke«, der mir nie im Leben eingefallen wäre. Ich danke allen, die wissentlich oder unwissentlich dazu beigetragen haben, dass ich Ninas Geschichte aufschreiben konnte. Vor allem aber danke ich meiner Kaffeemaschine für ihren unermüdlichen Einsatz sowie allen Leserinnen und Lesern, die es mit oder ohne Kaffee bis hierher geschafft haben.